Jonathan Carroll
Vor dem Hundemuseum

Roman

Aus dem Amerikanischen
von Mechthild Kühling

Insel

Titel der Originalausgabe: *Outside the Dog Museum*.

Zweite Auflage 1993

Satz: Hümmer, Waldbüttelbrunn
Druck: Freiburger Graphische Betriebe, Freiburg
Printed in Germany

Für meinen Bruder
David Carroll,
der mir von Anfang an geholfen hat,
mein Leben zu gestalten.

Anstelle der üblichen ›Danksagungen‹
diese Geschenke,
wenn es irgendwie machbar wäre:
Ein Ex Libris aus Steinen und Glas
für meinen Herausgeber und Freund
Peter Lavery
für seine immerwährende Begeisterung
und jahrelange Unterstützung.
&
Genügend Nordlicht für ein ganzes Leben für
Sandra Neufeldt
die so großzügig war,
mir einige dieser Geschichten zu erzählen.

Wir können nicht einen einzigen Schritt auf den Himmel zu machen. Wir vermögen nicht, uns in die Vertikale zu bewegen. Wenn wir aber lange Zeit gen Himmel geblickt haben, kommt Gott und nimmt uns auf. Er kann uns leicht emporheben.

Simone Weil

Erster Teil

Gegenwart

> Out of the darkness, into the light
> Leaving the scene of the crime
> Either I'm wrong or I'm perfectly right
> every time…
>
> Billy Joel, *I Go to Extremes*

Ich hatte gerade die Hand gebissen, die mich fütterte, als Gott wieder anrief. Die linke Hand schüttelnd, hob Claire den Hörer mit der rechten ab. Nachdem sie gefragt hatte, wer dran sei, hielt sie mir den Hörer hin und verdrehte dabei die Augen. »Es ist schon wieder Gott.« Ihr kleiner Scherz. Der Name des Sultans war Mohammed, und für die eineinhalb Millionen Bürger der Republik Saru, irgendwo im Persischen Golf, *war* er mehr oder weniger Gott.

»Hallo, Harry?«

»Hallo, Sir. Die Antwort ist immer noch nein.«

»Kennen Sie das Mercedes-Benz-Gebäude am Sunset Boulevard? Diese Art von Gebäude gefällt mir ausgezeichnet.«

»Klar. Joe Fontanella hat es entworfen. Er arbeitet bei Nadel & Partner. Rufen Sie *ihn* an.«

»*Er* war nicht im *Time* Magazine.«

»Eure Hoheit, Sie wollen doch nur, daß ich für Sie arbeite, weil ich auf dem Titelblatt dieser Zeitschrift war. Ich glaube nicht, daß das ein guter Grund ist, jemanden für ein Milliarden-Dollar-Projekt auszuwählen.«

»›Letzte Woche wurde bekanntgegeben, daß dem Amerikaner Harry Radcliffe der diesjährige Pritzker-Preis, der Nobelpreis der Architekten, verliehen wurde.‹«

»Sie zitieren wieder aus dem Artikel.«

»Die Kaffekanne, die Sie entworfen haben, gefiel mir auch. Kommen Sie herüber in mein Hotel, Harry, und ich schenke Ihnen ein Auto.«

»Sie haben mir schon letzte Woche ein Auto geschenkt, Sir. Mehr als eins auf einmal kann ich nicht fahren. Wie dem auch sei, die Antwort wäre immer noch nein. Ich entwerfe keine Museen.«

»Ihre Freundin Fanny Neville ist hier.«

Meine andere Freundin, Claire Stansfield, drehte mir ihren langen nackten Rücken zu und sah durch die Glastüren auf Los Angeles hinab.

Claire hier, Fanny beim Sultan. In jenen Tagen waren sie Pfeffer und Salz in meinem Leben.

»Wie das?« Ich versuchte, das ›das‹ unverbindlich klingen zu lassen, so daß Claire keinen Verdacht schöpfte.

»Ich habe Ihre Freundin Fanny gefragt, ob sie nicht ein Interview mit mir machen wolle.«

Fanny Neville schätzt zweierlei: Macht und Phantasie. Beides steht an erster Stelle, aber wenn das eine nicht zu bekommen ist, nimmt sie das andere. Ich stand für die Phantasie in jenen Tagen. Wir hatten uns vor einigen Jahren in New York kennengelernt, als sie mich für *Art in America* interviewte. Ich gebe gute Interviews bzw. *gab*, bevor ich mental aus dem Gleis geriet und mich für eine Weile aus dem Leben ausklinken mußte.

Jetzt war ich wieder drin, tat aber nichts, außer zwischen diesen beiden beeindruckenden Frauen hin- und herzupendeln, beide sagten, es sei an der Zeit, den Arsch hochzukriegen und etwas zu tun.

»Kann ich bitte mit ihm sprechen?«

»*Ihm*? Sie meinen Fanny? Aber selbstverständlich.«

Es war eine Weile ruhig, dann war sie am Apparat. »Hallo. Bist du bei Claire?«

»Ja.«

»Das gibt mir immer so ein Gefühl von Geborgenheit. Klingt deine Stimme genauso, wenn du sie von *meiner* Wohnung aus anrufst?«

»Ja.«

»Du bist ein Arschloch, Harry. Warum hast du mir denn nicht erzählt, daß der Sultan möchte, daß du sein Museum baust?«

»Weil ich ihm schon gesagt habe, daß ich es nicht tun werde.«

»Aber das Auto hast du genommen?«

»Natürlich. Warum nicht? Es war ein Geschenk.«

»Ein Vierzigtausend-Dollar-Geschenk?«

»Er hat mir gerade noch eins angeboten.«

»Ich hab's gehört.« Sie machte ›hm‹ wie eine mürrische Alte. »Kommst du zum Abendessen zu mir?«

»Ja.«

Claire drehte sich um; das von hinten einfallende Sonnenlicht erhellte die Umrisse ihres Körpers so stark, ich konnte kaum sehen, daß sie nackt war. Sie kam auf mich zu, machte eine Bewegung mit dem Fuß, und die Telefonverbindung riß ab. Ich brauchte einen Moment, bis ich begriff, daß sie das Kabel herausgezogen hatte.

»Du kannst dich in deiner gottverdammten Freizeit mit ihr unterhalten, Harry.«

Bevor ich Fanny und den Sultan besuchte, fuhr ich in meine Lieblings-Autowaschanlage in West Hollywood. Sie wird von einem Grüppchen Schwuler betrieben, die alles wunderschön und stilvoll machen.

In Autowaschanlagen sind mir einige meiner besten Einfälle gekommen. Diese paar Minuten unter irrer Wasserflut und gelben Bürsten bewirken etwas in einigen abgelegenen, aber sehr wertvollen Teilen meines Gehirns; ich gehe normalerweise aus diesen falschen Stürmen wie elektrisiert und voller Ideen hervor. Kennen Sie das Andromeda Center in Birmingham, England? Durch das ich vor zehn Jahren so berühmt-berüchtigt wurde? Die Idee wurde in einer Autowaschanlage geboren. Ich erinnere mich, ich »fixierte« die rauschenden Bögen der vorderen Scheibenwischer meines Autos, und kurz bevor die Schläuche versiegten, hatte ich die erste Eingebung für die nebeneinander stehenden Bögen, die nun das Herzstück des zu Recht berühmten Gebäudes ausmachen.

Jetzt, in der Hollywood-Waschanlage, sehe ich zu, wie mein neuer Lotus von allen Seiten abgespritzt wird, ein berühmter Mann ohne Aufgabe. Ich bin zweimal geschieden. Einmal sogar von einer – Opfer der Mode – Magersüchtigen, deren einzige kreative Tat in ihrem Leben darin bestand, ihren Namen mit zwei ›d‹ zu schreiben. Anddrea. Morgens bumste sie gern, und den Rest des Tages nörgelte sie. Wir waren zu lange verheiratet, und dann verließ sie mich wegen eines viel netteren Mannes.

Ich bin kein netter Mann. Ich erwarte von anderen, daß sie nett zu mir sind, verspüre aber keinen Drang, ihnen den gleichen Gefallen zu tun. Glücklicherweise haben bedeutende Leute mich, seit ich erwachsen bin, ein Genie genannt, so daß ich mit unangemessener Grobheit, Gleichgültigkeit und einfach schlechten Manieren ungestraft davonkommen konnte. Wenn Sie jemals einen Wunsch frei haben, wünschen Sie sich, daß die Welt Sie für ein Genie hält. Genies dürfen alles. Picasso war ein großer Chauvi, Beethoven hat seinen Nachttopf nie geleert, und Frank Lloyd Wright hat seinen Kunden und Gönnern so viel Geld gestohlen, wie jeder ordentliche Dieb es auch getan hätte. Aber schlußendlich war alles in Butter, weil sie »Genies« waren. Vielleicht waren sie es, und ich bin auch eins, aber ich sage Ihnen was: Genialität ist ein Boot, das sich selbst steuert. Sie müssen nur noch einsteigen, und es fährt wie von selbst. Das heißt, ich habe nicht Monate und Jahre damit verbracht, die Silhouetten und Formen meiner berühmten Gebäude geistig zu entwickeln. Sie kamen aus dem Nichts, ich mußte sie nur in konzentrierter Form auf Papier bannen. Ich sage das nicht aus Bescheidenheit. Die Ideen kommen wie ein Lufthauch durchs Fenster, man selbst fängt sie dann nur noch ein. Braque hat gesagt: »Der eigene Stil – er ist in gewisser Weise nur die Unfähigkeit, es anders machen zu können ... Die physischen Voraussetzungen bestimmen praktisch die Eigenart des Pinselstrichs.« Er hatte recht. Dieses ganze Leiden des Künstlers kann man doch voll vergessen; »Qualen leiden« über der leeren Seite, Leinwand ... Wer bei seiner Arbeit Qualen leidet, ist kein Genie. Wer für seinen Lebensunterhalt Qualen leidet, ist ein Idiot.

In der Mitte des zweiten Spülgangs (als nächstes käme der Teil der Prozedur, den ich am liebsten mag – das Trocknen; dazu senken sich Vorhänge aus braunen Lappen herab und gleiten gefühlvoll über die ganze Oberfläche des Autos) kam alles zum Stillstand. Mein schöner blauer Lotus (Geschenk vom Sultan) stand tropfend da, weiter kam er nicht. Ich warf einen Kontrollblick in den Rückspiegel, der Wagen hinter meinem bewegte sich ebenfalls nicht. Der Fahrer und ich nahmen Blickkontakt auf. Er zuckte mit den Schultern.

Wir saßen in der Falle in einer schwulen Autowaschanlage!

Ich trommelte ein Weilchen mit den Fingern aufs Lenkrad, dann sah ich einige Angestellte dicht rechts vorbeilaufen und am Ausgang die Anlage verlassen. Noch ein Blick in den Rückspiegel, der Typ hinter mir zuckte wieder mit den Schultern. Ich stieg aus, und als ich Richtung Ausgang sah, bemerkte ich dort einen ziemlichen Aufruhr. Ich ging darauf zu.

»Was issn das fürn Auto?«

»Scheiß auf das Auto, Leslie, der Typ ist tot!«

Ein braunes Auto (ich erinnere mich, daß ich dachte, das ist dieselbe Farbe wie die der Trocken-Lappen) stand ein paar Schritte vom Ausgang entfernt. Vier oder fünf Leute standen drum herum und sahen hinein. Die Fahrertür stand offen, und der Geschäftsführer der Anlage hockte daneben. Er sah mich an und fragte mich, ob ich Arzt sei – der Typ im Auto habe einen Herzinfarkt oder irgend so was gehabt und sei tot. Ich sagte sofort ja, weil ich es unbedingt sehen wollte. Ich ging hinüber und kniete mich neben den Geschäftsführer.

Obwohl das Auto gerade gesäubert worden war, roch es nach vollen Aschenbechern und altem, nassem Zeug. Ein Mann mittleren Alters war über dem Lenkrad zusammengesunken. Ich erinnerte mich an Fernsehsendungen und mimte den Arzt; ich legte die Hand auf seine Kehle, um nach dem Pulsschlag zu fühlen. Unter Kieferknochen und behaarter Haut war nichts zu erspüren.

»Er ist tot. Haben Sie einen Krankenwagen gerufen?«

Der Geschäftsführer nickte, und wir erhoben uns.

»Wie ist das passiert, Doktor, was glauben Sie?«

»Wahrscheinlich Herzinfarkt. Aber das sollen besser die Sanitäter feststellen.«

»Was für ein Abgang, was? Okay, Leslie und Kareem, helft mir mal, den Wagen hier rauszuschieben, damit die anderen Leute durchkönnen. Danke, Doktor. Tut mir leid, Ihnen Umstände gemacht zu haben.«

»Keine Ursache.« Ich drehte mich um, wollte zurück zu meinem Auto.

»Wie peinlich.«

»Wie bitte?« Ich sah ihn an.

»Ich mein, ich führ diesen Laden und alles, nicht wahr? Aber ich dachte gerade, wie demütigend es wär zu wissen, daß man in einer Autowaschanlage sterben wird. Besonders, wenn man berühmt wäre! Stellen Sie sich vor, in Ihrem Nachruf steht: ›Graham Gibson, namhafter Schauspieler, wurde am Mittwoch in der *Eiffel-Towel*-Autowaschanlage tot aufgefunden. Anscheinend erlitt er einen Herzinfarkt.‹« Er sah mich an und zog eine Grimasse. »*Hinweggespült!*«

»Ich weiß, was Sie meinen.«

Eine *gewaltige* Untertreibung. Einige Menschen sehen im Geiste ihre Namen auf der Titelseite, andere auf den Bronzeplatten, die in Gebäude eingelassen werden. Das ging mir auch so, bis mir ein paar dieser Sachen tatsächlich passiert sind. Danach begann ich mir vorzustellen, was in meinem Nachruf stünde. Ich habe mal gelesen, daß der Schreiber der Nachrufe in der *New York Times* sie verfaßte, bevor die Leute starben (wenn sie sehr bekannt waren), und wenn sie abgenibbelt waren, hat er den Nachrufen mit letzten Einzelheiten nur noch den richtigen Schliff gegeben. Das war verständlich, und ich konnte die Logik darin sehen, aber die Sache mit dem »Schliff« war beunruhigend. Okay, man lebt ein langes und illustres Leben, leistet wirklich etwas und erntet Anerkennung. Und was passiert dann? Am Ende steht man da wie der letzte Schwachkopf, wenn man das Pech hat, an einem Kronkorken zu ersticken, oder einem ein Ast auf den Kopf fällt und man zum Auszählen daliegt. Tennessee Williams und der Kronkorken. Ödön von Horváth und der Baum. Ich weiß nichts von Ödön, außer daß er Dichter war und auf die Art gestorben ist – von einem Ast am Kopf getroffen, während er in Paris eine Straße entlangging. Ich konnte mir nur allzu leicht jemanden vorstellen, der sagt: »Ich weiß nichts von Harry Radcliffe, außer daß er ein Architekt war, der in einer Autowaschanlage an Herzinfarkt gestorben ist.« Die *Eiffel-Towel*-Autowaschanlage, nichts Geringeres.

Als ich zum Auto zurückging, machte ich mir klar, daß ich in der letzten Zeit eigentlich nichts gemacht hatte; wenn ich es also gewesen *wäre*, der kieloben in dem braunen Auto gelegen hätte, hätte mein gesamtes Leben ziemlich sinnlos angemutet.

»Was ist denn da passiert?« Der Mann aus dem Wagen hinter meinem war ausgestiegen und stand nun auch da.

»Ein Typ hatte 'nen Herzinfarkt und ist gestorben.«

»*Hier?*« Er schüttelte den Kopf und griente. Ich wußte, was er dachte, und das deprimierte mich noch mehr: Es *war* komisch. Die Leute würden grinsen, wenn du erzählst, daß du heute in der Waschanlage warst und jemand während des letzten Spülgangs gestorben ist. Sie würden genauso wie dieser Mann grinsen, und nachher beim Abendessen gäbe es eine dieser teils komischen, teils ängstlichen Diskussionen über gute und schlechte Arten zu sterben.

Venasque hat immer gesagt, ganz tief innen drin wissen wir alle, daß wir irgendwie dumm sind, und deshalb verbringen wir zu viel Zeit unseres Lebens damit, diese Tatsache entweder zu vertuschen oder das Gegenteil zu beweisen – zumeist uns selbst. »Aber wenn es dann ans Sterben geht, ahnst du, daß du am Ende lächerlicher dastehen könntest als jemals zuvor. Obwohl du tot wärst und nicht mal *dabei*, um die Reaktionen der Leute mitzukriegen, hast du immer noch Angst, eine schlechte Figur zu machen. Warum sonst legen die Leute soviel Wert auf teure Särge und Beerdigungen? Damit wir weiter versuchen können, Eindruck zu machen, bis direkt ins Grab.«

Fünf Minuten später, als ich an einer Ampel auf dem Sunset Boulevard hielt, schaute ich nach links, und wer sitzt in dem Auto neben meinem? Markus Hebenstreit! Architekturkritiker für das *L. A. Eye, das Auge von L. A.* Hebenstreit war mein bösartigster und langjähriger Feind bzw. Kritiker. Wahrscheinlich hatte er mehr Schlechtes über meine Arbeiten geschrieben als irgend jemand sonst. Je berühmter ich wurde, desto mehr schäumte Hebenstreit und verbreitete seine Verbaltollwut, wo immer er konnte.

»Markus!«

Langsam wandte er sich mir zu und sah mich mit großer *hochdeutscher* Geringschätzung an. Als ich ihn fixierte, wurde seine Verachtung zu knopfäugigem Haß. »Hallo Radcliffe. Grad von der wöchentlichen Elektroschockbehandlung zurück?«

»Ein neues Milliarden-Dollar-Projekt, Markus! Ich soll jemandem ein *Milliarden*-Dollar-Museum bauen. Ich habe völlig freie Hand, solange es nur ein Harry-Radcliffe-Original ist. Denk dran, Markus, daß, egal *was* du schreibst, es immer jemanden geben wird, für den ich Milliarden-Dollar-Bauten entwerfen soll! Das schluck mal schön, du Naziarsch!«

Bevor er irgendwas sagen konnte, knallte ich den Gang rein und machte mich ab, triumphierend wie ein Achtzehnjähriger.

Es ging das Gerücht, dem Sultan von Saru gehöre das Westwood Muse Hotel; das erklärte, warum er und seine Begleiter, wenn sie fünf- oder sechsmal im Jahr nach Los Angeles kamen, immer dort abstiegen. Es war in den dreißiger Jahren von einem

Schüler von Peter Behrens entworfen und gebaut worden und sah ein bißchen so aus wie die abgefahrenen Fabriken, die Behrens in Deutschland für die AEG gebaut hat. Mir gefiel es, weil es so verschnörkelt war, aber ich verstand nicht, warum der Sultan es gekauft hatte, wo er sich doch leicht *jede* Immobilie im Zehn-Meilen-Umkreis des Beverly Hills Hotels hätte leisten können.

Als ich vorfuhr, kam eine sehr große Schwarze in einem taubengrauen Hemd und engen Hosen und öffnete die Tür. Wie immer sah ich mit reinem Gefallen an ihr hoch. Sie war apart.

»Hallo, Lucia.«

»Hallo, Harry. Hat er dich wieder eingeladen?«

»Herbeizitiert.«

Sie nickte und nahm meinen Platz im Wagen ein. Die beiden ergänzten einander vollkommen; allein wegen ihres Aussehens und ihrer Größe hätte der Wagen ihr gehören sollen. Aber er gehörte ihr nicht. Lucia war nur ein weiterer schöner Mißerfolg in Kalifornien, der Autos parkte.

»Will er immer noch, daß du sein Museum baust?«

»Jawoll.«

»Und du willst es nicht machen?« Ihre langen braunen Hände lagen nur leicht auf dem Lenkrad. Sie lächelte zu mir hoch, ein absolut umwerfendes Lächeln.

Ich erwog, ihr zu antworten, aber statt dessen fragte ich: »Was willst du werden, wenn du groß bist?«

Unsicher, ob ich es ernst meinte oder nicht, warf sie den Kopf zur Seite und sagte: »Wenn ich groß bin? Schauspielerin. Warum?«

»Das hättest du gern in deinen Grabstein graviert? ›Lucia Armstrong, Schauspielerin‹?«

»Das würde mich sehr glücklich machen. Was ist mit dir, Harry? Was willst du drauf geschrieben haben, ›Harry Radcliffe, gefeierter Architekt‹?«

»Nee, das ist zu banal. Vielleicht ›Der Erbauer des Hundemuseums‹.« Einfach so hingesagt, ritt mich bei der Vorstellung plötzlich der Teufel. Während ich den Kiesweg hochging, drehte ich mich um, um Lucia noch etwas zu sagen, aber sie fuhr schon. Ich rief dem Heck meines blauen Autos hinterher: »Das wär 'ne saugute Grabinschrift!«

Lag es am Toten in der Waschanlage? Oder Hebenstreit die gewaltige Summe von »einer Milliarde Dollar« unter die Nase reiben zu können? Oder war es einfach die Vorstellung (und Gefallen daran), daß auf meinem Grabstein stünde: »Der Erbauer des Hundemuseums«? Aus welchem Grund auch immer, als ich auf die Eingangstür des Westwood Muse Hotels zuging, wußte ich, ich würde das Museum für den Sultan entwerfen, obwohl ich es monatelang abgelehnt hatte.

Als nächstes mußte ich ihn überzeugen, daß er nicht nur Glück gehabt hatte, sondern daß ich ein *Gottessegen* für ihn war. Das sollte ihn dazu bewegen, das Geld, das ich sowohl für mich als auch für das Projekt brauchen würde, rüberzuschaufeln. Mehr Geld, als selbst *er* sich vorstellte.

»Was sind Ihre frühesten Erinnerungen?« lautete die erste Frage, die Fanny Neville mir stellte, als wir uns vor Jahren bei einem Interview kennenlernten. Ich hatte nicht mal Gelegenheit gehabt, mich wieder hinzusetzen, nachdem ich sie ins Zimmer gebeten hatte.

Ohne zu überlegen, sagte ich: »Ich habe Sputnik und Rocket Monroe in den Luxor Baths in New York gesehen.«

»Wie alt waren Sie?«

»Drei, glaube ich.«

»Wer waren Sputnik und Rocket Monroe?«

»Berufsringer.«

Mein Vater, DeSalles »Sonny« Radcliffe, kam aus Basile, Louisiana. Er wußte, wie man bissige Wasserschildkröten fing, Frauen betörte und Geld verdiente. Er hat oft gesagt, daß diese drei viel gemeinsam hätten, deshalb sei er so erfolgreich.

Mit seinem gedehnten Südstaatenakzent sagte er immer: »Das Geheimnis (Gehaamnis) beim Fangen einer Schnappschildkröte, Harry, ist folgendes: bohre den Fuß in den weichen Schlamm und taste dich mit viel Gefühl vor.

Und manchmal steckt da eins von diesen Biestern drin und erwischt deinen Fuß. Dann mußt du stillhalten! (stillhaalten). Jetzt kommt die Geduld ins Spiel. Sie überlegt sich, was sie mit dem Fuß machen soll. Aber weil sie so blöde ist wie der Schlamm, weiß sie nicht, was. Also holst *du* nur ganz tief Luft und wartest. Ich weiß, daß du es nicht abwarten kannst, den Fuß herauszuziehen und schleunigst das Weite zu suchen, aber tu es nicht. Stillhalten, Junge, und dir wird nichts passieren. Frauen und Geld sind genauso: Wie Kletten hängen sie an dir und versuchen, dich herunterzuziehen, du mußt einfach den längeren Atem haben, und sie werden dich aus ihren Fängen lassen.«

Vati mochte es, wenn abends jemand mit ihm fernsah. Dieser Jemand war, seit ich klein war, im Normalfall ich, meine Mutter brachte für die Glotze keine Geduld auf.

Ringen gefiel ihm; wie er sagte, entspannte es ihn. Kanal Fünf aus Uline Arena oder Commack aus Long Island.

»Ich erinnere mich, wie ich auf seinem Schoß saß, wenn er sagte: ›Das ist Sweet Daddy Siki, Harry.‹ Oder Bobo Brazil, Johnny Valentine, Fuzzy Cupid. Weil ich jung war und die Namen so märchenhaft klangen, konnte ich sie mir merken. Sputnik und Rocket Monroe waren zwei Bösewichte mit langem schwarzem Haar, in die Scheitelpartie der Mähnen hatten sie weiße Streifen gefärbt, so daß sie beide wie Stinktiere aussahen.«

Fanny setzte sich weiter nach vorn und wies mit ihrer Brille auf mich. »Daher haben Sie die Namen für Ihre Kollektion?«

»Genau.«

»Sie haben Möbel nach Berufsringern benannt?«

»Ja, aber dann hat Philippe Starck die Idee geklaut und *seine* Sachen nach Figuren eines Science-fiction-Romans benannt.

Sehen Sie, alle nehmen Design zu ernst. Ich dachte, wenn ich meinen Arbeiten Namen gäbe, lächerliche Namen, daß es die Relationen zurechtrücken würde. Jemand, der fünftausend Dollar für einen Stuhl bezahlt, hat keinen Sinn für Relationen.«

Sie setzte sich zum fünftenmal die Brille wieder auf. Sie hatte ein schmales, ovales Gesicht, die großen dunklen Lippen formten einen Schmollmund wie eine erstarrte Rosenknospe. Mit der quadratischen schwarzen Brille von Clark Kent sah sie aus, als versuche sie etwas zu angestrengt, ernsthaft zu erscheinen.

»Aber warum verlangen Sie fünftausend Dollar für einen Stuhl mit Namen ›Bobo Brazil‹, Mr. Radcliffe?«

»Machen Sie Ihre Hausaufgaben, *Ms.* Neville; *ich* verlange gar nichts für die Möbel, die ich entwerfe – das macht die Verkaufsfirma. Und sie verlangen das Geld nicht für den Stuhl oder die Lampe, sondern für meinen Namen. Wie dem auch sei, ich bin billig zu haben – Knoll verlangt zehntausend für einen Stuhl von Richard Meier.«

»Kommen Sie sich dabei nicht unmoralisch vor, wenn Sie gleichzeitig wissen, daß so viele Menschen auf der Welt Not leiden?«

»Kommen Sie sich nicht unmoralisch vor, wenn Sie für eine Zeitschrift schreiben, die nur von Pseudo-Intellektuellen und Reichen gekauft wird, die sich den Teufel um die Armen scheren?«

»Ein Punkt für Sie. Was haben Sie in den Luxor Baths gemacht?«

»Ich war mit meinem Vater dort, er war süchtig nach Türkischen Bädern. Er glaubte, man könne alles machen, was man wolle – eine Flasche Cognac leeren oder eine ganze Nacht durchzechen –, wenn man nur am nächsten Tag ins Türkische Bad ginge und die Grenzüberschreitungen ausschwitzte.«

»Grenzüberschreitungen?« Sie lächelte zum erstenmal.

»Ich glaube an mehrsilbige Wörter.«

»Sprache gefällt Ihnen?«

»Ich glaube an sie. Sie ist der einzige Kitt, der uns zusammenhält.«

»Und was ist mit Ihrem Beruf? Verläßt sich die menschliche Gemeinschaft nicht auf äußere Formen?«

»Doch, aber sie kann sie nicht bauen, wenn sie nicht artikulieren kann, welche Formen sie will. Selbst wenn man nur Strohhütten baut.«

»*Wie* denken Sie über Ihre Arbeit, Mr. Radcliffe?«

Ohne etwas auszulassen oder mich im geringsten schuldig zu fühlen, machte ich wieder einmal eine Anleihe bei Jean Cocteau. Diesmal tauschte ich nur ein Wort aus – »Schriftsteller« gegen »Architekt«. »›Ich finde, daß jedes meiner Werke reichen würde, den Ruf eines Architekten zu sichern.‹«

»An Bescheidenheit glauben Sie nicht.«

Jetzt mußte ich mich weiter nach vorn setzen. »Wer ist Ihrer Meinung nach besser als ich?«

»Aldo Rossi.«

Ich winkte ab. »Er baut Friedhöfe.«

»Coop Himmelblau?«

»Die entwerfen Flugzeuge, keine Gebäude.«

»Seien Sie ehrlich, glauben Sie nicht, daß irgend jemand besser ist als Sie?«

Ich dachte einen Augenblick nach. »Nein.«

»Macht es Ihnen etwas aus, wenn ich Sie zitiere?«

So abstoßend wie möglich ging ich zum Basile-, Louisiana-Zungenschlag meines Vaters über. »Also, also, Fanny (Faanny), glauben Sie wirklich, daß mir das schaden würde? Das wird aus jedem Interview, das ich gebe, zitiert. Ich bekomme mehr Aufträge! Die Menschen engagieren gern selbstsichere Männer. Insbesondere dann, wenn man für ein paar Millionen Dollar verantwortlich ist!«

Das war in der Tat so. Während ich vor Jahren das erstemal mit Fanny sprach, dachte ich auch an die drei Projekte auf meinem Schreibtisch: den Flughafen in Aachen, Deutschland, das Institut für Kunst der Rutgers Universität in New Jersey und das Haus, das ich gerade in Santa Barbara für Bronze Sydney und mich baute.

Anmerkung: Bronze Sydney war meine zweite Frau. Bronwyn Sydney Davis. Bronze Sydney. Wir begannen unsere Beziehung als Geschäftspartner, heirateten dann, erkannten aber schnell, daß wir als Kollegen erfolgreicher gewesen waren. Wir ließen uns in gegenseitigem Einvernehmen scheiden. Wir sind immer noch Partner und Freunde.

Sowohl das Aachener als auch das Rutger-Projekt hatte ich erhalten, weil ich speziellen Leuten versichert hatte, ich sei der Beste. Dieses Selbstbewußtsein, im Verbund mit meinen Plänen und Vorschlägen, hatte sie überzeugt. Ich glaube, die Entwürfe allein hätten es nicht geschafft, obwohl sie eine eigene Handschrift trugen und durchaus angemessen waren.

Fragen Sie irgend jemanden nach der erfolgreichsten Zeit seines Lebens. Was immer er sagen mag, ziemlich sicher ist, daß es etwas mit Geschäftigkeit zu tun hat. Ich fühlte mich wohl dabei, Fannys Fragen so geradeheraus zu beantworten, zu dem Zeitpunkt war ich ein Hurrikan namens H. Radcliffe, Wichtiger Amerikanischer Architekt. Ich kam mir vor wie einer dieser Tropenstürme, die sich über dem Golf von Mexiko zusammenbrauen und allen einen Heidenschrecken einjagen, wenn der Wetterprophet geheimnisvoll sagt: »Hurrikan Harry wartet da draußen immer noch auf seine Stunde, momentan wird er nur größer. Aber macht die Luken dicht, Leute. Das wird ein Reißer!« Ich *war* ein Reißer, und wegen der Gebäude, die wir hochzogen, wurde ich die ganze Zeit größer. Ich hatte Ruhm, kiloweise Geld, Aufträge, bei denen ich alles, was ich wollte, entwerfen konnte. Bronze Sydney (der kaufmännische Kopf) und ich arbeiteten zu viel, aber wir liebten das Gefühl, mit voller Wucht zu leben. Wenn wir abends ins Bett gingen, standen wir immer noch so unter Strom, daß wir stundenlang bumsten, um einiges von dem Strom, der Angst, Aufregung und Erwartung loszuwerden, die sich bei uns beiden während des Tages aufgebaut hatte.

Dann brach der Sturm tatsächlich los, aber er traf nicht das Festland, sondern mich.

Monate später, nachdem ich den Pritzker-Preis gewonnen hatte (der zweitjüngste Preisträger in der Geschichte des Preises, möchte ich anfügen), kam die wirkliche Ehrung, als ich eingeladen wurde, an der 750-Jahr-Feier der Stadt Berlin teilzunehmen. Teil der Feierlichkeiten war die intelligente Entscheidung der Stadtväter, prominente Architekten aus aller Welt zu bitten, neue Gebäude zu entwerfen, die das Gesicht der ängstlichen, nervösen Stadt liften sollten.

Eine Stadt des späten zwanzigsten Jahrhunderts, die wie ein wichtiger und ungeheuer mächtiger Leuchtturm an der Grenze zum Kommunismus ihren Platz einnimmt. Mir schien sie so edel und utopisch, wie etwas überhaupt nur sein konnte.

Sie baten mich, einen Abschnitt der Technischen Universität Berlin zu entwerfen. Eine Stunde nach der Bitte bzw. dem Auftrag wußte ich, was ich tun würde: Eine Technische Universität? Was könnte ihr mehr entsprechen als ein Roboter, sechs Stockwerke hoch? Auf meinem Schreibtisch hatte ich immer eine Sammlung Spielzeugroboter, und meine Freunde wußten, daß sie mir interessante Stücke, wenn sie auf welche stießen, mitbringen mußten.

Nachdem ich den Großteil zweier Tage, ohne Telefongespräche anzunehmen, das Licht der Schreibtischlampe auf die verschiedenen Figuren gerichtet, hinter verschlossenen Türen verbracht hatte, begann ich mit einer Vorzeichnung, die aussah wie eine Mischung aus einer Collage des russischen Konstruktivismus, dem sexy Robotermädchen aus Fritz Langs *Metropolis* und einer ›Masters of the Universe‹-Puppe. Es war ganz gehaltvoll, aber nicht außergewöhnlich. Ich brauchte mehr Anregung.

An der Melrose Avenue in Los Angeles gibt es ein Geschäft, das ausschließlich Sachen verkauft wie Gummispinnen, japanische Roboter, Horrorfilm-Masken ... Das typische überteuerte Paradies für Chic und Kitsch, wo der Haufen Hundescheiße aus Gummi, den man als Kind für neunundvierzig Cents gekauft hat, jetzt sieben Dollar kostet. Ich verrate Ihnen ein Geheimnis: Ich habe dort viel Zeit und Geld gelassen, wenn ich auf der Suche nach Ideen für ein neues Gebäude war. Eine Tüte im Wert von dreißig oder vierzig Dollar, angefüllt mit phosphoreszierenden Werwolfklauen, kleinen grünen Autos/Radiergummis, Wer-bekommt-die-Kugel-ins-Loch-Geschicklichkeitsspielen; wenn ich den gesamten Inhalt vor mir ausbreitete, half es für gewöhnlich, aus irgendeinem unerklärlichen Grund. Mallarmé inspirierte es, auf den Ozean zu blicken. Harry Radcliffe bezog seine Inspiration aus unechten Fliegen in unechten Eiswürfeln.

Jedesmal, wenn ich in das Geschäft kam, begrüßten mich die Besitzer aufs herzlichste. Ich glaube, es waren nette Leute, aber ich hatte dort immer so viel Geld ausgegeben, daß ich nicht wußte, ob sie wirklich nett waren oder nur Geld-nett. Geld-nett hält nur so lange an, wie man ein guter Kunde ist.

»Haben Sie etwas Neues?«

»Wir haben gerade etwas hereinbekommen, das Ihnen bestimmt gefällt.« Der Mann ging nach hinten in den Laden und winkte mich herbei. Ich ging zu ihm, während er in eine Schachtel faßte, die am Boden stand.

»Sehen Sie sich die an.« Er hielt mir zwei Handvoll kleiner Gebäude in lebhaften Farben entgegen, jedes vielleicht zehn, elf Zentimeter hoch. Ich nahm eins und gab einen amüsierten Aufschrei von mir. »Das ist die Sphinx!«

»Genau. Und hier ist das Empire State Building, das Opernhaus in Sydney, der Buckingham Palast ... Alle berühmten Gebäude der Welt als Bleistiftanspitzer! Sind die nicht klasse? Wir haben sie erst diese Woche aus Taiwan bekommen. Sehen die nicht aus wie Kaugummi?«

Ich langte in den vollen Karton und wühlte nach anderen Modellen. Ein kobaltblauer Schiefer Turm von Pisa, eine zinnoberrote Freiheitsstatue (war das ein Gebäude?), ein grünes Römisches Kolosseum. Es gab erstaunlich viel verschiedene. Ich nahm ein paar mit nach vorne in den Laden, wo das Licht besser war, hielt sie hoch und sah mir die Details genau an. Superb.

Ich kaufte zweihundertfünfzig.

Es gab kein Reifenquietschen, gellende Schreie oder donnernden Krach, wie es wohl bei vielen anderen der Fall ist, als mein Verstand abhob und im Wahnsinn landete. Außerdem haben wir alle zu viele schlechte Filme gesehen, in denen die Personen sich das Gesicht zerkratzen oder Hyänenlaute ausstoßen, um anzuzeigen, daß sie durchgedreht sind.

Ich nicht. Eine Minute vorher war ich der berühmte, erfolgreiche, selbstbewußte Harry Radcliffe im Scherzartikelladen, der in einem Lieblingsgeschäft nach einer Anregung sucht. Im nächsten Augenblick war ich auf ruhige Weise, aber sehr ernstlich verrückt, als ich den Laden mit zweihundertfünfzig gelben (nur gelben) Bleistiftanspitzern verließ. Ich weiß nicht, auf welche Art andere Leute wahnsinnig werden, aber meine war immerhin neu.

Die Melrose Avenue ist nicht der rechte Ort, um den Verstand zu verlieren. Die Läden an der Straße sind voll mit allem Schwachsinn, den das Herz begehrt, und die Inhaber sind überglücklich, ihn zu verkaufen, wenn man bezahlen kann. Ich konnte bezahlen.

Möchte irgend jemand einen afrikanischen Graupapagei namens Noodle Koofty? Ich taufte ihn auf dem Rückweg nach Santa Barbara. Er saß still in einem riesigen schwarzen Käfig hinten in meinem Mercedes Kombi, umringt von Gegenständen, vor denen ich nur zurückschrecken kann, wenn ich jetzt an sie denke: drei fast einen Meter hohe, sehr bunte Gartenzwerge, jeder von ihnen hielt einen goldenen Ring; fünf Conway-Twitty-Alben, die jedes zwanzig Dollar kosteten, weil sie »Klassiker« waren; drei ebensolche Sam-the-Sham-and-the-Pharaohs-Alben, auch Klassiker, fünfundzwanzig Dollar das Stück; ein Karton Badezimmerkacheln mit einem schauderhaften Pfirsichmuster; ein deckenhohes Poster von Chacma Baboon in der gleichen Haltung wie Rodins »Denker« ... Auch noch andere Sachen, aber Sie erkennen die grobe Richtung.

Mein Auto hing hinten so tief, als transportierte ich Zementsäcke. Aber alles, was ich mitführte, war nur der alarmierende Beweis meines Schwachsinns.

Wie konnte das passieren? Wie kam es dazu, daß Radcliffe auf der Höhe seines Erfolges einen Mercedes Kombi voller Plastik-Gartenzwerge und Conway-Twitty-Alben steuerte? Glauben Sie mir, ich habe darüber nachgedacht, seit es mir wieder gutgeht, und mir geht es schon lange wieder gut. Die Standarderklärungen klängen glaubhaft – ich war überarbeitet, stand unter zu großem Erfolgsdruck, meine Ehe mit Sydney begann seltsam in den Nähten zu knistern und zu krachen...

Oder nichts von alledem.

Nachdem Venasque mich mit Cocteaus Tagebüchern bekannt gemacht hatte, fand ich eine Stelle, die mich tief berührte. »Dann wurde mir bewußt, daß mein Traum-Leben genauso voller Erinnerungen war wie mein Wach-Leben, daß es ein wirkliches Leben *war*, dichter, ereignisreicher an kleinen und großen Dingen, tatsächlich war es genauer, und daß es schwierig für mich war, herauszufinden, welche Erinnerungen aus dem einen und welche aus dem anderen Leben stammten, sie überlagerten sich, vermischten sich und schufen mir ein doppeltes Leben, zweimal so gewaltig und zweimal so lang wie mein eigenes.«

Als ich sie Venasque zeigte, klopfte er mir auf die Schulter.

»Genau. Das sollte deine Fragen beantworten, Harry. Du *mußtest* durchdrehen! Die meisten Leute drehen durch, um sich zu verstecken oder weil sie mit allem nicht fertig werden. Du bist durchgedreht, weil du, obwohl du dachtest, daß du alles richtig machst, doch nicht alles richtig gemacht hast. Und etwas in deinem Inneren wußte es. Sieh es mal so: Deine Traum-Persönlichkeit hatte beschlossen, daß du und sie Urlaub von deiner Wach-Persönlichkeit brauchen, sie hat also für euch beide die Fahrkarten gekauft und gepackt. Und weg wart ihr, und deine Wach-Persönlichkeit blieb zu Hause.«

Es war nett von dem alten Herrn, sie meine »Traum«-Persönlichkeit und meine »Wach«-Persönlichkeit zu nennen, wo wir doch beide wußten, er meinte: Harry Verrückt/Harry Normal. Dennoch macht das, was er sagte, immer mehr Sinn, je weiter ich mich von diesem turbulenten Abschnitt meines Lebens entferne. Manche Leute müssen irre werden. Für eine Weile vollständig in seinem »Traum-Leben« zu leben ist so, als verlagere man alles Gewicht auf das linke Bein, wenn das rechte erschöpft ist. Ich war nicht lange verrückt, aber in gewisser Hinsicht verdanke ich jenen Monaten, in denen ich balla balla war, zwei der wichtigsten Dinge in meinem Leben: Mein Vorstellungsvermögen war erweitert worden und ausgeglichener, und ich hatte den unersetzlichen Venasque.

Aber ich greife vor. Spulen wir zurück an die Stelle, wo Noodle Koofty und ich und die unbelebten Freunde hinten in meinem Mercedes Kombi über den Pacific Coast Highway kutschierten, ein paar von uns verrückt, ein paar von uns stumm, und wir alle genossen den Sonnenuntergang meines ersten Tages unter den Irren.

Plötzlich überfiel mich der Gedanke an all die wundervollen Dinge, die ich gekauft hatte. Ich mußte meine Begeisterung mit jemandem teilen, deshalb hielt ich an einer Telefonzelle, um Bronze Sydney anzurufen.

Sie sagte mir später, ich hätte geklungen wie eine Lautsprecheransage, die die Abfahrtszeiten der Züge bekanntgibt. Das heißt, was ich für wilde Begeisterung hielt, hörte sich ziemlich leblos an. Was habe ich gesagt?

»Du hast mit völlig monotoner Stimme nur aufgezählt, was du gemacht hast: Ich-bin-in-das-Scherzartikel-Geschäft-gegangen. Ich-habe-gelbe-Bleistiftanspitzer-gekauft. Ich-bin-sehr-glücklich ... Ungefähr so.«

»Klang es wirklich *so* schauerlich?«

»Ja. Ich dachte, daß du mal wieder Stimmen imitierst.«

»Wie habe ich mich benommen, als ich nach Hause kam?«

»Sehr umgänglich und freundlich; du warst ganz der alte. Erinnere dich, es wurde nicht sofort wirklich schlimm.«

Der Papagei gefiel Sydney, und sie glaubte, daß die anderen *Objekte* Teil eines undurchschaubaren Plans seien, den ich ausbrütete. Sie war daran gewöhnt, daß ich mit Whoopie-Kissen, »Scherzklingeln« oder Kartons voller Spielzeugsoldaten nach Hause kam, die ich mit in mein Arbeitszimmer nahm, und mit ihnen spielte oder sie anstarrte, bis ich von ihnen die Botschaft erhielt, die ich brauchte. Es machte ihr alle Ehre, daß sie nicht mit der Wimper zuckte, als ich einen ruhigen Abend zu Hause damit verbrachte, Hundekuchen aneinanderzuleimen.

An einen Anblick erinnere ich mich: den Rücken meiner Frau, als sie zwei der Gartenzwerge unter den Armen ins Haus trägt. Sie trug ein schwarzes Kleid und Strümpfe in leuchtendem Orange. Die Farben erinnerten mich an Halloween.

Nachdem wir all die neuen Schätze in mein Zimmer verfrachtet hatten, las Sydney in ihrem Buch weiter. Während ich, die Hände wie ein Piratenkapitän in die Hüften gestützt, die Lage der Dinge in Augenschein nahm.

Mein »Schreibtisch« ist ein runder Danhauser Eßtisch, immer mit irgendwelchem Zeug überladen. In jener Nacht räumte ich das erstemal in der jüngeren Geschichte das Zeug vom Tisch. Nachdem ich es behutsam auf den Boden gehäufelt hatte, begann ich damit, die Welt zu erschaffen.

In Windeseile hatte ich alle zweihundertfünfzig Bleistiftanspitzer auf dem Mahagonitisch ausgelegt. Aber das war uninteressant, deshalb nahm ich einen der Zwerge und pflanzte ihn in die Mitte, ein riesiger außerirdischer Eindringling als zentrales Element.

Einige Stunden später tauchte ich wieder im Licht und Land der Normalen auf, um zu fragen, ob es etwas zu essen gebe. Wir beide haßten Kochen. Folglich waren Mahlzeiten bei Radcliffes entweder ekelhaft, sehr merkwürdig oder gar nicht. Mir wurde mitgeteilt, in der Küche sei ein Kübel voll gebratenem Hähnchen.

Mrs. Radcliffe sagte später, sie fing an Verdacht zu schöpfen, daß etwas Seltsames im Gange sei, als ich kurz darauf mit einer langen Schürze angetan und in jeder Hand eine Grillgabel haltend aus der Küche kam.

»Wie möchtest du dein Hähnchen? Gut durch?«

»Wie meinst du das?«

»Wie möchtest du es gebraten haben?«

»Harry, das ist Kentucky Fried Chicken. Es *ist* schon gebraten.«

Ich lächelte rätselhaft und ging zurück in die Küche.

Zehn Minuten später schwebte der rauchige Grillgeruch ins Zimmer. Sie fand mich auf der Terrasse, ich wendete Hähnchenstücke auf dem Grill.

»Was machst du da?«

»Wie möchtest du deins haben?«

Sie sah mich aufmerksam an. Daran erinnere ich mich. Sie sah mich so lange an, daß ich schließlich verlegen wurde und mich wieder ans Hähnchenstücke-Wenden machte.

»Wie fühlst du dich, Harry?«

»Gut. Etwas müde. Ich habe heute nicht viel gegessen.«

»Warum legst du dich denn nicht eine Weile hin? Ich übernehme das hier und bringe es dir, wenn es fertig ist. Okay?«

»Das mußt du nicht, Syd. Sie sind schon fast durch.« Ich deutete auf einen ehemaligen Hähnchenschenkel, der jetzt nur noch ein rauchender schwarzer Klumpen war.

»Okay.« Sie ging ans nächste Telefon und rief unseren Arzt/Freund/Nachbarn Bill Rosenberg an.

Danach ging es mir eine Weile gut. Bill sagte, daß es Überarbeitung sei; nimm diese Tabletten und gönne dir oben in San Francisco ein paar Tage Pause; wir befolgten den Rat. Wir wohnten im Mark Hopkins, aßen am Ghirardelli Square rote Nudeln, standen vor dem alten Fillmore West und sprachen über Janis Joplin ... Eine nette kleine Reise – romantisch und erholsam.

Wenn man sich im geheimen wünscht, in Europa zu leben, hat man die Auswahl zwischen einigen amerikanischen Städten: San Francisco, New Orleans, Seattle. Die Gebäude sind verschnörkelt und ursprünglich, die Bäckereien machen Sachen wie Baguettes und Dinkelbrot, und vom kleinsten Fenster aus kann man weit auf den Hafen hinaussehen.

Und Brücken. Wie ich Brücken liebe. Sie strahlen eine ernsthafte Genauigkeit und Autorität aus, die sonst in der Architektur fast nirgendwo zu finden sind. Sie sind im Gegensatz zu Gebäuden nur zu einem einzigen Zweck gebaut. Form auf die Funktion reduziert, gebündelt. Stimmt der Entwurf nicht, macht man Schlagzeilen.

Nachdem wir dreimal zur Golden Gate Bridge herausgefahren waren, die ich anstarrte wie Moses den brennenden Dornbusch, fragte meine Frau mich verständlicherweise, was los sei.

»Ich brauche Zahnstocher!«

Sydneys Fehler war, daß sie mich *zu dem Zeitpunkt* nicht einliefern ließ. Oder vorm Supermarkt, wo ich dreißig Packungen Zahnstocher und sieben Tuben Klebstoff gekauft hatte. Oder zurück im Hotel, wo ich mit der Zunge zwischen den Zähnen den Bau der Zahnstocherbrücke begann.

Genug war genug! Gut, sie war daran gewöhnt, daß ich Gipszwerge für den Rasen kaufte und Sam-the-Sham-Schallplatten, aber hatte ich nicht schon das gebratene Hähnchen gebraten? Einen Tisch mit gelben Bleistiftanspitzern übersät?

Wissen Sie, was Cocteau über Situationen wie diese sagt? »Sich in einer katastrophalen Lage richtig zu verhalten ist einfach. Da zeigt sich gute Erziehung. Die Schwierigkeit ist, sich in glücklichen Zeiten richtig zu benehmen; das ist der Beweis wahrer Haltung.«

Sehen Sie, Sie wissen jetzt, daß ich meinen Kopf schon schräg hielt wie ein panischer Spaniel, ich schnüffelte verrückt die schlechte Luft. Aber die Verrücktheit war mein Problem. Sydneys Problem war, sich mit meinem schiefgelegten Kopf abgeben zu müssen, den leuchtenden Augen, meiner kehligen Roboterstimme ... Und auf dem Fußboden des Nobelhotelzimmers sah sie mich und meine Zahnstocherbrücke.

Später sagte sie, an dem, was ich machte, sei nichts Ungewöhnliches gewesen, aber der Meinung bin ich nicht. Wissen Sie, wo Ihre Kinder heute abend sind? Wissen Sie, wo der Verstand Ihres Lebensgefährten heute abend ist? Ich bin überzeugt, wäre Bronwyn Sydney so offensichtlich verrückt geworden wie ich damals, *ich* hätte nicht dagesessen und ferngesehen, während sie auf dem Fußboden herumkroch und etwas fabrizierte, das aussah wie das Netz einer Spinne auf einem LSD-Trip.

Die ehemalige Mrs. Radcliffe ist nicht dieser Auffassung. Das ist einer der Gründe dafür, daß wir jetzt ein Büro teilen, aber nicht mehr unser Leben.

Wie auch immer, zurück in Santa Barbara wurde es allzu offensichtlich, daß ich die Ränder der Wirklichkeit weit überschritten hatte und in der Luft schwebte; etwas mußte unternommen werden.

Wenn man reich oder berühmt ist, kommen sie nicht mit Schmetterlingsnetzen oder riesigen Spritzen voller Sedative, um einen ruhigzustellen, bis sie einen in eine Gummizelle bringen können. In meinem Fall erinnere ich mich, daß ich in den wenigen klaren Augenblicken, die wie Kolibris durch meinen Kopf schwirrten, von ernsthaften Gestalten gefragt wurde, ob es mir

»gutgehe«. Aber, zum Teufel, mir ging es blendend – der Blick aus *meinen* Fenstern war interessant!

An diesem Punkt folgte Sydney einer wahrhaft guten Eingebung; dafür werde ich immer in ihrer Schuld stehen. Jeder Arzt, den ich aufsuchte, nannte eine andere Ursache für meine Krankheit. Überarbeitung und Streß waren die bevorzugten Übeltäter, obwohl meine Lieblingsdiagnose die eines Deutschen mit Bürstenschnitt war, der meinte, ich hätte einen *Kreislaufkollaps* erlitten.

Aber der einzige Umstand aus der Zeit, den ich ernstlich bedauere, ist, daß niemand mein im Verlauf von ungefähr einer Woche auf dem Wohnzimmerfußboden geschaffenes Arrangement aus Teekannen, gelben Bleistiftanspitzern, einem chinesischen Wok, einem schwarzen Vogelkäfig (mit Vogel), Gummibändern etc. fotografiert hat.

In meiner Vorstellung handelt es sich um eine Kreuzung aus der New Yorker Weltausstellung von 1939, einer der versunkenen Städte der Inka, und – das beunruhigt mich am meisten – dem vielleicht visionärsten Entwurf, den ich jemals gemacht habe. Der Mist ist, daß ich mich überhaupt nicht erinnere, wie es aussah, nur wieviel Spaß das Bauen gemacht hat. Sydney sagt, es sei nur das Labyrinth eines Schwachsinnigen aus Unsinn, schlechtem Gaudíplagiat und unseren größten Küchenutensilien gewesen. Ich bin mir da nicht so sicher. Als ich sie fragte, warum sie es nicht wenigstens fotografiert hätte, erwiderte sie: »Harry, Liebling, es war schlimm genug, mit dir zusammenzuleben. Du hast ausgesehen wie der Typ in einem Science-fiction-Film, der das Ungeheuer als erster sieht. Das reichte mir völlig. Ich war nicht in der Stimmung, die Kamera hervorzuholen. Wir *waren nicht* im Urlaub!«

Ich war es ganz bestimmt. Als ich vor ein paar Jahren mal wegen eines Projekts in Pakistan war, habe ich in Islamabad zwei nackte Männer auf der Straße gehen sehen. Niemand achtete auf sie. Man erklärte mir, daß die Geisteskranken dort als »von Gott berührt« gelten, deshalb läßt man sie in Ruhe.

Ich wünschte, man hätte mich in Ruhe gelassen. Auf der anderen Seite der Erde sagte man Sydney, daß es für mich das beste sei, einige Monate in einem exklusiven Heim zu verbringen, mit einer Gruppe anderer »erschöpfter und verwirrter« Seelen, die sich die paar tausend Dollar die Woche für den Aufenthalt dort leisten konnten. Ich persönlich war so zufrieden wie ein Einsiedler in seiner Höhle, als ich auf dem Wohnzimmerfußboden meine Stadt baute.

Aber meine gute und unvoreingenommene Frau, gesegnet sei sie, befolgte den Rat der »Experten« nicht.

Damals gab es in Los Angeles eine berühmt-berüchtigte Radiosendung, die wir beide liebten. Sie hieß »Völlig unnormal«, der Titel sagt schon alles.

An fünf Abenden in der Woche interviewte der Moderator diverse Exzentriker, Fanatiker und hundertprozentige Irre aus der Umgebung. Am besten gefiel mir die Folge mit einer Gruppe von Leuten aus Pasadena, die den Anspruch erhoben, Abkömmlinge des verlorenen Stammes Israels zu sein.

Einmal, nachdem wir gerade miteinander geschlafen hatten und uns in der anschließenden Phase des langsamen Auf-die-Erde-zurück-Schwebens befanden, schaltete ich, rechtzeitig für »Völlig unnormal«, das Radio ein. Der Moderator, Ingram York, interviewte jemanden, der mit europäischem Akzent sprach.

»Haben Sie Leuten wirklich *Fliegen* beigebracht oder meinen Sie das jetzt im übertragenen Sinne?«

»Haben Sie jemals darüber nachgedacht, wie oft sie den ›Flohwalzer‹ falsch gespielt hören? Wahrscheinlich das einfachste Stück, das man auf dem Klavier hämmern kann, aber jedes zweite Mal kriegt es einer nicht richtig hin. Dann lacht er, als wolle er sagen, wen interessiert denn, ob ich dieses blöde Stück falsch spiele? Das machen wir mit dem, was wir von uns wissen, genauso, Ingram. ›Wir beherbergen in uns einen Engel. Wir müssen diesen Engel beschützen.‹

Sicher habe ich Leute das Fliegen gelehrt. Aber nur, weil sie es schon in sich trugen. Sie hatten vorher ihren eigenen, persönlichen ›Flohwalzer‹ immer falsch gespielt und sich damit abgefunden.«

»Könnten Sie es mir beibringen?«

»Nein.« Venasque machte eine Pause, bevor er weitersprach. »Weil Sie es nicht in sich tragen.«

»Was würden Sie machen, wenn ich zu Ihnen käme und um Hilfe bäte?«

»Ein Essen zubereiten und zusehen, wie Sie es verzehren.«

Sydney und ich sahen uns an und rückten dichter ans Radio, damit wir den Typen besser hören konnten.

»Wie könnte eine Mahlzeit Ihnen etwas über mich sagen?«

»Was Sie mögen, sagt mir etwas. Wie Sie es zubereitet haben wollen, sagt mir etwas. Und *wie* Sie es essen.

Die Menschen suchen Wunder und *sich selbst* am falschen Ort, bei den falschen Gelegenheiten, Ingram. In der Kirche, oder wenn jemand stirbt, wenn ein Kind geboren wird ... Aber diese Ereignisse sind zu groß. Wenn das Leben soviel Raum einnimmt, wenn wir von einem Augenblick oder einem Ereignis so überwältigt werden, ziehen sich die kleinen Dinge zurück. Ob Sie mir glauben oder nicht, ich sage, das Wichtigste liegt in diesen kleinen Dingen.«

Dieser Venasque redete in dem Stil weiter, und Sydney und ich waren entzückt von ihm. Er erwähnte seine Abstammung von einer französischen Zirkusfamilie, seine Haustiere und wie gern er fernsah oder kochte. Über seine »magischen Kräfte« sprach er jedoch kaum, obwohl man ihm anmerken konnte, daß er sowohl ein gebildeter als auch ein kluger Mann war. Man mochte ihn. Er klang wie der Nachbar, den man sich immer wünscht.

Nachdem ich also bei all den Ärzten gewesen war und ihr einstimmiges Urteil gelautet hatte, den gefeierten Architekten in ein Irrenhaus zu verfrachten, wandte sich Sydney an den Produzenten von »Völlig unnormal« und bat ihn um Venasques Telefonnummer.

Als ich meinen Retter das erstemal sah, war ich mit meinen Spielsachen beschäftigt. Stellen Sie sich ein sehr großes Wohnzimmer mit einer atemberaubenden Aussicht auf den Ozean vor. Stellen Sie sich vor: ich, auf dem Fußboden dieses Raumes, vor dem Aufbau meiner – ewig größer werdenden – Himmlischen Stadt. Zwischenzeitlich hatte ich ein paar maßstabgetreue Modelle berühmter Bauten – Richard Rogers Neubau von Lloyd's in London, das Museum der Secession in Wien, das Brandenburger Tor – aufgetrieben und integrierte sie in den anderen Wust.

Auf einmal fiel Licht ins Zimmer. Die Haustür war geöffnet worden, eine Begrüßung war zu hören. Als ich aufsah, trottete oink oink dieses große, borstige, graue Schwein herein. Direkt an mir vorbei, verstreute und zermalmte dabei Gebäude, Bleistiftanspitzer, den Wok ... direkt auf das Sandwich zu, von dem ich schon gegessen hatte. Es lag auf einem Tisch, auf gleicher Höhe mit der Schweineschnauze. Ein »Schluuuup!«, und mein Mittagessen war gewesen.

»Was war's, Connie, Erdnußbutter?« waren die ersten Worte, die ich von Venasque vernahm.

»Ey, was geht denn hier vor?« sagte er als nächstes, während er ins Zimmer kam, die Hände in die Hüften gestemmt. »Du hast genug Gebäude, Harry. Wir müssen dir eine Klarinette kaufen.«

Er und das Schwein (ein »Vietnamesisches Hängebauchschwein«) und ein Hund zogen in das hinterm Haus liegende Gästehaus ein. Arme Bronze Sydney: Ein verrückter Gatte, ein Schamane, ein Schwein und ein Bullterrier namens Big Top, und sie mit allen unter einem Dach.

Big Top und Connie, das Schwein, waren unzertrennlich. Sie verbrachten viel von ihrer Zeit in der Küche in der Hoffnung, daß etwas Eßbares passieren würde. Das passierte auch oft, weil Venasque die gesamte Kocherei übernahm – für meine Frau einer der wenigen Pluspunkte. Die Gerichte, die er kreierte! Selbst mir in meinem wackeligen Zustand war bewußt, daß das, was er auftrug, Mozart für den Gaumen war. Später kam heraus, daß er und seine Frau (lange tot) in L. A. jahrelang ein sehr erfolgreiches Restaurant geführt hatten.

An diesem ersten Nachmittag schrieb er, nachdem er sich ein paar Minuten mit mir unterhalten hatte, eine Einkaufsliste und bat Sydney, die Sachen sofort zu besorgen. Als sie zurückkam, machte er uns »ein richtiges Mittagessen« und ging dann seine Taschen aus dem Auto holen. Die Tiere folgten ihm natürlich auf den Fersen. Ich fragte Sydney, ob er bei uns bliebe. Sie sagte, wahrscheinlich.

Während der nächsten zwei Tage saß er mit mir auf dem Fußboden, und zusammen nahmen wir langsam meine Stadt auseinander. Von Zeit zu Zeit fragte er mich, was dieses oder jenes sei. Ich sagte etwas wie »eine Gabel« oder »ein Kugelschreiber«, und er nickte dann, als höre er das Wort zum erstenmal.

»Damals warst du verrückt, Harry. Einmal habe ich eine Orange hochgehalten, und du hast gesagt, sie sei ein Buch. Ich hätte dich fast geküßt. Was du über die Welt wußtest und wie du sie gesehen hast, war einzigartig und sehr besonders. Nicht in einer Million Jahre hätte ich in der Orange ein Buch gesehen, aber du. Eine Zeitlang hatte ich eine Orange auf meine Kommode gelegt, um herauszufinden, ob ich jemals das Glück hätte, das Buch in ihr zu sehen.«

»Du klingst wie R.D. Laing in *Phänomenologie der Erfahrung*, Venasque: Nur die Irren sind normal. Die Sechziger in voller Blüte.«

»Wunder kann man nicht in ein Buch zwängen, Harry. Sie sind zu groß.«

Ich habe ihn noch nicht beschrieben, oder? Ich gehe immer davon aus, daß Leute, die ich gut kenne, in der Vorstellung anderer genauso bekannt sind wie in meiner eigenen.

Er war ein rundlicher, alter Mann. Kurzes weißes Haar, ein großes, immer glattrasiertes Gesicht, das am angenehmsten wirkte, wenn er zuhörte oder nachdachte. Er hatte grüne Augen, die Farbe habe sich aber mit zunehmendem Alter geändert, erzählte er mir mal. Oft trug er Overalls, weil er Gürtel oder Hosenträger nicht mochte. Overalls und Turnschuhe. Er liebte Turnschuhe und muß zwanzig Paar besessen haben.

Nachdem die Himmlische Stadt geschleift und in ihre rechtmäßigen Schubladen (oder die Mülltonne) gebracht worden und der Wohnzimmerfußboden wieder sichtbar war, nahm der alte Mann mich mit nach draußen.

Wir saßen am Swimmingpool und aßen M&M's, die Lieblingsleckerei der Tiere. Venasque sagte nichts, schüttete nur M&M's aus der Großpackung in seine Handfläche und verteilte sie unter uns dreien. Ich war zufrieden damit, dazusitzen, das ruhige blaue Wasser anzusehen und die Sonne auf meinen Beinen zu genießen. Das einzige Geräusch war das Schnaufen von Schwein und Hund, die ihren Anteil verzehrten.

Der alte Mann stand auf und machte zwei Schritte zum Wasser. Dort angekommen, drehte er die Tüte auf den Kopf und schüttete sie über dem Pool aus. Die M&M's flogen wie Schrotkugeln auf die Oberfläche und plumpsten *plink plink* ins Wasser wie ein einsetzender Regenschauer. Da ich, kurz bevor wir das Haus verlassen hatten, eine Valium genommen hatte, beunruhigte mich dieses seltsame Benehmen überhaupt nicht.

»Los, Harry, steh auf. Wir schwimmen eine Runde.«

Wir trugen schon Badehosen, also nahm Venasque meinen Arm und führte mich ans flache Ende des Pools. Die Tiere liefen voraus, nahmen furchtlos die Stufen ins Wasser und trieben gemeinsam los. Ein weißer Kopf, ein borstiger grauer.

Ich fühlte das erste Wasser wie einen kalten Messerstich an meinem linken Fuß. Das Schwein schwamm in der Mitte des Pools und schaufelte sich M&M's ins offene Maul.

»Connie, laß die Kugeln in Ruhe!«

Er bekam meinen Arm zu fassen und führte uns tiefer hinein. Wir stießen ständig an die Schokokugeln, im Chlor verloren sie schon ihre Farbe und lösten sich in knallbunte Kreise auf.

»Okay, hier.« Venasque brachte uns zum Stehen und legte seine Hand über mein Gesicht. Durch den dicken Samtvorhang von Valium und Verrücktheit fühlte ich etwas außergewöhnlich Lebendiges und Neues in mir.

»Wir tauchen jetzt unter, Harry, und wir werden eine Weile unten bleiben. Du brauchst keine Angst zu haben, wir werden atmen können. Also los.«

Wie Steine ließen wir uns am Grund des Pools nieder. Er deutete auf die Oberfläche. Außer dem wogenden Schimmer der hellen Welt auf der anderen Seite des Wassers konnte ich die vielen dunklen Punkte der M&M's sehen, die Connies Maul entkommen waren.

»Sieh dir diese Kugeln an, Harry. Ordne sie in deinem Kopf. Suche nach einem Zusammenhang und sag mir, was du siehst.« Seine Worte waren klar und deutlich, als säßen wir am Pool, nicht *darin*.

Was ich sah, waren Noten. Noten, die ich augenblicklich lesen konnte, obwohl ich zu dem Zeitpunkt keine Noten lesen konnte. Die schwarzen M&M's waren Noten auf dem wogenden »Notenpapier« der Oberfläche, und man konnte alles sofort lückenlos erfassen. Erhabene Musik, eine abgerundete Komposition. Venasque sagte später, es war nicht Musik, sondern ich, »richtig geschrieben«.

»Das *klingt* wie aus den Sechzigern! Wer hat sie so angeordnet, als wir auf dem Boden des Pools waren?«

»Sei nicht *immer* so ein Haarspalter, Harry. Es ist wie eine karierte Jacke, die gut zu einigen Kleidungsstücken paßt, aber mit anderen beschissen aussieht. Wenn du eine wichtige Frage stellen willst, stell sie. Versteck dich nicht immer hinter einer karierten Jacke.«

»Entschuldigung. Wer hat die Noten aufs Wasser geschrieben?«

»Gott.«

»Es tut mir leid, Venasque, aber ich glaube nicht an Gott.«

»Und was meinst du, wer sie dann so auf dem Wasser verteilt hat, Mantovani?«

»Du, Venasque. Du bist das Gottnächste, an das ich jemals geraten bin, obwohl ich immer gedacht habe, ein großartiges Gebäude sei Gott. Du weißt schon, vor dem Schatzhaus in Petra stehen oder Mendelsohns Einstein Tower, das ist so unsterblich oder so nah am Allmächtigen, wie wir jemals kommen werden.«

Er schüttelte den Kopf, als sei ich schwer von Begriff. »Jemand hat gesagt, ›... man kann sich Architektur besser vorstellen als Menschen.‹ Und weißt du, warum, Harry? Weil Gebäude nur so und so hoch sind. Egal, wie groß sie sind, irgendwo enden sie. Gott endet nicht. Auch Menschen nicht, wenn man ihnen die richtige Richtung weist. Unsterblichkeit heißt nicht hundert oder zweihundert Stockwerke. Sie bedeutet Endlosigkeit.«

Nachdem Venasque einmal entschieden hatte, daß ich nicht ernstlich geisteskrank sei, fuhr er mich nach Santa Barbara, um eine Klarinette zu kaufen. »*Ernstlich* Verrückte sind sehr rege, Harry. Sie bauen sich ihre eigenen Straßen und fahren sie auf und ab, allein, den ganzen Tag. Du hast nur einen Umweg gemacht, um zu sehen, wie die Landschaft abseits der Hauptstraße aussieht.«

In meinem ganzen Leben hat es mich nie gereizt, ein Musikinstrument zu spielen. Im College habe ich davon geträumt, in einer Rockgruppe zu spielen, aber das war nur wegen der Mädchen, die diese Beschäftigung mit sich bringt. Davon abgesehen genügte es mir, bei der Arbeit im Hintergrund Musik zu hören, oder um meiner Stimmung nachzuhelfen, wenn ich sexuell erregt war oder deprimiert.

Venasque sagte, das zwanzigste Jahrhundert mag grundsätzlich keine Stille, das sei der Grund, warum uns ständig soviel nerviger oder unnützer Lärm (und Musik) umgibt. »Manche Jahrhunderte sind glücklich, wenn sie ruhig sein können und den Himmel ansehen. Unseres setzt wie verrückt seine ganze Zeit daran, diesen Himmel zu erfüllen!

Es gibt keine Ruhe mehr: keine Minute, in der man denken oder eine Weile still sein kann. Was ist mit Aufzügen oder der ›Warteschlange‹ am Telefon: Aufzüge schenkten einem diese wenigen kostbaren Augenblicke, zwischen den Stockwerken konnte man darüber nachdenken, was man sagen wollte oder was einem gerade im Leben widerfahren war. Heutzutage betritt man einen kleinen Kasten, erfüllt von ›Strangers in the Night‹.

Außerdem macht es den Sinn von Musik zunichte, man sollte ihr Aufmerksamkeit schenken, nicht sie verübeln oder ignorieren, während man darauf wartet, daß die Verbindung zustande kommt!

Ich werde dir beibringen, Noten zu lesen und selbst zu spielen, Harry, beides, damit du mehr über dich selbst lernst, und damit du etwas hast, worauf du dich konzentrieren kannst, wenn du wieder anfängst, ihn zu verlieren.«

»Werde ich ihn wieder verlieren?«

»Nur wenn du willst. Andere Leute können nichts dafür. Du hast den Luxus, wählen zu können, ob du verrückt sein willst oder nicht.«

Einige Monate später sahen Venasque und ich *Karate Kid* im Fernsehen. Ausgemachter Mist. Der scharfsinnige Alte aus dem geheimnisvollen Osten, der sowohl ein Brett durchschlagen als auch einen Halbwüchsigen den Königsweg zur Erleuchtung führen kann, mit Hilfe von Aphorismen und Apophthegmen, die ziemlich gut klingen, bis man Minuten später merkt, daß man darauf auch selbst hätte kommen können.

Jedenfalls, Venasque gefiel es, wie die meisten Fernsehsendungen. Ich habe nie jemanden getroffen, der so gern fernsah; ganz sicher paßte das nicht zu dem, was ich in der Zeit, in der wir zusammen waren, über sein Wesen erfahren hatte.

»Warum regst du dich über einen Film auf, in dem ein Junge seinen Mittelpunkt findet, Harry? Was macht es denn, wenn es ein bißchen ›Hollywood‹ ist? Deshalb sehen wir uns Filme doch an.«

»Aber du bist der einzige von allen, der weiß, wie ein solcher Prozeß *wirklich* verläuft. Kriegst du nicht das Kotzen, wenn du siehst, daß Erleuchtung wie Fast Food serviert wird? Fahren Sie zum Drive-in-Schalter und bestellen Sie sich etwas Nirvana, mit Pommes, zum Mitnehmen?«

»Mach die Augen zu, Harry. Es wird Zeit, wieder auf Reisen zu gehen. Ich möchte dir etwas zeigen.«

»Reisen« war Venasques Ausdruck für die Art und Weise, in der er einen in die eigene Vergangenheit zurückversetzte. Er würde mir auftragen, die Augen zu schließen, und einen Moment später befände ich mich wieder in irgendeinem seltsamen Augenblick oder einer Ecke meines Lebens und erlebte Dinge, an die ich zwanzig Jahre lang nicht mehr gedacht hatte.

»Weißt du, es ist eine Kunst, richtig zu fallen.«

Ich sah weiter auf die Kamera, ich fürchtete mich, meine Augen auf ihn einzuschwenken, als er sich vom Boden erhob. Seine Assistentin stand fast neben ihm, wußte aber offenbar, daß er allein aufstehen wollte; um den kleinen Sieg des Aufstehens zu erringen nach der großen Niederlage, schon das dritte Mal hingefallen zu sein, seit ich mit meinem Vater sein Studio betreten hatte.

Robert Layne-Dyer war der erste Homosexuelle, den ich jemals erkannte, wenn das das richtige Wort ist. Da ich erst acht war, hatte ich keine Ahnung, was »mit« ihm war, außer daß seine Gesten theatralischer waren, als ich es von anderen Männern gewohnt war, und er sprach überartikuliert, seine Stimme war zu süßlich. Ich kannte den Südstaatenakzent meines Vaters und seine Ellbogen auf dem Eßtisch. Ich war die Freunde meines Papas gewöhnt, sie redeten über Geld und Frauen, Politik und andere Dinge, alle mit demselben anerkennenden, stillvergnügten Glucksen aus tiefster Brust oder dröhnendem Brummen, das Entrüstung und Ärger anzeigte.

Layne-Dyer war eine Schwuchtel. Das ist heutzutage keine nette Bezeichnung, es ist genauso, als bezeichne man eine Frau als »Tussi«, aber sehen wir den Tatsachen ins Auge, es *gibt* Schwuchteln und Tussis auf dieser Welt. Jedenfalls war die Schwuchtel, für die ich posierte, einer der berühmtesten Fotografen der Welt. Deshalb war es ihm, damals in jenen finsteren republikanischen Tagen der fünfziger Jahre, gestattet, seine Homosexualität wie ein kilometerlanges Banner vor der Welt zu schwenken. Wenn ich jetzt bedenke, wieviel Mut es einen Mann gekostet haben muß, sich 1957 so darzustellen, ist es ehrfurchtgebietend.

Mein Vater, der sogar zu der Zeit reich war und Einfluß hatte, hatte beschlossen, es sei an der Zeit, daß ich mich fotografieren ließe. Als hingebungsvoller und unersättlicher Zeitschriftenleser blätterte er Mutters *Vogue* und *Harper's Bazaar* fast genauso sorgfältig durch wie sie. Auf der Entscheidungsgrundlage der Fotos, die er dort gesehen hatte, wählte er Layne-Dyer aus, um mich unsterblich zu machen.

Nach gebührender Anfrage und Verhandlungen hielten Papa und ich eines Julimorgens vor der Tür eines hübschen Brownstone-Hauses in Gramercy Park. Während der Taxifahrt wurde mir gesagt, der Fotograf sei möglicherweise eine »Tunte«, aber das solle mich nicht beunruhigen.

»Was ist eine Tunte, Papa?«

»Ein Typ, der andersrum ist.«

»Typ andersrum ist ›Pyt‹. Tunte ist ›Etnut‹.«

»Wenn wir da sind, wirst du sehen, was ich meine.«

Was ich sah, war ein sehr kranker Mann. Er öffnete die Tür, und lächelnd schüttelte er uns beiden die Hand. Aber er hatte nur noch so wenig Leuchten in sich. Er erinnerte mich an eine Laterne, in der nur noch eine winzige Flamme brennt.

Er war um die Fünfunddreißig, mittelgroß und durchschnittlich gebaut, mit einer blonden Haartolle, die wie ein Komma über seine Stirn schwang. Seine Augen waren grün und groß, lagen aber ziemlich tief, was sie kleiner machte, bis man genau hinsah. Was ich natürlich tat, weil ich nach wie vor die »Tunte« in ihm suchte. Außerdem war er der erste Mensch, der mich ›Mr. Harry‹ nannte.

»Da sind also die Radcliffes. Wie geht's, Mr. Harry?«

»Gut, Mr. Layne. Ich meine, Mr. Dyer.«

»Du kannst mich so oder so nennen. Oder Bob, wenn das einfacher ist.«

Dann fiel er hin.

Einfach bum! Keine Warnung, kein Stolpern oder Rudern mit den Armen – einen Augenblick vorher stand er mit uns aufrecht, im nächsten lag er als Häufchen auf dem Fußboden. Natürlich habe ich gelacht. Ich dachte, er macht das für mich – ein albernes Späßchen. Vielleicht hatte Papa das gemeint, als er sagte, Tunten seien Typen, die andersrum sind.

Mein Vater versetzte mir einen Rippenstoß, der so weh tat, daß ich aufschrie.

Layne-Dyer sah vom Fußboden zu ihm hoch. »Ist schon in Ordnung. Er versteht es nicht. Ich falle viel. Es ist ein Gehirntumor, er läßt mich so einige merkwürdige Sachen machen.«

Ich sah meinen Vater erklärungssuchend an. Wir waren Kumpel, und normalerweise war er ehrlich zu mir, aber dieses Mal schüttelte er kurz den Kopf; das hieß: »warte bis nachher«. Also wandte ich mich wieder dem Fotografen zu und wartete, was er als nächstes tun würde.

»Laß uns hineingehen und dich in Pose setzen.« Er stemmte sich langsam vom Boden hoch und ging voran ins Haus.

Bis heute erinnere ich mich an die Einrichtung des Hauses: dunkle spanische Möbel, überall Gegenstände aus verziertem Glas – Steuben, Lalique, Tiffany –, die das Licht einfingen und es für jeden, der es sehen wollte, in wunderschöne, ausgeklügelte Schauspiele umsetzten.

Einige seiner berühmteren Fotografien hingen an den Wänden; Fellini und Giulietta Masina beim gemeinsamen Mittags-Imbiß während der Dreharbeiten zu *La Strada*, Radrennfahrer bei der Tour de France, die in einem dichten Pulk eine Pariser Straße hinunterdampfen, hinter ihnen schemenhaft der Eiffelturm wie ein riesenhafter, metallener Golem.

»Haben Sie das Bild gemacht?«

»Ja.«

»Das ist Präsident Eisenhower!«

»Genau. Er ließ mich ins Weiße Haus kommen, um es zu machen.«

»Sie waren im *Weißen Haus*?«

»Ja. Mehrmals.«

Ich wußte nicht, wer Fellini war, und jeder könnte Radrennen fahren, aber in Präsident Eisenhowers Haus eingeladen zu werden, um ein Foto zu machen, hieß, man war eine große Nummer, jedenfalls nach meinem Maßstab. Ich folgte Bob auf den Fersen in sein Studio.

Später habe ich in Layne-Dyers Biographie gelesen, daß er es verabscheute, anders als Robert genannt zu werden. Aber für einen achtjährigen Jungen ist Bob wie die bequemen vertrauten Jeans, im Gegensatz zu Robert, das ist der schwarze Wollanzug, in den man sonntags für den Kirchgang gezwungen wird, oder der Name eines entfernten Vetters, den man vom ersten Augenblick an nicht ausstehen kann.

»Was für ein Foto werden Sie von mir machen?«

»Komm rein und ich zeig's dir.«

Das Studio war nicht sonderlich bemerkenswert. Lampen und Reflektoren standen herum, aber nichts Herausforderndes, nichts Verheißungsvolles, abgesehen von den Kameras, die nur signalisierten, daß es hier drin formeller zuging und man ein bißchen mehr aufpassen mußte. Aber ich war acht, und von jemandem Berühmten fotografiert zu werden schien nur richtig: aus den kombinierten Gründen, daß es mir zustand, weil ich Harry Radcliffe war, in der dritten Klasse, und weil mein Vater, ein reicher und netter Herr, es wollte. Mit acht versteht man keinen Spaß bei dem, was einem die Welt schuldig ist: Zivilisation fängt zu Hause an und bewegt sich von dort hinaus.

»Setz dich da hin, Harry.«

Eine hübsche Assistentin namens Karla ging im Zimmer hin und her und baute Kameras und Stative auf. Manchmal lächelte sie mich an.

»Was willst du werden, wenn du groß bist, Harry?«

Ich versuchte festzustellen, ob Karla mich beobachtete, und sagte mit Überzeugung: »Bürgermeister von New York.«

Layne-Dyer fuhr sich mit beiden Händen durchs Haar, und ohne jemanden im besonderen anzusprechen, sagte er: »Das ist aber ein demütiges Kerlchen.«

Das brachte meinen Vater zum Lachen. Ich wußte nicht, was das Wort bedeutete, aber wenn Vater lachte, mußte es in Ordnung sein.

»Sieh mich an, Harry. Gut. Jetzt sieh dahin, auf die Wand, auf das Bild von dem Hund.«

»Was ist das für ein Hund?«

»Sei mal eine Minute still, Boß. Laß mich das hier zu Ende bringen, und dann plaudern wir.«

Aus dem Augenwinkel versuchte ich zu beobachten, was er

machte, aber ich konnte meinen Augapfel nicht so weit zur Seite rollen. Ich drehte mich ein bißchen.

»Nicht bewegen! Nicht bewegen!« BLITZ. BLITZ. BLITZ. »Toll, Harry. Jetzt kannst du dich umdrehen. Es ist ein ›Großer Vendéer Griffon‹.« BLITZ. BLITZ.

»Was?«

»Der Hund an der Wand.«

»Oh. Sind Sie fertig mit meinem Foto?«

»Noch nicht. Ein Weilchen noch.«

Mitten in der Sitzung brach er wieder zusammen, so wie ich es beschrieben habe.

»Weißt du, es ist eine Kunst, richtig zu fallen. Wenn es so ist wie bei mir, ohne Vorwarnung, einfach nur *plumps*, lernt man nach ein paar Malen, aufzupassen und so viel mitzunehmen, wie man kann, bevor man auftrifft. Das Muster auf den Vorhängen, alles, was man mit den Augen zu fassen kriegt, oder mit einer Hand ... Geh nicht mit leeren Händen, fall nicht einfach voller Furcht um. Weißt du, wovon ich rede, Harry?«

»Nein, Sir. Nicht genau.«

»Ist in Ordnung. Sieh mich an.«

Sterbende haben eine Dimension, die sogar ein Kind erfühlt. Nicht weil sie schon gegangen sind, sondern weil sogar ein junges Herz ihr Unvermögen, länger zu bleiben, spürt. Hinter den kranken oder ängstlichen Blicken liegt auch der Blick dessen, der eine weite Reise antritt, die Taschen auf dem Fußboden, die Augen müde, aber gespannt auf jede Veränderung, die kommen mag. Sie sind diejenigen, die die Vierundzwanzig-Stunden-Flüge machen, und obwohl wir sie nicht beneiden um die Unbequemlichkeit, die ihnen bevorsteht, oder um die Schwierigkeiten mit den Zeitzonen, werden sie morgen *dort* sein – an einem Ort, der uns angst macht, aber auch begeistert. Wir blinzeln verstohlen auf ihr Ticket, auf das unvorstellbar weit entfernte Ziel, das angegeben ist, unmöglich, und trotzdem ungeheuer verlockend. Wie riecht es morgen für sie? Wie ist es, dort zu schlafen?

»Sind Sie krank?«

Karla hörte auf, durchs Zimmer zu laufen, und sah zur Seite. Mein Vater hob an, etwas zu sagen, aber Bob unterbrach ihn.

»Ja, Harry. Deswegen falle ich um.«

»Stimmt was mit Ihren Füßen nicht?«

»Nein, mit meinem Kopf. Man nennt es Gehirntumor. Wie ein Knubbel da drinnen, der einen komische Sachen machen läßt. Und einen schließlich umbringt.«

Ich bin davon überzeugt, daß er es nicht gesagt hat, damit es mich gruselt oder erschreckt. Nur, weil es die Wahrheit war. Jetzt war ich von ihm rundum beeindruckt.

»Sie werden *sterben*?«

»Ja.«

»Das ist aber komisch. Wie fühlt sich das an?«

Das Blitzlicht in seiner Hand ging los, und wir alle machten einen Satz.

»Ungefähr so.«

Als wir uns wieder in die Wirklichkeit zurückgeschüttelt hatten, legte er das Blitzlicht auf einen Tisch und deutete mit dem Kopf. »Komm mal mit, Harry. Ich möchte dir etwas zeigen.«

Alle drei wären wir ihm in dem Moment gefolgt, wenn er gefragt hätte. Ich sah meinen Vater an, ob ich mitgehen dürfe, aber ich konnte nicht auf mich aufmerksam machen, weil er Layne-Dyer unverwandt anschaute.

»Komm, Harry, wir sind gleich zurück.«

Er nahm meine Hand und führte mich weiter ins Studio hinein, durch eine riesige Holzküche, an den Wänden hingen verschieden große silberne Töpfe wie Tropfen gefrorenen Quecksilbers, ein großes Bund roter Zwiebeln und eins mit elfenbeinfarbenem Knoblauch.

»Kocht Ihre Frau gerne?«

»*Ich* koche gern, Harry. Was ist dein Lieblingsgericht?«

»Rippchen, glaub ich.« Ich sagte es mißbilligend. Männer sollten nicht kochen. Ich war über diese Eröffnung nicht glücklich, aber er *war* todgeweiht, und das war aufregend. Für mein Alter hatte ich viel über den Tod gehört und sogar meinen Großvater in seinem Sarg gesehen, er hatte friedlich ausgesehen. Aber dabeizusein, wie ein Tod sich gerade vollzog, war etwas anderes. Jahre später habe ich im Biologieunterricht gesehen, wie eine Schlange eine lebende Maus Stückchen für zappelndes Stückchen verschlang. Es war das gleiche Gefühl wie an dem einen Tag mit Layne-Dyer; zu wissen, daß ihn etwas tötete, selbst in dem Moment, als wir dastanden und seine roten Zwiebeln betrachteten.

»Komm.« Wir verließen die Küche und kamen in ein letztes Zimmer, es war ziemlich dunkel und leer, bis auf etwas, das mich nach Luft schnappen ließ: ein Haus. Ein Haus, so groß wie ein Sofa. Vom ersten Augenblick an war es klar, daß das nicht irgendeine schrottige Mädchen-Puppenstube war, voller rosa Vorhänge und kleinen Barbie-Betten mit Fransen. Das hier war eine ernste und große Sache.

»Wow! Was ist das?« Ich wartete nicht auf die Antwort, ich ging gleich darauf zu.

»Schau es dir an, bevor ich es dir sage.«

Ich war ein Kind, das gerne redete, es sei denn, etwas war so faszinierend, daß es mich zum Schweigen brachte, ohne daß ich es merkte, mich in Schweigen bannte oder mich mit seiner Gegenwart so vollstopfte, daß ich den Appetit aufs Reden verlor.

Das Haus des Fotografen hatte so eine Wirkung auf mich. Später, als ich Architektur studierte und all die formalen Begriffe erlernte, wurde mir klar, daß das Haus postmodern war, lange bevor die Bezeichnung überhaupt existierte. Seine Linien, Säulen und Farbkombinationen waren den Arbeiten von Michael Graves und Hans Hollein um mindestens ein Jahrzehnt voraus.

Aber Achtjährige werden nicht durch die Postmoderne zum Verstummen gebracht. Sie verstummen vor Wundern, vor den orangefarbenen Flammen und dem Donnerhall des Wunderbaren direkt vor ihnen. Was war denn nun das völlig Einnehmende an Layne-Dyers Modell? Zuerst – die vollkommenen Details. Türgriffe aus gehämmertem Messing, so klein wie Maiskörner, ornamentiertes buntes oder weißes Glas in den meisten Fenstern, ein kupferner Wetterhahn, der dem Hund auf dem Foto in dem anderen Zimmer nachgebildet war. Je vollkommener etwas ist, desto mehr gibt es uns ein Gefühl der Sicherheit. Hier wurde Zeit zugebracht, die Welt eines Menschen stand hier für eine Weile still – Stunden? Tage? – während er an der Vervollkommnung arbeitete. Das Ergebnis zeigt uns, daß es möglich ist, etwas zu einem Ende zu bringen, bis *wir* – nicht Gott, nicht das Schicksal – beschließen, daß es vollendet ist.

Ich konnte meine Hände nicht von dem Haus lassen, und alles, was ich anfaßte, war wunderschön und solide gemacht. Das einzige, was etwas aus dem Rahmen fiel, war, daß auf einer Seite des

Gebäudes ein Teil des Daches entfernt worden war und eins der Zimmer oben im Bau befindlich schien. Es sah aus wie eine Schnittzeichnung in einer Do-it-yourself-Zeitschrift.

Nachdem die anfängliche Begeisterung sich gelegt hatte, und ich das Haus wie ein Blinder mit den Händen befühlt hatte, bei kleinen Umwegen und verborgenen Wundern innehaltend, erreichte ich eine zweite Stufe der Wahrnehmung. Schließlich überfiel mich die Vorstellung, daß in diesem Haus tatsächlich etwas *geschah*: Hausaufgaben wurden gemacht, Brot wurde gebacken, Schecks ausgeschrieben, Hunde rannten über den Holzfußboden, wenn eine Türglocke erklang.

Ich habe *Twilight Zone* und *Alfred Hitchcock Presents* im Fernsehen gesehen, und Sendungen, in denen Puppenstuben feindselige, gefährliche Dinger voller Spielzeug aus der Hölle, oder Schlimmerem, waren. Aber trotz der sehr starken Aura von Bewegung und wirklichem Leben, die Layne-Dyers Haus umgab, spürte ich keine Gefahr; ich fühlte mich davon nicht geängstigt oder bedroht.

»Ich zeig dir was.« Er ging an mir vorbei zu der Stelle, wo das Dach abgenommen worden war, und streckte seine Hand in das offen daliegende Zimmer. Als sie wieder auftauchte, hielt sie ein Bett, so groß wie ein kleiner Brotlaib.

»Hast du schon mal ein Bett gegessen?« Er brach ein Stück davon ab und steckte es in den Mund.

»Stark! Kriege ich was ab?«

»Du kannst es probieren, aber ich glaube nicht, daß du es essen kannst.«

»Ach ja? Geben Sie mir was!« Ich nahm das Stück, das er mir hinhielt, und steckte es in den Mund. Es schmeckte wie salziger Gips. Es schmeckte wie Modellierpaste.

»Äääch!« Ich spuckte und spuckte, um alles wieder rauszukriegen. Bob lächelte, kaute weiter auf seinem Stück und schluckte es dann herunter.

»Hör zu, Harry. Du kannst es nicht essen, weil es nicht dein Haus ist. Früher oder später kommt im Leben eines Menschen der Augenblick, in dem sein Haus wie dieses hier erscheint. Bei manchen, wenn sie jung sind, bei anderen, wenn sie krank sind, so wie ich. Aber das Problem der meisten Leute ist, daß sie das Haus nicht sehen können, deshalb sterben sie in Verwirrung. Sie *sagen*, daß sie verstehen wollen, worum es überhaupt geht, aber wenn sie die Chance haben, das *Haus* haben, sehen sie entweder weg oder sie bekommen Angst und werden blind. Denn wenn das Haus da ist und man es weiß, hat man keine Ausreden mehr, Meister.«

Wieder einmal war ich von dem, was er sagte, verwirrt, aber seine Stimme klang so eindringlich, daß es mir geboten schien, zumindest den Versuch zu machen zu verstehen, wovon er so leidenschaftlich sprach.

»Was Sie sagen, macht mir angst. Ich versteh nicht, was Sie meinen.«

Er nickte, schwieg, nickte wieder. »Ich sag dir jetzt was, Harry, damit du dich vielleicht später daran erinnerst. Niemand hat es *mir* je gesagt.

Jeder hat ein Haus in sich. Es bestimmt, wer man ist. Ein eigener Stil, eine eigene Form, eine bestimmte Anzahl Räume. Darüber denkt man sein ganzes Leben lang nach – wie sieht meins wirklich aus? Wie viele Stockwerke hat es? Wie ist die Aussicht aus den verschiedenen Fenstern ... Aber nur einmal hat man die Gelegenheit, es tatsächlich zu sehen. Wenn man die Gelegenheit verpaßt oder sie umgeht, weil es einem angst macht, verschwindet es, und man sieht es nie wieder.«

»*Wo* ist dieses Haus?«

Er wies auf seinen Kopf und auf meinen. »Da drin. Erkennst du es, wenn es kommt, bleibt es. Aber es akzeptieren und zum Bleiben bewegen ist nur der Anfang. Dann mußt du versuchen, es zu verstehen. Du mußt es auseinandernehmen und jeden Teil verstehen. Warum es da ist, warum es so gebaut ist ... Und das Wichtigste, wie jeder Teil sich in das Ganze fügt.«

Ich hatte es irgendwie begriffen. Ich stellte die richtige Frage. »Was geschieht, wenn man es versteht?«

Er streckte einen Finger in die Höhe, als hätte ich einen wichtigen Punkt genannt. »Man darf es aufessen.«

»So wie Sie gerade?«

»Genau. Es gestattet einem, es wieder in sich hineinzunehmen. Hier, sieh dir mal die Stelle an, wo das Dach fehlt. Das ist der einzige Teil des Hauses, den ich bislang verstehen konnte. Der einzige Teil, den ich essen durfte.« Er brach noch ein Stück ab und stopfte es sich in den Mund. »Die Scheiße bei der Sache ist, daß ich jetzt nicht mehr genug Zeit dazu habe. Du kannst dir nicht vorstellen, wie lange es dauert. Wie viele Stunden man dasitzt und schaut oder versucht, es herauszufinden ... Aber es passiert nichts. Das ist gleichzeitig sehr spannend und frustrierend.«

Alles, was er nach »Scheiße« sagte, nahm ich nicht mehr auf, weil er *dieses Wort* gesagt hatte! Sogar mein Vater gebrauchte es nicht, und der fluchte ganz ordentlich. Ich hatte es einmal gesagt und mir die dickste Ohrfeige meines Lebens eingefangen. Immer wenn ich es danach hörte, war es, als ließe jemand eine unerlaubte Waffe oder ein gezinktes Kartenspiel aufblitzen. Man wollte unbedingt hinsehen, wußte aber, daß man tierischen Ärger bekam, wenn man es machte.

»Scheiße.« Das hört man als Achtjähriger nicht oft. Es ist ein Erwachsenen-Wort, verboten und schmutzig, mit einem eigenen gefährlichen Glanz. Eigentlich weiß man nicht, was es bedeutet, aber verwende es, und eine prompte Reaktion ist dir sicher.

Das ganze Wunder und Großartige an Layne-Dyers Modellhaus – was es war, was er *sagte*, das es sei – stürzte in dem Augenblick ein, als dieses große, orangefarbene »SCHEISSE« erdröhnte. Der Zauber des Todes, der Zauber großer Mysterien, an den Zauber eines schmutzigen Wortes verloren!

Kurze Zeit später begannen Karla und Vater in dem anderen Zimmer uns zu rufen. Bob legte seinen Arm um mich und fragte noch mal, ob ich alles verstanden hätte, was er gesagt habe. Heuchelnd nickte ich mit dem Kopf, auf eine intelligente und erwachsene Weise, schien mir, aber ich war gedanklich mit anderen Dingen beschäftigt.

Der Fototermin war bald darauf beendet, was auch nicht schlecht war, weil ich darauf brannte, nach Hause zu kommen.

Als ich sicher in meinem Zimmer war und die Tür verriegelt hatte, rannte ich ins Bad. Dort schloß ich ebenfalls ab, schaltete das Deckenlicht ein und sagte das Wort wieder und wieder zu mir selbst. Laut, sanft, als Klage, als Befehl. Ich schnitt Gesichter um das Wort herum, gestikulierte, machte alles mögliche. Es von Layne-Dyer zu hören hatte etwas in mir ausgelöst, und ich konnte dieses Etwas nicht ziehen lassen, bis ich jede seiner Möglichkeiten erschöpft hatte. Scheiße.

Als ich meine Augen öffnete, sah ich Big Top, den Bullterrier, auf meinem Fuß liegen. Venasque sah mich an und aß saure Sahne und Zwiebel-Kartoffelchips aus der Packung.

»Das war ein Traum, den ich vor zwanzig Jahren hatte, Venasque. Das einzig Wahre daran ist, daß ich als Kind bei Layne-Dyer war, um fotografiert zu werden, und er einmal hinfiel.«

»Wie alt warst du, als du den Traum hattest?«

»Ich weiß nicht, Fachhochschule, soweit ich mich erinnere.«

»Warum, meinst du, hattest du den Traum zu der Zeit?«

»Weil ich zu der Zeit viel über Häuser nachgedacht habe. Ich studierte Architektur!«

»Harry, sei kein Idiot. Vorhin hast du gesagt, Sachen wie *Karate Kid* seien schlecht, weil sie wichtige Aussagen verwässern. Das stimmt, aber du hattest hier einen...

Hör mir gut zu. Manchmal werden Träume zu Soldaten. Sie führen deine Kämpfe für dich und verteidigen dein Land, aber du mußt gut für sie sorgen. Ihnen zu essen geben und sie beschützen, ihnen die Aufmerksamkeit schenken, die sie verdienen. Wenn du einen Traum von dieser Tragweite vergißt oder ignorierst, stirbt der Soldat. Besonders der. Du mußt diesen niederschreiben, alles, woran du dich erinnerst, und ihn deuten, bis dir klar wird, wie wichtig er ist. Und um Himmels willen, beschütze ihn. Glaub mir, du wirst ihn noch mal brauchen.

Karate Kid ist Unfug, aber dir wurde das Geschenk einer wirklichen Erleuchtung gemacht, Harry, und du hast es bis jetzt vergessen. Abgeschrieben, als sei es die Auswirkung von Peperoni gewesen, die du vor dem Zubettgehen gegessen hast.«

Neben den »Reisen« und Klarinettenstunden ließ Venasque mich autogenes Training machen, um sowohl meinen tanzenden Drachen von Pulsschlag wieder auf die Erde zu zerren als auch ein neues, ruhiges Zimmer im Haus meines Lebens zu schaffen. Es wäre gleichermaßen einfach und falsch, zu lügen und zu behaupten, unsere gemeinsame Zeit sei voll wundersamer Ereignisse, tiefgründiger Aphorismen und Erleuchtung auf jedem Schritt des Weges gewesen. Aber Heilung und Hilfe von Venasque funktionierten nicht so. Es *gab* Magie, Momente, in denen mir die Kinnlade runterfiel und Heere kaltfüßiger Echsen mir die Wirbelsäule hochjagten. Aber die Regel waren immer ruhige Gespräche und Gelächter. Ich bin überzeugt davon, daß große Lehrer nur zwei Dinge tun, diese zwei sind wichtiger als alles andere – sie erklären verständlich und strahlen eine Güte aus, die fast greifbar ist.

Ein Schamane, ein Lehrer ... muß durch und durch und immer gütig sein. Nichts von dieser Halb-Teufel-halb-Engel-Geschichte, das ist ein sehr moderner, bequemer Betrug, der an der Sache vorbeigeht. Die Sache ist die, daß diese Männer, obwohl die Lehrmethoden, die sie manchmal anwenden, seltsam, unorthodox und sogar furchteinflößend sind, schlußendlich etwas von uns wissen, das wir selbst nicht wissen – in ihren Hirnen sind Fähigkeiten am Werk, die in unseren nicht funktionieren. Und das Wichtigste, hinter all ihrem befremdlichen Benehmen steht die gütige Absicht, unsere geistigen Fähigkeiten zu Verstand zu bringen.

Seit meiner Zeit mit Venasque habe ich andere sogenannte Schamanen getroffen oder Bücher über sie gelesen. Aber diese Gestalten sind nicht das Wahre. Sie sind einfach üble, intuitive, superschlaue Opportunisten, die als geistige Lehrer durchgehen, weil sie telepathische Fähigkeiten haben. Aber telepathische Kräfte bekommt man nachgeworfen. Jemand hat irgendwo mal formuliert, daß wir lernen müssen, zwischen Okkultismus und Religiosität zu unterscheiden, zwischen Magie und echter Spiritualität. Manchmal treten die beiden zusammen auf – Heilige haben Zauberkräfte, natürlich. Aber sie beuten diese Kräfte nicht aus, und, was noch wichtiger ist, sie betrachten sie nur als Nebenprodukte ihres eigentlichen Anliegens, der Beförderung der Spiritualität.

Lassen Sie mich eine letzte Venasque-Geschichte erzählen. Als es mir wieder gutging und er Vorbereitungen traf, um nach Hause, nach Los Angeles, zurückzukehren, hatte er sein Honorar noch nicht erwähnt. Also fragte ich. Er teilte mir mit, daß es normalerweise fünftausend Dollar betrug, aber da ich ein berühmter Architekt sei, wäre es ihm lieber, wenn ich für sein Haus eine neue Küche entwürfe. Seine sei alt und auch zu angefüllt mit traurigen Erinnerungen an die glücklichen Tage, die er dort zusammen mit seiner Frau verbracht hatte.

»Jetzt bist du an der Reihe, mich nachzuvollziehen, Harry. Entscheide, welche Art Umgebung zu mir paßt.«

»Ist das Teil der Therapie?«

»Nein. Ich brauche eine neue Küche, und für dich ist es eine gute Möglichkeit, wieder anzufangen. Etwas Kleines und Geschmackvolles!«

Ich fuhr mit ihm nach Los Angeles, um sein Haus zu sehen, aber was ich zu sehen bekam, gefiel mir nicht. Das Haus selbst war aus der Nachkriegszeit, pseudospanisch, aber der größere Anlaß zur Sorge war die Einrichtung: Ghetto-Chic, Plüsch-Hölle. Zu viele Farben, zu viele Muster, zu viele verschiedene Möbelmaterialien, die üüüberhaupt nicht zusammenpaßten. Es sah aus, als wohne ein schizophrener Haitianer dort oder jemand mit wilder Begeisterung für Abwechslung, aber so farbenblind, daß er den Unterschied zwischen blau und gelb nicht sah.

Schlimmer noch, Venasque sagte mit großem Stolz, seine Frau habe das Haus eingerichtet und er habe nach ihrem Tod alles unverändert gelassen.

Die Küche unterschied sich nicht vom Rest. Das Rührende daran war, daß sie aussah wie das Lieblingszimmer, wie der meistbewohnte Raum des ganzen Hauses. Es war leicht, sich die beiden alten Leute darin vorzustellen, einer am Kühlschrank lehnend, während der andere das Essen vorbereitet. Ich konnte verstehen, warum er wollte, daß ich ihren allzu vertrauten Anblick veränderte.

»Wie möchtest du sie haben, Venasque? Sexy? Mediteran?«

»Was ist eine sexy Küche?«

»Weiß. Silber. Elegant.«

»Klingt nach einem Operationssaal. Ich nehme hier keine Mandeln heraus, Harry. Mach mir etwas Nettes und Lebendiges.«

Ich habe Gebäude entworfen, die sogar auf dem Papier jedes andere Bauwerk in ihrer Nähe in Aussehen und Format beschämten. Häuser, Wolkenkratzer, Fabriken ... die ganze Palette. Aber eine blöde Zehn-Quadratmeter-Küche für den Alten war ein echtes Kreuz. Ich wollte, als Dank für alles, was er getan hatte, mein Bestes geben. Als ich ihm das sagte, tätschelte er mir die Wange und meinte: »Achte nur darauf, daß du Platz für die Mikrowelle läßt.«

Zuerst fiel mir Adolf Loos ein. Der Stil von Loos würde Venasque doch sicher zusagen? Saubere Schlichtheit, die direkt auf den Kern der Dinge zielte. Ich zeigte ihm Fotos, aber er schüttelte den Kopf. »In so einem Haus würde ich eine Erkältung kriegen, Harry. Der Mann hat vergessen, sein Herz zu gebrauchen.« Damit schied der König der Wiener Architektur des zwanzigsten Jahrhunderts aus. Dito Gaudí, der »zu verschnörkelt« war, und die Arbeiten von Frank Gehry sahen aus wie »der Zaun um den Schulhof«.

Und was hielt der Schamane von Harry Radcliffes Arbeiten?

»Einige der Gebäude sind schön, aber andere sehen aus wie eine Glühbirne, die den Tag über brennen gelassen wurde, oder wie ein Telefon, das in einer leeren Wohnung klingelt.«

Außer daß ich verletzt war, hatte ich keine Ahnung, wovon er sprach – Glühbirne? Leere Wohnung? Danach entdeckte ich, daß die Zeile aus Cocteaus Tagebüchern stammte, wortwörtlich. Aber das half mir nicht zu entschlüsseln, was er meinte. Erst später, als ich in Saru war und das für das Hundemuseum vorgesehene Grundstück betrachtete, wurde es deutlich: Man kann einen freien Raum immer mit Form füllen, aber es ist, als fülle man ein leeres Zimmer mit Licht, das heißt, wozu ist es nütze, wenn das Licht keinem wirklichen Zweck dient? Oder wenn niemand da ist, um die Botschaft des Telefons zu hören? Er hat es nie gesagt, aber ich bin sicher, Venasque dachte, ich hätte mich auf meinem Weg zur Berühmtheit »durchgeschlaut« und währenddessen vergessen (oder bewußt vernachlässigt), das einzusetzen, was ich am besten konnte, und nur das gemacht, was ich konnte.

Natürlich war das ein noch größerer Ansporn, eine Küche zu entwerfen, bei der ihm die Augen herausfielen. Ich zeigte ihm die Arbeiten so unterschiedlicher Architekten wie Bruce Goff, Richard Meier und sogar Daniel Libeskind. Ich zeigte ihm Gebäude, Möbel, Küchenutensilien. Alles, um auch nur die kleinste Vorstellung davon zu bekommen, was er wollte, aber er war keine große Hilfe.

»Ich weiß nicht, was ich will, Harry. Ich möchte eine Küche, in der ich eine gute Mahlzeit kochen kann und in der die Tiere und ich uns wohl fühlen, wenn wir einfach nur herumsitzen, behaglich.«

Also ließ ich mich mit meinen Stiften und Papier nieder und

entwarf eine Küche. Schwarze und weiße Kacheln, Ahornholz, deutsche rostfreie Gerätschaften. Einige originelle Details und einige Überraschungen. Mir gefiel sie. Venasque nicht.

»Das ist nichts, Harry. Die ist für irgend jemanden. Ich möchte eine Küche, die *meine* ist. Venasque kocht hier – nicht Betty Crocker oder Julia Child. Diese Zeichnung ist Harry Radcliffe, Küche des Mr. Berühmter Architekt. Aber denk dran, es ist nicht dein Haus, sondern meines!«

Er wurde selten böse, aber diesmal warf er wütende Blicke auf die Zeichnung. Ich schämte mich, obwohl ich ehrlich glaubte, beim Anfertigen der Pläne vornehmlich an ihn gedacht zu haben.

»Gib mir tausend Dollar, Harry. Ich möchte, daß du mir sofort einen Scheck ausschreibst.«

Ohne nachzudenken, schrieb ich den Scheck und reichte ihn ihm. Er sah ihn an, schüttelte den Kopf, steckte ihn in seine Tasche. »Ich möchte jedesmal wieder tausend Dollar, wenn du etwas zeichnest, das nicht meines ist. Verstehst du? Vielleicht ist das die einzige Methode, es dir begreiflich zu machen.«

»Venasque, ich sage dir doch, ich habe diesen Entwurf –«

»Halt den Mund! Halt den Mund und geh zurück an die Arbeit! Du bist nicht mehr verrückt; du hast keine Ausrede mehr. Aber denk dran, tausend Dollar jedesmal, wenn du für dich entwirfst und nicht für mich!«

Ich arbeitete wie ein paranoider Schüler, der sich auf die Abschlußprüfung vorbereitet. Ich dachte fast den ganzen Tag an Küchen und fertigte mehr Zeichnungen an als für das vierzigstöckige Andromeda-Gebäude in Birmingham. Nur wenn ich sicher war, daß ich es *diesmal* geschafft hatte, wagte ich, zu dem alten Herrn zu gehen und ihm nervös zu überreichen, wovon ich dachte, das ist ES, diesmal sicher.

Ich gab ihm sieben Zeichnungen mit dem umgehenden Ergebnis, daß ich ihm sieben Schecks über tausend Dollar aushändigte. Einmal, während ich den sechsten ausschrieb, dachte ich bei mir, er bekäme nicht nur eine kostenlose Küche, sondern auch noch zweitausend Piepen mehr als das Honorar, das er vorher genannt hatte. Als ich meinen Namen auf den Scheck schrieb, sagte Venasque: »Was für ein Glück, daß ich einen so reichen und berühmten Architekten schröpfen kann, was,

Harry?« Dies war das erste Mal, daß mir auffiel, daß er Gedanken lesen konnte. Ich war verlegen, aber nicht überrascht.

Seine Reaktion auf meine siebte Idee war neuartig. Wir waren draußen auf seiner Veranda, das Schwein und der Hund zu unseren Füßen. Er nahm die Zeichnung, sah sie vielleicht eine Sekunde lang an, legte sie dann auf den Boden zwischen die Tiere.

»Wie findet ihr diese, Kinder?«

Das Schwein schnüffelte laut an dem Papier und legte den Kopf wieder hin. Der Bullterrier stand auf, kam etwas näher und pinkelte ruhig auf meine Zeichnung. Pinkelte und pinkelte, bis der Urin von dem teuren Papier auf den Beton lief.

»Was, zum Teufel, *willst* du von mir, Venasque? Ich gebe dir hundert Prozent! Ich kann nichts dafür, wenn sie dir nicht gefallen! Kann ich was dafür, daß du nichts von Architektur verstehst?«

»Du kannst wieder verrückt werden, Harry, aber hör auf, so ein Riesenarschloch zu sein. Du nervst mich.«

Ich stand auf und stapfte wütend davon. »Ich täusche mich in dieser Sache nicht, Venasque. Ich gebe dir hundert Prozent. Es ist mir egal, *wieviel* du weißt; du siehst es einfach nicht.«

»Geh und mach mir noch eine Tausend-Dollar-Zeichnung.« Er entließ mich mit einer kurzen Handbewegung, beugte sich hinunter und tätschelte das Schwein.

Wir sprachen zwei Tage lang nicht miteinander, ich verließ auch nur selten mein Zimmer, wo ich wutrasend Zeichnung um Zeichnung anfertigte. »*Diesem* Saukerl werde ich es zeigen!« Aber was kam bei meiner kreativen Rage heraus? Sehr wenig. Später wurde mir klar, daß er mich wahrscheinlich zu dieser Wut gereizt hatte, um herauszufinden, ob ich rasend wütend werden könnte, ohne rasend irre zu werden.

Er stellte auf dem Eßtisch Mahlzeiten bereit – immer belegte Brote, immer köstlich – und hielt sich fern, mit Ausnahme des gelegentlichen Zusammentreffens in der Diele, wo er mir entweder zuzwinkerte oder mich völlig ignorierte – beides brachte mich in Wut.

Wie ich darum rang, es richtig zu machen; wie ich mich nach seiner Anerkennung sehnte. Unsere wirklichen Väter geben uns nicht immer die endgültige, notwendige Anerkennung. Wenn wir

Glück haben, sind wir in der Lage, die richtige zu erkennen und auf sie hinzuarbeiten. Wenn nicht, liegt Verwirrung und Unzufriedenheit wie Staub (oder Asche) in den Räumen unseres Lebens.

Ich hatte Glück, aber das machte es nicht einfacher. Je ruhiger und normaler Venasque sich benahm, desto paranoider wurde ich. Was wußte er, das er mir nicht sagte? Was war an meinen Zeichnungen so falsch, daß er sie zum Draufpinkeln auf den Boden legte?

Nichts. Nichts an ihnen war falsch.

Ich könnte viel Zeit damit verbringen, zu beschreiben, wie ich zu dieser richtigen Schlußfolgerung kam, aber in dieser Geschichte gibt es noch so viel mehr zu erzählen, daß es Zeit wird fortzufahren, auch wenn es mitten in einer langen und ereignisreichen Venasque-Episode ist. Er würde mir die Verkürzung verzeihen. In anderem Zusammenhang hat er einmal gesagt: »Die Zukunft ist hungrig, Harry. Sie wartet mit heraushängender großer Zunge, mit Messer und Gabel wie der Riese in ›Jack und die Bohnenranke‹. Fie-fei-fo-fam! Ich riech das Blut von Harry Radcliffe! Dann – Spoink! Spießt er dich auf und frißt dich.«

»Was soll ich dagegen machen? Soll ich es ihm ausreden?«

»Nein. Lerne, gefressen zu werden. Dann lerne, im Dunkeln zu sehen, wenn du durch seinen großen Schlund hinuntergleitest. Einiges darin ist langweilig, und du kannst es auslassen, aber das meiste ist interessant.«

Also überspringe ich einiges und beginne auf halbem Wege im Schlund des Riesen und erzähle, wie ich vom Tisch aufstand und die Zeichnung nahm, die ich zuerst gemacht hatte (siebentausend Dollar vorher), und ins Wohnzimmer ging, wo der Alte und seine Tiere sich *Miami Vice* ansahen. Ich ging zur Couch und schob ihm das Bild hin.

»Das ist sie, Venasque. Du hattest unrecht. Das *ist* sie.«

Ohne hinzusehen, streckte er eine Hand aus und nahm mir beiläufig das Blatt ab. Er warf einen kurzen Blick darauf und gab es zurück.

»Gut. Sag mir, welche Materialien du brauchst, und ich bestelle sie.«

»Warte mal! Hast du das angesehen? Das ist die erste Zeichnung, die ich gemacht habe. Die, von der du gesagt hast, sie sei Scheiße.«

»Genau. Jetzt ist sie gut. Sie gefällt mir.«

»Warum jetzt und nicht damals?«

Er sah mich das erstemal an. »Weil du meine Anerkennung wolltest, als du sie mir das erstemal gezeigt hast. Diesmal hast du alles durchdacht und weißt *sicher*, daß es die richtige ist: Du hast deine Anerkennung, und das reicht. Jetzt akzeptiere ich sie. Sie gefällt mir. Laß mich die Sendung zu Ende sehen, und dann unterhalten wir uns.«

»Und was ist mit meinen siebentausend Piepen?«

»Davon habe ich ein großes Fernsehset von Mitsubishi gekauft. Breitwandfernseher, in einem wunderschönen Holzschrank ... Erstklassig. Das solltest du mal sehen.«

Wir bauten also seine Küche, und ich kehrte zur Normalität zurück.

In den darauffolgenden Monaten starb Venasque an einem Schlaganfall, Bronze Sydney und ich wurden geschieden, und dann ließ ich mich fast gleichzeitig mit Claire Stansfield *und* Fanny Neville ein.

Claire war groß und wirkte zerbrechlich. Ein lebender Hauch. Luft mit braunem Haar. Wie eine Figur aus einem präraffaelitischen Gemälde schien sie oft nahe daran zu sein, entweder zu entschweben oder in der Komplexität des Lebens unterzugehen.

Fanny war Antäus in Reinkultur – prosaisch – klein und intensiv, eine kettenrauchende, mit den Fingern essende Realistin, die viele Leute glauben (oder fürchten) gemacht hatte, sie sei sehr stark.

Aber ich will jetzt eigentlich von keiner der beiden Frauen sprechen, denn obwohl sie ein großer Teil meiner Geschichte sind, ist es nicht *dieser* Teil. Entschuldigt also, Mädchen, wenn ich euch hier nur vorstelle und dann eine Falltür öffne, in der ich euch beide bis zum nächsten Akt verschwinden lasse.

Zisch. Weg!

Es möge genügen, wenn ich sage, ich lernte sie kennen und war fasziniert genug, um schlußendlich wie ein Stadtbus zwischen beiden hin- und herzupendeln.

Der gravierendste Effekt dieser Fifty-fifty-Verrücktheit (und der nachfolgenden Ereignisse) war, daß ich meiner Arbeit mit gähnender Gleichgültigkeit gegenüberstand. Unsere Firma arbeitete gerade an mehreren wichtigen Projekten, als ich weit in meine selbstauferlegten Ferien abdriftete. Und obwohl ich mich schnell erholte, kamen mir diese Projekte vor wie Werbeanzeigen für Gartenmöbel mit Seepferdchenmotiven, als ich wieder ins Büro kam.

Ich wollte nur rumhängen. Achselzucken. Bier trinken, viel Nachmittagsprogramm gucken, zusehen, wie ich geschieden wurde ... Achselzucken.

Vorher wurde ich sowohl von einem Hundert-Megatonnen-Ego als auch von einem grenzenlosen Willen zum Erfolg angetrieben. Jetzt ... Achselzucken.

Sehen Sie es einmal so: Haben Sie schon mal bemerkt, wie schwer es für dicke Leute ist, ihren Mantel anzuziehen? Zuerst nimmt man an, es käme daher, daß die Leute so verdammt dick seien, daß sie einfach das Armloch nicht finden oder den Arm nicht hineinmanövrieren können.

Aber von einem anderen Blickwinkel aus gesehen, liegt es vielleicht daran, daß der Mantel *ihren* Ansprüchen nicht gerecht werden kann. Bis ich Venasque brauchte, war das Leben ein zu kleiner Mantel, den ich immer gedehnt hatte, damit ich hineinpaßte.

Nachdem er mir geholfen hatte, wurde mir eines Tages klar, wie einfach es für mich geworden war, diesen selben »Mantel« anzuziehen. Für sich genommen war das in Ordnung, aber als ich zunehmend apathischer wurde, wuchs das Ding (oder ich schrumpfte), bis es für mich fast zu groß und schwer war, um es über den Arm zu legen, von Anziehen und Tragen ganz zu schweigen. Hieß das, daß ich selbstmordgefährdet war? Nein, denn potentielle Selbstmörder machen auf mich den Eindruck, daß sie völlig verzweifelt sind, und dieses Gefühl hätte viel zuviel Anstrengung erfordert.

Als Venasque starb, erbte ich Big Top, den Bullterrier, und wir beide lebten eine Zeitlang in dem Haus in Santa Barbara. Aber das war fast zu schön und einsam, deshalb zogen wir hinunter nach L. A., wo ich Bronze Sydney ein paarmal die Woche traf. Sie hielt die Stellung in unserer Firma, bis ich entweder zurückkehrte oder auf Nimmerwiedersehen entschwand. Die verbleibende Zeit verbrachte ich mit Fanny oder Claire, ging mit dem Hund spazieren, traf mich nur mit wenigen Menschen, und eines Tages fand ich zufällig ein kleines Gedicht von Emily Dickinson, das mir fest im Gedächtnis blieb.

Mein Leben stand wie ein Gewehr
Geladen in der Ecke dort.
Bis eines Tags der Schütze kam –
Er sah und trug mich fort.

Der Sultan stand auf Skiern.

Ich wollte meine Memoiren immer mit irgendeiner unerträglich bombastischen Zeile beginnen wie: »Meine Mutter erzählte mir, daß es in der Nacht, in der ich geboren wurde, eine Mondfinsternis gab (einen Tornado, ein Band roter Wolken vor dem Mond...), ein Zeichen, daß das Schicksal nichts Gutes vorhatte.« Oder: »In meinem Leben gab es eine Phase, in der ich nur schöne Frauen mit schlechten Zähnen liebte.« Memoiren, geschrieben in einem trostlosen Schweizer Hotel von einem alten Knacker, der einzige in der Stadt, für den seine Erinnerungen unterhaltsam sind (oder interessant).

Nun, ob *dies* Memoiren darstellt oder nicht, ich muß anfangen mit: »Der Sultan stand auf Skiern«, weil ich tatsächlich hier begann, ungeachtet einer Laufbahn von vier Jahrzehnten, einer Familie, eines Schamanen, diverser Erfahrungen und einigen Ruhms, die mich schon geprägt hatten.

Der Sultan stand vor einem bodenlangen Spiegel, er hatte einen Keffieh auf dem Kopf, trug einen Skianzug in Gelb, Purpur und Schwarz, wie man ihn auf den Pisten von St. Moritz sieht, an den Füßen feuerwehrrote Stiefel und Skier. Wohlgemerkt, die Rede ist von einem Hotelzimmer in Los Angeles bei runden dreißig Grad Celsius. Aus dem Augenwinkel sah ich die süße kleine Fanny auf einem der vielen Sofas im Zimmer sitzen.

Ich ging zu ihr hinüber und setzte mich, dabei rempelte ich sie absichtlich mit dem Hintern an, um sie wissen zu lassen, wer der Boß war.

»Ich wußte nicht, daß Sie Ski laufen, Sir.«

»Ich bin ein sehr guter Skiläufer, Harry. Wir haben phantastische Berge in Saru.« Er wandte sich einigen der anderen Männer im Zimmer zu, die mit einem nervösen Lächeln herumsaßen. Berufslächler. »Das einzige Problem bei unseren Bergen ist, daß sie dieser Tage von unseren Feinden bewohnt werden.«

Die Lächler wußten nicht, wie sie darauf reagieren sollten – ernst, oder darüber lachen, weil dieser Feind nur ein großer Witz war. Ihre unsicheren Lippen flappten rauf und runter wie Wäsche im Wind an der Leine, bis der Boß *seinen* Mund aufmachte und laut lachte. Er bot schon einen Anblick mit seinem schallenden Gelächter in diesem Aufzug. Ich sah mich im Zimmer um, als sei ich auf einem anderen Planeten gelandet. Fanny kniff mich ins Bein.

»Ah, Harry, ich bin ein komischer Mann. Ein sehr, sehr komischer Mann. Natürlich haben wir unsere Feinde. Angeführt von einem Verrückten namens Cthulu, der überzeugt ist, daß er regieren sollte. Aber er ist nur ein Fussel auf meiner Hose. Es ist jedoch bedauerlich, daß unser Volk nicht mehr in seinen eigenen Bergen Ski fahren kann, weil dieser Cthulu und seine Männer gegenwärtig unseren Skibetrieb unterbrechen. Eine furchtbare Schande. Doch ich stelle mir vor, daß Saru eines Tages das Kitzbühel des Mittleren Ostens wird, nachdem dieser Ärger aus der Welt ist.

In der Zwischenzeit verbringen wir jedes Jahr einen Teil des Winters im Gebirge in der hübschen Stadt Zell am See in Österreich. Herrliche Skipisten und ein ganz entzückender See. Kennen Sie es? Ungefähr eine Stunde von Salzburg? Sie müssen kommen und uns besuchen, wenn wir da sind. Letztes Jahr haben wir etwas Land gekauft.«

Ich kannte den Wortgebrauch des Sultans, bei »etwas Land« hatte ich die Vorstellung von acht- oder zehntausend Quadratkilometern, wenn nicht von einem ganzen Berg.

»Ich bin kein Skiläufer, Eure Hoheit.«

»Was machen Sie, um in Form zu bleiben, Harry?«

»Stolpern und in ein Koma fallen.«

Fanny bog sich vor Lachen, aber der Sultan und seine Lächler bewegten zehn Sekunden lang keine Lippe. Dann lächelte er einen Millimeter, aus Höflichkeit. Das war der Einsatz, die Burschen schenkten mir jetzt auch einen Millimeter.

Die gute alte Fanny lachte so herzhaft, daß sie husten mußte. Ich beschloß, ihr nicht zu sagen, daß der Satz von Oscar Levant war, und nicht von mir. Wenn es um geistreiche Bemerkungen geht, ernte ich immer gern Lorbeeren, die mir nicht zustehen.

»Harry, was können wir tun, um Sie zu überreden, dieses Museum zu entwerfen? Als Architekt sind Sie meine einzige Wahl.«

»Sir, ich habe, seitdem Sie erstmals gefragt hatten, etwas recherchiert. Nach moslemischem Recht sind Hunde doch ›Haram‹?«

Die Temperatur im Zimmer fiel um mehrere zig Grad.

»Ja, Harry. Das stimmt.«

Fanny beugte sich herüber, und während sie vorgab, noch etwas zu husten, flüsterte sie: »Was ist Haram?«

»Verboten.«

»Nach dem Propheten ist etwas in ihrem Speichel und Atem, das für die Seele des Menschen schädlich ist.«

»Aber wie können Sie dann auch nur *in Betracht ziehen*, in Ihrem Land ein Hundemuseum zu bauen?«

»Ich glaube, daß es meine Pflicht ist.« Er lächelte. »Weil mir bei drei verschiedenen Gelegenheiten von Hunden das Leben gerettet wurde. Einmal ist vielleicht Zufall, aber wenn man dreimal von etwas so Kleinem und Unwichtigem wie einem Hund vor dem Tode bewahrt wird, Harry, dann müssen sehr große Mächte am Werk sein. Verstehen Sie?«

»Können Sie uns von den drei Malen erzählen?«

»Nein, weil ich es zuerst dem Volk von Saru schenken muß. Meine Geschichte wird in einer Abteilung des Museums erzählt. Danach kann die Welt sie erfahren, wenn sie Interesse daran hat. Das ist einer der Hauptgründe dafür, daß ich dieses Gebäude errichten will.«

»Aber werden Sie nicht mit den Fundamentalisten dort Ärger bekommen?«

»Ja. Das ist ein Problem.«

Ungeachtet des Skianzugs war der Sultan von Saru einer der würdevollsten Menschen, denen ich jemals begegnet war. Er sagte diesen letzten Satz mit so viel Distanz und Haltung, daß es einen Schauer der Bewunderung durch mein Herz jagte.

Heute im Mittleren Osten zu regieren ist gleichbedeutend mit dem Urteil lebenslänglich. Zynismus gegenüber Politikern beiseite, es erstaunt mich, wie diese Menschen Jahre mit gepanzerten Autos und Leibwächtern aushalten. Nicht ein Augenblick, in dem sie aufs offene Meer hinausschwimmen oder eine Pizza essen können ohne jemanden mit einer Waffe in der Nähe, der jede einzelne ihrer Bewegungen genauestens beobachtet.

»Ich bin kein politischer Mensch, Eure Hoheit. Überdies ist die Vorstellung, ein Gebäude zu entwerfen, das unser aller Tod bedeuten könnte, *kein* großartiger Anreiz.«

Fanny warf ein: »Also komm, Harry, du hast das Jarrold Theater in Belfast gebaut. Du hast erzählt, daß du dort jede Nacht etwas in die Luft fliegen gehört hast. Wo ist der Unterschied?«

»Der Unterschied ist der, Schätzken, daß zu viele Leute in Saru Hunde nicht mögen. Denk an ›Haram‹. In Nordirland *mögen* sie Theater. Die Überlebenschancen waren dort größer.«

»Memme.«

»Wie hast du mich genannt?«

»Eine Memme!«

Dann brach das Erdbeben los.

Stärke ungefähr 8,3 auf der Richter-Skala; das erste Anzeichen für mich war, daß Fannys Kopf auf und ab zu rucken begann wie bei einer dieser Spiral-Puppen auf der Ablage hinten im Auto. Ich brauchte einen Augenblick, bis mir klar wurde, daß sie nicht herumalberte.

Ich sah von ihr zum Sultan, aber der Raum bewegte sich in großen Hüpfern und Wellen, und alle waren in komischer Bewegung. Später erfuhr ich, daß Saru für seine Erdbeben berühmt ist, deshalb wußten diese Leute viel eher als Fanny und ich, was vorging. Der Sultan beugte sich vor und zog seine Füße aus den Stiefeln. Dann stürzte er, als das Hotel sich buchstäblich zur Seite lehnte.

Fanny und ich wurden von der Couch geschleudert. Ich hatte gerade genug Zeit, sie zu packen, bevor wir wieder herumgeworfen wurden. Die Welt bestand nur noch aus den Geräuschen quietschenden, sich verbiegenden Metalls und splitternden Glases.

Ich konnte die arabischen Rufe der anderen kaum hören. Jemand packte mein Hemd von hinten. Der Sultan.

»Raus in die Halle, Harry! Gehen Sie von den Fenstern weg!« Er zog mich am Hemd zurück. Ich hielt Fannys Kopf umklammert. Ich sah, daß er barfuß war. Der barfüßige Sultan in einem Skianzug in einem kalifornischen Erdbeben. Ich fing an zu lachen. Er lachte nicht. Die Tür war offen, und wir stolperten hinaus.

In der Halle lag einer seiner Männer zerschmettert unter einem herabgefallenen gewaltigen Stützbalken. Er mußte Sekunden vorher gestorben sein, denn seine Zähne klapperten noch. Dies kleine tödliche klickende Geräusch war einen Moment lang das einzige, dann stürzte das Getöse der Außenwelt wieder auf uns ein.

Wie lange dauert ein langes Erdbeben? Dreißig Sekunden? Aber es ist nicht vorbei, wenn man denkt, daß es vorbei ist. Wie bei einer Kuh hört die Haut der Erde einen Augenblick auf, gegen uns Fliegen zu zucken, aber nicht lange.

Auf dem Fußboden in der Halle, unser aller Arme verschränkt bei dem kläglichen Versuch, uns zu schützen, sahen wir gleichzeitig auf, als es aufhörte. Wir sahen einander mit Hoffnung und Furcht mißtrauisch an, als sei einer von uns dabei, das Ganze wieder von vorn anfangen zu lassen; während der Waffenstillstand anhielt, hoben wir die Köpfe immer ein Stück höher.

»Ich glaube, wir sind nicht mehr in Kansas, Toto.«

»Ist dir was passiert, Fan?«

»Ich glaube, du hast mir das Genick gebrochen, aber davon abgesehen geht's mir gold.«

Sie wollte aufstehen, aber der Sultan ergriff ihren Arm und riß sie wieder zu Boden.

»Nicht bewegen. Es ist noch nicht vorbei.«

Es war noch nicht vorbei. Die Nachbeben kamen schnell und genauso heimtückisch. Wir schlitterten über den Fußboden wie Ahab an der Seite Moby Dicks.

»Wann, zum Teufel, *hört* das *auf*?« jammerte Fanny, als alles erzitterte und wir vom Regen in die Traufe kamen.

»Geht zur Tür! Wir müssen uns unter eine Tür stellen. Der Fußboden ist zu gefährlich!«

Seine Stimme klang sicher und angsterfüllt; in dem Moment genau richtig, um mich zu überzeugen, mich anderswohin zu begeben. Außerdem hatte er recht – Eingänge bieten bei einem Beben den größten Schutz, weil dort die tragenden Elemente eines Gebäudes konzentriert sind.

Wir hoppelten auf den Knien hinüber, und ich sah, daß die Sohlen der königlichen nackten Füße Schnitte aufwiesen und bluteten. Ich drehte mich um, als noch ein Nachbeben einsetzte und durchrollte, und riß dem toten Diener die Schuhe von den Füßen.

»Nehmen Sie diese!«

Ich streckte meine linke Hand aus, die Schuhe baumelten.

Am anderen Ende der Halle zersplitterte ein Fenster, und etwas wehte herein. Ich sah einen verschwommenen dunklen Fleck, der mit ungeheurer Geschwindigkeit auf mich zuflog. Als ich die Schuhe fallen ließ, wußte ich, *ich wußte*, es würde mich treffen.

Bevor ich mich rühren konnte, rief der Sultan etwas wie »Koukarri!« oder »Koukaries!« und ein schwarzer Telefonschaltkasten fiel herab und landete genau vor meinen Füßen.

Die Erde schrie, aber der Sultan von Saru und ich überblickten eine Million Meilen und eine Million Jahre Stille:

– Sie haben gerade ein Wunder vollbracht. –

– Das stimmt – und *Ihren* Arsch gerettet. –

Das war alles, was wir damals austauschten, anstatt darüber zu reden, daß unsere Welt noch Cha-Cha-Cha tanzte. Hatte Fanny sein Wunder gesehen? Nein. Hatte jemand anderes gesehen, wie er mich rettete? Nein, denn seine anderen Lächler rannten umher und versuchten, einen Fluchtweg für uns zu finden, ehe das Westwood Muse Hotel beschloß, den Geist aufzugeben und einzustürzen.

Ein Lächler – Djebeli, ich lernte ihn später kennen – stolperte auf uns zu und winkte. Er sagte etwas Lautes auf arabisch. Der Sultan richtete sich auf und zog Fanny mit. »Es gibt noch ein intaktes Treppenhaus!«

Als wir das Treppenhaus erreichten, hatten die Erschütterungen wieder aufgehört.

»Beeilung. Es könnte noch nicht vorbei sein.«

Im nachhinein war es nicht der weltbeste Einfall, mitten in einem Erdbeben das Treppenhaus eines Hotels herunterzurennen, aber man *tut* dann jedenfalls etwas, und das wiegt alles auf.

Bewegung, statt mit vollen Hosen auf dem Fußboden zu liegen und inbrünstig zu hoffen, daß es aufhört.

Das Treppenhaus schien in Ordnung zu sein – ein paar geborstene Betonstufen, ein Stahlgeländer bog sich und neigte sich anmutig wie der Hals eines Silberschwans – aber alles im wesentlichen begehbar. Ohne eine Sekunde zu zögern, stürzten wir die Treppe hinunter.

Fanny Neville hat einen prachtvollen Kopf. Also, das ist Liebe, was? Die rissigen Stufen der Hölle hinunterzurasen, in eine unten garantiert größere Hölle, und ich bestaunte sogar jetzt ihren tollen Kopf vor mir. Für eine so kleine Frau ist er groß, aber es fällt einem zuerst nicht richtig auf. Erst sieht man das seehundschwarze Haar, mit Haarspray dicht an den Kopf gekämmt, die dunkelrot-violetten Lippen, die großen Mädchenaugen –

»Halt! Nicht bewegen!«

Fanny, Djebeli und ich erstarrten alle auf Kommando. Ich dachte immer noch an ihren Kopf, deshalb dauerte es einen Augenblick, bis ich merkte, daß wir stehengeblieben waren.

»Los, laßt uns gehen!«

Der Sultan, der unsere Truppe anführte, drehte sich um und sah mich an. »Hier drin ist etwas Schlechtes, Harry. Erdbeben sind der Zorn der Toten. Sie fördern gefährliche Dinge aus der Erde zutage. Ich spüre –« Er hob eine Hand, als wolle er sich zum Schweigen bringen.

Aber mich nicht. »Scheiß auf die Toten! Laßt uns gehen, solange wir können.« Ich ging die Stufen hinunter und griff nach Fanny.

»Warte!«

Ein Stockwerk tiefer ging eine Tür auf, und ein Paar kam langsam auf den Treppenabsatz. Der Mann sah zu uns herauf.

»Können wir diese Treppe benutzen?«

Indem ich Fanny hinter mir her zog, begann ich hinunterzulaufen. »Ich weiß es nicht, Mann, aber ich bleib nicht stehen, um drüber nachzudenken!«

»Harry, bitte bleiben Sie stehen. Das sind Dschinns!«

In meinem Zustand dachte ich, er spreche von den Leuten auf der Treppe – daß sie beide Jeans trugen. »Das ist in Ordnung, Sir, die sind sehr verbreitet. Lassen Sie uns in drei Teufels Namen hier abhauen!«

Der Mann hielt immer noch die Tür auf, und ein Hund kam herausgelaufen. Ein Hund, den ich gut kannte; heute morgen hatte ich ihn gefüttert, bevor ich meine Wohnung verließ: Big Top, Venasques Bullterrier.

Er sah mich mit seinem gewöhnlichen ausdruckslosen Blick an, dann machte er mit dem Kopf eine Geste, ihm zu folgen. Die Sorte von beiläufiger, das-Kinn-ruckartig-auf-eine-Schulter-weisende Humphrey-Bogart-Kopfbewegung; echt cool.

»Kannst du uns hier rausbringen, Big?«

Er sah mich mit unbewegter Miene an, drehte sich um und lief durch die Tür zurück. Ich stürzte ihm hinterher.

Fanny preßte meine Hand. »Was machst du, Harry? Du gehst doch nicht wieder *rein*?«

»Er ist ein Verz! Folgen Sie ihm, Harry, er ist ein Verz.«

Der Mann auf dem Treppenabsatz und seine Freundin rasten die Treppe hinunter. »Ich folg doch keinem Hund. Komm, Gail.«

Ich war schon losgelaufen, mußte aber über die Schulter fragen: »Was ist ein Verz?«

Der Sultan und Djebeli waren dicht hinter mir. »Ein guter Geist, ein Führer.«

»Woher wissen Sie das?«

»Er spricht mit den Augen. Beeilen Sie sich!«

Ob Big Top ein Verz war oder nicht, ich wußte, daß er magische Kräfte hatte. Ich hatte es schon gesehen. Deshalb bat ich ihn um Hilfe. Er war der Hund des Schamanen. Davon erzähle ich Ihnen später.

Als die Tür zufiel, kam von irgendwo unmittelbar über uns ein donnerndes *Bumm*. Big Top trottete vergnügt durch die Halle, gefolgt von vier unvergnügten Menschen.

Alles war ein Chaos – im Gang lag ein Sofa, fast genau in der Mitte auseinandergebrochen, ein Kronleuchter war in Hunderten von Diamanten und glitzernden Splittern über der braunen Couch und dem Fußboden verstreut. Der Sultan japste. Seine nackten Füße fielen mir ein.

Big Top bog nach links ab. Unglaublicherweise setzte in der Nähe Rockmusik ein. Ein Song mit dem Titel »Sundays in the Sky«, der nur allzu vertraut war – ein Hit, den ich so oft gehört hatte, daß ich ihm den Hals umdrehen wollte. Aber hier, mitten in der Katastrophe, klang er wundervoll und beruhigend – die Stimme eines Engels: halte durch, du *wirst* hier rauskommen.

Dann lag noch ein Leichnam da – der eines Kindes. Sweatshirt in Schwarz, Grün und Pink. »United Colours of Benetton«. Wasser spritzte in eine der Hallen, Dampf schoß wütend hinter einer Tür hervor und traf eine andere. Big Top lief erst schnell, dann langsam, schaute die ganze Zeit weder rechts noch links. Keine Unsicherheit. Es gab auch keine Zeit, darüber nachzudenken, ob wir es machen sollten: Wir brauchten einen Verz, um uns hier raus und auf die Straße zu bringen.

Als sei sie sehr hart geschlagen worden und habe einige Augenblicke in geschocktem, erstarrtem Schweigen gebraucht, das Geschehene zu begreifen, erhob die Welt draußen endlich das Geheul ihres Unglaubens und Schmerzes. Zuerst ertönte – es muß eine Luftalarmsirene gewesen sein – ein Entwarnungssignal. Dann die leiseren, insektenschrillen Schreie fahrender Martinshörner: Krankenwagen, Feuerwehrzüge, Streifenwagen. Ihr schwankendes Wimmern drang aus allen Richtungen sogar die sechs Stockwerke des Hotels empor.

Im vierten Stock führte Big Top uns in ein Zimmer, dessen Tür angelehnt war. Drinnen war alles in bester Ordnung, bis auf die Balkontüren, die beide offenstanden. Die Vorhänge flatterten stürmisch ins Zimmer und nach draußen.

Der Hund lief an diese Türen und blieb dort mit wedelndem Schwanz stehen. Warum dort? Warum blieb er stehen?

Der Sultan ging hinüber und zögernd auf den Balkon hinaus.

»Da ist ein Baum! Wir können am ihm hinunterklettern. Er ist sehr groß!«

»Warum denn? Warum nehmen wir nicht die Treppe?«

Djebeli wies auf Big Top. »Der Verz. Er weiß etwas, das wir nicht wissen. Kommt.«

Draußen wogten freundlich die Zweige unseres Lebensretter-Baums. Einen Augenblick später waren sie krachend verschwunden. Der Sultan sprang zurück und schrie auf arabisch. Der Hund fing an zu bellen.

»Scheiße – ich glaub, wir haben gerade den Ausweg eingebüßt.« Fanny drehte sich um und rannte auf die Tür zu.

Big Top, der normalerweise reizend zu Fanny Neville war,

verließ den Balkon und blockierte den Türausgang, er knurrte und schnappte nach ihr. Er sah bösartig aus, prähistorisch.

»Big, geh da weg!«

»Ein Hubschrauber!«

Das Rödeln eines Rotors wurde immer lauter, übertönte sogar den Hund. Was würde *noch* passieren?

Djebeli rannte zum Balkon, sah was immer es auch war und brüllte: »Es ist Khaled! Wir sind gerettet!«

Mitten in einem Erdbeben vergißt man Titel oder wer die Leidensgenossen sind. Glücklicherweise war es in unserem Fall ein Sultan, das will heißen, Sultane haben Geld und Macht und liebende Untertanen. Ebenso haben sie ergebene Lakaien, die sich mit Hubschraubern auf die Suche nach ihnen begeben, wenn sie in Schwierigkeiten sind.

Khaled schwang neben dem Westwood Muse Hotel herunter in einer schwarzgoldenen Mühle, die wie ein himmlisches High-Tech-Insekt aussah. Später erfuhr ich, daß der Sultan selbst einen Pilotenschein hatte und immer, wohin er auch reiste, einen Hubschrauber in Bereitschaft hatte. Das erste, was ich von diesem sah, war das prunkvolle Wappen von Saru auf seinem vibrierenden Heck.

Das Cockpit neigte sich ins Sichtfeld, und ein Pilot mit Sonnenbrille und einem Millionen-Dollar-Lächeln winkte uns fröhlich zu.

»Warum ist er so glücklich?«

Der Sultan winkte zurück. »Er ist immer glücklich, wenn es Schwierigkeiten gibt. Bleiben Sie zurück – er wird schießen.«

Ich sah zur Tür hinaus, der Bursche zielte mit einem seltsam aussehenden Gewehr auf uns. Das »Schrab Schrab« der Rotorblätter wurde von einem Knall übertönt, und etwas sauste durch die Balkontüren: ein schönes dickes Seil. Seine Majestät, der Sultan von Saru, ergriff es und bestand darauf, daß Fanny und ich zuerst gingen. Darüber wollte ich nicht streiten.

Als ich fünfzehn war und den Kopf ungefähr so voller Flausen hatte wie eben möglich, verfrachtete mein Vater mich eines Sommers für ein paar Wochen in ein ›Überlebenstraining‹, damit ich etwas bescheidener werde. Wir stiegen auf Berge, bekämpften Waldbrände, retteten sogar einmal eine Frau, die in eine eiskalte Gletscherspalte gefallen war. Es war eine harte, interessante Erfahrung, die mir einen wichtigen Blickwinkel eröffnete. Aber was davon am stärksten haftengeblieben ist, ist die banale Einsicht, daß man nie wirklich sagen kann, man kenne jemanden, bevor man ihn unter Beschuß erlebt hat. Ein fetter Typ dort war im Basislager jedermanns Freund, aber er destillierte in einen feigen, selbstsüchtigen, *gefährlichen* Schweinehund, wenn wir über einer Obsidianklippe hingen oder einen Wald mit brennenden Baumkronen durchquerten.

Das bemerkenswerte Verhalten des Sultans am Tag des Erdbebens war das genaue Gegenteil davon. Wieder auf dem Boden, sandte er Khaled mit dem Hubschrauber weg, zu helfen, wo immer er könne. Und nachdem er ein Paar Schuhe gefunden hatte, schloß sich der Herrscher über eineinhalb Millionen Menschen den Grabenden um das Hotel an und versuchte, die unter den Trümmern Verschütteten zu retten. Wir taten das auch, natürlich, aber er stürzte sich nicht nur mitten hinein, sondern er *stürzte-sich-mitten-hinein*: Wurde ein Loch irgendeiner Größe freigelegt, war er der erste, der hineinging, um unten nach Leben zu wühlen. Mal um Mal hörte ich einen Ausruf, und wenn ich aufsah, erblickte ich immer nur die leuchtende Hose seines Skianzugs, die in einen Haufen schwelender Steine sprang, als seien sie etwas Weiches.

Stunden später, als wir Gelegenheit hatten, uns hinzusetzen und ein paar Rotkreuz-Brote zu essen, fiel mir auf, daß seine geliehenen Schuhe – ein Paar weiße Leinen-Turnschuhe – bis fast an den oberen Rand blutgetränkt waren. Ich stieß Fanny an und zeigte darauf. Sie nickte und murmelte liebevoll: »Er hat die ganze Zeit mit den zerschnittenen Füßen gearbeitet. Der Mann ist mein Held.« Das brachte es auf den Punkt.

Er sah, daß wir uns die armen Füße anschauten, und mit einem Schafsgrinsen hielt er für unsere Inspektion einen Fuß hoch. »Nächstes Mal trage ich zum Erdbeben wohl besser Schuhe, was?«

»Wir haben gerade gesagt, wie beeindruckt wir von dem sind, was Sie heute getan haben.«

Er zuckte mit den Achseln und wickelte langsam ein Stück Kaugummi aus, das ich ihm angeboten hatte.

»Das einzige, was wir machen können, ist, zu versuchen, dem Leben etwas von der Gerechtigkeit zurückzugeben, die es manchmal verliert. Ist es richtig, das Leben von Menschen zu retten? Ich weiß es nicht. Alles, was ich sagen *kann,* ist, unsere Absichten sind gut. Ich habe mal gelesen, daß jemand behauptet, Gottes Gedächtnis versage, und deshalb gebe es im Leben so viele Tragödien und Schreckliches wie heute: Gott erinnere sich nicht an die Gerechtigkeit und das Gute, das Er der Welt am Anfang gegeben habe. Deshalb ist es Aufgabe des Menschen, es zu versuchen und es wieder in die Welt zu bringen.« Er steckte den Kaugummi in den Mund, nahm ihn aber wieder heraus und wies damit auf uns. »Ich bin nicht seiner Meinung. Wer so etwas sagt, ist ein Narr. Aber die Vorstellung, Gerechtigkeit ins Leben zurückzubringen, hat mir gefallen. Es ist, als sei unser Leben eine Puppe, die Rippen hat, aber es fehlt etwas von ihrer...« Er schnippte mit den Fingern, suchte das richtige Wort. »... ihrer...«

»Füllung?«

»Ja, ›Füllung‹. Gott hat uns am Anfang diese Puppen gegeben, aber wenn sie anfangen ihre Füllung zu verlieren, müssen *wir* das richtige Material finden, um sie wieder zu füllen. Ist das Juicy Fruit? Ah! Ich mag Juicy Fruit-Kaugummi – er ist so süß.«

»Aber wir haben doch die Erdbeben nicht gemacht! Auschwitz, okay, aber was hat der Mensch mit dem zu tun, das heute passiert ist?«

»Jetzt redest du Blödsinn, Fanny. Der Mensch ist für *alles* verantwortlich. Warum beherrschen wir wohl den Planeten? Warum verehren uns alle anderen Tiere? Alles im Leben ist unser Werk – Auschwitz, Erdbeben. Gutes auch! Wir wollen einfach die Tatsache nicht sehen und akzeptieren, daß alles unser Werk ist.

Hört zu, ich erzähle euch eine lustige Geschichte. Eine Frau ging in eines dieser Restaurants hier, in denen man sich das Essen selbst holt. Sie stellte das Tablett mit ihrem Essen auf den Tisch, aber sie hatte nichts zu trinken. Also nahm sie einige Münzen, ließ ihr Tablett stehen und ging, um sich etwas zu holen. Als sie zurückkam, saß ein sehr dicker Schwarzer an ihrem Tisch und aß ihre Mahlzeit! Saß da mit einem Lächeln auf dem Gesicht und aß *ihr* Essen!

Jetzt setzt sie sich sehr wütend hin, zieht ihr Tablett zurück über den Tisch und fängt an zu essen. Aber dieser Verrückte hört nicht auf. Immer noch lächelnd, greift er hinüber und nimmt ihre

Suppe. Dann nimmt er den Salat! Das macht sie so wütend, daß sie auf einmal unbedingt austreten muß.

Als sie von der Toilette zurückkommt, ist der Mann Gott sei Dank weg, aber das Tablett mit ihrem Essen und ihre Handtasche auch! Jetzt hat er ihr *Geld* gestohlen! Sie läuft zum Kassierer und sagt: ›Haben Sie den großen Schwarzen gehen sehen? Er hat mein Essen gegessen und meine Tasche gestohlen!‹ Der Kassierer sagt: ›Wir rufen die Polizei. Wo haben Sie gesessen?‹ ›Gleich da vorne.‹ Sie dreht sich um und zeigt auf ihren Tisch. Aber was sie sieht, entlockt ihr einen Schrei: ihre Handtasche auf dem Stuhl und ein Tablett mit unberührtem Essen auf dem Tisch, *ein* Tisch vor dem, an dem sie mit dem Schwarzen gesessen hat.«

»Hä?«

Fanny gröhlte vor Lachen, wandte sich mir zu und sagte: »Die Frau saß am falschen Tisch! Sie hat das Mittagessen des Schwarzen gegessen, nicht umgekehrt.«

»Und er ließ sie! Er war sehr freundlich und lächelte die ganze Zeit, während sie sein Essen stahl.

Diese Frau verhält sich wie die Menschheit, Fanny: Sie will immer anderen die eigene Schuld zuweisen. Darum gibt es einen Teufel. Wir haben ihn geschaffen, weil es bequem für uns ist. Und manchmal, wenn wir wirklich keinen anderen finden, geben wir Gott die Schuld. Aber Gott ist wie dieser Schwarze – Er lächelt uns an, wenn wir Sein Mittagessen verzehren, aber Er hält uns nicht davon ab.«

Wie Claire Stansfield essen konnte! Es war schwer zu glauben, wenn man sie jetzt so im Krankenhaus sah, kaum in der Lage, einen Strohhalm in den geschwollenen, wunden Mund zu nehmen.

Weil dies meine Geschichte ist, mache ich ein letztes Mal eine Rückblende und führe dieses letzte wichtige Mitglied des Ensembles ein. Es wird nicht lange dauern – ich werde nur von unserem ersten Treffen erzählen, sechs Monate vor dem Erdbeben.

Sie war die Freundin einer Freundin, die mir ihre Nummer gab und sagte, wir würden einander mögen. Am Telefon klang sie stark und ruhig. Eine hohe kratzige Stimme. Bei einigen Wörtern lispelte sie. Es war Sonntagnachmittag. Als ich sie fragte, was sie mache, sagte sie, nur den Regen am Fenster beobachten; an Regentagen käme sie sich wieder vor wie ein kleines Mädchen.

»Wieso das? Hör zu, Claire, was machst du? Ich meine, im Augenblick? Möchtest du ausgehen?«

»Natürlich.«

Natürlich! Nicht: »Also, ich weiß nicht« oder: »Laß mich in meinen Kalender sehen« oder irgendein anderer gezierter Sirup, den ich um- und umrühren müßte, bis er sich auflöste in: »In Ordnung.« Natürlich. Ausgezeichnet.

Wir trafen uns im Café Bunny, weil es noch in Strömen goß und es auf halbem Weg zwischen unseren Wohnungen lag. Wir erkannten uns, denn man hatte mir gesagt, sie habe einen schönen Kopf und sehe aus wie ein Gemälde von Burne-Jones. Wie Sie wissen, liebe ich Frauenköpfe. Fanny hat einen, sogar während eines Erdbebens. Claire auch. Aber sie sagte, sollte mir ihr Kopf entgehen, sie trüge ein Sweatshirt mit dem Aufdruck »Tolles Zeug« – der Name ihrer Design-Boutique. Bevor sie auflegte, sagte sie noch, sie sei aufgeregt, Harry Radcliffe kennenzulernen. Ich sagte, daß ich aufgeregt sei, einen schönen Kopf kennenzulernen.

»Hallo, Harry? Denkst du, daß ich unmöglich bin, wenn ich mir sofort etwas zu essen bestelle? Ich habe den ganzen Tag noch nichts gegessen.« Ihr Kopf *war* schön, und es war mir nicht so wichtig, daß sie nicht eigentlich hübsch war. Mir gefiel, daß sie ein richtiges Gesicht hatte: eckiges Kinn, breiter, gerader Mund, grüne Augen, direkt und praktisch wie eine Brücke.

Wir unterhielten uns zuerst über unsere gemeinsame Freundin, über Claires Geschäft, meine Bauten. Sie bestellte einen Krug Bier und Wiener Schnitzel. Sie schnitt es in riesige goldfarbene Stücke, die wie panierte Kontinente aussahen. Obwohl sie jedes langsam kaute, war alles verputzt, bevor ich mit meinem Kaffee und Käsekuchen fertig war.

»Ich habe noch Hunger. Was könnte ich noch essen?«

»Bleib beim Gebratenen – gebratene Pilze?«

Ein Teller Pilze, ein großer Radicchio-Salat, noch ein Bier, ein Stück Schokoladenkuchen, schwer genug, um ein Schiff zum Sinken zu bringen.

In der Zeit gleich nach meiner Scheidung stand mir der Sinn

nicht ausgeprägt nach Sex, aber als ich Claire Stansfield essen sah, kam mir die Frage in den Sinn: Wenn sie beim Essen derart unersättlich war, wie war sie dann im Bett?

»Woran denkst du?« Ihre Stimme bahnte sich langsam den Weg aus dem Turban von Verbänden.

Ich drückte sanft ihre Hand, die ich hielt. »An das erste Mal, als wir uns trafen – wieviel du gegessen hast. Ich habe mich gefragt, ob du im Bett so gut bist wie am Tisch.«

»Aber ich habe mich lange Zeit von dir nicht anfassen lassen.«

»Das ist wahr.«

Das Zimmer war so still, wie es nur Krankenhauszimmer sind; die Stille, die herrscht, wenn man darauf wartet, daß alles wieder normal wird, die Stille des Kampfes zwischen Körperverrat und heimlicher Hoffnung.

»Ich hatte Angst, daß du meiner und meiner Ängste müde wirst und mich verlassen würdest.« Sie bewegte sich leicht unter der Decke und stöhnte einmal, als sie mir ihren Kopf zuwandte. »Aber du hast mich nur teilweise verlassen, oder, Harry? Mit Fanny.«

»Laß uns jetzt nicht davon sprechen.«

»In Ordnung. Erzähl mir mehr von dem Tag, als wir uns kennenlernten. Ich möchte deine Version hören. Und bitte halte weiter meine Hand.«

»Du hattest diese großen klobigen Schuhe an und diesen schwarzen Mantel, den du in Budapest gekauft hast. Du weißt, wie sehr ich Frauen in klobigen Schuhen liebe.«

Ihre Hand in meiner war kalt und trocken. Normalerweise waren ihre Hände warm, oft ein bißchen verschwitzt. Jetzt hatte sie nur noch eine Hand. Was von der anderen übriggeblieben war, lag unter einem Wust von Verbänden und Schmerz verborgen auf dem Bett. Als das Erdbeben einsetzte, fuhr Claire mit ihrem Motorrad den Sunset Boulevard entlang und wurde heruntergeschleudert, geradewegs in das Heck eines Lkw. Im letzten Augenblick hat sie eine Hand vor das Gesicht gehalten, um es zu schützen. Das hatte funktioniert. Aber die Hand war an etwas hängengeblieben.

»Harry, was denkst du, welche sexuellen Phantasien haben Blinde?«

»Gerüche. Verschiedenartige Berührungen. Hast du es nie mit verbundenen Augen gemacht?«

»Nein. Ist das spannend?«

»Lustig. Seltsam. Das machen wir irgendwann mal.« Ich fragte mich, wann wir wieder miteinander schlafen würden. Was für ein Gefühl wäre es für sie ohne die Hand? *Ohne* die Hand.

»Warum fragst du?«

»Ich habe deine Nase angesehen und gedacht, wie groß und schön sie ist. Ich habe mich gefragt, wie es wäre, etwas nur durch Ertasten zu kennen, oder ob man etwas durch bloßes Erfühlen *oder* Sehen *oder* Riechen in allen Einzelheiten kennen kann. Meine rechte Hand wird jetzt alles Tasten übernehmen müssen.«

»Alle Radcliffes haben große Nasen. Eine meiner Tanten hat sich die Nase schönheitsoperieren lassen und wurde aus der Familie geworfen.«

»Was treibst du so, Harry? Was ist passiert? Du erzählst mir nie was, besonders nicht, seitdem ich hier drin bin. Du bist manchmal so glatt wie ein Satz neuer Spielkarten.«

»Erst mal werde ich warten, bis du hier herauskommst.«

»Das wird eine Weile dauern. Und gebrauche mich nicht als Ausrede dafür, daß du nichts tust.«

Ich grinste wie ein ertappter Schuljunge. Mit Claire zu reden war oft so, als hielte man seine kalten Füße an einen warmen Ofen. Sie war vertrauensvoll, aber wachsam. Ich *hatte* ihr Unglück zum Teil als eine weitere Entschuldigung dafür benutzt, daß ich die Entscheidung, die ich zu umgehen versuchte, nicht fällte: Der Sultan hatte mich gebeten, nach Saru zu kommen und wenigstens das Gelände anzusehen, auf dem er sein Hundemuseum erbauen wollte – völlig unverbindlich. Er würde mir eine ansehnliche Summe bezahlen, aber viel wichtiger war, daß es nach unserem gemeinsamen Erdbeben nahezu unmöglich war, nein zu sagen.

Also erzählte ich Claire zum erstenmal die ganze Geschichte. Ich hatte es vorher nicht getan, weil sie genug durchzumachen hatte, und ich konnte mir nicht vorstellen, daß es gut für sie wäre, in diesen ersten Tagen ohne ihre linke Hand die Geschichte einer wunderbaren Rettung zu hören. Wie immer, wenn ich einen Vortrag beendet hatte, war ich von dem, was sie sagte, überrascht.

»Ich war mal in Saru.«

»Was? Warum hast du mir das nie erzählt?«

»Ich habe es als Überraschung aufgehoben. Ich habe dort einen Zwischenstopp gemacht, als ich vor ein paar Jahren auf dem Weg nach Jordanien war, um meine Schwester Slammy zu besuchen.«

»Wie ist es denn dort?«

»Die Städte sind sehr modern. Viele Palästinenser sind nach dem Krieg gegen Israel 1967 dahin geflohen und haben sie aufgebaut. Ich war in Bazz'af, der Hauptstadt. Der Rest des Landes ist Wüste.

Weißt du, was mir dort am besten gefallen hat? In Saru gibt es diese Burgen in der Wüste, die aus der Zeit der Kreuzzüge stammen oder noch älter sind. Man fährt von Bazz'af ein paar Stunden mit dem Bus, und am Ende der Welt stehen diese Ruinen, die gar nicht verfallen sind, weil die trockene Wüstenluft sie so gut konserviert hat.«

»Geht es dir gut, Claire? Du mußt nicht reden, wenn es dich ermüdet.«

»Ich habe tagelang nichts gesagt, und ich rede gern von dieser Reise. Laß mich noch etwas mehr erzählen. Es gibt eine Straße, die buchstäblich durch ganz Europa führt, durch die Türkei in den Mittleren Osten. Von Schweden oder Norddeutschland aus fahren Lkw in nur wenigen Tagen quer durch den ganzen Kontinent. Montags sind sie in Rotterdam und am Wochenende an der saudischen Grenze! Ist das nicht romantisch? Es ist wie der alte Pony-Express.

Jedenfalls, eine der Burgen war nahe an dieser Straße, kurz vor der jordanischen Grenze. Wir waren an Silvester da und beschlossen zu bleiben; ein Teil des Gebäudes war in ein Rasthaus umgewandelt worden. Nichts Nobles, aber ein paar Zimmer, in denen man schlafen konnte, und ein Restaurant. Von unserem Zimmer aus konnten wir über die ebene Wüste hinweg die Straße sehen, ungefähr achthundert Meter entfernt. Wir sahen uns den Sonnenuntergang an und diese Lastzüge, die eingehüllt in große Rauch- und Staubwolken in Richtung Grenze rollten. Wohin fuhren sie? Jordanien? Saudi-Arabien? Irak? Jedes dieser Länder war nah. Jemand auf der Burg hat uns erzählt, daß während des Krieges zwischen Iran und Irak jede Minute ein Lkw mit

Nachschub für den Irak über die Straße gefahren ist. Einer in der *Minute*, Harry!

Ungefähr um sieben Uhr abends nahmen wir die köstlich duftenden Wolken gegrillten Lamms wahr, das hinter dem Restaurant im Freien zubereitet wurde. Meine Schwester und ich hatten unsere Freunde dabei, da draußen in der saruanischen *Wüste* … Für uns war es so abenteuerlich und erregend. Das Motel war gemütlich, wir hatten an dem Tag einige echte Wunder gesehen … Gott, waren wir glücklich.

Es roch so gut, daß wir sofort zum Essen hinuntergingen. Im Restaurant war niemand außer uns, aber das Interessante war dieser eine große Tisch hinten in der Ecke des Raumes. Er war für ungefähr zwanzig Leute gedeckt, aber so, daß alle Stühle und alle Gedecke nur auf einer Seite des Tisches waren – keiner würde den anderen ansehen können. Seltsam, nicht? Aber noch seltsamer war, daß an jedem Platz eine ungeöffnete Halbliterflasche Johnny Walker Scotch stand. Eine ganze Flasche!«

»Aber Saru ist moslemisch. Woher kam der Sprit?«

Sie drückte leicht meine Hand. »Ich erzähle es dir. Kann ich bitte noch einen Schluck Wasser haben?«

Ich nahm die Plastikflasche mit dem integrierten Strohhalm vom Nachttisch und hielt sie ihr an den Mund. Ihre geschwollenen, zerschnittenen Lippen saugten heftig. Zuhälter bestrafen Nutten, indem sie ihnen die Lippen mit einem Messer aufschlitzen, weil Lippen nicht glatt verheilen; Münder sind durch den Schnitt ruiniert. Claires Mund war ruiniert. Sie nahm den Kopf zurück, um anzuzeigen, daß sie genug Wasser getrunken hatte.

»Der Typ, der das Restaurant betrieb, kam an unseren Tisch, um nachzusehen, ob alles in Ordnung war. Ich fragte ihn nach den Flaschen, und er sah auf die Uhr. ›Die Fahrer werden bald hier sein. Heute abend feiern sie. Der Whisky gehört ihnen.‹

Das war alles, was er sagte, aber fünfzehn Minuten später hörten wir den ersten Lkw. Das war vielleicht ein satter Klang! Slammy ging ans Fenster und rief uns herbei. Sie gaben ein Stelldichein für ihre Silvesterparty da draußen mitten in der Wüste!

Wir vier standen am Fenster und ließen unser Essen kalt werden, während wir zusahen, wie sie auf dem großen Parkplatz vor dem Haus einrollten. Echte nordische Blonde, Rotschöpfe, Araber mit Turbanen und dichten schwarzen Schnurrbärten. Aber weißt du, Harry, was sie alle gemeinsam hatten? Ich bin in meinem ganzen Leben noch nie Männern begegnet, die so grimmig aussahen. Egal, was sie trugen oder welche Hautfarbe sie hatten, sie sahen alle wie Gladiatoren aus.«

»Warte mal.« Ich stand von meinem Platz auf und befreite meine Hand aus ihrer, bevor sie protestieren konnte. Ich mußte, so schnell ich konnte, aus dem Zimmer. Ich fürchtete, daß ich kotzen müßte. Ich machte mir vor Angst fast in die Hose.

»Harry, was ist denn los?«

Ihre Frage jagte mich zur Tür hinaus.

Draußen sah mich eine aufgeschreckte Krankenschwester vorwurfsvoll an, als ich zum Wasserspender hinten in der Halle lief. Das Wasser war so kalt, daß es an den Lippen schmerzte. Ich schlürfte es hinunter, so schnell es ging. Dann hielt ich meine Hand darunter und rieb mir Wasser auf Gesicht, Hals, Nakken.

Ich war *da*. Ich stieg aus einem dieser Lkw. Ich merkte, daß mich diese Frau aus dem Fenster ansah, und ich überlegte, ob ich sie an dem Abend herumkriegen würde, mit mir zu bumsen. Warum nicht? Silvester schlugen alle über die Stränge.

Wir waren vierzig Stunden unterwegs gewesen. Während der ganzen Fahrt hatte es Ärger und Verzögerungen gegeben. Wir hatten einen halben Tag Verspätung. Ich erinnerte mich an alles. Den strengen, muffigen Geruch der Zigarette, die der bulgarische Grenzbeamte rauchte, als er unsere Papiere kontrollierte. Das Schaben der Käfer am Straßenrand, wenn wir zum Pinkeln anhielten. Die warme Sonne im Nacken nach der Kühle im Lkw.

Ich war dieser Mann. Ich erinnerte mich an alles. Sein Name war Heinrich Mis. Ich hatte ihn niemals vorher in meinem Leben gesehen.

Dieses ... Eintauchen in eine andere Person war mir vorher ein einziges Mal mit Venasque passiert, als der Schamane noch lebte. Wir saßen in einem Lokal in Silver Lake und frühstückten, als ein Mann hereinkam und sich ein paar Stühle weiter neben uns an die Theke setzte. Nur ein Typ im Arbeitsanzug. Venasque und ich unterhielten uns über irgend etwas. Als ich hochschaute und den Mann ansah ... verschwand ich. Ich verschwand in sein Leben, und augenblicklich wußte ich alles von ihm. Jede Einzelheit. Sein

Name war Randy. Er war Bauarbeiter. Er war ein Schweinehund.

»Komm. Komm, los. Komm zurück!« Venasque, eine Hand auf meinem Arm, rief mich, wie er einen ungezogenen jungen Hund in der anderen Ecke des Zimmers rufen würde. Ich sah ihn völlig perplex an. Er richtete mich auf und führte mich hinaus und auf den Parkplatz. Ich lehnte an einem weißen Auto. Alle Kraft, die ich überhaupt hatte, war verschwunden. Als ich wieder zu mir kam, sah ich den Alten an. Er lächelte.

»Was zum *Teufel* war das?«

»Manchmal trifft man seine Zukunft, Harry. Normalerweise ist es eine Person, aber manchmal ist es ein Ort oder ein Gegenstand. Du mußt jetzt herausfinden, wo dieser Typ in deine paßt. Es könnte sehr wichtig sein.«

»Aber ich *war* er, Venasque. Ich war er!«

»Du bist deine Zukunft, Harry. Sie ist jede Minute, die du lebst, in dir. Gerade hast du einen Teil davon zum erstenmal gesehen. Jetzt finde heraus, woher der Typ darin kommt.«

Aber dazu hatte ich keine Gelegenheit, weil Randy drei Tage später tot war: der erste Mann, der jemals bei einem Harry-Radcliffe-Projekt ums Leben kam. Er stürzte vom obersten Stockwerk des fast fertiggestellten Gröbchen-Gebäudes in Pasadena.

Die arme süße Claire war sehr beunruhigt, als ich ein paar Minuten später, weiß wie die Wand, in ihr Zimmer zurückkehrte. Ich sagte, es müsse etwas gewesen sein, das ich zu Mittag gegessen hatte, aber sie ließ sich nicht beschwindeln.

»Lüg nicht, Harry. Ist es wegen meines Aussehens?«

»Nein, mein Schatz. In Vietnam habe ich viel Schlimmeres gesehen. Nein, es war ... Wieviel Kraft hast du? Sag die Wahrheit.«

Ihr Lächeln, das, was davon zu sehen war, beruhigte mich. »Zum Zuhören braucht man keine Kraft. Wirst du endlich eins der Radcliffe-Geheimnisse enthüllen?«

»So ungefähr. Erinnerst du dich, wovon wir vorhin gesprochen haben, von diesem Rasthaus in Saru? Ich muß dir das jetzt erzählen. Es ist erschreckend, aber ich muß es dir erzählen.«

Ihre heile Hand lag mit der Handfläche nach unten neben ihr. Sie drehte sie um und bewegte die Finger. »Halte meine Hand und erzähle es mir. Aber ich möchte zuerst etwas sagen: Ich rede die ganze Zeit mit dir, wenn du nicht hier bist. Wir führen lange Unterhaltungen. Ich kenne dich besser, als du denkst, Harry. Wenn du willst, gibt es für uns ein Happy End. Ich weiß einfach nur nicht, ob du ein Happy End *willst*. Künstler sind Kinder – sie wollen nur Junk-food. Schokoriegel aus Wirrwarr und Unglück. Das gibt ihnen einen Kick, der aber nicht lange anhält.

Ich weiß nicht, ob dir dein albernes, chaotisches Leben nun gefällt oder nicht. Das habe ich bis jetzt noch nicht herausgekriegt.« Sie blinzelte. »Aber ich kriege es heraus – in unserem nächsten Gespräch, wenn du nicht dabei bist. Also, was wolltest du sagen?«

»Liebst du mich?« fragte ich und gab mir Mühe, wie ein ungezogenes, niedliches Kind zu klingen. Aber unsere Blicke trafen sich, und ihre Antwort kam so ernst wie ein Glaubensbekenntnis.

»Mehr, als du weißt. Mehr, als du es verdienst.«

»Ich weiß *nicht*, was zur Zeit mit mir los ist. Damit hast du recht, aber ich kann mir nicht vorstellen, daß wir beide uns trennen.«

»Gut, und was ist dann mit dir und Fanny?«

»Als ich ein Junge war, spazierten meine Mutter und ich eines Tages auf der Straße und sahen zwei bumsende Hunde. Sie waren so richtig bei der Sache. Ich wußte, was los war, aber natürlich habe ich Mutter gefragt, was sie machen, nur um die Antwort zu hören. Sie sagte: ›Der Hund unten ist verletzt. Der obere schiebt ihn ins Krankenhaus‹.«

»Was hat das mit meiner Frage zu tun?«

»Ich weiß nicht, ob du mich fragst oder ob du mir etwas zu verstehen geben willst: Willst du die Wahrheit hören, oder nur eine Antwort?«

Claire war still. »Ich weiß es nicht. Ich frage mich die ganze Zeit, ob ich dich liebe oder meine Vorstellung von dem, was du sein könntest, wenn ich ein bißchen an dir herumdoktere. Vielleicht bist du schlicht nicht mehr monogam. Ich bin es. Und was mache ich dann? Ich will es nicht hören. Vielleicht willst du beide, Fanny und mich, für den Rest deines Lebens. Würde *sie* sich damit abfinden?«

»Ich glaube schon, ja.«

»Ich nicht. Laß uns das Thema wechseln. Mein Herz kriegt Bauchweh. Erzähl, was du vorhin erzählen wolltest. Nein, warte noch, noch ein Letztes. Es fällt mir gerade ein. ›Das Böse der anderen kann man abwenden: Seinem eigenen entkommt man nicht.‹ Erzähl weiter.«

»Wie meinst du das? Worauf bezieht sich das? Willst du damit sagen, daß ich schlecht bin?«

»Nein. Tausch das Wort ›Böse‹ gegen ›Verwirrung‹ aus. Aber vielleicht *ist* darin auch etwas Böses.« Sie machte die Augen zu.

Claires Reaktion auf meine Geschichte, daß ich mit ihr in dem Rasthaus in Saru war, brachte mich aus der Fassung, gelinde gesagt: Sie lächelte und klopfte mit ihrer heilen Hand aufs Bett, als applaudiere sie. Weil sie ihr ganzes Leben lang genau das – Wissen um die Zukunft oder Voodoo-Einfühlung in andere oder wie-immer-man-es-nennen-will – erlebt hatte!

»Macht dir das keine Angst?«

»Das hat es mal. Jetzt hilft es mir, klarer zu sehen. Wie den Menschen, die sterben und ins Leben zurückkommen. Sie alle haben hinterher eins gemeinsam, keiner von ihnen hat mehr Angst vorm Sterben, weil sie erlebt haben, was sein wird, und es wunderbar ist. Wenn ich meinen Körper verlassen und mich selbst aus anderer Sicht gesehen habe, bin ich weniger ängstlich. Und mein Gefühl mir gegenüber wird insgesamt besser. Verglichen mit den meisten anderen Menschen, bin ich besser. Überlegter, milder ... so was in der Art.

Ich bin froh, daß du da warst; daß du weißt, wie es war. Ich erinnere mich an den Lkw-Fahrer. Er war so jung. Ich wußte, daß er interessiert war, weil er mich ständig ansah. Aber er hätte sich nie getraut – er war so schüchtern und unsicher. Er setzte sich zu den Fahrern und trank seinen Scotch, legte dann seinen Kopf auf den Tisch und verlor das Bewußtsein! Als wir zu Bett gingen, war er immer noch da.«

Bananen sind das einzige demokratische Nahrungsmittel: Jedes Bananen essende Wesen sieht lächerlich aus.

Bronze Sydney, Big Top, Dr. Bill Rosenberg von nebenan und ich standen alle um die Ruine unseres Hauses in Santa Barbara herum und aßen Bananen. Die für Big Top hatte ich geschält.

»Bill, ist das, was du da aufgelegt hast, Rasierwasser oder eine Beleidigung?«

»Du bist bloß stinkig, weil dein Haus wie ein Minigolfplatz aussieht.«

»Wir sind versichert.«

Sydney sah mich überrascht an. »Du willst es doch nicht etwa wieder aufbauen?«

»Nee. Du willst hier nicht mehr wohnen und ich ebensowenig.«

Bill aß den Rest seiner Banane und schleuderte die Schale dahin, wo ehemals mein Garten gewesen war. »Aber deine Wohnung in L. A. hat es auch zerlegt. Wo willst du wohnen?« Er zuckte anzüglich mit den Augenbrauen. »Wollt ihr beide wieder zusammenziehen?«

Unisono antworteten Sydney und ich: »Nein!«

»Harry wird für ein paar Wochen in den Mittleren Osten reisen.«

»Wenn ich zurück bin, werde ich mir überlegen, was ich tue. Vielleicht miete ich überhaupt keine Wohnung, falls ich den Auftrag annehme. Es ist ein großes Projekt. Sie werden mich eine Zeitlang vor Ort benötigen.«

»Worum geht es denn?«

Ich aß meine Banane auf und warf die Schale der anderen hinterher. »Um ein Hundemuseum in Saru.«

Big Top wedelte langsam mit dem Schwanz.

»Ein *Hundemuseum*? Nimmst du den Hund als technischen Berater mit?« schnaubte Bill.

»Er kommt tatsächlich mit. Er wird Modell stehen für die Statue am Eingangsportal.«

»Wieso das?«

»Weil er ein Verz ist.«

»Das sagt alles, Harry.«

Sydney sah mich an: »Nimmst du ihn wirklich mit?«

»Natürlich. Er hat schon die nötigen Impfungen hinter sich.«

»Wer will denn ein Hundemuseum in Saru? Ist das nicht da, wo sie den ganzen Ärger mit den moslemischen Fundamentalisten haben? Neulich abends war etwas darüber im Fernsehen. Aus *dem* Schlamassel würde ich mich heraushalten, Harry. Es sei denn, du möchtest einen Nashorn-Krummsäbel in den Hintern gejagt kriegen.« Der verwegene Bill nahm noch eine Banane von der Staude, die Sydney hielt, und schälte sie. Wir sahen interessiert zu.

Es würde wieder ein schöner Tag werden in Santa Barbara. Das einzige, was ihn trübte, war die Landschaft, die unmittelbar vor uns lag: der Ex-Sitz der Radcliffes, der aussah wie der Bodennullpunkt nach einem leichten Atombombenangriff.

Rosenberg rief sofort nach dem Erdbeben an, um mitzuteilen, daß von unserem Haus nicht viel übrig war. Es war das erste Mal, daß wir hinfahren konnten und den Schaden begutachten. Obwohl es weniger Schaden als vielmehr Totalschaden und Auslöschung war. Tatsächlich war ich mehr schockiert von dem, was ich nicht mehr sah, als von dem, was ich sah. Ja, natürlich, die Erde hatte ihren großen Schlund geöffnet und dieses und jenes verschlungen, anderes zwischen den Zähnen zu Nichts zermalmt. Diese rationalen Begründungen konnte ich akzeptieren, aber da, wo einmal ein großes und bis in alle Einzelheiten sorgfältig geplantes Haus gestanden hatte, war so gut wie nichts mehr zu erkennen. Nicht daß alle Entwürfe Harry Radcliffes für die Ewigkeit gemacht wären und/oder den geballten Gotteszorn überstehen sollten, aber das ganze Teil war weg!

»Es ist, als sei eine fliegende Untertasse vorbeigekommen, hätte es eingesaugt und mit auf den Saturn genommen.«

»Wie fühlst du dich, Harry?«

Ich sah Sydney an und blinzelte, weil die Morgensonne direkt über ihrer Schulter stand. »Vergewaltigt. Es war ein wunderschönes Haus. Es war für diesen Hügel geschaffen und verlieh der Landschaft einen schönen menschlichen Farbklecks. Ich fühl mich vergewaltigt.« Ich wollte noch mehr sagen, aber mir war alle Lust zum Reden vergangen.

»Was meinst du, Syd, warum mein Haus nicht beschädigt worden ist?«

»Glück. Du hast das große Los gezogen, Bill.«

Ich ergriff Sydneys Arm und zog sie an mich, wie einen Rettungsring auf dem großen Meer, das mich plötzlich umtoste. »Gebäude sind das einzig Wirkliche, das ich kenne, Syd. Das einzige, was ich gut kann.«

Sie nickte lange.

»Was soll ich machen, wenn sie einfach so verschwinden?«

»Du kannst es neu bauen, Harry.«

»Aber es ist nicht dasselbe! Das ist, als klone man jemanden aus seinem Haupthaar. Wir können die alten Pläne verwenden, natürlich, es ganz genauso bauen. Aber es ist *nicht* dasselbe! Dieses hier ist tot. Es ist nicht mehr da. Wir können eine Grabplatte darüberlegen.«

Ich rannte den Hügel hinunter zum Auto. An der Stelle, von der der Ozean wieder zu sehen ist, hinter einer dichten Reihe Kiefern, die die trockene kalifornische Luft mit frischem nordischen Duft erfüllen, drehte ich mich um und schrie zurück: »Wißt ihr, was der Unterschied zwischen Tragödie und Komödie ist? Die Tragödie erinnert uns immer wieder daran, wie begrenzt das Dasein ist. Die Komödie sagt, daß es keine Grenzen gibt.«

»Leg die ›Sex Pistols‹ auf.«

Ich drehte mich um und warf ihr einen finsteren Blick zu, sie saß nackt auf dem Bett und sah mich aufreizend an. Sie trug eine schwarze Baseball-Mütze, auf der vorne das Wort ›Fritos‹ stand. Sie stupste mich damit.

»Fanny, zu einer Platte der ›Sex Pistols‹ zu bumsen ist nicht das, was ich mir unter gutem Sex vorstelle.«

»Nein, *du würdest* zu ›Hotel California‹ bumsen, wenn ich dich ließe.«

»Das sind Bronze Sydneys Platten.«

»Die du behalten hast«, antwortete sie vorwurfsvoll.

»Warum streiten wir uns jedesmal darüber, wenn wir ins Bett gehen?«

»Weil wir gern Musik hören, wenn wir es machen, aber den Geschmack des anderen grauenvoll finden.«

»Stimmt.« Ich suchte eine Platte von »Simply Red« heraus und legte sie auf den Plattenteller. Nachdem die Nadel aufgesetzt hatte, rauschte und krächzte es fürchterlich.

»Warum bloß knistern alle meine Platten?«

»Weil du sie nicht richtig behandelst. Ich sag dir immer wieder, kauf dir einen CD-Player.«

Ich ging zurück zum Bett, setzte mich und nahm ihren rechten Fuß in die Hand. »CD-Spieler und Mikrowellenherde sind für mich zu sehr spätes zwanzigstes Jahrhundert. Ich brauche immer noch einen Plattenspieler, bei dem man Platten aufschichten kann und sie, eine nach der anderen, herunterfallen.«

»Wie ist es möglich, daß du so ein avantgardistischer Architekt bist, aber in solchen Dingen so konservativ?«

Ich begann ihren Fuß zu massieren. »Ich bin nicht konservativ. Ich glaube nur, daß Suppe auf einer Flamme gekocht werden sollte, anstatt mit Strahlung vollgepumpt zu werden. Platten sollten schwarz und voller Kratzer sein. Man geht in ein Plattengeschäft und kauft eine Diamantnadel.« Ich setzte ihren Fuß ab und nahm den anderen. Sie rieb mir mit dem freien Fuß über den Rücken.

»Warum bist du eigentlich in letzter Zeit so ein Ekelpaket?«

Die Massage hörte auf. Ich drehte mich nicht um. »Inwiefern bin ich in der letzten Zeit ›ein Ekelpaket‹?«

»Sieh mich an. Du hast das Erdbeben überlebt, du reist ins sagenhafte Saru, um eins der größten Projekte deiner Karriere auszuführen, die Frauen lieben dich –«

»Aha, *davon* reden wir also, Fan? ›Alle‹ diese Frauen, die mich lieben? Bin ich deshalb so ein Ekelpaket? Genau die gleiche blöde Unterhaltung hatte ich gerade mit Claire.«

»Ich bin nicht Claire! Claire ist die Große, erinnerst du dich?« Sie riß sich die Mütze herunter und warf damit nach mir. Sie traf mich am Kinn.

Ich beugte mich hinunter, um meine Hose vom Fußboden aufzuheben. »Sie wollte wissen, was zwischen dir und mir ist. Dazu hat sie ein Recht.«

»Und habe *ich* dieses Recht auch? Was *ist* zwischen dir und mir?«

»Du hast eine wirklich originelle Art, mir auf die Nerven zu gehen, Fanny: erst Beschuldigungen und dann zu Kreuze kriechen. Einen strengen Zeigefinger erheben und dann jammern. Du hast manchmal soviel Rückgrat wie ein Stück Butter.

Ja, du hast das Recht zu erfahren, was zwischen dir und mir ist. Ich habe es dir immer gesagt. Aber jetzt klingt es, als wolltest du ewige Treue fordern, und die kannst du *nicht* kriegen.«

»Das habe ich nicht gesagt. Ich würde nicht mit dir leben wollen, Harry. In deinem Auto hat nur einer Platz.«

»Ich habe dich nicht *gebeten*, mit mir zu leben. Wo ist mein verdammtes Hemd? Weißt du was? Manchmal trocknet das Leben einfach aus. Trocknet aus und wird eine braune verschrumpelte Schale.«

Sie zog mich von hinten an den Haaren, aber ich drehte mich nicht um. Als sie es merkte, ging sie um mich herum und ließ sich vor mir nieder.

»Du bist so voller Mist, Harry. Dein Leben ist nicht ›ausgetrocknet‹. Wenn überhaupt irgendwas gewesen ist, bist du ein bißchen *erwachsener* geworden und hast eingesehen, daß was du gemacht hast, völliger Blödsinn war.

Du hast all diese exquisiten Häuser gebaut, und abgesehen von ein paar Raumberechnungen hast du die Tatsache, daß wirkliche Menschen aus Fleisch und Blut darin leben, ignoriert! Deshalb bist du irre geworden – du hast einmal das Ptolomäische Universum Harry Radcliffes verlassen und festgestellt, daß es hellere, wichtigere Sonnen als dich gibt. Soll ich dir sagen, welche Sonnen das zum Beispiel sind? Verantwortung und Liebe. So ist das!

Ich sag dir, warum du in letzter Zeit so nervös bist: Du wirst von zwei tollen Frauen geliebt, aber du weißt nicht, was du mit uns anfangen sollst. Uns kann man nicht einfach zeichnen wie ein paar Linien und einige Berechnungen anstellen. Liebe ist Schwerarbeit! Man zerschindet sich die Knochen dabei.

Hör auf, dich anzuziehen. Ich rede mit dir!«

»Sprich ruhig weiter, Fanny. Ich bin überzeugt, daß die Wände sehr gern deinem nächsten Monolog lauschen. Komm, Hund. Zeit für einen Spaziergang.«

Der Spider Club trifft sich jeden Mittwoch in Rachels Restaurant in Santa Monica zum Abendessen. Die Anzahl der Mitglieder bewegt sich zwischen zehn und zwanzig, je nachdem, wer in der Stadt ist, wer mit wem in Fehde liegt, wer noch unter den Lebenden weilt. Die einzige Aufnahmebedingung: Man muß von einem anderen Clubmitglied eingeladen worden sein, das sich dafür verbürgt, daß man eine interessante Anekdote zum besten geben kann. Im Laufe der Jahre haben auch Berühmtheiten an den »Konklaven« teilgenommen, aber Stars wollen die einzigen im Rampenlicht sein, und es fiel ihnen sehr schwer, den anderen zuzuhören.

Mein letzter Abend in den USA war für Claire der erste nach

ihrem Krankenhausaufenthalt. Sie bestand darauf, daß wir zum Treffen des Spider Clubs gehen, was eine echte Überraschung darstellte, weil sie erst einmal da gewesen war. Aber als die Reihe an ihr war, erzählte sie eine lange, unheimliche Geschichte von der Beerdigung eines engen Freundes, die einige Jahre zurücklag.

Wir kamen spät an, weil sie langsam gefahren war und ich nicht wollte, daß sie unnötig durchgeschüttelt würde. Als wir das Restaurant betraten, stand die Tischrunde des Clubs geschlossen auf und spendierte ihr einen lautstarken Applaus. Sie setzte sich neben Wyatt Leonard alias »Finky Linky«, berühmter Showmaster des Kinderprogramms. Ich mochte Wyatt, fand aber, daß seine »Finky Linky Show« eine der meistüberschätzten Sendungen war, die ich kannte. Im Gegensatz zu allen anderen (so schien es) weinte ich ihr nicht nach, als sie aus dem Programm genommen wurde.

Wenn er in der Stadt war, war Finky der inoffizielle Vorsitzende des Clubs, weil es ursprünglich seine Idee gewesen war. Nachdem sich alle auf unappetitliche Weise mit Rachels chinesisch-hebräischer Küche vollgestopft hatten, erhob er sich und schlug gegen sein Glas, um um Ruhe zu bitten.

»Liebe Mit-Spider, drei Dinge bereiten mir heute abend ein außerordentliches Vergnügen – euch alle wiederzusehen und zu wissen, daß ihr das Erdbeben überlebt habt, Rachels Essen zu genießen und zu erfahren, daß Harry Radcliffe die Stadt für unbestimmte Zeit verläßt. War nur ein Scherz, Harry.

Darüber hinaus bin ich froh, daß Claire Stansfield bei uns ist und darum gebeten hat, den Anfang machen zu dürfen. Bist du bereit, Claire?«

»Als ich ein junges Mädchen war, wußte ich nur zwei Dinge mit Sicherheit: daß Liebe rosa-gelb war und Romaric Jupien der hübscheste Junge der Welt. Ich bin in Winnipeg aufgewachsen. Dort ist es im Winter so kalt, daß das Wasser des Sees in vollkommenen Wellenformen gefriert. Die Polizisten tragen Büffelfellmäntel, und es sieht aus wie in einer Stadt, die nur von Ganoven bewohnt wird, weil so viele Menschen draußen zum Schutz gegen die Kälte immer Strumpfmasken tragen.

Neben uns wohnte eine französische Familie, sie hieß Jupien, und es gab drei Kinder: die Zwillinge Ninon und Prisca, Mädchen, und einen Jungen, Romaric. Weil er so amerikanisch wie möglich sein wollte, konnte er seinen Namen nicht ausstehen, er wollte von allen Mark gerufen werden.

Als die Geschichte sich abspielte, war ich acht und er dreizehn. Ich war in dem Alter, in dem man dahinterkommt, daß Liebe nicht nur bedeutet, auf Vaters Schoß zu sitzen oder Mutter, die meine Jacke fester schließt, bevor ich nach draußen gehe. Acht Jahre lang hatte diese Liebe aus Unschuld, Kraft und Wünschen bestanden, jetzt beschloß sie endlich, den Kreis der Familie zu verlassen und sich ein neues Feld zu suchen. Wie es der Zufall wollte, wohnte nebenan ein toller älterer Junge, der nicht den Hauch einer Ahnung von meiner Existenz hatte, was die Sache um so quälender und notwendiger machte.

Ich stand hinter den Gardinen und beobachtete ihn, ich beobachtete ihn, wenn ich in unserer Auffahrt stand und beim Autowaschen für meinen Vater den Schlauch hielt und – wie ein Geheimagent für Herzensangelegenheiten – wenn ich in seinem Wohnzimmer saß, während er fernsah und ich so tat, als spielte ich mit seinen Schwestern. Ich war so verliebt, daß ich jedesmal, wenn ich ihn nicht im Blick hatte, vergaß, wie er aussah.

Damals war ich verrückt nach den griechischen Sagen und hatte sie oft gelesen. Ich nannte Mark im geheimen »Achilles«, weil er meine Achillesferse war. Ich war eine Range, aber wenn es um ihn ging, war ich lammfromm. Mit Freuden hätte ich ein Kleid angezogen und eine Teeparty veranstaltet, wenn ihm das gefallen hätte. Ich weiß noch genau, wie ich zwanzigmal in verschiedenen Schriftarten und Farben ›Achillesferse‹ in mein Schulheft geschrieben habe. Eines Tages kam ich aus der Pause zurück und entdeckte, daß jemand vor alle den Buchstaben ›B‹ gesetzt hatte, so daß jetzt überall ›BAchillesferse‹ stand. Ich glaube wirklich, daß ich denjenigen umgebracht hätte, wenn ich gewußt hätte, wer es gewesen war. Es war, als hätten sie dieses ›B‹ auf Marks Gesicht gestempelt.

Das Seltsamste an meiner Besessenheit war, daß es jedesmal, wenn ich ihn ansah, schien, als strahle sein ganzer Körper diese rosa-gelbe Aura aus. Er war sehr männlich, und ich bin sicher, wenn ich es ihm gesagt hätte, hätte er mir den Kopf abgerissen, aber ich kam nicht dagegen an – wenn Mark da war, umgab ihn die Aura.

Meine Mutter liebte Familienunternehmungen. Die Jupiens mochte meine Mutter, zum einen, weil sie nette Leute waren, zum anderen, weil sie Franzosen waren, was ihnen einen Hauch von Exotik verlieh. Deshalb gab es oft gemeinsame Grillparties, oder wir gingen im Sommer zusammen schwimmen … Mir war alles recht, solange Mark dabei war.

In Winnipeg ist es im tiefsten Winter oft so kalt, daß es nur wenig schneit, aber einmal im Januar tobte ein richtiger Manitoba-Schneesturm, der das Leben in der Stadt zum Stillstand brachte. Außer darauf zu warten, daß es aufhörte, oder Schneeballschlachten zu veranstalten, konnte man nichts machen. Meine Mutter hatte entschieden, daß wir rodeln gehen sollten, und schickte mich zu Jupiens hinüber, um zu fragen, ob sie mitwollten. Ich ging so langsam wie möglich durch die Vorgärten, denn angenommen, ich fiele hin und er würde gerade in dem Augenblick zufällig aus dem Fenster sehen? Und wenn er nicht am Fenster stand, was wäre, wenn er mir die Tür öffnete und mich voller Schnee sähe? Am Anfang einer Liebe muß man vorsichtig gehen; erst später kann man über eine Wiese dem Geliebten in die Arme laufen, wenn man weiß, daß er nicht lachen wird, wenn man stolpert.

Auf dem Weg hinüber fiel ich nicht hin, das war auch gut so, weil Mark die Tür öffnete. Und er lächelte! Ich dachte: ›O Gott, o Gott, er lächelt meinetwegen; er lächelt, weil ich es bin.‹ Aber gerade, als ich den Mund aufmachen wollte, sah ich, daß er ein Comic-Buch in der Hand hielt und offensichtlich weiterlesen wollte.

›Hallo, Claire. Willst'n du?‹

Seine Mutter fragte von irgendwoher, wer da gekommen sei, und er sagte drei Worte, die mir fast das Herz aus dem Leibe rissen. ›Ist bloß Claire, Mama.‹

Glücklicherweise kam Mrs. Jupien an die Tür geeilt und zog mich ins Haus. Sie sagte etwas auf französisch zu Mark, das wie eine Rüge klang, was alles nur noch schlimmer machte. Das einzige, was verhinderte, daß mein Besuch in einer totalen Katastrophe endete, war, daß er stehenblieb und nicht wegging. Vielleicht hatte er den ganzen Tag im Haus festgesessen und war auf seine Art froh, ein anderes Gesicht zu sehen, auch wenn es bloß Claire war.

Ich trompetete los, daß meine Mutter fragen ließe, ob sie mit uns rodeln gehen wollten. Die beiden Mädchen kamen die Treppe herunter und waren sofort dafür. Mrs. Jupien auch, aber Mark verdrehte die Augen, als sei Rodeln der blödeste Vorschlag, der ihm je untergekommen sei. Ich wollte dagegenhalten und sagen, daß es nicht *meine* Idee war, aber seine Mutter erteilte allen schon Aufträge: ›Sucht euer Zeug‹, ›Wo ist der Schlitten?‹ und: ›Mark, geh und sag deinem Vater, wo wir hingehen‹. Mit einem weiten gespielten Gähnen drehte er sich um und verschwand, um Mr. Jupien zu suchen, während ich dastand mit meinen Gefühlen von Liebe und Scheitern, die sich die Waage hielten.

Draußen fiel noch immer Schnee. Ein Teil von mir wäre gern hineingekrochen, um dort zu überwintern, bis ich älter wäre und hübsch und er mich lieben müßte. Der andere Teil war aufgeregt – ob es mir gefiel oder nicht, er kam mit, und ich hatte die Gelegenheit, die nächsten paar Stunden in seiner Nähe zu sein, egal, was passieren würde.

Als ich nach Hause zurückrannte, überlegte ich die ganze Zeit, was ich tun könnte, um ihn später zu beeindrucken. Sollte ich angeben und etwas Riskantes versuchen? Sollte ich ihn bewundern und beeindruckt sein von dem, was er tun würde? Ich wünschte mir, älter zu sein. Ich wußte, daß man, wenn man älter ist, weiß, wie man sich in Gegenwart geliebter Menschen verhalten soll. Die Jungen von der Schule, die mich mochten, machten solche Sachen wie mich in den Arm kneifen oder mir Spitznamen geben, weil ihnen nichts anderes einfiel. Aber ich war helle genug, um zu verstehen, daß mehr dahintersteckte. Aber was *bloß*? Wie zeigte man jemandem, daß man ihn mochte, ohne sich lächerlich zu machen? Wie konnte man es so gut machen, daß sie einen wiederlieben würden?

Eine halbe Stunde später trafen sich unser beider Familien auf der Straße, und wir machten uns auf den Weg zum Rodelhügel. Es war noch Nachmittag, aber es wurde bereits dunkel, und der Schnee machte alles irgendwie noch dunkler. Es war schön, aber zuviel, man lief mit gesenktem Kopf und verkniffenem Gesicht.

Ich ging neben Prisca und Ninon her, die die ganze Zeit über von Dingen und Leuten, die wir kannten, quasselten. Mark ging vorne bei ›den Männern‹, unsere Mütter ein paar Schritte hinter ihnen. Alle waren laut, und es gab viel Gelächter. Mein Vater erzählte Mr. Jupien eine Geschichte von einem Sturm, den er einmal erlebt hatte. Ich hatte sie schon viele Male gehört, weil sie eine meiner Lieblingsgeschichten war, aber als ich sie jetzt hörte, war sie so lang und klang so langweilig, und es war peinlich.

Normalerweise dauerte der Weg zum Hügel zehn Minuten, aber bei dem Schnee und dem gemächlichen Tempo brauchten wir eine halbe Stunde. Als wir ankamen, hielt ich es nicht mehr aus und stürmte mit unserem Schlitten den Hügel hinauf. Warum auch nicht? Alles andere war schiefgelaufen. Mehr als ich Mark wollte, wollte ich jetzt sausen, daß sich der Wind auf meinem Gesicht brach, und diese großartige, sichere Angst im Herzen fühlen, die man hat, wenn man Schlitten fährt oder vom Fünf-Meter-Turm ins Schwimmbecken springt.

Der Neuschnee unter meinen Füßen war weiß und glitschig, und ich rutschte während meines Aufstiegs zweimal aus. Das war mir mittlerweile fast einerlei, weil er mich nie gemocht hatte und nie mögen *würde* und ich für ihn sowieso ›bloß Claire‹ war. Also, welchen Unterschied machte es, wenn ich beim Klettern bescheuert aussähe? Ich wollte nur weg von ihnen und ihm und allein sein mit dem Wind und dem Schnee und der fallenden Dunkelheit. Vielleicht hätte ich Glück, und ein Wunder würde geschehen – ich würde in die Dunkelheit gleiten und nicht wieder auftauchen. Alle wären untröstlich und müßten einen leeren Sarg zu Grabe tragen. Mark würde an meinem Grab stehen und weinen...

›Claire, warte! Warte auf mich!‹

Ich hörte seine Stimme, konnte aber nicht glauben, daß er mich rief. Ich verhielt mich das erstemal in meinem Leben wie ein Erwachsener, ich ging weiter und drehte mich nicht um.

›Claire! Warte doch!‹

Ich hörte ihn kommen und blieb da stehen, wo ich gerade war, außer Atem, und mein Herz dröhnte wie ein Gong.

›Mensch, hast du mich nicht gehört? Komm, laß uns zusammen runterfahren.‹

Wie in aller Welt ich es überhaupt geschafft habe, den Rest des Weges zur Spitze des Hügels zurückzulegen, weiß ich nicht. Ich kam ein wenig später an als Mark, aber nur deshalb, weil ich immer noch den Schlitten zog. Er wollte vielleicht mit mir runterfahren, aber er hatte nicht angeboten, den Schlitten zu ziehen.

Auf dem Hügel waren noch einige wenige andere Leute. Unten konnten wir unsere Familien sehen, die sich langsam den Weg herauf bahnten und einen Riesenspaß hatten, wenn einer von ihnen hinfiel.

Mark und ich standen eine Weile da und sahen zu, wie sie näher kamen. Dann wandte er sich mir zu und fragte: ›Kennst du Alayne, das Mädchen aus der siebten Klasse? Lange blonde Haare?‹

Ich kannte Alayne nicht, war aber schlau genug zu merken, daß er mir eine Art Geheimnis anvertraute: Daß er sich für das Mädchen interessierte und mehr über sie wissen wollte, ohne Farbe zu bekennen. Ich merkte aber auch, daß sein Interesse *meinem* keineswegs dienlich war. Aber er hatte mich nicht nur zum erstenmal wirklich wahrgenommen; er hatte mich auch in gewisser Weise ins Vertrauen gezogen, und ich war begeistert.

Ich schlug ihm vor, mich umzuhören, wenn er wolle, aber er sagte nein, das bräuchte ich nicht.

Wie auf Kommando hörte es schlagartig auf zu schneien. Dong – einfach so. Wir sahen beide umher, ob der Schnee woanders fiel. Aber nein, es hatte tatsächlich aufgehört.

Weil ich weiter nichts hätte machen können, brachte ich den Schlitten in Position und fragte, ob wir fahren könnten.

›Klar. Ich setz mich hinten drauf.‹

Ich setzte mich und spürte, wie Mark Jupiens seine Arme und Beine um mich legte. Ich starb und fuhr zum siebten Himmel auf. Was interessierte mich Alayne? Sie war jetzt nicht hier, aber *ich*, und das war mir genug. Mark gab uns einen Schubs, und wir sausten los.

Dieser Hügel war, wenn man einen bestimmten Weg wählte, sehr lang und holprig. Wir waren schon Hunderte von Malen heruntergefahren und kannten ihn gut, aber manchmal, wenn man nicht aufpaßte oder Faxen machte, fuhr man gegen irgend etwas und flog vom Schlitten. Es kursierte auch eine dieser apokryphischen Geschichten, die wir alle jeden Winter wieder und wieder gehört hatten, von dem Jungen, der vor Jahren heruntergefallen war und sich an einem Felsen den Schädel aufgeschlagen hatte. Niemand nahm das sehr wichtig, aber wir waren doch immer sehr vorsichtig, wenn wir diesen Hügel hinunterfuhren.

Ich kann mich an jede Einzelheit der Fahrt erinnern. Wahrscheinlich könnte ich aufzählen, wo die Buckel waren, über die wir gefahren sind. Ungefähr auf halber Strecke fing Mark an, ziemlich laut ›Somewhere Over the Rainbow‹ zu singen, und obwohl ich den Text kaum kannte, sang ich mit.

Wusch! Wir segelten. Vorbei an unseren Familien, den schneebeladenen Bäumen, herumspringenden Hunden, Kindern, die versuchten, einen Schneemann zu bauen ... Ich weiß noch alles.

Wir schleuderten und wurden herumgeworfen und dann ... PARDAUZ! Was wir auch immer erwischt hatten, mußte von beachtlicher Größe gewesen sein, eben noch hatten wir gesungen, und im nächsten Augenblick flogen wir durch die Luft.

Bis wir auftrafen.

O Gott, und wie wir auftrafen! Ich landete auf meinem Hintern, und obwohl ich da unten gut gepolstert war, mußte ich genau auf dem Steiß gelandet sein, weil ich für eine Weile vor Schmerz völlig gelähmt war. Solche Schmerzen, daß ich nicht atmen konnte.

Als ich mich wieder gefaßt hatte, hörte ich Mark, der immer wieder fragte: ›Ist alles in Ordnung? Claire, ist alles in Ordnung?‹

Ich wollte nicken und ja sagen, aber es tat zu weh, ich konnte nichts anderes machen als daliegen und spüren, wie es sich durch meinen ganzen Körper bohrte. Ich konnte nicht mal die Augen aufmachen.

›Claire, ist alles in Ordnung? Claire? Hmh?‹

Endlich, endlich bekam ich wieder etwas Luft und dachte, daß ich überleben würde. Ich machte die Augen auf und wollte ja sagen.

Aber als ich aufsah, schwebte Mark Jupien über mir, schöner als je zuvor, völlig eingehüllt in funkelndes, leuchtendes Engelslicht.

Erst dachte ich, ich sei weggetreten gewesen und noch nicht ganz wieder da. Als das Licht nicht verschwand, dachte ich: ›Es ist seine Aura. Sogar jetzt leuchtet er!‹ Ich irrte mich schon wieder. Bei genauerer Betrachtung sah man kein gelbliches Rosa –

seine normalen Farben. Die Farben, die ich sah, waren Blautöne und Rottöne und Silber, die hinter ihm über den gesamten Himmel zogen wie ein großes kosmisches Feuerwerk.

Wurde ich verrückt? War Mark Jupien ein Heiliger? Oder Gott? Käme Gott *so* zu den Menschen auf Erden? Hatte ich *deshalb* immer eine Aura um ihn herum gesehen? Ich war so verliebt und hatte solche Schmerzen...

Erst als einige von ihnen abzusinken begannen, wurde mir klar, daß was ich hinter ihm gesehen hatte, Nordlichter waren, die am Himmel ihren irren magischen Tanz aufführten. Das ist uns, die wir so weit im Norden leben, ziemlich vertraut.

Aber wenn man es nie gesehen hat, kann ich es Ihnen nur so beschreiben: Stellen Sie sich das vor, was ich zu sehen *meinte*, als ich meine Augen öffnete und es an dem Tag zum erstenmal sah. Als ich aus meiner Schmerzensstarre aufwachte und einen Augenblick lang in das Gesicht des Jungen sah, den ich anbetete. Damals habe ich erfahren, was alles möglich ist, ich habe ein Wunder erlebt, das mich über andere erhoben hat und mir für den Rest meines Lebens ein Gefühl der Sicherheit gegeben hat.«

Zweiter Teil

Mein sehr begabter Hinterkopf

> Noch war mir die neue
> Stadt wie verwehrt, und die unüberredete Landschaft
> finsterte hin, als wäre ich nicht. Nicht gaben die nächsten
> Dinge sich Müh, mir verständlich zu sein.
>
> Rainer Maria Rilke, *Die große Nacht*

Als es an der Tür klingelte, tanzte ich gerade mit der Putzfrau.

»Ich mach auf, Harry. Du siehst aus, als hättest du grad einen Herzinfarkt gehabt.«

Francis Place bewegte sich über meinen Wohnzimmerfußboden wie ein Panther auf Rollen. Sie glitt mehr, als sie ging, und wenn sie glitt, schien es, daß ihr Körper sich nicht bewegte – eben noch war sie hier, und dann war sie woanders, und man mußte sich fragen, wie sie dahin gekommen war.

Wie Lucia, die schöne Parkwächterin des Westwood Muse Hotels, war Francis nach Hollywood gekommen, um berühmt zu werden, und putzte schließlich Wohnungen, um sich zwischen ihren Engagements als Tänzerin über Wasser zu halten. Sie putzte mehr so lala, aber während der Monate, in denen sie für mich gearbeitet hatte, hatte sie mir Tänze wie »Die Rasierklinge« und »Der Pferdehals« beigebracht; mir schien das kein schlechter Tausch für ein paar Wollmäuse unterm Bett und ominöse Verkrustungen auf dem Küchenregal. Sowohl Fanny als auch Claire waren überzeugt davon, daß Francis und ich die horizontale Rumba genauso praktizierten wie unsere anderen Tänze, aber da irrten sie sich. Ich glaube, daß ich eine diffuse Angst davor hatte, wie sie im Bett wäre, nach dem zu schließen, wie sie sich auf dem Tanzboden und außerhalb davon bewegte; ich hatte schon ein Erdbeben genossen.

»Oh, Tag, Francis. Ist Harry da?«

»Hallo, Fanny. Hübscher Haarschnitt. Ja, er ist im Wohnzimmer.«

Fanny stakste herein, mit einem Haarschnitt wie Tintin und einem Koffer, der so groß war wie sie selbst.

»Großer Gott, Harry, was hast du denn gemacht? Du siehst völlig daneben aus.« Tödlicher Blick auf Francis.

»Hallöchen, Tintin. Wir haben getanzt. Francis hat mir gezeigt, wie man das Verrückte Huhn macht.«

»Davon bin ich überzeugt. Hast du alles? Wir müssen in zwei Stunden am Flughafen sein.«

Ich wies in die Ecke, in der meine kleine Tasche stand, fertig zum Abmarsch.

»Was ist denn da drin, drei Flaschen Rasierwasser? Hast du vor, dir in Saru eine komplette neue Garderobe zuzulegen?«

»Fanny, zwischen Männern und Frauen gibt es zwei fundamentale Unterschiede: Die meisten Frauen gehen lieber einkaufen als mit jemandem ins Bett, und Frauen packen immer alles ein, egal, für wie lange sie verreisen oder wohin sie reisen.«

»Das ist das Beknackteste, das mir diese Woche zu Ohren gekommen ist.«

Francis vollführte langsam einen tiefen Knicks. »Manchmal würde ich lieber einkaufen als bumsen.«

»Na bitte! Fanny, guck dir doch mal an, wie groß dein Koffer ist. Damit ist die Beweisaufnahme der Verteidigung abgeschlossen.«

»Harry, zuerst sind wir in Österreich, wo es kalt ist. Dann in Saru, wo es heiß ist. Es ist doch wohl sinnvoll, ein paar Kleidungsstücke mitzunehmen?«

»Ja, aber *meine* Kleidungsstücke sind alle gefriergetrocknet; die passen in Briefumschläge. Wenn ich sie brauche, träufel ich etwas Wasser drauf, und sie entfalten sich.

Ich dusche noch, dann können wir gehen.«

Big Top lag auf dem Badezimmerfußboden, für ihn ein normaler Aufenthaltsort. Ich nahm immer an, daß er deshalb da lag, weil er das Gefühl der kalten Kacheln am Bauch liebte. Er war auch das einzige Tier, das ich kannte, das gern badete. Wenn ihm danach war, folgte er einem oft einfach in die Dusche, da stand er dann mit geschlossenen Augen und rührte sich nicht, bis er völlig durchnäßt war.

»Ist *deine* Tasche gepackt, Hund?« Ich drehte den Wasserhahn auf und sah mir den Dampf an und dachte dabei an etwas, was Claire mal gesagt hatte, nachdem wir uns geliebt hatten. Ich hatte sie gefragt, wie es war. Ohne eine Sekunde nachzudenken, hatte sie geantwortet: »Wie ein Wasserfall bei Nacht.«

»Was zum Teufel mache ich bloß, Big Top? Ich denke darüber nach, wie süß sie ist, bin aber im Begriff, mit Fanny nach Kuckucksdorf zu entfliegen. Ergibt irgendwas davon für dich einen Sinn?«

Er schlug mit dem Schwanz auf den Boden, hielt aber die

Augen geschlossen. Ich zog mich aus und betrachtete einen Riß in der Wand, den das Erdbeben verursacht hatte. »Warum wollen wir immer woanders sein? Venasque hat das immer gesagt. Und wo steckt *er*, jetzt, wo ich ihn brauche? Totsein ist keine Entschuldigung.

Weißt du, was ich Venasque sagen würde, wenn er da wäre? Hey, es ist mir gerade klargeworden! Ich würde ihm sagen, daß ich keine Gebäude mehr entwerfen möchte, weil ich die Menschen darin nicht sehen kann. Ich sehe diese großen schönen Gebäude, aber keinen Menschen darin. Wie San Francisco in *On the Beach* oder in einer verlassenen Filmkulisse.« Diese Einsicht fand ich so aufregend, daß ich mir ein Handtuch um die Hüften schmiß und bei laufender Dusche zurück ins Wohnzimmer ging.

Musik dröhnte. Fanny und Francis standen nebeneinander und steppten nach Francis' Vorgaben.

»Fanny, ich hatte im Badezimmer grad eine Epiphanie!«

»Ich hoffe, du hast auch ein Mittelchen dagegen.«

»Nein, im Ernst.«

»Wart einen Moment, ja, Harry? Francis zeigt mir gerade was.«

Sie steppten nicht nur beide, sie rauchten auch beide, und beiden hing die Zigarette im selben Mundwinkel. Nikotin-Choreographie.

»Zum Teufel mit euch beiden. Meine Erleuchtung ist wichtiger, als den ›Streifzug‹ zu tanzen.« Ich drehte mich um und steuerte zurück zur Dusche.

»Harrrry…«

»Vergiß es!«

Ihre Gleichgültigkeit hatte mich verletzt. Dies war wichtig, obwohl ich um mich herum nur einen ersten vagen Duft davon wahrnehmen konnte.

Architektur kann entweder Raum schaffen oder ihn beschneiden: Das Glas ist halbleer oder halbvoll. In meinen besten Tagen gefiel mir der Gedanke, daß wir neuen Raum schaffen, infolgedessen eine bessere und befriedigendere Art, das Leben zu leben und zu betrachten. Aber ich hatte kürzlich irgendwo gelesen: »In allen Städten überwiegt vielleicht die Vergangenheit die Gegenwart, so daß sie mehr tot als lebendig sind; diejenigen, die Pilgerfahrten anziehen und an den Haaren herbeigezogene Bewunderung hervorrufen, sind bestimmt die totesten, man besichtigt sie wegen der Überreste, nicht wegen ihrer Lebendigkeit.«

Das hat mich auf den Gedanken gebracht, daß Architektur schon immer den Tod von Raum bedeutet hat – wie bei einer Großwildjagd töten wir ihn und hängen uns seinen riesigen Kopf mit dem bleibenden Ausdruck des Schreckens und Glasaugen an die Wand.

»Hey, Big Top! Paß doch auf.«

Bei all diesen tiefschürfenden Gedanken hatte ich den Hund nicht gesehen, der phlegmatisch mitten in der Duschkabine saß. Ich stolperte fast über ihn, als ich mir die Seife aus der Metallschale schnappte und mich an meine letzte Waschung in den USA machte.

Mitten in der Haarwäsche sah ich das Gebäude. Mit den Händen auf dem Kopf und einen Fuß gegen den Hund gestemmt, machte ich die Augen auf und erblickte, als würde es an die Kabinentür projiziert, etwas, das zunächst aussah wie eine Kreuzung zwischen einer stählernen Geburtstagstorte und einer auf der Schnauze stehenden nostalgischen Dampflok. Mein erster Gedanke war: ›Fanny erlaubt sich wieder mal einen üblen Scherz‹. Sie hatte mich mal zu Tode erschreckt, als sie mich à la *Psycho* mit einem Gummimesser angriff, während ich unter der Dusche stand. Aber diesmal war es etwas anderes. Auf der Innenseite einer feuchten, durchsichtigen Glastür sah ich ein rund einen Meter hohes Bild/eine Abbildung/eine Projektion eines Gebäudes. Drinnen waren außer Wasser und Dampf nur der Hund und ich, und ich hatte keine Ahnung, wie das Ding überhaupt dahingekommen war. Verwirrt, aber fasziniert, streckte ich die Hand aus und versuchte es anzufassen. Da war nichts, was man anfassen konnte. Nur ein Bild, scharf umrissen und dreidimensional wie ein Hologramm; es sah aus wie ein Entwurf von Takamatsu. Alles, woran ich denken konnte, war eine überfrachtete exzentrische Kathedrale für eine stählerne kalte Gottheit: ein Angstgebet zu einem unergründlichen Maschinengott.

Big Top begann zu bellen. Er bellte sonst nie, stand jetzt aber da und kläffte das Ding an, als sei er verrückt geworden.

»Harry, was machst du denn da? Warum ist der Hund da drin?«

Ich sah jemanden auf der anderen Seite der Tür, und in dem Augenblick, als Fanny die Tür aufschob, verschwand das Bild.

»Was ist denn hier los?«

»Fanny, geh in meine Bibliothek und hol mir das Buch über Takamatsu!«

»Warum –«

»Bring mir einfach das gottverdammte Buch!«

Ich hüpfte aus der Dusche und trocknete mich in Windeseile ab. Big Top bekam eine kurze Abreibung mit demselben Handtuch. Ich ließ ihn, dreiviertel feucht und mit wedelndem Schwanz, stehen.

Francis saugte gerade die Couch ab und warf nur einen kurzen Blick auf mich, als ich an ihr vorbeiflitzte, nur mit einer zerknitterten Hose bekleidet.

Fanny stand mit dem Rücken zur Tür, die Hände in die Hüften gestützt, und studierte die Bücherregale in dem Raum, den ich als Arbeitszimmer benutzte.

»Du hast hier jeden japanischen Architekten, aber natürlich kann ich ihn nicht finden.«

»Hier ist er.« Ich nahm das Buch herunter und schlug es bei seinem genialen Dentallabor »Arc« in Nishina, Japan, auf. Shin Takamatsu ist der einzige wirkliche Star der, wie ich sie immer nenne, Robot-Love-Architektur. Bauten für eine Zukunft, in der schon lange Maschinen regieren und die Menschheit nur noch dazu da ist, die Rädchen zu schmieren, ehrfürchtig dabeizustehen und sich überflüssig vorzukommen. Alles, was Takamatsu entwirft, ist »unglaublich monumental, drohend, furchterregend, aber die Formen sind brillant, eine Art Lokomotiven-Architektur mit Schrauben und Bolzen und Stahlplatten, großen Kreisen und gewaltigen Diagonalen«.

Ich war überzeugt, daß der Entwurf für das, was ich in der Dusche gesehen hatte, von ihm stammte. Erst jetzt, als ich die Fotos und Zeichnungen seiner Arbeiten betrachtete, fiel mir auf, daß das Gebäude etwas an sich hatte, das Takamatsus Arbeiten fehlte. Humor, zum einen. Einfach ausgedrückt, dem Gebäude auf der Tür der Duschkabine war etwas *Komisches* eigen. Als habe der Urheber, wer auch immer es war, die Art Witz erzählt, über die man erst nicht mal lächelt – aber zehn Minuten später gröhlt.

»Harry, was ist los?«

»Ich glaube, Venasque will mir etwas mitteilen.« Meine Augen waren geschlossen. Als ich sie wieder öffnete, kam Big Top ins Zimmer, er wedelte immer noch mit dem Schwanz.

»Was heißt Flughafen auf saruanisch?«

»Weiß ich nicht. Aeroporto?«

Wir wurden bei mir zu Hause von einem grinsenden Chauffeur abgeholt, mit einer Limousine, die aussah, als stamme sie aus einem Cartoon. Nach ihrem äußeren Anschein hätte es mich kein bißchen überrascht, wenn sich innen ein kleiner Swimmingpool befunden hätte.

Aus irgendeinem unerfindlichen Grund glauben viele Leute heutzutage, in einer Limousine zu fahren sei das Nirvana im Diesseits. Aber ich bin nie in einer gefahren, ohne fürchterlich verlegen zu werden. Die Leute schauen herein (oder versuchen, durch die getönten Scheiben hereinzuschauen), auf ihren Gesichtern Hoffnung oder Ekel. Größtenteils Ekel, aber die, die neugierig sind, starren, bis man aussteigt, und sie sehen, daß man nur ein unbekannter Niemand ist, der ein bißchen Geld übrig hat. Gähn.

Aber egal, dieser Prärie-Schoner verfügte über das obligatorische Telefon, Fernseher, Bar ... und ich fand es zum Kotzen. Zu allem Überfluß sprach der Chauffeur kein Englisch und sah aus wie ein Terrorist unter Drogeneinfluß.

»Weiß der Mann, wohin er fährt?«

»Ich bin mir nicht sicher. Man kann über La Cienega zum Flughafen fahren, aber es ist die längere Strecke.«

»Vielleicht will er, daß wir die Fahrt genießen.«

»Ich komme mir in diesem Auto vor wie ein schwarzer Plattenproduzent.«

»Bist du neuerdings Rassist, Harry?«

»Ich bin kein Rassist – ich bin auf der Seite des guten Geschmacks: Wer denkt, diese Autos hätten Klasse, dessen Wohnzimmer steht voller Plüschmöbel.« Ich zog einen Notizblock und einen Stift aus meiner Aktentasche und klappte einen der kleinen wackligen Tische herunter, die gerade groß genug waren, um ein Martiniglas darauf abzustellen. Aus dem Gedächtnis begann ich das Gebäude, das ich in der Dusche gesehen hatte, zu skizzieren. Fanny holte einen Walkman heraus und stöpselte sich die Kopfhörer in die Ohren.

Während ich zeichnete, nahm das Gebäude in meiner Vorstellung immer deutlichere Formen an. Es stand für mich außer Zweifel, daß Venasque etwas mit seinem Auftauchen zu tun hatte. Vor seinem Tod hatte er mehrmals angedeutet, daß er bald nicht mehr sein würde, aber Big Top zurückließe, damit dieser ein Auge auf mich habe, bis ich wirklich wiederhergestellt wäre. Aus diesem Grunde war ich am Tag des Erdbebens auch nicht erstaunt, den Hund im Hotel anzutreffen. Und war deshalb mehr entzückt als überrascht, als ich vor einer Stunde das Gebäude sah.

»Magie ist nur das, was man nicht kennt, Harry. In den meisten Fällen ist es Gott, der es leid ist, uns etwas mitzuteilen, und deshalb andere Wege wählt.

Wenn dir so etwas widerfährt oder geschenkt wird, brauchst du nicht zurückzuschrecken. Es gibt einen Grund, einen ganz bestimmten Grund dafür, daß es passiert. Aber normalerweise sind die Menschen so erschrocken darüber, daß sie entweder schreiend das Weite suchen, oder sie denken, daß jemand heimlich die Fäden zieht – daß irgend jemand irgendwo sie auf den Arm nehmen will. Falsch, Harry – es ist ein Geschenk. Und wenn du kein Idiot bist, fragst du nicht, warum du ein Geschenk bekommst oder was es kostet – du freust dich darüber und gebrauchst es.«

»He, hallo?«

Ich sah von meiner Zeichnung auf und erblickte das Lächeln des Chauffeurs im Rückspiegel. Er hatte etwas in der Hand und bot es mir an.

»Saru! Saru!«

Es war ein schwerer Hochglanzkatalog, den er mit einer Hand kaum halten konnte. Ich nahm ihn und lächelte ihm meinen Dank zu.

Fanny stöpselte einen Ohrhörer aus und sagte viel zu laut (die Krankheit der Walkman-Hörerschaft): »WAS IST DAS?«

»Ein Buch über Saru.«

»Gib es mir, wenn du damit durch bist.« Sie setzte den Ohrhörer wieder ein.

Ich bin schon unausstehlich, aber manchmal schlug Fanny mich auf dem Gebiet, und wenn es nur die Art und Weise war, wie sie Dinge formulierte oder betonte. So gut wie nie sagte sie ›Bitte‹ oder ›Dürfte ich?‹. Alles, was sie sagte, kam heraus wie die Anweisung eines Bullen, rechts ran zu fahren. Wir hatten uns schon mal darüber unterhalten, aber sie hatte die zusätzliche schlechte Angewohnheit, eine aggressive Abwehrhaltung einzunehmen, wenn sie einsah, daß sie – egal, worum es ging – unrecht hatte: Ich weiß, daß ich unrecht hatte, aber um dich dafür zu bestrafen, daß du es mich hast merken lassen, mache ich dir ein schlechtes Gewissen. Ich hatte an dem Tag sowieso nicht viel für sie übrig, weil ihr meine Erleuchtung gleichgültig gewesen war; ihr unverschämter Ton ermunterte mich eher dazu, das Buch aus dem Fenster zu werfen, statt es ihr zu geben.

Ich holte einmal tief Luft und schlug die erste Seite auf. Und mußte sofort lächeln über die übliche orgiastische Einleitung, wie man sie in Büchern dieser Art findet, in dem dämlichen, erheiternd schlechten Stil eines bezahlten Schreiberlings, übersetzt von einem noch schlechteren Übersetzer.

»Saru hat sich in einer Geschwindigkeit, die an Überschall grenzt, in das späte zwanzigste Jahrhundert katapultiert. Unter seinen Bruderstaaten im Mittleren Osten war es immer schon ein Außenseiter, aber seit Mitte der siebziger Jahre, als der Sultan seinen ersten Sechs-Jahres-Plan lancierte, konnte nichts dieses Land davon abhalten, entschiedenen Vorteil aus seinen unglaublichen Bodenschätzen, Öl und Gas, zu ziehen, und diese dazu zu verwenden, sich sogar noch weiter oben an der Spitze der Weltkarte zu plazieren.«

Dieses Gesülze erstreckte sich über zwanzig qualvolle Seiten, aber ich habe alle gelesen, zwischendrin sah ich immer mal kurz aus dem Fenster, um festzustellen, ob wir wirklich zum Flughafen fuhren und nicht nach Disneyland.

Der Kontrast zwischen dem Los Angeles, das ich durchs Wagenfenster sah, und den Fotos im Buch war erschreckend. Wie die anderen arabischen Länder, in denen ich gewesen war, schien das wirkliche Saru ein wunderschönes Land im Sand zu sein, voller Leere und von überirdischer Stille. Ein Ort für religiöse Eiferer, die mehrere Wüsten zur Auswahl hatten, um darin zu verschwinden und Gott zu finden. Ein Ort, an dem Menschen vor dreitausend Jahren Feuer entfachten, wo man auf einem windigen Berg stehen konnte und weit in der Ferne Kamelkarawanen und schwarze Beduinenzelte sah. Es erinnerte mich an eine Fahrt durch Jordanien, wo ich, hundert Meilen vor Amman und dann noch mal, unten in den Sandhügeln des Wadi Rum, Männer gesehen hatte, die bewegungslos und untätig am Straßenrand standen. Sie sahen so zufrieden aus wie tote Heilige und schienen nirgendwohin zu gehen und nirgendwoher zu kommen. Sie waren nur *da*, vielleicht für immer. Es kam mir gleichermaßen unheimlich und wundervoll vor; es war ein Hinweis darauf, daß ich, wenn ich nur ein wenig davon erfahren könnte, wie man hier lebte, einige neue und sehr wichtige Erkenntnisse über das Leben gewinnen könnte. Ihre Gesichter waren frei von der stummen Verzweiflung oder dem wütenden Zorn, den man auf den Gesichtern der Regungslosen sah, die an den Straßenekken von Los Angeles oder anderer amerikanischer Städte langsam starben.

Unglücklicherweise waren in dem Buch auch noch zu viele Abbildungen der wenig anmutigen, ultramodernen Gebäude, die sich dort überhaupt nicht einfügten, aber in Null Komma nichts aus dem Boden gestampft worden waren, als vor vierzig Jahren in Saru die unerschöpflichen Ölquellen entdeckt wurden.

Ein Sultan hatte beispielsweise eine vage sozialistische Neigung gehabt, deshalb hatte jemand aus seinem Kabinett Felix Förcher, den Lieblingsarchitekten Walter Ulbrichts, mit dem Bau eines Universitätskomplexes beauftragt, der aussah, als gehöre er eher in Wolgograds Stadtmitte als in eine Wüste. Als ich andere schändliche Mißgeburten in dem Buch sah (von ein paar verdammt berühmten Leuten!), machte es mich allerdings noch wütender, daß ich genau wußte, was einige dieser Architekten gemacht hatten: Sie hatten entweder etwas aus der Schublade gezogen, das schon seit Jahren darin gelegen hatte, weil es (verständlicherweise) niemand bauen wollte, oder sie hatten sich die Hände gerieben und gedacht, Mensch, jetzt kann ich jede verschrobene Idee umsetzen, die mir je in den Sinn gekommen ist; es ist gleich, was ich vorschlage, weil sie es bauen und mir ein Vermögen zahlen werden. Ohne jede Rücksicht auf die Bedürfnisse der Menschen, die umgebende Landschaft, die Anforderungen, die das Gebäude jahrelang würde erfüllen müssen. Wotton, in Anlehnung an Vitruvius, hat gesagt: »Ein guter Bau muß drei Anforderungen Rechnung tragen: der Bequemlichkeit, der Solidität und der Freude.« Zyniker oder Schufte wie Förcher hatten in Ländern wie Saru ihre Konten erfreut – oder ihre Grillen – und alles andere ohne weiteres Aufhebens versaut.

Ich schloß das Buch, ließ aber einen Finger drin stecken und schwor mir, daß das, was ich für diesen Sultan von Saru entwerfen würde, alles enthalten würde, was ich über dieses Land, sein Volk, seine Kultur in Erfahrung bringen könnte. Natürlich würde es meine Unterschrift tragen, aber anders als bei meinen anderen Bauten würde die Unterschrift sehr klein sein und am unteren Rand stehen. Vielleicht würde man sogar ein Vergrößerungsglas brauchen, um sie zu finden. Ich dachte an die geheimnisvollen Männer an der Wüstenstraße. Ich würde etwas für sie bauen. Etwas bauen, worin sie in Ewigkeit stehen und zufrieden sein könnten.

Der Flug nach Wien war ganz nett und ohne besondere Vorkommnisse. Big Top mußte von drei Packern in seinen Käfig bzw. in sein Gefängnis geschubst werden; sie waren über die Tatsache, daß er ununterbrochen furzte, während sie ihn schubsten, kein bißchen erfreut. Eine übelriechende Rache.

Von Wien aus sollten wir auf Wunsch des Sultans in dessen Privatflugzeug nach Salzburg fliegen und dann nach Zell am See fahren, aber Fanny und ich waren uns einig, daß wir lieber ein paar Tage in Wien bleiben wollten und anschließend mit dem Zug in seine Stadt in den Bergen fahren.

Fanny wußte nichts davon, doch ich hatte noch einen anderen Grund, warum ich dort Zwischenstation machen wollte. Walker Easterling, der Mann, der bei Venasque gewesen war, als er starb, wohnte in Wien, und ich wollte mit ihm über den letzten Tag des alten Mannes reden. Easterling hatte mich vom Krankenhaus in Santa Barbara aus angerufen, um mitzuteilen, daß Venasque einen Schlaganfall gehabt hatte und im Koma lag. Aber als Sydney und ich mitten in der Nacht dort eintrafen, war ich viel zu aufgewühlt, um eine logische und ruhige Unterhaltung über Einzelheiten führen zu können.

Bevor man zum erstenmal an einen Ort reist, versucht man sich natürlich vorzustellen, wie es dort aussieht. Obwohl meine Vorstellungen selten zutreffend waren, bin ich immer etwas ungehalten darüber, wie »daneben« ich liege. Das heißt, Radcliffes Wien würde eine »Fremdenführer-Stadt« sein; eine Kombination aus lebendem Museum und malerischen Weingärten.

Es gibt »Fremdenführer-Städte« und »lebende Städte«. Um eine lebende Stadt zu besichtigen, braucht man nur seine Brieftasche und einen Stadtplan, und wenn man dort einige Tage herumgewandert ist, dort gegessen und geschlafen hat, »kriegt« man sie allmählich, man erfühlt und versteht ihre Eigenheiten und Großartigkeit ohne Führer oder Führungen oder Besichtigungen der berühmten Ecken: London, Venedig, Athen.

Fremdenführer-Städte sind streng und stellen Ansprüche – Drückeberger sind unerwünscht. Um diese Städte kennenzulernen, *muß* man Vorgeschriebenes erleben: diese Straße entlanggehen, diesen Garten riechen, diese Kathedrale besichtigen (Seite 82 in Ihrem Stadtführer). Den Michelangelo sehen, Mozarts Haus, Napoleons Schwert. Wörter wie »bedeutend«, »phantastisch« und »tragisch« werden alltäglich. Bevor Sie abreisen dürfen, müssen Sie sich einer Abschlußprüfung unterziehen. Noch Fragen?

Die erste Überraschung in Wien erlebten wir, als wir durch den Zoll gingen und sahen, wer gekommen war, uns abzuholen: unser lächelnder Chauffeur aus Los Angeles. War das ein Déjà-vu, oder hatte er einen Zwillingsbruder?

Er nahm unser Gepäck, wuchtete es heraus auf die Straße, stellte es ab und machte Zeichen, daß wir warten sollten, bis er mit dem Wagen zurückkam. Nachdem er ein besonders breites Lächeln gezeigt hatte, rannte er zum Parkplatz, der etliche hundert Meter entfernt lag.

»Glaubst du, daß sie diese Jungs in Saru massenweise produzieren?«

Fanny sog die Luft ein wie ein Setter. »Wonach riecht es hier? Ich komm nicht drauf.«

Der Himmel war blau und klar, es war sonnig und kühl. Über uns dröhnte ein startendes Flugzeug.

»Es riecht nach Gras. Es riecht nach Rasen.«

»Genau! Sehr merkwürdig. Wann bist du das letzte Mal auf einem Flughafen gewesen, auf dem es nach Grün roch?«

Der Weg in die Stadt führte über einen typischen Flughafen-Innenstadt-Zubringer, aber im Unterschied zu anderen war dieser auf beiden Seiten mit viel Grün gesäumt und führte später am Donaukanal entlang. Als Prag und Budapest auf den Schildern stand, bekamen wir ein Gefühl dafür, wie weit östlich wir uns befanden.

Als wir in die Ringstraße einbogen, vorbei an Fabianis Urania-Theater, breitete die Stadt sich wie ein wunderschöner grauer Fächer vor uns aus.

»Es ist so sauber!«

»Sieh dir mal die Pferdedroschken an.«

»Oh, Harry, da ist die Oper!«

Der Chauffeur war so freundlich, mit uns eine kleine Besichtigungsrunde zu drehen, bevor er uns am Hotel absetzte. Nicht daß wir ein Wort von dem, was er sagte, verstehen konnten, aber er wies immer in die richtige Richtung, und wir konnten einen guten ersten Blick auf Freuds Haus erhaschen.

Die Atmosphäre war die einer sauberen, geordneten, zugeknöpft-verbissenen kommunistischen Stadt mit westlichem Beiwerk: Geschäfte voll süßer Köstlichkeiten, jedes zweite Auto ein Mercedes, gutgekleidete Frauen ... Eine Stadt, in der die Menschen mißtrauisch sind und Geheimnisse für sich behalten. Woher ich all das innerhalb einer halben Stunde wußte? Ich wußte es nicht, aber ein abendlicher Spaziergang mit Fanny durch die Stadt verriet mir einiges. Nach neun Uhr war die Innenstadt still und leer. Sogar die Betrunkenen sprachen leise, aber die Suche nach einer geöffneten Bar und etwas zu trinken gestaltete sich schwierig. Als wir eine gefunden hatten, schienen ihre Besucher fast zu bersten vor guter Laune, als müßten sie sich damit bevorraten, ehe sie wieder hinaus auf die feierlich-ernsten Straßen gingen.

An meinem ersten Tag in einer neuen Stadt habe ich schon oft Interessantes erlebt, und Wien war keine Ausnahme. Auf Empfehlung eines Freundes aus L. A. machten wir ein ungarisches Restaurant ausfindig, das Atmosphäre haben sollte und in dem man erstklassiges Gulasch bekommen sollte.

Es war nicht viel größer als ein Mauseloch, acht Tische und

eine Kellnerin, die zweihundertfünfzig Pfund wog und aussah wie der Sparringpartner des legendären Moolah. Wir ließen uns nieder und bestellten uns etwas von der Speisekarte, das sehr befremdlich klang. Beim Hereinkommen hatte ich gesehen, daß das Restaurant um zehn Uhr schloß, und da es schon halb zehn war, als wir kamen, waren nur noch wenige Gäste da. Unter ihnen ein alter Mann, der schäbig wirkte, er aß langsam und las dabei eine Zeitung in kyrillischer Schrift. Bis unser Essen kam, waren wir drei die einzigen verbliebenen Gäste.

Nachdem er sein Mahl beendet hatte, gab er der Kellnerin einen Wink, er bittet um die Rechnung, dachte ich. Aber sie ging an einen Schrank, öffnete eine Schublade und nahm eine ganze Handvoll Pässe heraus. Als sie sie vor ihm auf den Tisch legte, starrte ich hinüber, so gut ich konnte, ohne daß es zu offensichtlich war, und als er sie durchblätterte, stellte ich fest, daß sie alle aus kommunistischen Ländern stammten. Rumänien, Bulgarien, Ungarn. Ich stubste Fanny unter dem Tisch an und machte ihr Zeichen, genau hinzusehen.

Der Mann nahm einen großen gelben Füllfederhalter aus der Jackentasche und begann damit, in jeden der Pässe einen längeren Text zu schreiben. Ich weiß nicht, *was*, aber ganz sicher mißfiel mir die Vorstellung, daß jemand etwas in meinen Paß schrieb, insbesondere wenn er aus einem Teil der Welt wäre, der berüchtigt dafür ist, daß er Pässe mit ungefähr der Häufigkeit ausstellt, mit der Hennen goldene Eier legen.

Als er fertig war, gab er den Stapel wieder der Frau, die ihn schnell zurück in die Schublade legte. Er stand auf, und ohne zu bezahlen, verabschiedete er sich mit einem lauten ›*Auf Wiedersehen!*‹

»Was hat der bloß gemacht?«

»Ich habe keine Ahnung.«

»Junge, Junge. Willkommen in Wien.«

Am nächsten Morgen traf ich mich mit Easterling in der Lobby des Imperial-Hotels. Obwohl er eindeutig in den Vierzigern war, sah er aus wie ein junger, geleckter, blonder Mormonen-Konvertit oder wie ein schwuler Broadway-Tänzer.

Wir gingen in ein Restaurant auf der anderen Straßenseite und machten eine halbe Stunde lang Konversation. Dann erschien eine Frau, eine wirklich atemberaubende Frau, die er als seine

Frau Maris vorstellte. Sie war das dunkle Gegenstück zu ihm – schwarzes Haar, große, wunderschöne braune Augen, helle Haut. Sie gefiel mir noch besser, nachdem sie erklärt hatte, daß sie mich schon seit Jahren bewunderte, und dann fortfuhr, intelligente Einsichten über meine Arbeiten herunterzubeten. Ich war beeindruckt und fühlte mich geschmeichelt, besonders als sie sagte, sie habe Walker »angefleht«, zu der Verabredung mitkommen zu dürfen.

Während ich mich darin sonnte, war mir das Kind gar nicht aufgefallen, erst jetzt, als es neben Maris' Arm stand und mich ansah.

»Und dies ist unser Sohn, Nicholas. Zack, das ist Harry Radcliffe.«

Er streckte die Hand aus, aber sein Händedruck war völlig leblos, und er sah mir nicht in die Augen.

»Heißt du Nicholas oder Zack?«

»Nicholas, aber meine Freunde nennen mich Zack.«

Ich kann das Alter eines Kindes sonst gut schätzen, aber dieser Junge war mir ein Rätsel. Er hätte zwischen acht und dreizehn Jahren jedes Alter haben können. Sein Gesicht verriet nichts – nicht die Unschuld eines kleinen Jungen, aber auch nicht den altklugen Zwölfjährigen. Unglücklicherweise ergaben die attraktiven Züge seiner Eltern keine gute Mischung – Walkers langweilige blaue Augen über Maris' kleiner Nase und großen Zähnen.

»Wie alt bist du, Nicholas?«

Er warf einen Blick auf seine Eltern, hielt eine Hand vor den Mund, um ein Grinsen zu verbergen, und sagte: »Eins.«

»Für einen Einjährigen bist du ziemlich groß.«

Der Kellner kam, und wir gaben unsere Bestellung auf. Maris nahm Papier und Buntstifte aus ihrer Tasche und gab sie Nicholas, der anfing zu malen, mit einer Hand schirmte er das Blatt ab, so daß wir nicht sehen konnten, was.

Ich sprach über den Schamanen und erklärte, warum ich Easterling treffen wollte. Er taxierte mich. Dann kam das Essen.

»Venasque ist nach seinem Tod zu mir gekommen und hat zu mir gesprochen.«

Ich wartete, daß er weitersprach, aber beide Easterlings beobachteten mich, um festzustellen, wie ich darauf reagierte. Ich zerschnitt eine Kartoffel und zuckte mit den Achseln. »Das überrascht mich gar nicht. Sein Hund, Big Top, hat mich beschützt, seit der Alte gestorben ist.« Ich beschrieb kurz das Erdbeben und wie er uns in Sicherheit gebracht hatte.

Nicholas schaufelte das Essen rein, als sei er in einem Film im »Schnellvorlauf«. Ich achtete nicht drauf, weil sein Vater sagte, Venasque sei ihnen in ihrem Badezimmer als Connie, das Schwein, erschienen.

»Connie ist am selben Tag gestorben wie Venasque.«

»Stimmt. Er sagte, daß sie für ihn sterben mußte, damit er in der Lage sein würde, zu erscheinen und durch ihre Gestalt zu mir zu sprechen.«

»Er kam in Gestalt seines Hausschweins zurück? Was ist denn *das* für eine Reinkarnation für einen Juden?«

»Harry?«

»Ja, Nicholas?«

»In Wirklichkeit bin ich nicht eins.« Nicholas entwickelte sich schnell zur Nervensäge, aber ich brachte ein Lächeln zustande und sah in seine Richtung. Mein Blick fiel zuerst auf seinen Teller und blieb dort hängen. Er hatte ein Wiener Schnitzel bestellt. Er hatte zehn Minuten davon gegessen (es inhaliert). Aber sein Essen sah genauso aus, wie es serviert worden war – ungeschnittenes goldbraunes Fleisch, darauf eine Zitronenscheibe, ein dampfender Berg Pommes frites. Eine fette halbe Tomate, ein matschiger roter Fleck am Tellerrand. Ich hatte gesehen, wie er diese Tomate mit einem großen Bissen verschlang. Hatte gesehen, wie er sie in den Mund geschoben hatte und sie eine Wange ausbeulte. Aber die Tomate war da, das Fleisch war unberührt ... Sein Glas bis an den Rand voll mit Coca-Cola. Instinktiv hob ich die Hand, mit der Handfläche nach außen, als wollte ich ihn fernhalten.

Der Junge beugte sich hinunter und holte die Zeichnung hervor, die er angefertigt hatte. Sie zeigte mich, genauso wie ich in dem Augenblick dasaß; die Hand erhoben, die Finger gespreizt, mit offenem Mund, die Zunge hinter den Zähnen, im Begriff, herauszuschnellen und zu protestieren.

»Du!« Schauer des Schreckens liefen mir den Rücken hinunter und krochen wieder rauf als Freude und Verstehen. Es war Venasque! Schließlich war er schon einmal als Schwein aufgetaucht; warum also das nächste Mal nicht als kleiner Junge bei einem Mittagessen in Wien?

Mich so zu foppen sah ihm ähnlich, mich zu zeichnen, wie ich in der Zukunft aussehen würde, aber die Gegenwart abzuwarten, um es mir unter die Nase zu halten.

»Na, Alter, wie ist die Lage?«

In die Zeichnung kam Leben. Sie wurde lebendig. Sie drehte den Kopf nach rechts und links und sprach mich an.

Auf deutsch.

Aber ich kann gar kein Deutsch. Der Augenblick der Wahrheit war endlich gekommen! Erleuchtung! *Eine Botschaft aus dem Grabe* ... und ich konnte kein einziges gottverdammtes Wort von dem, was er sagte, verstehen.

Um uns herum war alles wie auf einem Schnappschuß erstarrt. Eine Frau hinten im Restaurant, den Kopf in den Nacken gelegt, lachend, ein Kellner, der Spargel servierte, ein Mann bückte sich nach seiner heruntergefallenen Serviette ... Es bewegte sich nichts, es war völlig still in dem Restaurant. Nirgendwo ein Laut. Nur die Zeichnung und ich und der lächelnde Junge, der das Blatt Papier hochhielt, waren lebendig. Sogar seine »Eltern« verharrten in ihrer starren Haltung.

»Er mußte jedes Gramm an Kraft und Mut zusammennehmen, um nicht auf der Stelle zu sterben.«

»Ich verstehe das nicht. Hör auf damit! Bitte spiel keine Spielchen mit mir, Venasque!«

Es half nichts. Er hatte schon immer alles so gemacht, wie er wollte. Die Wahrheiten und Nachrichten, die er an mich weitergeben wollte, verbargen sich in einem Dschungel von Umlauten und Verben am Satzende, gutturalen »r«s und Wörtern, die rauh, aber auch überzeugend klangen.

Ich wußte allerdings genau, daß er niemals bösartig war oder einen in die Irre führte. Wie bei jedem hervorragenden Lehrer hatten seine Handlungen eine Bedeutung und waren sehr wichtig, egal, wie bizarr und obskur sie zunächst erschienen. »Was man schnell lernen kann, ist selten wichtig, Harry. Man kann damit vielleicht den Tag überstehen, wenn man sich an jemandes Telefonnummer erinnert, aber es hilft einem nicht, das Leben zu begreifen. Oder jedenfalls normalerweise nicht.«

»Mama, darf ich Harry nach dem Mittagessen den Flohmarkt zeigen?«

Die Wirklichkeit kehrte zurück. Die Geräuschkulisse im Restaurant wurde hörbar, es gab wieder Bewegung; der Spargel wurde mit gelber Dekoration gereicht, die Frau nahm den Kopf wieder vor und beendete ihr Lachen.

»Natürlich, wenn er mitkommen möchte.«

Zehn Minuten später waren der Junge und ich draußen auf der Straße und schlenderten Hand in Hand den Ring hinunter in Richtung Oper. Die Eltern waren sehr gelassen gewesen, als sie den kleinen Nicholas als Fremdenführer mit einem fast Unbekannten ziehen ließen.

Als ich sie danach fragte, bekam Walker einen amüsierten Essteckt-mehr-dahinter-als-es-zunächst-den-Anschein-hat-Blick und antwortete: »Zack weiß, was er tut.« Maris sagte nichts.

»Warum lassen dich deine Eltern so ganz allein in der Stadt herumlaufen? Du bist doch ziemlich jung.«

Er schlenkerte mit unseren Armen vor und zurück, wie Kinder es gern tun. »Hat meine Zeichnung dir gefallen?«

»Ja, aber ich habe nicht verstanden, was sie gesagt hat. Ich spreche kein Deutsch.« Als ob er das nicht wüßte! Anstatt zu antworten, schwang er unsere Arme vor und zurück, vor und zurück.

Ich mußte annehmen, daß es Venasque war, der meine Hand hielt und dem es Spaß machte, in der Rolle eines altklugen Kindes herumzuspielen. Ich glaubte fest an ihn und seine Güte, seine Sorge um das Wohlergehen und die weitere Entwicklung seiner Schüler. Wenn ich das nicht getan hätte, wenn er *nicht* für all die Dämonen und Feen Regie geführt hätte, die damals durch mein Leben geisterten, wenn er sich nicht die falschen Fährten, die Falltüren und Fata Morganas, die am Horizont flimmerten, ausgedacht hätte, hätte ich gewaltige Angst gehabt. Das ist völliges Vertrauen – man wirft die Sorgen über Bord und geht ruhig seinen täglichen Geschäften nach.

Die Ringstraße war nostalgisch-lieblich; riesige Bäume warfen ihre Schatten über frischgestrichene Bänke. Blumenstände, saubere Hot-dog-Stände, kein Auto hupte. Es lag kein Abfall herum, es gab keine Graffitis.

»Dir gefällt es hier nicht, oder doch, Harry?«

»Nein, nicht besonders.« Ich sah das Kind an, ich war nicht überrascht, daß es meine Gedanken gelesen hatte. »Es ist wunderschön, aber es ist abgeschlossen. Sie werden neue Gebäude errichten und alte abreißen, aber das ist nichts anderes als Möbelrücken in dem Haus, in dem man den Rest seines Lebens verbringen will. Damit ich in Städten glücklich sein kann, müssen sie eine Unfertigkeit ausstrahlen. Städte wie Wien sind vollkommene Museen, die mit ihrer ständigen Ausstellung völlig zufrieden sind. Andere Städte versuchen immer noch herauszufinden, wer sie sind. Die sind mein Fall!«

Wie um das zu unterstreichen, was ich gesagt hatte, gingen wir an der blitzsauberen Oper und am Café Museum vorbei; das Secessionsmuseum war eingerüstet, und Arbeiter waren dabei, Olbrichs Merkwürdigkeit in den Originalzustand zurückzuversetzen.

Wir gingen weiter zum Naschmarkt, Wiens Markt unter freiem Himmel. Das war ein Unterschied! Exotisch und duftend, alles sprudelte und versprühte Leben und fremdländische Klänge wie ein Kurzwellenradio, wenn man am Knopf dreht und die Skala durchsucht. Die Leute drängten sich und riefen einander auf deutsch, türkisch, kroatisch zu. Kinder quengelten, Hunde liefen einem zwischen die Beine, Taschen wurden unsanft, aber fachmännisch mit albanischen ›Paradies-Tomaten‹, kretischem Ziegenkäse gefüllt. Ein Geschäft, nicht größer als eine Telefonzelle, verkaufte nur ungarische Paprika. Sein Aroma war das Geschenk des Tages.

Hier herrschten rauhe Sitten, außer für einen Einkauf und schnell abgezähltes Wechselgeld hatte niemand für einen Zeit. Der nächste! Aber hier regierte das Leben, es schritt voran im unbeachteten, taumelnden Menschenstrom, der sich hindurchwälzte und das beste Bund Mohrrüben aussuchte, einen Blick auf den Einkaufszettel warf, um zu sehen, was als nächstes auf der Liste stand.

Wie entwirft man Bauten für dieses Leben? Versucht man es einzufangen? Ich dachte an Marathonläufer und die Menschen, die neben ihnen herlaufen und ihnen Wasser oder einen Orangenschnitz reichen. Sollte man es so machen – das Notwendige zur Verfügung stellen und sich sonst um Himmels willen bloß nicht einmischen?

»Siehst du, da unten ist der Flohmarkt.«

Es war schwer, sich eine noch verrücktere und buntere Szenerie vorzustellen als die, in der wir uns gerade befanden, aber nur ein paar Schritte entfernt wogte so eine. Auf einem riesigen Parkplatz neben dem Naschmarkt lief der samstägliche Wiener Flohmarkt auf vollen Touren, als wir ankamen. Tausende von Menschen schoben sich wie eine Herde und guckten, kauften und handelten in einem faszinierenden Sprachen- und Lautgewitter. Alles war zu verkaufen, jeder hatte etwas zu sagen.

Flohmärkte erinnern uns daran, wie eng umrissen und festgelegt unsere Vorstellung von Werten ist: Welche unvorstellbaren Dinge für Leute bedeutungsvoll sein können! Für hundert Schilling kaufte ein Mann ein verbogenes und verrostetes 1983er Nummernschild aus Nevada. Eine Frau machte lebhaften Umsatz mit dem Verkauf getragener Einzelschuhe ohne Gegenstück und leerer Schallplattenhüllen. Erstaunt wandte ich mich Nicholas zu und fragte ihn: »Was meinst du, wieviel sie für den Kram haben will?« Er antwortete nicht, und einen Augenblick später kam mir der Gedanke, etwas wertschätzen hieß, daß man es besser verstand als alle anderen. Mir erschien es absurd, ein altes Nummernschild zu kaufen – aber was war, wenn der Mann, der es gekauft hatte, es besser wußte? Wenn er mehr darüber wußte, auch wenn sein Wissen mir unecht oder sogar geisteskrank vorkam. Und selbst wenn es wertlos war, war sein Vorstellungsvermögen nicht ausgeprägter und größer als meines, weil er es besitzen wollte?

»Wie Sprache.«

»Hä?« Ich sah Nicholas an, obwohl ich mit meinen Gedanken kilometerweit entfernt war.

»Wie Sprache. Hör dir das alles mal an!« Wir standen mitten in der wogenden Menge. Er nahm die kleinen Hände hoch und wies mit ausholender Geste um uns herum. »Wieviel von alledem schenken wir Beachtung, auch wenn wir es verstehen? Es ist nur Lärm, wie Schrott, wie alte Nummernschilder. Aber das ist ein Fehler, Harry, denn welche Sprache auch immer gesprochen wird – es gibt Dinge, die *über* dem Lärm gesagt werden. Komm hierhin.«

Er nahm meine Hand und führte mich zu einem nahen Gebäude, das sich als U-Bahnstation entpuppte – Kettenbrückengasse. Ohne stehenzubleiben, fing Nicholas an, an der Seite hochzuklettern, und ich folgte ihm. Wegen des Tumults auf dem Flohmarkt bemerkten uns nur ein paar grinsende Rowdies. Eine U-Bahn glitt unter uns herein und hielt. Ich stand auf einem der drei abgestuften Dächer, schaute hinunter und beobachtete, wie die Türen des schmutzigen silbernen Zuges sich öffneten.

»Was tue ich hier?«

Wie oft hatte ich diese Frage gestellt, wenn ich mit Venasque zusammen war? Wie oft schon war ich mit ihm in »gefährliche Höhen« geklettert, angeblich um das, was mich in dem Moment bedrückte, besser oder anders betrachten zu können. Wir stiegen auf das zweite Dach, dann mit einem Satz über die Kante auf das dritte, etwas höher liegende Dach. Direkt unter uns lagen links die Gleise, vor uns der Flohmarkt mit seinem irren Treiben.

»Mach die Augen zu und horche, Harry.«

»Worauf?«

»Die Stimme deiner Mutter.«

»*Das* soll ich mir anhören, um die Stimme meiner Mutter zu hören?«

»Fang mit ihr an. Schließ die Augen.«

Ich schloß sie. Ich öffnete sie. »Die Stimme meiner Mutter?«

»Mach es.«

Eine Zeitlang hörte ich James Brown, aber nicht Mama. Irgend jemand unter uns ließ wieder und wieder seinen Song »I feeeeeel good …« abspielen. Die Luft war so angefüllt mit scharfen Gerüchen (bratendes Fleisch, Rauch, Metall, alte Kleidung), daß ich mehr schnüffelte als zuhörte.

Das änderte sich aber. Irgendwie kam der Lärm plötzlich einen Schritt näher. Als sei er einen Augenblick vorher da draußen gewesen und jetzt *hier*, Millimeter entfernt, nah genug, um seinen Atem auf dem Gesicht zu spüren. Obwohl meine Augen geschlossen waren, verspürte ich eine Art Schwindel. Noch bevor mein Verstand sich einschalten mußte, jaulte mein Magen »Geh zurück!«. Aber diesmal war es nicht die Angst, aus großer Höhe zu fallen, sondern der Lärm war wie ein Heer eingefallen und beherrschte alles. Vielleicht brauchen wir fünf Sinne, weil einer allein zu intensiv und geballt ist. Wenn wir beispielsweise nur hören könnten, würden wir verrückt werden. Ein nur durch Töne erfahrenes Leben. Das macht den Schwindel aus – plötzlich erfährt man das Leben nur noch durch die Augen, und es ist zuviel.

Mir war gesagt worden, ich solle mich auf einen Sinn konzentrieren, und die wenigen leidvollen Sekunden, in denen es mir gelang, gestatteten mir einen furchterregenden Blick hinter die Grenzen des Normalen. Hielt das Leben solche gewöhnlichen Dinge in Schach; regelten wir die Lautstärke herunter, mit Handschuhen, damit wir sie nicht unmittelbar berühren müssen?

»Vielleicht ist Gott Volumen, Harry.«

Als ich die Augen öffnete, sah ich zuallererst einen Hot dog, der jungfräulich von Nicholas' Hand empfangen worden war.

»Was meinst du mit Volumen? Lautstärke oder Ausmaße?«

Mampf mampf. Er zuckte mit den Achseln. »Ein Teil dessen, was du gedacht hast, war richtig, aber eben nur ein Teil.

Hey! Da kommt wieder ein Zug! Los komm, spring!«

Plötzlich sprang der Junge vom Bahnhofsdach, sechs Meter in die Tiefe auf das Dach eines U-Bahnzuges, der in den Bahnhof einfuhr.

Ich rannte an den Rand des Daches, hatte aber nicht vor, *diesen* Sprung zu wagen, Venasque hin oder her.

»Spring runter!«

»Auf keinen Fall!«

Ein »Piep« ertönte, und die Wagentüren schlossen sich mit einem harten Rumms. Nicholas ging in die Hocke, immer noch seinen Hot dog haltend. Er stopfte sich den Rest davon in den Mund, wischte sich die Hände ab und winkte mir zu.

»Wundere dich nicht!«

Der Zug rollte aus dem Bahnhof.

Ich formte mit den Händen einen Trichter vor dem Mund. »Worüber?«

»Daß alle Wörter Gott sind!«

Er war weg. Ich stand auf einem Dach in Wien und dachte an Gott, wie ich herunterkäme und was ich den Eltern des Jungen sagen würde.

Diese letzte Frage wurde beantwortet, als ich nach zehn Minuten heruntergeklettert war, eine Telefonzelle gefunden hatte und die Easterlings anrief, um ihnen zu berichten, daß man ihr Kind zuletzt gesehen hatte, als es auf dem Dach eines fahrenden U-Bahnzugs die Kühlerfigur spielte.

»Hallo?«

»*Nicholas*?«

»Hallo, Harry.«

»Du bist schon zu Hause?«

»Ich kann mich jetzt nicht unterhalten, Harry. Im Fernsehen läuft meine liebste Cartoon-Sendung.« Er legte auf. Ich hörte, wie meine Münze im Bauch des Telefons nach unten plumpste.

Nervenzusammenbrüche, Erdbeben, Dreiecksgeschichten, tote Schamanen, duschende Hunde und zaubernde Kinder (unter anderem) *können* ihren Tribut von einem fordern. Trotz all dieser Dinge war ich zwar aufgewühlt, aber gelassen, als ich an jenem Nachmittag ins Hotel zurückging. Das Leben ist am besten, wenn es Überraschungen bietet und man sich auf das freut, was als nächstes kommt. Ich war davon überzeugt, daß Erwartung das Beste ist, worauf wir hoffen dürfen. Ich wußte, daß uns in Saru etwas Bedeutsames erwartete. Auf dem Weg dahin hatten sich schon genug Rätsel und Absichten offenbart, die darauf hindeuteten, daß es hier um eine ganze Menge mehr ging als nur darum, noch einen Reiche-Leute-Turm zu bauen.

»Wo in aller Welt bist du gewesen, Harry? Wir essen heute mit Prinz Hassan, dem Sohn des Sultans, zu Abend.« Fanny lag nackt auf dem großen Bett und sah sich im Fernsehen ein Tennisspiel an. Sie sah nicht so aus, als sei sie in übermäßiger Eile.

»Ich dachte, wir sollten ihn in Zell am See treffen.«

»Das sollten wir, aber er fliegt hierher, um mit uns zu Abend zu essen. Es gibt wohl ein saruanisches Restaurant in Wien?«

Ich war gerade dabei, meinen Hut abzunehmen, und hielt inne, als ich *das* hörte. »Es heißt doch nicht etwa Bazz'af, oder?«

»Doch, ich glaub schon. Warum schreist du?«

»Oh, kein besonderer Grund.« Den Hut auf dem Kopf, ging ich schnurstracks ins Badezimmer und nahm sechs Tabletten gegen Sodbrennen.

Im Restaurant Bazz'af in Los Angeles hatte ich den Sultan von Saru zum erstenmal getroffen. Bazz'af ist die Hauptstadt von Saru. Unglücklicherweise war ein reicher saruanischer Unternehmer der Auffassung, die Welt müsse die Küche seines Heimatlandes kosten, deshalb eröffnete dieser Sadist eine Reihe von

Bazz'af-Restaurants in der ganzen Welt. Sie sind sehr teuer eingerichtet und verwenden angeblich nur die besten Zutaten, aber was ich an dem Abend gegessen hatte, war ein Alptraum aus feurigen Saucen, ominösen Gemüsegerichten, die alle die gleiche militärische Konsistenz und Farbe (khaki) hatten, und Fleisch, das nicht schmeckte. Ich gehe nicht weiter darauf ein. Ich war mit Bronze Sydney, die Appetit für zehn hat, in das Restaurant gegangen, aber als wir uns von unseren Kissen erhoben und zur Tür wankten, sah selbst sie vom Schicksal gebeutelt aus. Das einzige, was sie hinterher im Auto sagte, war: 1. Man soll niemals sein Abendessen auf einem Kissen sitzend verzehren; und 2. Dieses Essen war schlimmer als unsere Scheidung.

Nachdem ich die Magentabletten geschluckt hatte, betrachtete ich mich im Spiegel, lüpfte den Hut vor mir und fragte mich, wie es mir ging. Dieses Verfahren hatte mein Vater mich gelehrt, als ich auf der High School war. Schau dir in die Augen und sieh dich selbst, wie die anderen dich heute gesehen haben. Nicht nachsehen, ob du Pickel hast oder Haare aus der Nase wachsen – so was macht man frühmorgens oder spätabends.

»Als du weg warst, hat jemand aus der saruanischen Botschaft angerufen, er schwitzte Blut und Wasser und sagte, daß Big Top sein Steak nicht ißt.« Fanny hatte sich an mich herangeschlichen, während ich Spiegelschau betrieb. Auf neutralem Territorium sahen wir uns an. Sie lehnte gegen den Türrahmen, eine kleine Frau mit netten Brüsten wie Teetassen und ziemlich breiten Hüften. Ich habe ihren Körper immer gern berührt und beobachtet, besonders wenn wir miteinander schliefen. Fanny machte dabei immer die Augen zu, und fast die ganze Zeit lächelte sie wie ein Engel. Aber ihr Körper schien der einer anderen Frau zu sein, er warf sich hin und her, wand sich und wäre womöglich durch das ganze Zimmer geschwirrt wie ein aufgemachter Luftballon, wenn ich ihn gelassen hätte. Ich mußte mich oft anklammern, als ging's ums liebe Leben. Sie sagte, ihr sei nicht bewußt, was sie beim Bumsen mache, und sie übernehme für ihre Ruckungen und Zuckungen keine Verantwortung.

»Du siehst zum Anbeißen aus in deinem Evaskostüm.«

Sie lächelte und warf einen prüfenden Blick in den Spiegel. »Danke. Da wir gerade von Anbeißen sprechen, ißt Big Top keine Steaks?«

»Nein. Venasque hat ihn immer mit Dreideckersandwiches gefüttert, deshalb mag er Gemischtes. Ich gebe ihm immer Hähnchensalat oder Schinken-Zubereitung aus dem Feinkostgeschäft. Hat der Saruaner eine Nummer hinterlassen? Ich ruf zurück und sag es ihm.

Hör mal, Fan, ich muß dich warnen, wenn dieses Bazz'af so ist wie das in Los Angeles, triffst du besser Vorsichtsmaßnahmen. Es ist die Hölle auf Erden.«

Im anderen Zimmer klingelte das Telefon. Sie drehte sich um, um ranzugehen. »Wahrscheinlich die saruanische Botschaft, die mitteilt, daß Big Top den Kaviar auch nicht essen will.«

Ich ging ihr nach. »Kaviar? Hast du ihnen gesagt, daß er Kaviar mag?«

»Natürlich. Ich hab ihnen gesagt, sie sollen es probieren. *Du* fütterst ihn mit salzigen Kartoffelchips. Hallo?«

Ich wartete darauf, daß sie mir den Hörer reichte. Statt dessen hörte sie lange zu und ließ sich dabei langsam auf dem Bett nieder, den Hörer dicht ans Ohr gepreßt.

»Das ist verrückt! Ein *Pfeil*? Vati, ist das wahr? Schon gut. Wart einen Moment. Ich sagte, *wart einen Moment*!« Sie legte die Hand über die Muschel. »Meine Mutter ist auf einer Modenschau von einem Pfeil getroffen worden! Sie ist im Krankenhaus. Ihr Zustand ist stabil. Sie denken, daß sie es gut überstehen wird. Unglaublich.«

»Ein *Pfeil*? Wie konnte das passieren?« Ich fing an zu grinsen. Es war unmöglich, nicht zu grinsen.

»Nicht komisch, Harry.«

»Und warum grinst du dann auch?«

Sie schüttelte den Kopf und telefonierte weiter.

Zwanzig Minuten später war sie angezogen und schon damit beschäftigt, ihre Tasche wieder zu packen. »Sie war auf einer Modenschau, bei der die Mannequins in Robin-Hood-Ausstattung auftraten. Sie trugen Pfeil und Bogen und taten so, als wollten sie auf die Zuschauer schießen. Geistreich, was? Rat mal, wer in der ersten Reihe saß? Meine Mama. Rat mal, wen es getroffen hat, als eine dieser Idiotinnen aus Versehen einen Pfeil abgeschossen hat? Meine Mama. Jetzt weiß ich, was Andy Warhol mit ›Opfer der Mode‹ gemeint hat.«

»Und was machst du jetzt? Von Zürich aus fliegen?«

»Das Flugzeug des Sultans soll in einer Stunde hier sein. Gott sei Dank, daß sein Sohn zum Abendessen herfliegt. Ich werde sofort darin zurückfliegen und könnte in Zürich den Nachtflug erreichen.

Weißt du, was mich am meisten aufregt? Meine Mutter geht nie auf Modenschauen. Nie. Immer zwingt ihre bescheuerte Freundin Mary Rice sie zu diesem schwachsinnigen dämlichen Weiberkram. Aber Mary Rice ist nicht von einem Pfeil getroffen worden. O nein! *Sie* kann jetzt beim Kaffeeklatsch den Mädels eine gute Geschichte erzählen. Und sie alle werden mitfühlend lauschen und sich innerlich halbtot lachen. Zum Henker mit ihr!«

Mir fiel der Mann, der in der Waschanlage gestorben war, wieder ein. Aber dies Schicksal war noch schmachvoller.

»Wir könnten Mary Rice mit Killerbienen zur Strecke bringen.«

Fanny sah mich mißbilligend an, in der Hand hielt sie einen rosa BH.

»Paß auf, wenn ich wieder in Los Angeles bin, fahren wir runter nach Mexiko und schmuggeln von dort ein paar Killerbienen ein, bringen sie zu Marys Haus und sorgen dafür, daß sie sie stechen. Dann liegt deine Mutter wieder in Führung.«

»Du bist beknackt, Harry. Gib mir die Schuhe da. Das stinkt mir! Ich liebe meine Mutter, aber ich möchte nach Saru fahren. Ich wollte immer nach Saru! Wußtest du, daß manche Leute glauben, Jesus sei dorthin gegangen, als er einige Jahre verschwunden war? Einige behaupten Saru, andere Indien. *Verflucht!*«

Während sie packte, berichtete Fanny von Saru, Tatsachen und Geschichten. Ich vergaß oft, was für ein gründlicher Mensch sie war, sowohl persönlich als auch beruflich. Als sie zu dieser Reise eingeladen wurde, war sie losgegangen und hatte alles, was sie finden konnte, über das Land gelesen.

»Hab ich alles?« Sie blieb stehen und sah sich im Zimmer um. »Das Wichtigste, das du wissen mußt, Harry, ist, wie großartig der Sultan seine Sache gemacht hat, seit er an der Macht ist. Erinnerst du dich, wie er einmal Witze über seine Feinde dort machte? Es ist nämlich so, der Feind ist zufällig sein Bruder, ein Typ namens Cthulu. Der Sultan hat es heruntergespielt, aber dieser Cthulu ist ein furchterregendes Exemplar. Als der Vater der beiden, der alte Sultan, vor zwanzig Jahren starb, gab es einen Machtkampf in der Familie. Ein dritter Bruder, Khaled, sollte die Nachfolge antreten, aber Cthulu brachte ihn um. Es geht das Gerücht, daß er danach etwas von Khaleds Körper *gegessen* hat, um dessen Kraft zu erlangen.«

Fanny machte eine bedauernde Miene und drohte mir mit dem Finger. »Wenn du deine Hausaufgaben gemacht hättest, wüßtest du das alles.«

»Ich reise dorthin, um ein Gebäude zu entwerfen, nicht um Kannibalismus zu erforschen. Aber du hast recht. Ich bin wirklich froh, daß du es mir sagst. Wie hat der Sultan seinen reizenden Bruder besiegt?«

»An dieser Stelle wird die Handlung verwickelt. Die offizielle Version lautet, daß unser Mann wesentlich beliebter war, und somit in der Lage, mehr Menschen und Waffen zusammenzuziehen. Aber inoffiziell heißt es, daß er einen prophetischen Traum gehabt hätte – ein Hund erschien in einem Traum und sagte ihm voraus, was passieren würde, das heißt, als es soweit war, war er auf Cthulu vorbereitet.«

»Das heißt, noch ein Grund mehr, warum er sein Hundemuseum bauen will. Wer hat dir das erzählt?«

»Sein Sohn.« Sie nahm ihren Koffer und rollte ihn zur Tür.

»Warum hat der Prinz es erzählt, der Sultan aber nicht?«

Bestimmte Augenblicke vergehen ohne ein Wort und werden plötzlich von einem Blitz der Erkenntnis zerrissen. Ssssirrr – seine tödliche weiße Elektrizität zuckt herunter und an einem vorbei in den Boden.

Ich wußte, daß mir eine große, böse Eröffnung bevorstand, ich setzte mich auf einen Stuhl und sagte ruhig: »Erzähl mir von dir und Prinz Hassan, Fanny.« Klicke-di-klick – allmählich wurde mir alles klar. »Sag mir, warum sie dich auf diese Reise eingeladen haben und warum der Prinz sich ›eben mal so entschlossen hat‹, heute zum gemeinsamen Abendessen herüberzufliegen.«

Sie sah mir direkt ins Gesicht, die Hände in die Hüften gestützt. »Droh mir nicht mit deinen Fragen, Harry! Ich habe genug, worüber ich mir Gedanken machen muß. Ich soll es dir sagen? Gut. Weil er mein anderer Liebhaber ist. Willst du das hören? Du willst es wissen? Jetzt weißt du es! Weil ich ihn in L. A. getroffen habe und wir sehr gut miteinander ausgekommen sind. Und weil ich es leid bin, von dir so beschissen behandelt zu werden. Hast du gedacht, es würde für immer und ewig so weitergehen? Du stellst mich fürs Spiel auf, wenn *du* denkst, daß ich dran bin? Vergiß es! Ich bin keine Einsatzspielerin für besondere Fälle, Harry. Ich gebe nicht nur den Anstoß weiter. Ich will die ganze Zeit spielen, Trainer. Du willst beide haben, Claire und Fanny. Aber das kannst du verdammt noch mal nicht. Oder besser: du kannst, aber ich kann es auch.

Ich muß gehen.«

Interessiert es Sie, wie viele Vorhänge es in meinem Wiener Hotelzimmer gab? Wie viele Wassergläser im Bad? Wie viele Holzbügel, neben Metallbügeln, im Kleiderschrank? Ich habe sie alle gezählt. Als Fanny ging, saß ich auf dem Bett, starrte auf den Fußboden und probte in Gedanken das Wort »Hahnrei«. Aber dieser Begriff bezog sich eigentlich nur auf Ehemänner: Ich war keiner. Darüber hinaus hatte ich auch eine Geliebte. In meinem Kopf bauten sich knisternde Elektrizität und Widersprüche in alarmierendem Ausmaß auf. So viel, daß ich vor mich hin fluchte und aufstand.

»Nichts entflammt die Begierde mehr, als zu hören, daß sie mit einem anderen bumsen.«

Am Fenster zog ich einen Vorhang beiseite und versuchte, einen Blick auf den Hoteleingang zu erhaschen. Stand da unten eine Limousine mit Diplomaten-Kennzeichen oder ein erektionsroter Ferrari, der von ihrem königlichen Geliebten gefahren wurde?

Ich hatte Prinz Hassan noch nie getroffen. Der Sultan sprach mit Wärme, wenn auch etwas vage, von seinem ältesten Sohn. Ich wußte, daß er in Amerika zur Schule gegangen war, und ich erinnerte mich an einen Zeitschriftenartikel über die begehrtesten Junggesellen der Welt. Er war auf einem Foto abgebildet, in Cannes oder Forte Dei Marmi, neben ihm stand ein blondes französisches Schoßhündchen mit einem sensationellen Ausschnitt.

Vom Fenster ging ich aus einem bestimmten Grund ins Badezimmer, aber als ich drin war, wußte ich nicht mehr, was ich dort gewollt hatte, also fing ich wieder an zu zählen – zwei Wassergläser, vier dicke Handtücher und ein Rebhuhn in einem Birnbaum.

»Zur Hölle mit dem Scheiß!« Als Fanny ging, hatte ich die beleidigte Leberwurst gespielt und mich geweigert, mit ihr hinunterzugehen (»Du glaubst doch nicht ernsthaft, daß ich deine Tasche zu *ihm* runtertrage?«), aber wenn ich mich jetzt beeilte –

Ich entdeckte ihn fast sofort, als ich den Aufzug verließ und in die Halle trat. Er saß in der Nähe der Rezeption und rauchte eine Zigarette; er wirkte eher wie ein fünfzehnjähriger Skateboard-Fahrer aus Laguna Beach als wie der Kronprinz von Saru. Ende Zwanzig, er trug ausgewaschene Jeans, ein schwarzes Sweatshirt mit dem Aufdruck »Purdue Boilermakers« und hohe Basketball-Turnschuhe, mit einem lächerlichen Muster aus Farben, aufblitzenden Pfeilen, Strichen und Zickzacklinien. Sein Aufzug beruhigte und ärgerte mich gleichermaßen. Das war eine Majestät? Und der Mann, den Fanny gewählt hatte, um mit ihm den Atem zu teilen? Hmm.

Weit und breit keine Fanny zu sehen.

Heißblütig, wie ich nun mal bin, entschloß ich mich zum Frontalangriff und ging hinüber. »Prinz Hassan?«

Er blickte von seiner Zigarette auf und zeigte ein kleines, amüsiertes Lächeln. »Ja?«

»Ich bin Harry Radcliffe. Wo ist Fanny?«

»Sie ist in meinem Wagen zum Flughafen gefahren.«

»Und Sie sind nicht mir ihr gefahren?« fragte ich höhnisch und sah ihm dabei fest in die Augen. Ich weiß, was du mit meinem Mädchen gemacht hast, Dreckskerl.

»Nein. Mein Vater wollte, daß ich Sie zum Abendessen ausführe, und was der Sultan sagt, wird gemacht.«

Waschlappen! Würstchen! Papasöhnchen! Kein Mumm, was? Du läßt dich von deinem Vater so herumkommandieren? All diese glorreichen Erwiderungen schossen mir durch den Kopf, aber es waren Seitenhiebe eines Getretenen. Das »Ätsch« eines Verlierers, wo wir beide wußten, daß er Fanny und den Vorteil hatte. Jedenfalls momentan.

»Sie hat mir von Ihnen beiden erzählt.«

Etwas Asche fiel auf sein Knie. Mit flinken Fingern schnipste er sie weg. »Radcliffe, möchten Sie hören, was Fanny gesagt hat, als ich sie bat, Sie zu verlassen? ›Harry ist ein egoistisches Ekel, aber er kommt immer wieder zu einem zurück. Er ist wie eine Fliege, die mir permanent vorm Gesicht rumschwirrt.‹ Stellen Sie sich vor, Sie wären ich: Die Frau, die ich will, zieht Sie, eine Fliege, mir, einem Prinzen, vor. Um es noch schlimmer zu machen, besteht mein Vater darauf, daß Sie sein Museum bauen.« Er stupste seine Zigarette in einem Aschenbecher in Reichweite aus und sah zu, wie die Glut schwächer wurde und verlosch. »Nachdem Fanny und ich das erstemal miteinander geschlafen hatten, habe ich zwei Tage damit verbracht, ernsthaft darüber nachzudenken, Sie umbringen zu lassen, aber dann ist mir ein erschreckender Gedanke gekommen: Was, wenn Sie ein Afrit sind?«

»Was ist denn das?« Ich ließ mich ihm gegenüber nieder und nahm eine Zigarette aus seiner Schachtel. »Sie erlauben?«

»Bitte, bedienen Sie sich. Auf daß Sie an Lungenkrebs sterben.

Ein Afrit ist ein sehr gefährlicher Dschinn. Wissen Sie, was das ist? Al-Qaswini sagt: ›Die Dschinns sind flüchtige Wesen, ihre Körper sind durchsichtig und können alle möglichen Formen annehmen. Zuerst zeigen sie sich vielleicht als Wolken oder als riesige unerklärliche Luftsäulen; wenn ihre Form sich verdichtet, werden sie sichtbar, vielleicht in Gestalt eines Menschen, eines Schakals, eines Wolfs, eines Löwen, eines Skorpions oder einer Schlange.

Dschinns gelangen oft in die unteren Himmel, wo sie die Unterhaltungen der Engel über zukünftige Ereignisse belauschen. Das ermöglicht ihnen, Magiern und Wahrsagern zu helfen.‹ Aber das Wichtigste, Radcliffe: ›Gewisse Gelehrte führen den Bau der Pyramiden auf sie zurück oder den Bau des großen Jerusalemer Tempels auf Anordnung Salomons!‹ Was halten Sie davon? Wohin ich jetzt auch komme, immer sind Sie ebenfalls da und ärgern mich und machen mich verrückt.« Er streckte einen Finger in die Luft – Heureka! »*Aber* vielleicht machen Sie das alles absichtlich! Mir zuhören, während ich erkläre, was ein Dschinn ist, und innerlich amüsieren Sie sich und planen die nächste Marter.

Mein Vater kann es sich nicht leisten, dieses Museum zu bauen. Er wird von allen Seiten von Feinden angegriffen und sollte das Geld dafür verwenden, Waffen zu kaufen und eine stärkere Armee auszubilden. Seit Jahren habe ich versucht, es ihm auszureden, aber er ist halsstarrig und glaubt, daß er Gottes Werk tut. Also gut, dann bau diesen Irrsinn, aber laß es einen Saruaner machen, oder zumindest einen Araber. Nein, er will einen kalifornischen Architekten, der erst vor kurzem aus dem Heim für Geisteskranke entlassen wurde.«

Ich lehnte mich lächelnd im Stuhl zurück. Die Zigarette schmeckte köstlich. Der Prinz hatte mir vielleicht Hörner aufgesetzt, aber sein Tonfall und die Heftigkeit seiner Gesten verrieten, daß Harry Radcliffe ein riesiger Stachel in *seinem* Fleisch war, und ich hatte noch nicht mal die Zähne gezeigt.

»Ich schlage vor, wir fangen so an, daß wir uns hassen und hoffen, daß es von da aus stetig bergab geht. Ich will Sie nicht mögen, Radcliffe. Ich will Sie nicht einmal kennen. Wenn Sie ein Afrit sind, haben Sie große Macht, aber Sie müssen wissen, daß ich mit aller Kraft kämpfen werde. Wenn Sie keiner sind, kann ich Sie immer noch umbringen lassen.

Ist das fair? Haben Sie mich verstanden?«

»Habe ich.«

Er erhob sich. »Nein, ich will Ihnen nicht die Hand geben. Nur eins möchte ich noch sagen.«

Ich stand langsam auf und zog ein letztes Mal an der Zigarette. »Was wäre das, Prinz?«

Er sprach über die Schulter. »Fanny sagt, daß ich im Bett wesentlich besser bin als Sie.« Ein Pärchen in der Nähe riß die Köpfe herum und sah ihn mit offenem Mund fassungslos an.

Fast hätte es mir die Sprache verschlagen, aber eben nur fast. »Weil bumsen nur etwas für Sterbliche ist, Eure Hoheit. Vergessen Sie nicht, ich könnte ein Pomme frite sein.«

Er blieb stehen, drehte sich um. »*Afrit*! Sind Sie so doof, oder wollen Sie mich nur auf die Probe stellen? Wie soll ich das wissen?«

Im Restaurant Bazz'af riet Hassan mir zu einem Gericht, das übersetzt »Sanfte Glocken und Feste Blumen« hieß. Es war köstlich. Er bestellte Fischstäbchen und eine Cola. Als ich ihn fragte, warum er das aß, antwortete er, daß mich das gar nichts angehe.

Wir aßen schweigend. Ich ließ mir jeden Bissen auf der Zunge zergehen und versuchte herauszufinden, was in meinem Essen war. Irgendeine Art Nuß, eine Art geräuchertes Fleisch –

»Glauben Sie an Zauberei, Radcliffe?«

Ich sah ihn an und kaute.

»Es ist mir ganz egal, ob Sie es tun! Ich versuche nur, Konversation zu machen.«

»Ja, ich glaube daran.«

»Fanny nicht, obwohl ich weiß, daß sie dabei war, als Ihr Hund meinen Vater aus dem Erdbeben gerettet hat. Ich habe diesen Hund heute in unserer Botschaft besucht. Er ist sehr häßlich.«

»Dieser Hund ist auch sehr zauberkräftig, Prinz. Ich wäre vorsichtig mit dem, was ich in seiner Gegenwart sagte.«

»Sehen Sie? Das ist noch ein Grund, warum ich denke, daß Sie ein Afrit sind. Sie haben beide, meinen Vater und Fanny, verhext, und dieser häßliche zaubernde Hund ist ein weiterer Beweis dafür, wer Sie sind. Ich muß Ihnen aber sagen, daß Sie in Saru Konkurrenz bekommen werden! Dort gibt es so viel Zauberei, daß man nur mit den Fingern schnippen muß, und es erscheinen zehn Zauberer.«

Ich schob mir den letzten Bissen des Mahls in den Mund, tupfte die Lippen mit der Serviette ab, lächelte. »Vielleicht weiß ich das bereits.«

Ein Paar Schuhe zu kaufen ist für mich eine der optimistischsten Handlungen, abgesehen von sich verlieben. Mir gefällt nichts so gut wie der Anblick eines alten Mannes, der ein Paar nagelneue Schuhe mit Lochmuster oder Oxford-Schuhe mit Zehenkappen trägt, vorzugsweise ein vornehmes Rotbraun, ohne Kratzer, die Absätze nicht abgelaufen. Wir möchten morgen noch dasein, aber neue Schuhe kaufen, genauso wie sich verlieben, heißt, ich *habe fest vor*, morgen noch dazusein.

Trotz jenes letzten Knallfrosches, den Fanny gezündet hatte, sah ich die Wendungen, die mein Leben nahm, positiv, deshalb ging ich am letzten Morgen in Wien ein neues Paar Schuhe kaufen.

Wie viele amerikanische Touristen glaubte ich, daß in den meisten europäischen Städten jedweder Größe immer noch einige wenige Geschäfte existieren müßten, die von Handwerkern oder

Exzentrikern geführt wurden, die Qualitätsware aus der Alten Welt verkauften. Als ich das erstemal in Venedig war und durch die feuchten, gewundenen Straßen wanderte, hatte ich das Glück, an einem kleinen Papierwarengeschäft vorbeizukommen, das aussah, als sei es seit den fünfziger Jahren nicht mehr betreten worden. Das Schaufenster war ein kunterbuntes, von der Sonne ausgebleichtes Durcheinander: ehemals rote Schulhefte, Papiergirlanden und Tintenfässer mit kaum zu entziffernden Namen wie »Bleu nuit«. Mitten in diesem hoffnungslosen Wirrwarr stand trotzig ein aus Pflaumenholz geschnitzter Popeye, ungefähr einen halben Meter groß. Eines dieser rar gesäten Gebilde – vertraut, aber außergewöhnlich –, über die man sofort, wenn man sie erblickt, buchstäblich in ein liebevolles und wiedererkennendes Grinsen *ausbricht*. Ich ging hinein, und nachdem ich so getan hatte, als sähe ich mich ein wenig um, fragte ich mit gelangweilter Stimme, wieviel er koste. Die alte Frau, die das Geschäft führte, konnte gar nicht glauben, daß ich die Figur haben wollte, nannte aber den Gegenwert von zwanzig Dollar. Noch aufregender war, daß unten in einem der Füße der Name »Del Debbio« eingeritzt war. Einer der Gründe für meinen Besuch in Italien damals war, daß ich das Römische Stadion und die Sportanlage, die Enrico Del Debbio in den Zwanzigern und Dreißigern für Mussolini entworfen hatte, aus nächster Nähe ansehen wollte. Das war selbst für Harry Racliffe, Student und überzeugter Atheist, mehr als ein unheimlicher Zufall.

Ich rechnete nicht damit, in Wien ein Paar Del-Debbio-Schuhe zu finden, aber vielleicht ein Geschäft mit einem alten Mann mit Goldrandbrille und seinen hilfreichen guten Geistern…

Statt dessen fand ich Palm.

Nach einigen Stunden Spaziergang und Schaufensterbummel fand ich mich im Zweiten Bezirk der Stadt auf der anderen Seite des Donaukanals wieder. Nur zehn Minuten Fußweg vom noblen Stadtzentrum entfernt, doch die Ausstrahlung und der Charakter des Bezirks waren ganz anders als die Atmosphäre von Chic, Bonzen und stolzierenden Touristen, die in der Gegend um den Stephansdom herrschte. Hier gab es sehr viele dunkle, grobschlächtige Menschen, die fremdländisch aussahen oder wie Bauern, die gerade vom Land gekommen waren. Frauen trugen russische Kopftücher und hatten goldüberkronte Vorderzähne, ihre Männer Schnurrbärte so dick wie Stahlwolle. Sie schienen sich alle anzuschreien, mit harten, schnellen, unverständlichen Worten. Aber sie lächelten oft, während sie schrien, so daß ich nicht wußte, ob sie glücklich waren oder böse. Ganz eindeutig war dies ein Arbeiterbezirk, die Häuser waren von diesem bräunlichen Mausgrau der Gegenden, in denen zu viele Menschen auf engem Raum lebten und deren einzige Abendbeleuchtung in den Fenstern das rauchblaue Flimmern der Fernseher ist, die die müden Betrogenen in den Schlaf wiegen.

Sogar die Straßen waren eintönig und winzigst. Anonyme Wohnhäuser und ein paar Geschäfte, aber nur sehr wenige, und sie führten nur das Notwendigste: kleine verdrossene Lebensmittelläden, ein Elektriker, ein Geschäft, das Toiletten und Badewannen verkaufte.

Um ein Paar tolle neue Schuhe zu finden, war es nicht das beste Viertel Wiens, aber ich ging weiter und sah mir die Architektur und die Menschen an.

Ein Straßenschild, auf dem Lucygasse stand, ließ mich stehenbleiben. Eine meiner großen Lieben während meiner High-School-Zeit hieß Lucy Hopkins; ihr zu Ehren ging ich ihre Straße entlang.

Auf halber Höhe der Straße entdeckte ich das Geschäft. Es war klein und hob sich durch nichts heraus. Ich hätte überhaupt nicht darauf geachtet, wenn es in der Nähe Interessanteres zu sehen gegeben hätte. Auf dem schlichten schwarzweißen Schild über dem Fenster stand: »Morton Palm, Türen & Leitern«. Ein Türen- und Leiterngeschäft? Im Schaufenster waren runde Grausteine aufgehäuft. Oben auf dem Stapel lag ein verschnörkelter Art-Deco-Bilderrahmen, darin ein in Schönschrift geschriebenes Zitat in drei Sprachen: Deutsch, Englisch und Schwedisch (wie ich später erfuhr).

»Eine Tür ist der Unterschied zwischen innen und außen.«

Das brachte meine Neugierde in Wallung. Wie um mich zu wappnen, bevor ich den nächsten Schritt tat, spähte ich die Straße auf und ab, während ich langsam den Türknopf drehte und eintrat.

Drinnen war niemand, aber die Wüsten-Menagerie ließ mich mit weit aufgerissenen Augen stehenbleiben, bis Palm von hinten in den Laden kam.

In dem vollgestopften engen Raum müssen an die hundert verschiedene Kaktuspflanzen gestanden haben, die kleinste daumengroß, die größte einen Meter achtzig hoch. Wenn eine große Anzahl Dinge – egal, welche – auf einmal zusammensteht, und auf so kleinem Raum, wirkt es immer eindrucksvoll, aber auch übergeschnappt. Die Zeitungsfotos von der Frau, die mit vierzig Katzen zusammenlebt, oder der Mann mit der größten Bierdekkel-Sammlung der Welt.

Viele der Pflanzen blühten – leuchtende, pastellfarbene Blüten, die in deutlichem Gegensatz zur Eintönigkeit des Geschäfts und der Straße draußen standen. Zuerst hatte man fast das Gefühl, der Raum sei voll regloser tropischer Vögel, die sich sehr still und leise verhielten, bis sie im nächsten Augenblick wieder genauso geheimnisvoll in ein heilloses Gekreisch und Singen ausbrechen würden.

»*Guten Tag.*«

Als ich Morton Palm das erstemal sah, dachte ich, er sei entweder sterbenskrank oder aus Marmor gemeißelt. Er war so dünn und hatte das Haar so kurz geschoren, daß ich sofort an Männer in Konzentrationslagern dachte. Was in einem anderen Gesicht normale Züge gewesen wären, stach aus seinem hervor wie mehrere unter einem Laken aufgespannte Schirme. Seine Haut hatte die silbrige gelblich-weiße Blässe guten Marmors. Eine lange Nase, ein schmaler Mund, die Mundwinkel nach oben geschwungen, ziemlich große Ohren. Die Farbe der Augen war nur schwer auszumachen, weil sie so tief im Kopf lagen.

»Sprechen Sie Englisch?«

Er hielt eine Hand erhoben, als wolle er etwas segnen. »Ich spreche Schwedisch-Englisch. Womit kann ich Ihnen dienen, Sir?«

Ich machte eine ausholende Handbewegung. »Ihre Kakteen sind beeindruckend.«

Er nickte, sagte aber nichts dazu.

»Um Ihnen die Wahrheit zu sagen, ich weiß nicht, warum ich hereingekommen bin. Ich nehme an, wegen des Zitats im Fenster.«

»›Wenn ich eine Türe wäre, wünschte ich in meinen Angeln aufzuschwingen und meinem Zimmer zu gewähren, sich anzufüllen mit dem, was von draußen kommt.‹ Sie stammen beide aus dem Gedicht eines Amerikaners, Russel Edson.«

»Oh, Sie mögen Gedichte?« Bei der Frage kam ich mir idiotisch vor, aber dieser Marmor-Mann hatte etwas an sich, das es wichtig machte, die Unterhaltung fortzusetzen. Er war eine äußerst seltsame Mischung aus Harmonie und Unausgeglichenheit. Seine kleine kränkliche Erscheinung wurde durch die Art, wie er sich bewegte und sprach – mit der Langsamkeit einer Schildkröte – kompensiert. Die dürren Menschen, die ich kenne, sind normalerweise nervös und hyperaktiv. Aber alles, was Palm machte, war viel zu langsam. Seine Lidschläge müssen eine halbe Sekunde gedauert haben; wenn er eine Bewegung machen wollte, tat er es mit der Lethargie einer Fächerkoralle unter Wasser. Ich habe noch nie einen Menschen gesehen, der nur mit einem Drittel der Normalgeschwindigkeit lief.

»Nein. Jemand hat mir das Gedicht geschenkt, weil ich dieses Geschäft habe.«

»Sie machen Leitern und Türen?«

»Ja. Und ich züchte Kakteen, weil sie widerstandsfähig sind und ulkig aussehen. Möchten Sie meine Arbeit sehen?«

Er holte zwei Holzkisten, ungefähr so groß wie Autobatterien, unter dem Tresen hervor. Beide waren mit Stoff bezogen und hatten Messingbeschläge. Er öffnete die erste und sagte etwas. Ganz langsam.

»Ich mache drei verschiedene Arten von Türen und drei Sorten Leitern. Dies hier sind die Modelle, die ich den Kunden zeige. Was hätten Sie gern?«

»Ich möchte gern beide sehen, wenn es Ihnen nichts ausmacht.«

»Es ist mir ein Vergnügen, Sir. Leute, die hereinkommen, haben es gewöhnlich eilig. Sie wollen eine Tür innerhalb eines Tages. Sie wollen auf der Stelle eine Leiter kaufen. Es *gibt* Geschäfte, die Sieben-Stunden-Service anbieten, aber ich muß jedes meiner Stücke vollständig neu anfertigen. Das muß ich Ihnen jetzt schon zu bedenken geben. Es dauert viele Stunden länger, als die meisten Leute zu warten bereit sind.« Er lächelte und nahm die erste Leiter heraus. Langsam – das Lächeln, das Eintauchen der Hand in die Kiste, das Herausnehmen. Soooo langsam…

Wie sehr wünschte ich, daß sie etwas Besonderes wären! Jack-und-die-Bohnenranke-Leitern, Türen zur Wahrnehmung. Was er mir zeigte, war gute, solide Arbeit, aber nichts Besonderes. Seine verschiedenen Leitern und Türen würden viele Jahre ihre Aufgabe erfüllen, aber sie würden nicht in den Himmel führen oder einem die Erleuchtung bringen, wenn man die oberste Sprosse erreicht hatte.

Palm hielt jedes der Modelle lange in der Hand und erläuterte ausführlich die Vor- und Nachteile. Seine Erklärung war gradlinig und uninteressant. Er machte seine Arbeit, und das Ergebnis war passabel. Dennoch hatte dieser Mann etwas an sich, das bewirkte, daß ich ihn sehr mochte und sehr mögen *wollte*. Die Pflanzen, sein merkwürdiges Äußeres, die Hingabe, mit der er seine Arbeit machte.

Mein Gefühl wurde besiegelt, als er seine Vorführung beendet und all die kleinen Türen und Leitern in ihre angestammten Plätze zurückgesteckt hatte. Ich habe vergessen zu erwähnen, daß er in den beiden Kisten für jedes Modell eine passende Einsteckvorrichtung gemacht hatte.

»Warum Türen und Leitern, Mr. Palm? Warum nicht Tische? Oder Stühle?«

»Ich bin sechsundvierzig und nicht *besonders* gescheit, Mr. Radcliffe. Türen und Leitern weisen eine *Vollendung* auf, wie ich sie nirgendwo sonst in meinem Leben entdecken konnte. Eine Leiter ist eine Leiter. Wenn man sie einmal fertiggestellt hat, egal, ob sie sechs Stufen hat oder zehn, erfüllt sie ihre Aufgabe. Eine Leiter zu sein. Mit einer Tür ist es dasselbe. Hängen Sie sie ein, und dann kann sie geöffnet und geschlossen werden.

Stühle verändern sich von Jahr zu Jahr. Manchmal wollen die Leute bequeme Stühle haben, dann wieder solche zum Anschauen und ins Museum Stellen. Aber Leitern verändern sich nicht wirklich. Sie können aus Holz oder Metall sein, aber die Bestimmung einer Leiter ist dauerhaft und unwandelbar. Die einer Tür auch. Beide haben keine andere Wahl, nicht wahr?«

An dem Tag aß ich mittags gebackene Mäuse. Nachdem wir uns lange Zeit unterhalten hatten, fragte Palm, ob ich eine Tasse Tee möchte. Wir saßen da zwischen all den Kakteen und tranken Tee und aßen »gebackene Mäuse«, ein Wiener Backwerk, das er im Hause hatte und das wie ein schwerer trockener Donut schmeckte.

Wir hatten irgendwann den Punkt erreicht, daß wir uns mit Vornamen anredeten und aus unserem Leben erzählten. Wie ich schon angenommen hatte, war Mortons Geschichte wesentlich interessanter, als er zunächst vorgegeben hatte.

Er war fünfzehn Jahre lang Berufssoldat bei der Friedenstruppe der Vereinten Nationen gewesen. Man mußte entweder übermäßig ausgeglichen oder bescheuert sein, um soviel Zeit dort zuzubringen, wo er sie zugebracht hatte: Zypern, Rhodesien (als es Zimbabwe wurde), im Sinai. Währenddessen hatte er eine Frau geheiratet, die in Wien bei den Vereinten Nationen arbeitete. Die Ehe war nicht glücklich, weil er zu oft fort war und sie sich zu viele Sorgen machte, nachdem er das erstemal angeschossen worden war. Sie wurden geschieden, aber er hatte in der Stadt so angenehme Zeiten verlebt, daß er, nachdem er das zweitemal angeschossen wurde, den Dienst quittierte und nach Wien zog. Zehn Jahre später hatte er wenig Geld, aber sein Leben gefiel ihm.

Wir gingen ins Hinterzimmer des Ladens, wo er mir seine Werkzeuge zeigte. Viele waren alt, in Gebrauchtwarenläden und auf Flohmärkten in ganz Europa zusammengekauft. Er erklärte, daß er mit ihnen *mit* dem Holz arbeiten könne, und nicht gegen es, wie es bei modernen elektrischen Werkzeugen der Fall sei. Das reine Vergnügen, das Palm an dem hatte, was er machte, war außerordentlich liebenswert. Ein sehr ruhiger, wenn auch freundlicher Mensch, der aber nur dann ein echtes Lächeln zeigte oder lebhaft wurde, wenn er seine Türen und Leitern beschrieb. Darum beneidete ich ihn. Es hatte eine Zeit gegeben, in der meine Arbeit mich ausmachte und mir eine Daseinsberechtigung gab. Ich wußte, es war sehr gut möglich, daß diese Zeit für mich vorbei war, trotz der augenblicklichen Begeisterung für die Reise nach Saru und das dortige neue Projekt. Ich weihte Palm in diese Gedanken ein, dann war es mir peinlich, mich bei ihm ausgeweint zu haben.

»Ich erzähl dir eine lustige Geschichte, Harry. Als wir auf den Golanhöhen waren, war einer dabei, der ununterbrochen las und uns immer gute Stellen aus seinen Büchern erzählte. Einmal hat er uns was vorgelesen, ich weiß nicht mehr, woraus, aber die Geschichte war klasse. Eine alte Frau lag in ihrem Bett im Sterben. Ihre Familie wartete nur darauf, daß sie ihren letzten Atemzug tat. Es ging ihr immer schlechter und schlechter, so daß es jetzt wirklich zu Ende geht. Aber auf einmal furzt sie wie eine Kanone. Und weißt du, was sie gesagt hat? ›Gut, eine Frau, die noch furzen kann, ist nicht tot.‹« Palm fuhr mit der Hand über ein Stück glattes Holz. »Ich glaube, du furzt noch, Harry.«

Während des gesamten Rückwegs zum Hotel amüsierte ich mich über seine Geschichte. Es war Abend geworden, und plötzlich gingen um mich herum die Straßenlaternen an. Der Verkehr war dicht und kam nur langsam voran. Die Unwirklichkeit von Gesichtern abends in Autos. Zigaretten glühen auf, ein Musikfetzen dringt aus einem Radio, wenn man vorbeigeht. Männer in drolligen gelb-roten Mänteln standen an den Straßenecken und verkauften Zeitungen. Vollgestopfte Straßenbahnen ratterten vorbei, ihre Klingeln bimmelten ungeduldig. Die Menschen wollten nach Hause, dort wurde das Essen gekocht, wurden Badewannen gefüllt. Diese ungeheure Energie bei Tagesbeginn und Tagende; Anfänge setzen uns in Bewegung.

Auf Wiens Haupteinkaufs- und Bummelstraße wetteiferten Jongleure und Pantomimen, Volkslied- und Opernsänger um die Gunst und das Kleingeld der Menge. Ich hatte es nicht eilig und blieb oft stehen. Wenn ich diese Art Straßenleben sah, mußte ich immer an mittelalterliche Märkte denken, oder noch weiter zurück. Gab es zu Zeiten der Pharaonen Pantomimen? In Jerash hatte ich die glatten, riesigen Steine auf dem Marktplatz überquert, die den Kutschen als Straße gedient hatten und die immer noch die Riefen der Räder aufwiesen. Welche Lieder sind dort gesungen worden, um Vorbeigehende auf ihrem Heimweg abzulenken und aufzuhalten? Was für Possen haben die Bettelmusikanten gerissen? Wie hat es gerochen? Wie hat die Luft sich angefühlt?

Zurück im Hotel, erfuhr ich, daß ich zwei Anrufe bekommen hatte. Einen von Fanny, den anderen von Claire. Bitte um Rückruf.

Mir war nicht danach, mich mit Ms. Neville zu unterhalten, so rief ich Ms. Stansfield an.

»Oh, Harry, endlich! Ich dachte schon, ich erreiche dich nicht.

Es tut mir so leid, was passiert ist. Wenn ich irgend etwas tun kann –«

»Moment mal. Wovon redest du, Claire?«

»Vom Sultan.«

»Was *vom* Sultan?«

»Du weißt es nicht? Er ist tot! Er ist ermordet worden.«

»Wer hat ihn umgebracht? Wo ist das passiert?«

»In Saru. Er wurde von Rebellen erschossen. Seine Tochter hat an einer Reitveranstaltung teilgenommen, und er saß im Publikum. Es sind ungefähr zwanzig Menschen umgekommen. Es war ähnlich wie bei der Ermordung Sadats vor ein paar Jahren. In den Nachrichten haben sie gesagt, daß auch andere Mitglieder der Familie ums Leben gekommen sind.«

Eine halbe Stunde später hörte ich mir die Nachrichten in deutsch an, verstand aber nichts, außer »Sultan« und »tot«. Das Telefon klingelte. Eine Sekretärin war dran und teilte mit, daß Mr. Awwad, der saruanische Botschafter in Wien, mich zu sprechen wünsche. Awwad verschwendete keine Zeit und fragte sofort, ob ich bereit sei, noch ein paar Tage in Wien zu bleiben. Er sagte, der Kronprinz sei heimgereist, habe aber vor seiner Abreise ausdrücklich darum gebeten, daß ich bliebe, für den Fall, daß sie mich in Saru doch noch benötigten.

»Warum sollte mich irgend jemand in Saru haben wollen, Mr. Awwad? Noch dazu gerade jetzt?«

»Das sage ich Ihnen inoffiziell, verstehen Sie?«

»Natürlich.«

»Ich werde sehr oft inoffiziell, Mr. Radcliffe. Ich bin zu oft falsch zitiert worden.«

»Schon gut! Warum sollte der Prinz meine Anwesenheit in Saru wünschen, nach dem, was geschehen ist?«

»Inoffiziell gibt es zwei Möglichkeiten – er möchte, daß Sie an der Beerdigung seines Vaters teilnehmen, weil er weiß, wie sehr der Sultan Sie mochte. Die wahrscheinlichere Möglichkeit ist die, daß der Prinz ein sehr eigensinniger Mensch ist. Ich wäre nicht überrascht, wenn er Sie das Museum für seinen Vater in jedem Fall bauen lassen würde.«

Ich rief Fanny an, die größtenteils das gleiche sagte wie Claire. Nachdem sie gefragt hatte, was ich nun tun werde, gab ich ihr meine Unterhaltung mit dem Botschafter wieder.

»Ich weiß nicht, ob er Hassan da richtig einschätzt, Harry. Er ist nicht gerade verrückt nach dir, und jetzt, wo sein Vater tot ist –«

»Aber warum bittet er mich denn *dann*, hier zu bleiben?«

»Ich weiß es nicht, mein Junge.«

Palm wußte es auch nicht. Mit ihm sprach ich als nächstes und fragte ihn, ob er mit mir zu Abend essen wolle.

Aus dem Abendessen wurden zwei Tage, die wir gemeinsam vertrödelten. Ich fuhr in die saruanische Botschaft, holte Big Top ab, und wir drei gingen in den Parks spazieren, tranken Wein in verschiedenen Heurigen-Lokalen, und am zweiten Abend gingen wir zurück in Mortons Geschäft, wo ich ihm beim Bau einer Tür half. Welchen Sinn hatte es, nach Los Angeles zurückzukehren? Wien war etwas Neues, Palm angenehme Gesellschaft, und die Aussicht auf ein Abenteuer in Saru schwebte immer noch wie eine kleine Wolke am Horizont.

Auch wollte ich dem Sultan meine Ehrerbietung erweisen. Abgesehen von dem, was er für mich getan hatte, war er, nach allem, was ich gehört hatte, ein guter Herrscher gewesen, der sich seines Volkes wirklich annahm und versucht hatte, etwas für dessen Wohlergehen zu tun. Bei unseren Unterhaltungen hatte er verschiedene Male mit großem Stolz von der sinkenden Zahl der Analphabeten gesprochen, von dem neuen Krankenhaus-Komplex in Bazz'af oder von der Tatsache, daß die gebildeten jungen Leute sich mehr und mehr dafür entschieden, nach Saru zurückzukehren, wenn sie ihre Ausbildung in England, Frankreich oder den Vereinigten Staaten beendet hatten.

»Sie wollen zu Hause als Anwälte und als Ärzte arbeiten, Harry. Niemand zwingt sie, zurückzukommen. Sie könnten in Beverly Hills oder Paris ein Vermögen machen, aber sie kommen nach Hause! Das ist ein sehr positives Anzeichen.«

Einem langen und differenzierten Artikel in der *International Herald Tribune* zufolge konnte man nur raten, wie es seiner Nation jetzt ergehen würde. Anders als in Ägypten zur Zeit der Ermordung Sadats, bestand die Opposition in Saru nicht aus Splittergruppen, die sich gegenseitig bekriegten. Der einzige Widersacher des Sultans war sein kannibalischer Bruder Cthulu gewesen. Nachdem er seine zwei Geschwister ermordet hatte, lief es auf eine Konfrontation zwischen Cthulus Leuten und den Anhängern von Prinz Hassan hinaus.

Eine andere Frage: *Wollte* Harry Radcliffe in einem Land sein zu einer Zeit, da Brudermord stattgefunden hatte und Anarchie – in der arabischen Variante – direkt vor der Haustür ihre Krummsäbel wetzte?

Die Antwort auf diese Frage fiel leicht. Nachdem wir letzte Hand an die Tür gelegt hatten, genehmigten Palm und ich uns ein paar Gläser Pflaumenschnaps, und dann stand ich auf, um zu gehen. Big Top hatte neben dem Holzofen geschlafen und war nicht erfreut darüber, aufstehen und durch die kühle Nacht nach Hause trotten zu müssen.

Die Luft draußen roch nach Kohle und verbranntem Holz. Es war nicht sehr spät, ungefähr elf Uhr, aber die Straßen waren leer, und nur in wenigen Fenstern brannte noch Licht.

Wir gingen langsam, wie zwei alte Männer, die sich nach einem abendlichen Barbesuch mühsam nach Hause schleppen, weil der Hund wegen seines Rheumatismus hinkte. Zum hundertstenmal fragte ich mich, wie alt er war und wie lange er noch leben würde.

Sein breiter, weißer Hintern wackelte von einer Seite zur anderen. Durch das Hinken und Wackeln bewegte sein Körper sich gleichzeitig in mehrere Richtungen.

Er blieb stehen, fing aber an, mit dem Schwanz zu wedeln wie ein Scheibenwischer auf der höchsten Stufe. Eine der Eigenschaften Big Tops war, daß er selten bellte – er blieb nur auf der Stelle stehen und wedelte vehement, wenn er etwas Interessantes oder Bedrohliches entdeckt hatte.

Als ich sah, daß er unbeweglich in dieser wohlbekannten Haltung verharrte, schaute ich hoch. Zuerst sah ich nichts – keine Menschen in der Nähe, kein besonderes Vorkommnis, keine Gefahr. Mürrisch blickte ich auf ihn hinunter, um zu gucken, wohin er sah. Nach links, zur Seite. Immer noch nichts, bis mein Blick quer über die breite Straße fiel.

»Was *ist* das?«

Big Top brauchte keine Aufforderung. Er zog uns über die Straße zu dem Auto, sein Schwanz immer noch ein wirbelnder undeutlicher Fleck.

Weil viele der Teile so barbarisch zerstückelt und zerfetzt, formlos, baumelnd und durchweicht waren, brauchte ich lange gräßliche Sekunden, bis ich begriff, daß das auf das Auto geschmissene und über die ganze Länge verschmierte Etwas einmal ein Tier gewesen war und nicht ein Mensch. Gehirnmasse war wie weicher Blumenkohl in Flatschen und roten Klümpchen über die Windschutzscheibe verspritzt. Leuchtend rotbraune Scheibchen lagen wie Inseln auf der strahlend weißen Motorhaube des Wagens. Auf das Dach war mit Blut ein etwas ungleichmäßiger Kreis gemalt worden – als habe, wer immer dies getan hatte, ein Stück genommen und es an der Stelle wie einen Polierlappen gerieben. Volvo. Ich las den Namen, der zur Hälfte bedeckt war mit einem großen herausgerissenen Stück Herz? Lunge? Ein weißer Volvo.

Ich stand da und starrte. Es war makaber, grauenvoll. Hauptsächlich deshalb, weil jemand es vorsätzlich getan hatte. Aber ich stand da und starrte. Hier war etwas Böses, brutal wie Mord, rasend wie Vergewaltigung. Die Intensität war so fühlbar wie die Hitze eines brennenden Autos bei einem Unfall.

Wer immer das getan hatte, saß in einer Bar in der Nähe, trank ruhig Wein und plauderte mit einem Freund. Oder er war in der Nähe und tat Schlimmeres. Wie konnten Menschen so etwas tun? Wenn sie geschnappt wurden, waren ihre Antworten entsetzlich – weil es ihnen wichtig war oder, Gruselstunde, *unwichtig*. O Gott, gib, daß die Widerlinge zumindest wütend gewesen sind oder es jemandem heimzahlen wollten. Das verstehen wir. Alles andere ist absolut unvorstellbar.

Big Top zog an der Leine und schnüffelte wie außer sich unter dem Auto herum. Ich riß ihn zurück und beugte mich hinunter, um nachzusehen. Ein Hirschkopf klemmte direkt neben dem rechten Vorderreifen. Der Schädel hatte ein handtellergroßes Loch, sonst war er unversehrt und sehr schön. Wenn das Auto losgefahren wäre, wäre der Kopf zerquetscht worden. Die toten Augen fingen sogar da unten das Licht ein und warfen zwei kleine Kerzenlichter zurück. Sie flackerten nicht.

Ich muß zehn Minuten lang herumgelaufen sein bei dem Versuch, entweder einen Polizisten oder einen Streifenwagen aufzutreiben. Nachdem ich erfolgreich gewesen war und die Polizisten zurückgeführt hatte, waren sie weniger an dem Volvo interessiert als daran, was ich dort zu suchen hatte. Schließlich beschimpfte ich sie als Arschlöcher. Das haben sie verstanden, und ich wurde auf die Wache gebracht.

Mein amerikanischer Paß, den ich ihnen unter die Nase hielt, ließ sie ungewöhnlich unbeeindruckt. Ich merkte an, daß ich das Recht hätte, einen Anruf zu tätigen. Sie antworteten, daß dies nicht Amerika sei und daß sie mir eins über den Schädel ziehen würden, wenn ich mich nicht benähme. »Hiit you on si hait«, wie der Kriminalbeamte Wilheim sich ausdrückte.

Schließlich erlaubten sie mir tatsächlich, jemanden anzurufen, aber das Problem war, daß ich nur zwei Wiener Telefonnummern in meiner Brieftasche hatte – Morton Palms und die der Botschaft von Saru. Morton hatte für einen Tag genug von mir gesehen, deshalb rief ich um zwei Uhr morgens die Botschaft an.

Fünfundvierzig Minuten später erschien Botschafter »Inoffiziell« Lawrence Awwad, der aussah, als sei er entschlossen, jeden zu töten, der sich ihm in den Weg stellte. Er war ein sehr großer Mann, gutaussehend, die Art von Erscheinung, bei der die Leute sich aufrecht hinsetzen, wenn sie einen Raum betritt.

Alle außer mir sollten zu Verhandlungen in ein anderes Zimmer gehen. Als sie wiederkamen, durchbohrte mich jeder mit einem bösen Blick, und ich war binnen fünfzehn Minuten draußen.

»Ich habe Sie gebeten, in Wien zu bleiben, Mr. Radcliffe, aber ich habe nicht gern Scherereien mit der Polizei.«

»Ich bin Ihnen für Ihre Hilfe sehr dankbar, Botschafter, aber schelten Sie nicht mich. Ich habe Ihnen erzählt, was passiert ist.«

Wir hatten in seinem gepanzerten Range Rover an einer roten Ampel angehalten. Er sah zu mir herüber und drohte mit dem Finger. »Prinz Hassan hat gesagt, daß Sie eine ziemliche Nervensäge sind und ich Ihnen eins auf die Nase geben soll, wenn Sie irgendwelche Schwierigkeiten machen. Ich möchte Sie nur warnen.«

»Das ist heute nacht dann schon das zweite Mal, daß mich jemand dahin schlagen will.«

Das Autotelefon neben ihm schnurrte, und er brummelte etwas auf arabisch, das, dem gereizten Ton nach zu urteilen, »Was denn *jetzt*?« zu heißen schien.

Ich sah aus dem Fenster, während er sprach. Big Top drehte sich auf dem Rücksitz immerzu um sich selbst, zwischendurch schnüffelte und grunzte er und versuchte, ein gemütliches Plätzchen auszumachen, auf dem er sich niederlassen könnte. Ich brachte es nicht übers Herz, ihm zu sagen, daß er bald zu Hause wäre und er sich wieder würde erheben müssen.

Awwad legte auf, beschleunigte und überholte ein Taxi, ein Motorrad. »Haben Sie gepackt?«

»Mehr oder weniger.«

»In welcher Zeit können Sie fertig sein?«

»Halbe Stunde. Länger nicht. Was ist los?«

»Sie fliegen nach Saru.«

»Heute nacht?«

»Ja. Das Flugzeug des Prinzen ist soeben auf dem Flughafen gelandet. Es wartet auf Sie. Genauer gesagt, auf Sie und den Hund. Er hat ausdrücklich gesagt, daß Sie den Hund mitbringen sollen.«

»In Ordnung, also fahren wir. Was ist das bloß für eine Nacht. Was für eine Nacht, was, Big?« Ich sah über die Schulter, um von dem Bullterrier eine Bestätigung zu erhalten, aber er schlief fest.

»Mögen Sie Randy Travis?«

»Wie bitte?«

Awwad schob eine Kassette in die Stereoanlage, und tatsächlich ertönte die schmalzige Stimme des Country- und Westernsängers.

»Randy Travis ist in Saru sehr beliebt. George Jones auch.«

Ich fragte nicht, warum. Je mehr Rätsel in Saru warteten, desto besser.

Die Szenerie auf dem Wiener Flughafen gemahnte sehr an das, was gerade in dem Land stattgefunden hatte, das ich zu besuchen im Begriff war. Das Abfluggebäude, obwohl grell erleuchtet, war zu dieser frühen Stunde fast leer, abgesehen von Soldaten und Polizisten, die überall herumstanden. Ein ironischer Kontrast, weil so wenig Zivilisten da waren, die Schwierigkeiten hätten machen können.

Als Awwad vor den Eingangstüren vorfuhr, traten zwei Männer in dunkelgrünen Kampfanzügen und mit Maschinenpistolen bewaffnet auf ihn zu. Wieder einmal wurde ich von einer Besprechung auf deutsch ausgeschlossen, aber während sie mit dem Botschafter sprachen, sahen sie ununterbrochen in meine Richtung, die Gesichtsausdrücke beider sagten übereinstimmend: »Paß auf, was du tust, Mann«.

Ich holte meine Taschen hinten aus dem Auto und redete Big Top gut zu, an die Sitzkante zu kommen, damit ich ihn herausheben konnte. Als er auf dem Boden stand, schüttelte er sich heftig und gähnte. Keiner von uns beiden war daran gewöhnt, um diese Zeit auf den Beinen zu sein, aber im Gegensatz zu ihm war ich durch Adrenalin aufgeputscht und hellwach. Ich wartete, daß Awwad fertig werden würde, und sah vor meinem geistigen Auge einen Film, der diesen Augenblick meines Lebens zeigte – die kommende Attraktion: Abenteuer! Gefahr! »*Nachtflug nach Saru* – Sie schickten ihn ins Verhängnis, und er ging freudig!« Nächste Einstellung: ein altes Propellerflugzeug, die Triebwerke spucken schon, als ich einsteige, die Landebahn glänzt dunkel vom Nebeltau. Das Flugzeug hebt ab in die Nacht. Dann wird eine Landkarte über die Leinwand geblendet, ein Finger zeichnet die Flugroute nach – über einen Keil Ostblock, südlich über die Türkei, Iran...

»Wir werden zum Flugzeug laufen. Es geht schneller. Kommen Sie, Radcliffe.« Ohne zurückzuschauen, ging Awwad durch die automatischen Türen ins Abfluggebäude. Wir folgten ihm.

Drinnen war sogar noch mehr Polizei/Armee/Waffen ... Ich brüllte: »Was geht hier vor, Botschafter? Wozu der Truppenübungsplatz?«

»Auf diesen Flughafen ist schon einmal ein Anschlag verübt worden, und viele Menschen sind ums Leben gekommen. Seit dem Tod des Sultans hat es Drohungen gegen die gesamte Regierung von Saru gegeben. Die Leute wußten, daß das Flugzeug des Prinzen heute nacht kommen würde, deshalb haben die Wiener Vorsichtsmaßnahmen getroffen.«

»Fliege ich deshalb um halb vier Uhr morgens?«

»Nicht nur Sie. Drehen Sie sich um und werfen Sie einen Blick auf meinen Wagen.«

Draußen lagen die Soldaten, die uns in Empfang genommen hatten, beide auf dem Rücken unter dem Rover.

»Bomben?«

Im Laufen vollführte Awwad das klassische »Wer-weiß«-Achselzucken, indem er kurz die Schultern hob.

Erbost ergriff ich seinen Arm und versuchte Awwad herumzudrehen, damit er mich ansah. Es ähnelte dem Versuch, ein mittelgroßes Gebäude umzudrehen. »Sie haben uns die ganze Zeit herumgefahren und *gewußt*, daß unter Ihrem Auto eine Bombe sein könnte?«

Rauhe Töne drangen stoßweise aus seiner Kehle. Ich identifizierte sie als Lachen. »Sie haben einen *Verz*, Mann.« Er wies auf Big Top. »Glauben Sie, er würde zulassen, daß Ihnen etwas passiert? Was glauben Sie denn, warum sie ihn in Saru haben wollen? Was glauben Sie, warum *ich* ihn im Wagen behalten habe, als Sie im Hotel waren? Sie sind Ungeziefer, Radcliffe. Aber manchmal beschützt Gott Ungeziefer. Warum hätte Er Ihnen einen Verz geben sollen, wenn Sie unwichtig wären?«

Wir waren an der Paßkontrolle angekommen. Awwad sauste direkt durch und ignorierte die Stop-Schilder ebenso wie die Beamten. In dem engen Durchgang geriet Big Top vor mich, verhedderte sich zwischen den Beinen des anderen und hätte ihn fast zu Fall gebracht.

Für einen Augenblick leuchtete die nackte Wut in seinem Gesicht. Aber als ihm klar wurde, was passiert war, beugte er sich herunter und streichelte den Hund. »Wahrscheinlich sollte ich Sie nicht Ungeziefer nennen, was? Nicht einmal das gefällt Ihrem Verz. Es tut mir leid. Entschuldigung.«

Verstehen Sie das richtig, er entschuldigte sich nicht bei mir. Der Botschafter von Saru sprach zu einem Bullterrier, der anscheinend entrüstet zu ihm hochstarrte.

Soldaten und Polizei, Polizei und Soldaten. Während der ganzen Zeit, die wir uns dem Flugzeug näherten – durch das Gebäude, dann eine Busfahrt über das Rollfeld auf einen hell angestrahlten, von Dienstfahrzeugen umstellten Lear Jet zu –, standen Uniformierte mit Waffen und mit strengen, wachsamen Mienen in der Nähe. Sie gaben mir das Gefühl, bedeutend zu sein, lösten aber auch Panik aus. Worauf ließ ich mich ein? Was würde passieren?

Die Flugzeugtür öffnete sich erst, nachdem wir aus dem Bus gestiegen waren und uns verabschiedeten.

Ein kühler Wind erhob sich und erstarb, erhob sich wieder und erstarb. Ich lauschte, wie er um verschiedene Teile des Flugzeugs hinter uns pfiff. Warum spielen Kleinigkeiten eine Rolle oder ziehen unsere Konzentration auf sich, wenn wir auf eine Reise gehen? Später erinnert man sich an sie lebhafter als an anderes: dieses Sausen des Nachtwindes, das hübsche Grün eines Kofferanhängers, das orientalische Kind, das einen Donut in der Hand hielt...

»Sind Sie aufgeregt, weil Sie nach Saru fliegen?« Awwad lächelte mich zum erstenmal an, während er mit einer Hand sein Haar glattstrich.

»Ich weiß nicht. Wie ist es dort?«

In Hörweite die verstümmelte Stimme eines Mannes aus einem Walkie-Talkie. Ein Mann erschien an der Flugzeugtür und winkte mir, einzusteigen. Ich wartete, wollte, daß Awwad meine dumme Frage beantwortete.

»Gott gibt die Nahrung, die Menschen stellen die Köche. Es gibt gute Köche in Saru, Radcliffe.«

Als Kind kannte ich ein Mädchen, das Fairlight – schönes Licht – hieß. Ich hatte seit Jahren nicht mehr an sie oder ihren Namen gedacht, aber nachdem ich über der Wüste aufgewacht war und aus dem Fenster gesehen hatte, war dies das erste Wort, das mir einfiel – Fairlight.

Unten erstreckten sich endlose Meilen mondblauen Sandes wie ein ruhender Ozean im frühen Morgenlicht. Aber das Verwirrendste, wunderschön und gespenstisch in der Ferne über der flachen Weite, waren die vielen Feuer der Ölraffinerien von Saru. Sie flackerten und loderten empor, orange und gelb über der blauen Erde in den Himmel, der langsam hellgrau wurde. Obwohl ich mit einem verschlafenen Blick erkannt hatte, was es war, starrte ich und verwandelte sie im Traum in die flammenden Tore einer phantastischen Stadt aus Arabischen Nächten, in denen Teppiche flogen und verschleierte Frauen echte Rubine im Nabel trugen.

Der Pilot kam nach hinten und sagte, daß wir in zwanzig Minuten landen würden. Ich hatte eine Hand auf Big Top neben mir gelegt und streichelte eine dicke weiße Flanke. Er öffnete die Augen und knurrte anerkennend.

Das Flugzeug sank, sank noch mal. Die tanzenden Feuer kamen bedrohlich näher.

»Erinnern Sie sich nicht an mich? Ich habe während des ganzen Fluges darauf gewartet, daß Sie sich erinnern!« Der Pilot stand unmittelbar über mir und grinste wie ein Affe unter Amphetamineinfluß. Warum waren so viele Leute aus Saru so eigenartig?

»Ich bin Khaled! Aus dem Hubschrauber in Los Angeles. Ich habe Sie aus dem Erdbeben gerettet. Sie müssen sich doch erinnern!«

»Himmel, ja, der Hubschrauber! Der Bursche, der gern in Gefahrenzonen fliegt, Gott sei Dank. Wie *geht* es Ihnen?«

Das gefiel ihm. Sein Lächeln wurde fünf Zentimeter breiter. »Gut! Jetzt fliegen wir zusammen nach Saru, wo die Dinge nicht so gut stehen. Wir müssen tief anfliegen, weil ich nicht weiß, ob Cthulus Bastarde schon Raketen haben. Wenn sie welche haben und wir getroffen werden, wird es schlimmer als beim Erdbeben!« Er pfiff laut und mit Begeisterung: die Art trudelnder Pfiff eines Kindes, dessen Spielzeugflugzeug zum Sturzflug ansetzt.

Unter diesen behämmerten Bedingungen landeteten wir in Bazz'af. Als das Flugzeug seinen niedrigen, kurvigen (Ausweichmanöver?) Anflug machte, beobachtete ich Big Top, um festzustellen, ob mein Verz vor Ort nervös wurde. Normalerweise stoße ich einen glücklichen Seufzer aus, wenn ein Flugzeug auf dem Boden aufsetzt, aber diesmal war ich zu beschäftigt damit, durch das winzige Gucklochfenster den Horizont abzusuchen.

Es passierte gar nichts.

Das Flugzeug landete, rollte schnell in eine abgelegene Ecke des Feldes und stellte die Triebwerke ab. Auf dem Weg sah ich eine neben dem Abfluggebäude geparkte 737 der Lufthansa. Sehr beruhigend – wenn die Deutschen noch ihre Geschäftsleute und Touristen nach Saru brachten, konnten die Dinge nicht allzu schlecht stehen.

Weniger beruhigend war Pilot Khaled, der mit einer großen Handfeuerwaffe aus dem Cockpit kam.

»Also, sie hatten keine Raketen, was, Harry? Möchten Sie auch eine Waffe haben? Diese hier? Bitte, nehmen Sie sie.«

Ich winkte ab – nein danke. »Wie geht es jetzt weiter?«

»Jetzt kommen sie, um Sie abzuholen, aber wir müssen sehr,

sehr vorsichtig sein. Der Flughafen war seit dem Tod des Sultans immer wieder unter Beschuß.«

»Wie *ist* seitdem hier die Situation, Khaled? Wer gewinnt?«

Er beugte sich herunter und sah aus meinem Fenster. »Das kommt darauf an. Sie kontrollieren eine Stadt, wir haben Bazz'af. Sie haben die Berge, wir haben den Rest. Aber unser Führer ist tot, und ihr Führer lebt noch. Man kann es unmöglich sagen. Ich sag Ihnen was, wir haben nicht damit gerechnet, daß so etwas passieren würde. Sie waren viel stärker, als wir dachten. Es gab Berichte, denen zufolge Cthulu jetzt keinen Versuch unternehmen würde, weil er weder die Leute noch die Macht dazu hätte. Und jetzt sagen wir: »scheiß auf die Berichte«. Der Stärkere wird alles kriegen.

Da kommen sie. Machen Sie sich fertig.«

Ein Range Rover, genau wie der von Botschafter Awwad in Wien, kam auf dem Rollfeld in Sicht und fuhr auf uns zu. Halb rechnete ich damit, daß er von Feindfeuer durchsiebt werden würde, aber er schaffte es bis zu uns herüber und stoppte ungefähr einen Meter entfernt.

»Ziehen Sie das an, Harry. Es ist nur zu Ihrem Besten.«

Ich wandte mich vom Fenster ab und sah Khaled eine braune kugelsichere Weste hochhalten, wie ein Verkäufer eine Jacke hält, die man gerade anprobieren will.

»*Das* flößt mir nicht gerade Vertrauen ein. Ist es so gefährlich da draußen?«

»Ziehen Sie das an, und es ist nicht gefährlich, mein Freund. Dann müssen sie Ihren Kopf treffen, und das ist schwierig.«

»Ja ja, aber genau das ist dem Sultan passiert, oder?« entgegnete ich, als ich mit den Armen in die Weste schlüpfte.

»Er war kein vorsichtiger Mensch. Sterben war ihm nicht wichtig. Nur Leben interessierte ihn.«

Die Türen des Rover öffneten sich gleichzeitig. Prinz Hassan stieg auf der einen Seite aus, ein großer Schläger, der offensichtlich sein Leibwächter war, auf der anderen. Beide trugen Armeeuniformen. Der Schläger schleppte ein AK-47 Angriffsgewehr, und an seinem Gürtel hingen ein paar Handgranaten.

Der Copilot öffnete die Flugzeugtür und war Hassan beim Einsteigen behilflich.

Der Prinz wirkte müde, aber entschlossen und standhaft.

Gott, wie alt war er, fünfundzwanzig? Achtundzwanzig? Was für ein Leben er jetzt vor sich hatte. Bald wäre er entweder tot oder der Herrscher eines bedeutenden arabischen Landes. Er hatte gegen seinen Onkel, von dem er wußte, daß dieser seinen Vater umgebracht hatte, einen Krieg begonnen. Das war ein mythischer Stoff. Beim Anflug hatte ich mir vorgestellt, daß die Feuer der Raffinerien von Bazz'af die Tore einer Märchenstadt seien. Als ich jetzt an Hassans Schicksal dachte, fiel mir auf, daß ich gar nicht so weit von der Wahrheit entfernt war. »Im fernen Saru lebten einmal drei Königssöhne …«

»Prinz, mein herzliches Beileid.« Er nahm meine Hand und schüttelte sie würdevoll. »Ihr Vater hat mir das Leben gerettet. Ich habe ihn nicht gut gekannt, aber ich mochte ihn … Und er hat mir das Leben gerettet.«

Hassan blickte zu Boden, als wartete er, daß ich fortfahre, aber ich wußte nicht, was ich noch sagen sollte.

»Mein Vater mochte Sie und glaubte, daß Sie den Traum, den er sein ganzes Leben lang gehabt hat, für ihn bauen könnten. Jetzt ist er tot, deshalb ist das Beste, das ich für ihn tun kann, die Vollendung dessen, was er begonnen hat. Was ich Ihnen in Wien gesagt habe, gilt nicht mehr: Wir *werden* dieses Hundemuseum für ihn bauen, genauso, wie er es wollte.« Er sah von mir zum Piloten, dann zum Leibwächter. »Und während Sie das machen, werde ich Cthulu töten. Ich werde es persönlich tun.«

Die Straße vom Flughafen von Bazz'af in die Hauptstadt ist ein schwarzes Asphaltlineal quer durch die Wüste, befahren von dem chaotischsten Verkehr, den ich seit langem gesehen hatte. Nachdem ich ein paar Tage dort war, fiel mir auf, daß Fahrräder und Motorroller die häufigsten Transportmittel zu sein schienen. Was deshalb sinnvoll war, weil beide relativ billig sind und einfach instand zu halten. Aber die Strapazen, denen sie unterworfen wurden, waren unglaublich und schier unvorstellbar. Drei oder vier Menschen auf einem kleinen italienischen Motorroller waren ein typischer Anblick: Papa, Mama und zwei Kinder, die jeden nur möglichen Millimeter des Vehikels ausnutzen, während es die Straße entlangkriecht. Oder ein französisches »Vélo«, das einen selbstgebastelten Anhänger zieht, beladen mit ein paar Tonnen Kleidung oder Mist oder Gemüse.

An jenem meinem ersten Tag war die Königsstraße eine langsame Prozession dieser gemarterten Zweiräder, die in der Mitte der schön asphaltierten Straße entlangeierten und alles hinter sich ignorierten. Fügen Sie noch diverse altertümliche Lastwagen und Autos hinzu, die Auspuffgase spuckten, die so dick waren, daß einem die Augen tränten, Pferde und Esel, die Wagen ziehen ... und Sie können sich eine ungefähre Vorstellung vom Verkehrsfluß machen.

Es waren lange, leere Kilometer ausgedörrter Wüstenlandschaft, Beduinenlager und großer Ziegenherden, die neben der Straße liefen, bevor die moderne Zivilisation ihr Gesicht zeigte. Vier oder fünf Meilen vor der Stadt warben große Plakatwände – auf arabisch und englisch – für die Saru Airlines (»Direktflüge nach Katar und Dschidda zweimal täglich«) oder das Bazz'af Concord Hotel (»Casino, großer Swimmingpool, festliche Konferenzräume«).

Zwei Bilder insbesondere bleiben mir im Gedächtnis. Das erste ist das eines kleinen Jungen, der ein Kamel an einem Seil hält, vor einem Plakat für Siemens-Telekommunikation. Die Abbildung zeigte einen Satelliten im Weltraum, der sorbet-grünes Licht auf ein sexy rotes Telefon herabstrahlte, das von einer sexy weißen abendländischen Hand gehalten wurde. Was bedeutete ein Satellit für dieses Kind? Oder ein Telefon? Als wir vorüberfuhren, drehte das Kamel den Kopf und starrte uns hinterher.

Bild Nummer zwei war ein Coca-Cola-Plakat ein paar Meilen weiter. Ich kannte es, ich hatte es kürzlich in Kalifornien gesehen. Aber hier fehlte die Mitte der Abbildung, und an der Stelle, wo das Gesicht eines kecken Mädchens hätte sein sollen, war ein geschwärztes ausgefranstes Loch. Die Hand, die eine eisgekühlte Flasche des Lieblingsgetränks der Welt hielt, hatte überlebt.

»Was ist denn da passiert?« Ich fragte niemanden im besonderen.

»Mörser.« Hassan und sein Leibwächter antworteten gleichzeitig.

»Warum sollte jemand auf ein Werbeplakat schießen?«

»Weil Coca-Cola kein Getränk ist, Radcliffe, sondern Amerika. Haben Sie auch nur eine Ahnung, wie viele Menschen in diesem Teil der Welt Ihr Land hassen?«

»Ich vertraue Ihnen ein Geheimnis an, Prinz. Amerika ist auch nicht gerade verrückt nach dem Mittleren Osten. Ich bin es leid, gesagt zu bekommen, daß mein Land beschissen ist. Denn wenn es so beschissen *ist*, warum macht der Rest der Welt uns fast immer alles nach? Warum tragen Kidnapper in Beirut Michael-Jackson-T-Shirts? Warum benutzen die Japaner Cray Computer, um ihr Wetter vorherzusagen? Warum sind Sie dort aufs College gegangen, wenn es so verabscheuungswürdig ist?«

Das machte dem Geplänkel eine Zeitlang ein Ende. Hassan, der vorne saß, wandte sich nicht um, um mich anzusehen, aber sein Leibwächter-Fahrer schoß Laserstrahlen in den Rückspiegel. Ich glaube, er wollte mich verdampfen, aber jedesmal, wenn wir Blickkontakt hatten, schenkte ich ihm ein breites Grinsen, und einmal sagte ich: »Wußten Sie eigentlich, daß in Finnland ein Drittel aller Architekten Frauen sind?«

Das wenige, das ich an jenem ersten Tag von Bazz'af sah, war nichtssagend und entmutigend. Die Stadt war auf mehreren Hügeln erbaut und sah neu aus; die Architektur bestand aus durchgängig gesichtslosen, schnell hochgezogenen Betonklötzen. Die Luft roch nach Kardamom, Staub und bratendem Fleisch. Im Stadtzentrum war – zwischen irremachendem Verkehr und den Klängen der auf Tonband aufgezeichneten Rufe zum Gebet von den Minaretten – ein großer, farbenfroher Markt eine der wenigen Andeutungen dessen, wie das Leben hier in ferner Vergangenheit gewesen war. Unweit davon befand sich ein griechisches Amphitheater, in der demütigenden Umgebung von Marlboro- und Jimmy-Jeans-Schildern und schmutzigen, häßlichen Wohnhäusern, von deren Balkonen Wäsche hing. Man hatte eher Mitleid mit dem alten Freilufttheater, als daß man irgendwelche Ehrfurcht oder Freude für das empfand, was von der Schönheit erhalten geblieben war. Lesen Sie bitte Harry Radcliffes Artikel in der Zeitschrift *FMR* zu ebendiesem Thema – »Das Don-Quixote-Kolosseum-und-Drive-In.«

Auf jeden Fall veranstalteten sie ganz sicher keine Stadtführung für mich, so wie der Chauffeur durch die Stadt flog.

»Wozu die Eile?« jammerte ich, als wir unsere Bahn freifegten, vorbei an verschleierten Frauen und Ochsenkarren, den dreckigsten Mercedes-Taxen, die ich je gesehen hatte, und tosendem Lärm, der für den Times Square eine ernst zu nehmende Konkurrenz darstellte.

»Wir haben keine Zeit zu verlieren. Sie können wahrscheinlich maximal drei oder vier Tage in Saru bleiben, bevor Cthulus Leute wissen, daß Sie hier sind. Dann werden sie versuchen, Sie zu töten, weil sie wissen, daß Sie mit meinem Vater zusammengearbeitet haben. Sie *können* so lange bleiben, wie Sie wollen, aber ich würde es Ihnen nicht raten.« Hassan drehte sich auf seinem Sitz das erstemal um und lächelte mir zu. »Ich habe nichts dagegen, daß Sie umkommen, aber es wäre mir lieber, wenn Sie damit warten würden, bis Sie mein Projekt zu Ende geführt haben.«

»Das ist wirklich toll von Ihnen, Prinz. Warum fahren Sie einfach so ohne Schutz in der Gegend herum? Cthulus Männer wollen eher Sie als mich tot sehen. Ich bin nur ein Architekt.«

»Wir werden gut beschützt, ob Sie es merken oder nicht.« Er nickte kurz zu Big Top hinüber. »Ihr Verz ist ein Teil des Schutzes.«

»Also, wohin fahren wir jetzt?«

»Nach Nalim. An den Ort, an dem mein Vater das Museum bauen wollte.«

Als wir den Tumult im Herzen der Stadt erst mal hinter uns gelassen hatten, kroch die Straße bergan durch enge, gewundene Gassen, die von Zypressen, Zedern und bescheidenen Einfamilienhäusern gesäumt wurden. Dies hier war nach Hassans Worten ein vornehmer Bezirk, in dem die Diplomaten und ausländischen Geschäftsleute wohnten.

»Es erinnert mich an Haifa.«

»Dazu kann ich nichts sagen. Ich war nie dort.«

Hoppla. Da ich seit Monaten nicht mehr im Mittleren Osten gewesen war, hatte ich vergessen, daß man in diesen Breiten bestimmte Themen nicht erwähnte, eins davon: Israel. »Wie weit ist Nalim von hier entfernt?«

»Ungefähr eine halbe Stunde. Am Rande der Stadt. Mein Vater wollte, daß das Museum nah genug liegt, damit alle es besichtigen könnten. Das wird jetzt anders werden, aber das Gebäude muß gebaut werden.«

Auf die Vororte folgte die unvermeidliche Sportanlage mit dem Fußballstadion mit fünfundsiebzigtausend Plätzen, einem Schwimmbecken, groß genug, um Hannibals sämtliche Elefanten darin baden zu lassen, Aschebahnen nach dem neuesten Stand der Technik. Jeder Golfstaat, den ich bereist hatte, gleich, wie arm oder rückständig, hatte eine dieser Monstrositäten in der Hauptstadt. Die Stadien wurden vielleicht zehnmal im Jahr benutzt, für das Schwimmbecken mußte in einem Land, in dem das durchschnittliche Jahreseinkommen manchmal bei weniger als hundertfünfzig Dollar lag, Eintrittsgeld bezahlt werden ... aber all das wurde durch den Stolz wettgemacht, den man daraus ziehen konnte. Es war eins der ersten Dinge, die einem auf einer Besichtigungsfahrt gezeigt wurden: die große, strahlende Blume im Revers der ansonsten schäbigen Anzüge dieser Länder.

»Mein Vater haßte Sport. Und dieses Stadion haßte er besonders. Er sagte, daß es ihn an Hitler und die Hitlerjugend erinnere.«

»Warum hat er es dann gebaut?«

»Hat er nicht – es war eine Schenkung von zwei Ölgesellschaften, die Angst hatten, daß er sie rauswirft und ihre Quellen übernimmt. Ursprünglich war dies die Stelle, wo das Museum stehen sollte, aber er gab das Land ab, als er hörte, daß sie das Stadion umsonst bauen würden. Es ist häßlich, aber es ist trotzdem eine gute Einrichtung. Er gab Anweisung, daß jede Mannschaft, egal wie klein, im Stadion spielen darf und daß das Schwimmbecken jeden Tag geöffnet ist.«

»Wieviel kostet der Eintritt zum Becken?«

»Nichts. Und der Schwimmunterricht ist kostenlos.«

Noch ehe wir Nalim erreichten, begann ich zu begreifen, welch anständiger Mensch und außergewöhnlicher Herrscher der ehemalige Sultan von Saru gewesen war. Krankenhäuser und Schulen, Fabriken, die Behinderte beschäftigten ... Der Mann, den ich in dem Hotel in Los Angeles erlebt hatte, erschien in einem völlig anderen Licht – als pragmatischer Visionär.

Mohammed Idris Gharadani hatte für sein Land einen Kurs ins späte zwanzigste Jahrhundert vorgezeichnet, mit entschiedenem Willen und realistischen Hoffnungen. Saru hatte trotz seiner enormen Ölvorkommen immer noch zu kämpfen, aber wenn es dem Sultan vergönnt gewesen wäre weiterzumachen, wäre sein Land schließlich einer der Schrittmacher des Mittleren Ostens geworden, glaube ich – ganz oben neben den Großen.

Nalim war nichts – ein paar Häuser, ein paar Ziegen, ein Laden, der so klein und innen so dunkel war, daß er als Höhle durchgegangen wäre. Das eigentliche Zentrum hatten wir in ca. acht Sekunden durchfahren. Einige Minuten weiter die Straße hinunter wurde die Landschaft flach und eröffnete den Ausblick auf weites, trockenes Land und rötliche Erde. Die silbrige Andeutung eines Flugzeugs schrieb einen dünnen, weißen Kondensstreifen an den königsblauen Himmel. Dort, in der offenen Weite um uns herum, schien es eine so hoffnungslose und rührende Geste.

Der Wagen bog von der Hauptstraße auf einen unbefestigten Weg, nicht breiter als zwei Armlängen. Langsam rumpelten wir zehn Minuten lang über den Weg, bevor wir, man stelle sich vor, an einen Maschendrahtzaun kamen. Auf der anderen Seite erhob sich vor uns ein sanfter Hügel, auf dessen Spitze etwas stand, das eine Ruine zu sein schien. Der Motor erstarb. Der Chauffeur drückte einmal auf die Hupe. Er und sein Chef blickten geradeaus und schwiegen. Das Autoblech knackte.

»Was gibt das jetzt?«

»Wir warten auf den Pförtner.«

Ich sah nach rechts und links. »Wo ist er?«

»Er wohnt auf der anderen Seite der Ruine.«

»Warum klettern wir nicht über den Zaun? Ersparen ihm die Mühe, hier herunterzulaufen?«

»Weil es das einzige ist, wofür er lebt, Radcliffe. Fünf- oder sechsmal im Jahr kommen Leute hier raus, um die Ruine zu besichtigen, und der alte Mann hat das große Glück, die Aufsicht führen zu dürfen. Er kommt mit seinem einen Schlüssel den Hügel herunter, öffnet das Tor, obwohl jeder ganz leicht darüberklettern *könnte*, dann schließt er es wieder hinter ihnen, nachdem sie durchgefahren sind. Wenn sie wieder abfahren, passiert genau das gleiche. Dann hat er etwas, worüber er hinterher mit sich reden kann, weil sonst niemand da ist, seit seine Frau gestorben ist. Er bekommt dafür ein Gehalt vom Staat, und sein Leben hat einen Sinn.«

Angemessen zurechtgewiesen, lehnte ich mich still zurück, um auf Godot, den Pförtner, zu warten. Fünf Minuten später tauchte er auf, er ging, als habe die Schwerkraft es auf ihn persönlich abgesehen. Bekleidet war er mit einem Umhang, der ehedem schwarz gewesen und jetzt zu einer dumpfen, nicht zu beschreibenden Farbe verblichen war; der Mann war alt und runzlig und fast völlig zahnlos. Aber Hassan hatte recht – schon während er den Hügel herunterkam, plapperte der Bursche ununterbrochen fröhlich vor sich hin; es war offensichtlich, daß wir für seine entzündeten Augen ein erfreulicher Anblick waren.

Das Öffnen des Tors war eine richtige Zeremonie. Nach langen Begrüßungen zog der Mann den Schlüssel aus seinem Umhang und bot ihn Prinz Hassan durch das Wagenfenster dar. Der Prinz nickte ganz leicht zustimmend. Der andere berührte seine Stirn mit dem Schlüssel, als Zeichen der Loyalität, nahm ich an. Nachdem er aufgeschlossen hatte, schob er das Tor auf und winkte uns durch. Wir fuhren dicht an ihm vorbei, und ich sah den Ausdruck auf seinem Gesicht – reine Glückseligkeit. Er winkte. Ich winkte zurück.

»Er heißt Mahdi. Seine drei Söhne sind alle umgekommen, als sie mit meinem Vater gegen Cthulu kämpften.«

»Hatte er Töchter?«

»Nein. Seine Kinder sind alle tot. Seine Frau auch.«

Wir hielten ungefähr fünfzig Meter von der Ruine entfernt. Kann man einen Steinhaufen als Ruine bezeichnen?

»Es war einmal ein Schloß. Eins der Wüstenschlösser meiner Vorfahren. Sie kamen, wenn sie hier draußen jagen wollten.«

»Zu welcher Zeit? Wie lange ist es her?«

»Das kann ich Ihnen nicht sagen, Radcliffe. Mein Vater hat es mir verboten.«

Etwas, das wie Grillen klang, zersägte um uns herum die Luft. Andere Geräusche gab es nicht. In der Ferne, weit in der Ferne sah ich schwarze Zelte und grasende Tiere eines Beduinenlagers. Ich glaubte zwei Schäfer ausmachen zu können, aber ich war mir nicht sicher, weil sie so weit weg waren.

»Warum können Sie es mir nicht sagen? Ist es ein Geheimnis?«

Hassan beugte sich hinunter, nahm eine Handvoll Erde auf, ließ sie durch die Finger herunterrinnen. »Als mein Vater noch lebte und plante, das Museum hier zu bauen, hat er mir verboten, Ihnen, wenn Sie kommen, irgend etwas über unser Land oder seine Geschichte zu sagen. Das war das, was Sie allein herausfinden sollten. Er glaubte, wenn Sie ein guter und gründlicher

Architekt sind, bringen Sie alles über Saru selbst in Erfahrung. Bücher lesen, reisen, sich mit den Menschen hier unterhalten ... Er glaubte, das sei der einzige Weg, unser Museum richtig zu bauen.«

»Hören Sie zu, Prinz, Sie gehen mir auf die Nerven. *Wenn* ich dieses Museum baue, und noch habe ich nicht gesagt, daß ich es tun *werde*, habe ich meine eigene Herangehensweise. Bei allem Respekt für Ihren Vater ist das, was er wollte, ungefähr Punkt drei auf einer Liste von hundert Punkten, die ich erledige, bevor ich mich an die konkrete Arbeit mache. Ich *lese* Bücher und unterhalte mich mit Leuten und mache mich mit der Umgebung vertraut. Das ist doch das ABC. Aber Sie möchten noch mehr hören? Aus welcher Richtung weht der Wind hier die meiste Zeit? Welche Farbe nimmt die Erde abends während der Dämmerung an? Wie hoch wird das Durchschnittsalter der Besucher liegen, die hierherkommen? Können Sie einen Zeitraum angeben, in dem der Rest dieses Landes erschlossen sein wird, und wenn ja, wie weit erschlossen? Wird es ein Industrie- oder ein Wohngebiet sein? Möchten Sie, daß das Museum sich von der Landschaft abhebt oder sich in sie einfügt –«

»Schon gut, Radcliffe. Ich weiß, was Sie sagen wollen. Ich habe nur weitergegeben, was mein Vater gesagt hat. Aber es spielt jetzt keine Rolle, soweit es Nalim betrifft, weil wir das Museum hier sowieso nicht bauen können. Es ist viel zu gefährlich. Cthulu wird alles und jedes, was wir in Saru bauen, angreifen. Für ihn wird es ein Symbol für meinen Vater sein.«

»Und wo wollen Sie es jetzt bauen?«

»In Zell am See. In Österreich.«

»*Österreich*? Das Hundemuseum des Sultans in Österreich?«

»Ja, das war der Wunsch meines Vaters. Aus zwei Gründen. Zum ersten, weil nichts passieren wird, wenn es außerhalb von Saru gebaut wird, auch wenn es ein Bau meines Vaters ist. Cthulu ist nur an unserem Land interessiert. So wie ich ihn kenne, wird er es sogar als Sieg für sich verbuchen, wenn wir es woanders bauen. Aber der wichtigere Grund –«

Ich weiß nicht, was zuerst da war – das Knurren oder das Krachen eines Schusses. Big Top hatte ganz in der Nähe den Boden untersucht. Ich hatte nicht hingesehen, konnte aber das wohlvertraute Schnauben und Schnüffeln hören. Es brach ab, und er knurrte so laut, daß ich den Kopf herumriß.

Am Fuße des Hügels stand der Pförtner und hielt eine Pistole auf uns gerichtet. Sein erster Schuß ging daneben, links an uns vorbei, der nächste hätte mich getroffen, wenn der Hund nicht gesprungen wäre. Direkt vor mir hochgesprungen. Die Kugel zertrümmerte seinen Schädel. Den dicken, wundervollen Schädel, den ich so oft getätschelt und liebkost hatte. Big gab einen tiefen, wütend-überraschten Laut von sich und schlug gegen meine Hüfte.

Hassan und sein Leibwächter schossen so schnell, so oft auf den Pförtner, daß er noch Sekunden danach dastand und zuckte, von der Wucht der Geschosse, nicht, weil er noch lebte.

Ich hörte mich schreien: »Du bist ein Verz, stirb nicht! Du bist ein Verz, stirb nicht!«

Auch Verze sterben. Ihre Beine zittern, und was vom Kiefer übriggeblieben ist, macht klick-klick-klick, und sie bluten so stark, daß man nicht weiß, wo es alles herkommt. Dann sind sie tot, und man bettet sie auf den Schoß und senkt den Kopf, schaut sie an und fleht: »Sieh mich an! Sieh mich an! Verdammt noch mal, *sieh her*!« Aber ein Auge ist ausgeschossen, und für das andere ist das Schauen zu Ende. Ich legte meine Wange auf sein nasses Gesicht. Ich wiegte uns vor und zurück und preßte ihn fest an mich.

Die beiden Männer unterhielten sich auf arabisch, aber ich beachtete sie nicht. Ich blickte erst wieder auf, nachdem ich ein lautes sausendes »Wusch« gehört hatte. Der Leibwächter stand mit einem Benzinkanister neben der Leiche des alten Mannes. Sie brannte, eine einzige gewaltige, nach Benzin stinkende Flamme. Und es stank noch nach etwas anderem. Ich hatte noch nie verbranntes Menschenfleisch gerochen, aber es roch auch danach, überlagerte den chemischen Gestank. Man weiß nicht, daß man diesen Geruch kennt, bis man ihn riecht, unverkennbar. Verbranntes Menschenfleisch. Ein toter Hund. Die Wüste.

Kremation ist die größte Schmach, die einem Menschen in Saru widerfahren kann. Allgemeiner Überzeugung zufolge werden dabei sowohl die Seele als auch der Körper zerstört, weshalb der Verstorbene nicht mehr Buße tun kann.

Bevor wir an diesem Tag die Ruine verließen, standen wir alle drei neben dem schwelenden Leichnam und spuckten darauf. Auch dies ein Brauch in Saru.

»Wenn der letzte, der einen Menschen lebend gesehen hat, ihn anspuckt, dann kommt er zu Gott mit der Spucke im Gesicht. Es ist das erste, was Gott sieht.«

Ich trug Big Top auf den Armen zum Wagen. Tot schien er viel schwerer zu sein. Ich schob ihn höher vor meinen Oberkörper. Sein Blut lief auf mein Hemd, aber daran dachte ich nicht. Ich dachte an ihn, wie er auf der Veranda in Santa Barbara langsam Kartoffelchips kaute, daran, wie er während des Erdbebens im Hotel aufgetaucht war. Venasque hatte den Hund geliebt und konnte nie aufhören, von ihm zu erzählen.

»Er verhält sich nicht intelligent. Aber er besitzt Intelligenz. In dieser Hinsicht ähnelt ihr beide euch. Tatsache ist, daß ihr beide euch in vieler Hinsicht ähnelt.«

»Wie das?« Normalerweise hätten sich mir die Haare aufgestellt, wenn man mich mit einem Bullterrier verglichen hätte, aber der Hund des Schamanen war etwas anderes.

»Big Top weiß sehr viel, aber er redet nicht. Du weißt sehr viel, aber du gebrauchst es nicht.«

»Ich bin ein berühmter Architekt, Venasque. Die Leute sagen, ich sei ein Genie.«

»Du *bist* ein Genie, aber du hast nie etwas Geniales gebaut. Auch da bist du genauso wie Big Top – ihr beide könntet mehr geben, aber ihr tut es nicht, weil ihr mit allem zufrieden seid, so wie es ist. Er mit seinem Schweigen, du mit deinem Genie.«

»Zufrieden? Venasque, wir beide haben uns kennengelernt, weil ich einen Nervenzusammenbruch hatte. Das ist wohl nicht direkt das Kennzeichen eines Menschen, der mit den Dingen zufrieden ist, so wie sie *sind*!«

»Stimmt schon, aber nachdem du deine Gesundheit erst mal wieder hattest, hast du dir nur darüber Sorgen gemacht, daß du nicht mehr Architekt sein willst. Große Sache. Wichtiger wäre es, sich darüber Sorgen zu machen, ob du noch eine Person sein willst oder nicht.«

»Du meinst, daß ich mich umbringe?«

»Nee. So etwas wie Selbstmord gibt es nicht. Glaubst du wirklich, der Mensch hätte die Wahl, sich das Leben nehmen zu können oder nicht? Wir wissen nicht einmal, wie wir richtig leben sollen. Glaubst du, Gott läßt *uns* entscheiden, ob wir sterben oder nicht? Das ist, als bekäme man das Abschlußzeugnis am ersten Schultag!«

»Und was ist mit den Selbstmördern?«

»Das ist wie bei dem Kind, das aus der Klasse gerufen und zum Direktor bestellt wird: Man glaubt zu wissen, warum es gerufen wurde, aber man irrt sich.«

Dieses Gespräch ging mir durch den Kopf, als ich den toten Hund in den Kofferraum hob.

»Warten Sie mal.« Ich drehte mich um. Hassan und der Leibwächter standen ein paar Schritte hinter mir. »Ich denke, er sollte hier begraben werden. Wäre das recht? Ist dies die Stelle, an der das Museum stehen sollte?«

Die beiden tauschten einen Blick aus, und der Prinz nickte. »Es wäre eine große Ehre, wenn Sie ihn hier bestatten wollten, Radcliffe. Ich weiß, daß mein Vater es sehr zu schätzen gewußt hätte.«

»Gut. Ich glaube, das ist ein schöner Ort. Hier hat er viel Platz, herumzuschnüffeln und Entdeckungen zu machen.«

Im Wagen lag ein Klappspaten. Der Prinz nahm ihn und ging zurück auf den Hügel an den hohen Steinhaufen. Die Beduinenzelte waren noch da, die einzigen dunklen Flecken an einem rötlichen Horizont. Hier draußen gab es keine Zeit. Uhren hatten hier genauso wenig Platz wie dieses Schloß, das früher während der Jagd bewohnt worden war. Big Tops Haut und Knochen würden langsam wieder in diesen Boden eingehen. Sie würden sein wie die schwarzen Zelte dort draußen – wahrnehmbar, und dann, eines Tages, wären sie fort.

»Wo möchten Sie ihn begraben?« Hassans Stimme war mitfühlend und viel leiser.

»Ich weiß es nicht. An einer Stelle mit guter Aussicht. Big Top behielt die Dinge gern im Auge, auch wenn er lag.«

»Darf ich einen Vorschlag machen? Bitte lassen Sie mich Ihnen etwas zeigen.«

Wir gingen um die Ruine herum auf die andere Seite. Von dort aus war die Welt eine einzige ruhige, riesige Wüste, die sich in geraden Linien und leerem Raum ergoß in immer mehr gerade Linien und leeren Raum. Bei dem Anblick wurde ich traurig und fühlte mich unbedeutend. »Nachts muß es kalt sein hier draußen: nur Sterne, die einen wärmen.«

»Die Stelle, die ich Ihnen zeigen wollte, ist gleich hier vorne.« Hassan winkte mich herbei. Wir kletterten über Steine, bis wir auf eine kleine Lichtung ganz oben auf dem Hügel kamen.

»Das ist sie –«

»Das ist –«

Wir sahen einander an, Hassan mit hochgezogenen Augenbrauen. »Sie kennen diese Stelle?« fragte er, ohne Überraschung.

»Ja, ich kenne diese Stelle. Aber woher?«

Er richtete seinen Blick auf den Körper des Hundes in meinen Armen. »Ein Verz führt einen an die Stelle, wo er begraben sein möchte.«

Es war nicht verwunderlich, daß der Sultan sich, in welchem letztverfaßten Testament auch immer, eine sehr schlichte und rasche Beerdigung gewünscht hatte. Den Ritus befolgend, wuschen sein Sohn und zwei weitere Vertraute seinen Leichnam, hüllten ihn dann in ein rauhes weißes Laken und legten ihn, mit wenig mehr Zeremonien als diesen, in die Erde. Ich war einer der wenigen Menschen am Grab, als sie ihn hinabließen, und obwohl ich selten weine, weinte ich an diesem Tag zusammen mit den anderen. Die Güte und Klugheit dieses Mannes waren recht neu für mich, aber abgesehen von der Trauer über den Verlust ist es furchtbar frustrierend und bitter, den wirklichen Wert anderer erst zu erkennen, wenn sie gegangen sind. Wie einen Schatz, den man gehalten hat und den man, ohne es zu wissen, aus den Händen gleiten ließ.

Es wäre aber unehrlich, wenn ich behauptete, meine Tränen an diesem Tag hätten nur den Toten gegolten. In der letzten Zeit war mein Leben wie eine Fahrt mit der Berg-und-Tal-Bahn im Vergnügungspark gewesen; von einem Extrem ins andere geschleudert, hatte ich kaum genug Zeit gehabt, einen schnellen Atemzug hinunterzuschlingen, bevor der nächste Sturzflug, die nächste Drehung, der nächste Salto mich herumwirbelten oder auf den Kopf stellten, wo ich herauszufinden versuchte, wo ich war und wie ich die Dinge aus diesen immer neuen Perspektiven sehen sollte. Natürlich habe ich um den Sultan und Big Top geweint, nicht zuletzt, weil ich ihre Liebe und ihre Rechtschaffenheit verloren hatte, aber ich weinte auch, weil ich mich schuldig fühlte, Angst hatte, weinte sogar vor Aufregung. Zwei gute und echte Zauber-Geschöpfe waren gestorben, eins, als es mir das Leben gerettet hatte. Wie sollte ich mich, nur mit einem Bruchteil ihrer Güte versehen und ganz ohne den Zauber, vor eben jener Welt schützen, die sie getötet hatte? Die erste Schaufel voll Wüstensand in Big Tops Grab zurückzuwerfen, dann den Sultan in *seinem* zu sehen war so schrecklich – aber auch anspornend (Fang an, Harry, es gibt soviel zu tun!) –, daß ich fast stündlich Schwankungen in meinem Stimmungsbarometer wahrnehmen konnte.

Nach der Beerdigung seines Vaters standen der Sultan und ich allein vor dem riesengroßen Parkplatz des königlichen Anwesens. Er war groß genug, um ein Rodeo darauf zu veranstalten. Obwohl um uns herum viele geparkte Wagen standen, waren Hassan und ich dort die einzigen Menschen. Die anderen waren im Palast, um der Familie ihre Achtung zu erweisen. Bis jetzt waren überall Soldaten und Leibwächter gewesen, aber momentan waren keine in Sicht.

Hassan sah mich nicht an und bellte ein künstliches Lachen, beleidigend. »Ich dachte, Sie *mochten* meinen Vater! Sie haben gesagt, daß Sie es für ihn bauen würden. Aber jetzt kriecht die wirkliche Wahrheit unter dem Radcliffe-Stein hervor, was? Ich weiß, wie ›berühmt‹ Sie sind, aber im Ernst, glauben Sie, daß irgend jemand soviel Geld verdient nur dafür, ein einziges blödes Gebäude zu entwerfen?«

Ich leckte mir die Lippen und ballte beide Fäuste in den Taschen. »Warum informieren Sie sich nicht über die Fakten, anstatt so naiv daherzureden? *Alle* Architekten erhalten einen Prozentsatz der Bausumme, Eure *Hoheit*. Bis jetzt habe ich noch nichts getan, aber ich habe schon gesagt, daß ich meinen üblichen Satz um fünfzig Prozent reduziere. Hören Sie sich um und Sie werden feststellen, daß niemand *jemals* soviel Nachlaß gibt. Insbesondere niemand, der so berühmt ist wie ich. Ich mochte Ihren Vater, aber Sie mag ich nicht. Dieser Nachlaß von fünfzig Prozent *ist* für ihn. Alle Arbeit, die ich für dieses Projekt mache, mache ich für ihn, für sein Andenken. Sie interessieren mich kein

Stück, und Saru interessiert mich kein Stück. Ich glaube, Ihr Vater wäre gekränkt gewesen, wenn ich es für weniger täte. Sie wollen, daß ich es umsonst mache? Ich glaube nicht an so etwas. Umsonst bekommt man nur das, was sonst keiner haben will. Und den Tod. Der Tod ist umsonst.«

»Ha! Die wichtigen Dinge im Leben sind umsonst. Denken Sie an die Liebe! Bezahlen Sie für Liebe?«

»Nein, aber nachdem ich sie bekommen hatte, mußte ich verdammt viel ›bezahlen‹, um sie zu behalten. Warten Sie ab, bis Sie Fanny Neville ein Weilchen um sich hatten. Dann werden Sie genau wissen, was ich meine.«

»Ich glaube, Radcliffe, es ist nur fair, Ihnen zu sagen, daß ich Fanny gebeten habe, meine Frau zu werden.« Neuer Sultan oder nicht, er sah mich mit den Zweifeln und der Unsicherheit eines jungen Mannes an.

Ich nehme an, ich hätte geschockt sein sollen, oder aufgebracht, aber die Vorstellung von Ms. Neville mit der bösen Zunge als Gattin des Staatsoberhauptes eines Wüstenkönigreichs war so urkomisch, daß ich mir ein Grinsen verbiß, anstatt nach einem Schwert zu rufen und ihn zum Duell zu fordern. »Was hat sie gesagt?«

Er nahm die Schultern zurück und schob das Kinn vor. »Daß sie darüber nachdenken würde. Es würde mich nicht wundern, wenn sie ja sagte.«

»Aber warum wollen Sie sie heiraten? Sie kann einen ganz schön piesacken. Außerdem – ist es nicht ein bißchen zu früh, einen Heiratsantrag zu machen?«

»Nein. *Ich* glaube, ein Leben mit ihr wäre erfüllt und friedlich. Ich weiß, daß sie Sie auch noch liebt, aber das will ich für den Augenblick akzeptieren. Menschen ändern sich. Und mit der Zeit wird sie merken, daß ich besser für sie bin als Sie. Sie hat sogar selbst gesagt, daß Sie nur Menschen um sich haben wollen, damit Sie beschäftigt sind, bis Sie wieder an die Arbeit an Ihren Gebäuden gehen. Sie glaubt, daß Ihre Arbeit das einzige ist, was Sie lieben können.«

»Das hat Fanny gesagt?«

»Mehr als einmal.« Er antwortete schlicht und mit der Würde der Wahrheit. Er hätte sich daran weiden oder es mir ordentlich unter die Nase reiben können, aber er tat es nicht. Dafür war ich ihm dankbar. Fanny und ich hatten uns so oft gestritten, und sie hatte scharfsinnigere (und gemeinere) Sachen gesagt, aber aus dem Munde dieses Mannes, der sie liebte und so sehr begehrte, verletzten die Worte mich viel mehr, als es ihr jemals in einem unserer Händel gelungen war.

»Hören Sie zu, was hielten Sie davon, wenn ich Ihnen anstelle von Geld etwas Besseres anböte, etwas, worüber Sie staunen werden?«

Ich war immer noch etwas mitgenommen von der Neuigkeit über Fanny und hatte das, was er gesagt hatte, nur teilweise verstanden und nichts davon begriffen. »Was? Wovon reden Sie?«

»Geld haben Sie schon jede Menge. Wie wäre es, wenn ich Sie in Magie bezahlen würde, anstatt Ihnen Geld für Ihre Arbeit zu geben?« Ein einzelner Vogel sang allein irgendwo in der Nähe. Die Sonne über uns wurde stechend, und dieser Mann hatte gerade ein ehrliches Angebot gemacht – er klang weder spöttisch noch hinterhältig. Es gibt im Leben Augenblicke von solcher Wichtigkeit, daß man meint, der Tag, das Herz, das eigene Schicksal stehen plötzlich still, gebannt von dem, was geschieht oder geschehen wird.

»Ich höre. Sprechen Sie weiter.«

Er ging auf den Parkplatz. »In jungen Jahren hat man mich gewisse Dinge gelehrt, die ein regierender Sultan von Saru benötigen könnte. Mein Vater und alle vorausgehenden Sultane beherrschten sie. Eins davon werde ich Ihnen vorführen, zum Beweis, daß die Magie, von der ich sprach, möglich ist. Aber Sie dürfen nicht denken, daß ich es mache, um anzugeben! Das ist eine der ersten Lektionen, die man lernt, wenn sie einen in diese Fähigkeiten einführen: Wenn man sie jemals falsch oder egoistisch einsetzt, um für *sich selbst* etwas im Leben zu erlangen, wird man *verdammt*. Ich zum Beispiel würde mein Wissen gerne anwenden, um Fanny für mich zu gewinnen, aber das kommt nicht in Frage. Pech für mich. Suchen Sie sich ein Auto aus, das Ihnen gefällt, Radcliffe.« Er wedelte mit ausgestreckten Armen herum wie einer dieser einnehmenden fanatischen Verkäufer im Fernsehen in L. A., die – mit Cowboyhut oder auf einer Riesenschildkröte reitend – versuchen, einen dazu zu bewegen, auf ihrem Gebrauchtwagenmarkt »doch mal vorbeizuschauen«.

Mercedes, Lincoln, die saru-biquitären Range Rover ... standen in glanzvoller Herrlichkeit herum. Ich war gespannt, was er tun würde, deshalb ließ ich wie ein richtiger zukünftiger Kunde meinen suchenden Blick über die Reihen schweifen. Ein lutschergrüner Lada stach wie ein auffälliger Stromer aus der Masse des anderen protzigen Blechs heraus, ein russischer Wagen, der wie eine Telefonzelle auf Rädern aussieht und auch so fährt.

Ich zeigte darauf. »Wie wär es mit dem Lada?«

Hassan betrachtete das grüne Auto mit leicht schiefgelegtem Kopf, als lausche er geheimen inneren Stimmen. Dann nickte er ganz leicht und ging an den anderen Autos vorbei darauf zu.

Als schämte er sich oder werde von den anderen imposanteren Gefährten gemieden, weil er so häßlich und billig war, stand der Lada abseits von den anderen, am Rand, wo der Kies an den Rasen grenzte.

Hassan legte die Hand auf das Dach und tätschelte es. »Es ist mein Auto, aber das ist in Ordnung. Es ist ein richtiges Auto – Ladas kosten nicht viel, sind sehr solide gebaut, und wenn man darin fährt, spürt man die ganze Straße. Das gefällt mir.«

»Ich hätte gedacht, daß Ihnen einer dieser großen Schlitten gehört –« Ich erinnerte mich an die Fotos von ihm in Zeitgeist-Zeitschriften.

»Nein, nein. Zu Vaters großem Leidwesen hatte ich immer eine Vorliebe für Ladas. Mein Vater ... « Er schwieg eine Weile, ließ die Hand auf dem grünen Dach liegen und seufzte.

»Mein Vater liebte schöne Dinge. Er glaubte an sie, wenn man das so sagen kann. Es fiel ihm schwer, sich zurückzuhalten und nicht mehr zu kaufen.« Hassan ging an dem Auto entlang, sah dabei erst hinein, sah dann mich an. Während er sprach, umrundete er langsam das Auto. Einmal, zweimal, dreimal ... Zuerst dachte ich, er will etwas nachsehen – ob es Beulen hat oder irgendwas –, aber nach der dritten oder vierten Runde verengten sich meine Augen.

»Wenn man als Kind steinreicher Eltern aufwächst und die Leute vom ersten Tag an vor einem auf den Knien liegen, hat man es schwer, dabei Mensch zu bleiben. Mein Vater hat die Aufgaben eines mächtigen Herrschers sehr gut erfüllt, aber schöne Dinge betreffend ist er früh auf den Geschmack gekommen. Ich bin anders, weil ich in sehr jungen Jahren auf eine Privatschule weggeschickt wurde.« Herum und herum und herum. Meine Augen verengten sich noch mehr, und ich behielt ihn genauestens im Auge. Herum und herum. Was trieb er da?

»Auf dieser Schule bin ich mit vielen verzogenen amerikanischen Kindern aufgewachsen. Aber sie waren sehr speziell verzogen: Sie hatten so viel Geld, daß sie sich den Luxus leisten konnten, die Schule und ihre Eltern und alles, was mit ihrer Herkunft zu tun hatte, zu hassen. Wir haben alle Holzfällerhemden getragen und Dope geraucht, wenn wir welches kriegen konnten, und unser Spruch lautete: ›Wir scheißen auf die Reichen‹. Das meinten wir nicht wirklich, aber wir haben es gesagt, und dadurch bekamen wir so etwas wie eine Perspektive für unser Leben. Diese Kinder wußten, wo ich herkam und wer ich war, doch der Sohn des Präsidenten von Union States Steel oder Ford kann einen Prinzen nur belächeln. Das war eine gute Erfahrung, weil ich es nicht gewohnt war, als gleichwertig behandelt zu werden. Es war nicht das, was mein Vater sich vorgestellt hatte. Er wollte, daß ich dort perfektes Englisch und westliches Wirtschaftswissen lernte; das habe ich auch, aber ich habe auch Bekanntschaft mit Pink Floyd gemacht und gelernt, wie man Jeans mit Löchern am Hintern trägt.«

Der Lada schrumpfte.

Ich hatte ihm aufmerksam zugehört und nicht mitbekommen, was sich direkt vor meinem Augen abspielte. Seine Geschichte von dem armen reichen Jungen, weit weg von zu Hause auf einer Privatschule, hatte mich so eingelullt, daß ich woanders »hingesehen« hatte, als der Zauberer mit seinem Werk begann. Aber als ich es merkte, wußte ich nach wenigen Sekunden, daß dieser Mann keine Sinnestäuschung inszenierte oder einen Trick vorführte – *das war unmöglich*: Er schrumpfte ein großes Auto, indem er drum herum lief. Kein Abakadabra, kein Hokuspokus; er lief nur eine Runde nach der anderen um eine tonnenschwere grüne russische Blechkiste, und jede einzelne dieser Runden verkleinerte sie.

»Was tun Sie da, Hassan?«

Er blieb nicht stehen. Das Auto schrumpfte weiter. »Ich stelle Sie vor die Wahl, Mr. Berühmter Architekt. Ich zeige Ihnen, was möglich ist, und stelle Sie vor die Wahl.«

Jetzt war es so groß wie ein VW-Käfer. Er sprach weiter. Ich starrte und hörte nicht zu. Welche Autos sind kleiner als Käfer? Nur noch so groß. Kleiner. Dann war es nicht einmal mehr ... Kein Erwachsener hätte in etwas dieser Größe einsteigen können, nicht mal, wenn er sich wie ein Taschenmesser zusammenklappen würde. Ein Kind vielleicht. Ja, ein Kind wäre eventuell noch hineingekommen. Aber eine weitere Umrundung, und es war zu spät – selbst für ein Kind zu klein. Jetzt würde nur noch ein Hund reinkommen. Ein kleiner Hund.

Hassan sprach ruhig und ging weiter. Das Auto jetzt so klein wie ein Sofa. Noch einmal drum herum. Zu klein, um sich draufzusetzen. Ein Handtuch. Immer drum herum. Ein Radio. Ein Brotlaib. Wo das endet, weiß keiner. Wir beide waren immer noch allein da draußen. Der Vogel sang noch. Hassans gelassener Gesichtsausdruck hatte sich gewandelt, er sah verschlagen aus, als habe er noch mehr im Ärmel und wolle es jeden Moment hervorholen.

»Was sagen Sie jetzt, Radcliffe?« Er blieb stehen, als es so klein war wie drei oder vier nebeneinandergelegte Zigaretten, ein Spielzeugauto, eine halbe Scheibe Toast. Sein leuchtendes, unnatürliches Grün hob sich wie ein frischer Farbspritzer gegen den weißen Kies ab. Es unterschied sich farblich nicht sehr vom Gras. Klein genug, im Gras übersehen zu werden. Leicht zu übersehen.

Hassan bückte sich und hob es auf, streckte es mir zum Anschauen hin. Als ich zögerlich die Hand danach ausstreckte, riß er es zurück und schüttelte den Kopf.

»Sehen Sie her.« Er nahm es ganz in den Mund, kaute nicht sehr lange, schluckte. Weg.

Gott sei Dank hatte ich Venasque lange genug erlebt, um jede Menge Verblüffendes gesehen zu haben. Sonst hätte ich in dem Augenblick meinem Instinkt gehorcht und wäre losgerannt.

»Das gibt's nicht. Sie haben Ihr Auto nicht gegessen. Sie haben gerade Ihr Auto gegessen!«

»Ich habe mein Auto gegessen, Mr. Radcliffe. Direkt vor Ihren Augen.«

»Sie haben Ihr Auto gegessen. Erst war es so groß, und dann war es so klein, und dann haben Sie es gegessen! Ich hab's gesehen. Ich hab gesehen, wie Sie es gegessen haben.« Ich fing an zu hyperventilieren. In meinem Kopf wurde alles leicht und rosa und völlig schwindlig. Ich konnte nicht aufhören zu sprechen. Venasque hat gesagt, zweifle niemals Wunder an – nur deine Reaktion auf sie.

»Das ist eine ausgemacht extrem scheißbeängstigende Situation, Eure Hoheit. Sie haben gerade ein großes Scheiß-*Auto* geschrumpft und *gegessen*! Ich mein, das ist nicht gerade das, worauf ich heute *aus* war, klar? Sagen Sie mir also bitte, bitte, bitte, was Sie da tun, damit mein Kopf nicht gleich abhebt. Bitte, bitte? Ich will raus aus diesem Land. Ich will *wirklich* raus –«

»Sscht. Sscht. Ruhig. Es ist alles in Ordnung. Ich habe das nur gemacht, damit Sie sehen, daß Sie mir glauben können. Jetzt haben Sie die Wahl.« Er streckte den linken Arm zur Seite. »Geld hier.« Der rechte Arm, andere Richtung. »Zauberei hier. Sie bekommen von mir das, was Sie wählen.«

»Was für Zauberei? Wovon reden Sie?«

Seine Ellbogen bewegten sich auf seine Taille zu, beide Hände waren auf mich gerichtet wie bei einem Cowboy, der zwei Revolver hält. »Es ist ganz einfach: Ich gebe Ihnen das Geld, das Sie verlangt haben, *oder* ich gewähre Ihnen einen Wunsch und garantiere Ihnen, daß er in Erfüllung geht. Das ist die ganze Bezahlung – nur ein Wunsch, aber Sie können sich wünschen, was Sie wollen.«

»So was können Sie?«

»Sie haben gesehen, was ich kann. Ja, ich habe diese Macht.«

»Warum hat Ihr Vater sie nicht angewandt, um sich zu retten?«

»Weil es nicht gestattet ist. Das habe ich Ihnen doch gesagt. Wir dürfen sie nur einsetzen, um Saru zu helfen. Wenn Sie dieses Museum bauen, helfen Sie dem Land.«

Mein Mund war schrecklich trocken. Ich versuchte mehrmals, meine Lippen zu befeuchten, aber es gelang mir nicht. Ich sah die Sonne an. Ich sah Hassan an. Er ließ die Arme sinken und zuckte mit den Achseln. »Wenn Sie sich entschließen, es zu machen, gehört eins davon Ihnen.«

Ich leckte mir mit einer Zunge wie Bimsstein die Lippen. »Schwören Sie es bei der Ehre Ihres Vaters.«

Er erhob die rechte Hand und schloß die Augen. »Ich schwöre bei der Ehre meines Vaters, daß ich es bewirken kann.«

»Außerdem will ich einen absolut wasserdichten Vertrag, in dem festgehalten wird, daß Sie zahlen, wenn Sie es *nicht können.*«

»Einverstanden.«

Venasque, mein Leben, der Zusammenbruch, die Arbeit – all das schoß mir durch den Kopf und bildete ein Äderchengeflecht wie das, was man im Auge sieht, wenn man in einem bestimmten Winkel ins Licht guckt. Alles ist miteinander verwoben, alles gehört zu einem Ganzen.

»Ich mache es für zwei Wünsche.«

Er schüttelte den Kopf. »Unmöglich.«

»Aber ich würde den ersten für jemand anderen verwenden. Er wäre nicht für mich. Das ist doch fair. Einen für mich und einen für jemand anderen.«

»Und wer ist dieser andere – Fanny?«

»Nein, jemand anderes.«

»Claire Stansfield?«

»Sie wissen von ihr?«

»Fanny erzählt mir alles«, brüstete er sich. »Sie erniedrigen sich, wenn Sie feilschen wie im Basar! Ich handle nicht mit Auberginen oder Teppichen. Ich werde Sie nicht zu einem Glas Minzetee in mein Geschäft bitten, während wir den Preis aushandeln. Ich biete Ihnen das Wunderbare, Harry Radcliffe. Einen Wunsch. Wenn Sie ein anständiger Mensch sind, akzeptieren Sie und schenken ihn ihr; helfen Sie damit Ihrer Freundin.«

»Warum lassen Sie mir diese Wahl, Hassan? Warum bezahlen Sie nicht mit Geld? Das können Sie sich doch leisten. Warum bieten Sie mir überhaupt einen Wunsch an?«

»Weil ich es meinem Vater versprochen habe, bevor er starb. Es war seine Idee. Er hielt Sie für einen guten Menschen, der die Chance, wählen zu dürfen, verdient. Ich habe versucht, etwas dagegenzuhalten, aber er hat sich durchgesetzt. Er war mein Vater, und ich respektiere seinen Willen.«

»Er hat mich wohl wirklich gemocht?«

Ich hatte das gesagt, um ihn zu provozieren, und war überrascht, als er völlig ernst erwiderte: »Er mochte Sie sehr. Er fand, Sie hätten einen sehr begabten Hinterkopf.«

»Was bedeutet das?«

»Das ist ein alter Glaube in Saru. Wir sagen, in jedem von uns gibt es zwei Männer, aber sie sind sich der Tatsache, daß sie ein und denselben Raum teilen, nicht bewußt. Der eine sieht in die eine Richtung, der andere in die andere.«

»Sie meinen, wie ein Januskopf?«

»Nein, denn soweit ich weiß, ist ein Janus ein einzelner Mann, der gleichzeitig Zukunft und Vergangenheit seines Lebens sieht und alles bedenkt. Hier sagen sie, das Ziel des Lebens besteht darin, daß man den beiden ›Seiten‹ des Kopfes, den beiden Männern im Kopf, zum Bewußtsein ihrer Existenz verhilft und sie davon überzeugt, daß sie mehr bewirken könnten, wenn sie zusammenarbeiteten. Wir glauben, das ist der Grund dafür, warum Menschen sich so eigentümlich verhalten – manchmal entscheidet der Mann im Vorderkopf, ein andermal schläft er, und der Mann im Hinterkopf entscheidet. Der Mann in Ihrem Vorderkopf ist logisch und pragmatisch, der im Hinterkopf ist ein Träumer, ein Künstler. Die Leute hier sagen, man habe ›eine gute Stirn‹ oder ›Radcliffe hat einen sehr begabten Hinterkopf.‹ Auf diese Weise kann man den Charakter eines Menschen sehr schnell beschreiben.«

»Für mich klingt das nach verwässertem Freud.«

»Es ist nicht weit davon entfernt, mit dem Unterschied, daß man es hier schon tausend Jahre vor Freud gesagt hat.«

»Treffer. Ich mache es.«

»Sie wollen sich mit der Entscheidung nicht noch Zeit lassen?«

»Ich habe mich entschieden. Wie werden wir es machen?«

»Sagen Sie: ›Ich nehme den Wunsch an und werde tun, was ich kann.‹«

»Das ist alles?«

»Nur das.«

»Klingt ein bißchen dürftig für dieses Geschäft. Sie gewähren mir einen kosmischen Wunsch, ich baue Ihnen ein Milliarden-Museum, und das ist alles, was ich sagen muß?«

»Es ist eine Vereinbarung zwischen Gott, Ihnen und Saru. Er braucht keinen dreißig Seiten langen Vertrag.«

»Oder einen Notar, wie? Noch ein Letztes – was wäre, wenn ich mir Ihren Tod wünschte, Hassan? Was würde dann passieren?«

»Nichts. Ich bin derzeit geschützt.«

»Wissen Sie das sicher?«

Er wußte es nicht. Das Flackern in seinen Augen verriet, daß er nichts sicher wußte.

»*Ist* das Ihr Wunsch? Daß ich sterbe?«

»Ich kenne Sie nicht gut genug, um Ihnen den Tod zu wünschen, Sultan. ›Ich nehme den Wunsch an und werde tun, was ich kann.‹«

Nichts geschah. Der Himmel brach nicht auf, die Ozeane erhoben sich nicht. Ich fühlte nur, wie ein paar Schweißtropfen mir langsam den Rücken hinunterrannen. »Was passiert jetzt?«

Er streckte die Hand aus, wir schüttelten uns die Hände – mit festem Griff – und sahen uns in die Augen. »Jetzt können Sie Ihren Wunsch aussprechen. Oder später, wenn Sie wollen. Er wird in Erfüllung gehen.«

Wir schüttelten immer noch Hände, ich sah auf sie hinunter und dachte, wie passend – Hände. Ich sagte zu Hassan und zu sonstwem, der hieran beteiligt war: »Ich wünsche mir, daß Claire Stansfield ihre Hand zurückbekommt.«

»Sagen Sie es noch mal, Radcliffe. Sagen Sie es diesmal zu sich.«

»Ich wünsche mir, daß Claire Stansfield ihre Hand zurückbekommt.«

Ungefähr um neun Uhr abends landeten wir in Wien. Ich hatte darauf bestanden, Saru mit einem Linienflug zu verlassen; das war mir lieber, als mit dem königlichen Jet zurückzufliegen, hauptsächlich deshalb, weil ich es leid war, immer von Menschen umgeben zu sein, mit denen ich reden mußte. Mehr als alles andere wollte ich allein sein, um meinen Verstand in Ruhe arbeiten zu lassen. In den letzten paar Tagen war zu viel passiert, ohne eine Gelegenheit, es richtig zu verarbeiten und zu überdenken. Es war so, als sei mein Hirn ein Aktenzimmer, aber anstatt die Sachen richtig abzulegen, hatten Leute in letzter Zeit einfach die Tür aufgerissen, Papiere auf den Fußboden geworfen und waren wieder rausgegangen. Vielleicht bin ich ein Genie und habe einen sehr begabten Hinterkopf, aber mein Verstand arbeitet langsam und bedächtig. Er ist ein alter Mann, der unterm Vergrößerungsglas und bei hellem Licht Ideen studiert und sie nach allen Seiten wendet, bevor er irgendwelche Entscheidungen trifft.

Auf dem Rückflug saß ich in der ersten Klasse, neben einem Herrn, der mir hocherfreut in schlechtem Englisch ständig erzählte, ins Englische übersetzt, laute sein Name »Rabbit Hat«. Schließlich teilte ich Herrn Hasenhütl mit, daß ich ihn schon die ersten sechs Male gehört hätte und mir die Bedeutung seines Namens schnuppe sei.

Entweder hatte er das verstanden, oder mein mordlustiger Tonfall war ihm aufgefallen und hatte ihn erfreulicherweise an sein Saru-Air-Magazin zurückverwiesen. Neben seinem unglücklichen Namen und Benehmen hatte Rabbit Hat die schlechte Angewohnheit oder übte die gute Rache, mit ekelhafter Vehemenz an seinen Zähnen zu saugen. Genau in dem Moment, wenn man dachte oder hoffte, er habe das Mohnkörnchen oder die Fleischfaser herausbekommen und heilige Ruhe würde wieder einkehren, machte er sich da drinnen wieder an die Arbeit – mit kurzen Zischlern und Pfeiftönen und heftigen Saugern, die mich davon abhielten, etwas anderes zu tun, als Foltermethoden und Todesarten für ihn zu ersinnen. Glücklicherweise stand er irgendwann auf und blieb vermutlich länger auf der Toilette, denn als er zurückkam, war ich in das seligste kleine Nickerchen gesunken. Bald darauf wurde aber das Essen serviert, und dieses saugende Monster, dieser Österreicher aus der Hölle, hatte beschlossen, ich müsse zu diesem Zwecke geweckt werden. Tip Tip Tip auf den Arm. »Hallo?« Tip Tip Tip. »Hallo? Essenszeit, hallo Sie!« Tip –

»Lassen Sie das!« Ich fuhr aus dem Schlaf, als habe er mich gestochen.

Schmollend wies er auf den Tisch vor mir. Er war heruntergeklappt, und darauf stand ein Tablett mit einem unter einer Ananasscheibe versteckten Hähnchenschenkel, gekrönt mit einem Klacks Sahne; fettige goldfarbene Kartoffelkügelchen, die zu abgezirkelt aussahen, um gesund sein zu können, und anderes Eßbares, das einen nur in Verzweiflung stürzen konnte.

Mein Blick blieb an einer Gabel hängen, und der Einfall, sie meinem Nachbarn in den Kopf zu rammen, kam und verflog wieder. Statt dessen schloß ich die Augen und traf Vorbereitungen, zurück in den Schlaf zu sinken.

Tip Tip Tip.

»Ich *will* nichts essen. Lassen Sie mich bitte in Ruhe.«

Tip Tip – ich schnappte seine Finger vor dem dritten Mal und hielt sie fest. »Fassen Sie mich nicht noch einmal an. Sprechen Sie mich nicht an. Saugen Sie nicht an Ihren Zähnen.« Ich klingelte nach der Stewardeß. Sie kam schnell, die Leute des Sultans hatten sie vorgewarnt und ihr gesagt, wer ich war.

»Dieser Herr stört mich. Ich möchte, daß Sie mir sofort einen anderen Platz geben.«

»Es tut mir leid, mein Herr, aber in der ersten Klasse ist kein Platz mehr frei.«

»Dann gehe ich nach hinten in die Touristenklasse. Besorgen Sie mir nur *auf der Stelle* einen anderen Platz.«

Nachdem sie davongeeilt war, sagte Hasenhütl ruhig in perfektem, akzentfreiem Englisch: »Mein Gott, Radcliffe, ich hätte gedacht, Sie seien härter im Nehmen. Sie haben geklungen wie ein Tunten-Coiffeur. ›Besorgen Sie mir nur *auf der Stelle* einen anderen Platz.‹« Er äffte die weinerliche Stimme einer Tucke nach.

»Wer sind Sie? Was wollen Sie von mir?«

»Das zu erklären würde zu lange dauern. Ich bin Rabbit Hat. Oder vielleicht ›Air Wair‹ mit federnden Sohlen. Ich weiß es nicht – wie sollte ich heißen, was meinen Sie? Da kommt Ihr Platz.«

Wir saßen mit dem Rücken zur Stewardeß, so daß wir sie unmöglich kommen sehen konnten, aber kurz nachdem er es gesagt hatte, tippte sie mir auf die Schulter und sagte, sie habe einen Platz für mich gefunden. Ich sah Hasenhütl an und wollte aufstehen, statt dessen erhob er sich.

»Ich bin hier, um Ihnen den Arsch aufzureißen, Harry. So einfach ist das. Wünsche sind nicht umsonst. Wünsche haben immer einen Arschtritt im Schlepp. Ich bin Ihrer.« Er teilte der besorgt dreinschauenden Stewardeß mit, daß er umzöge und nicht ich.

Als er an meinen Knien vorbeiglitt, fragte ich: »Warum erzählen Sie mir das?«

Er hatte den Gang erreicht und beugte sich über mich. »Weil man keine Angst hat, wenn man nichts weiß. Man hat niemals wirklich Angst, bis man Gewißheit hat. Jetzt wissen Sie es. Jetzt ist es gewiß. Man sieht sich.«

Wie sah er aus? Ein übergewichtiger Geschäftsmann in einem langweiligen Anzug, quadratische Brille, ein Gesicht, das man sofort vergißt. Wenn er gesagt hätte, daß er Tinte verkauft oder Traktoren oder Politiker eines kommunistischen Landes ist, man hätte ihm geglaubt. Rabbit Hat war ein guter Name für ihn. Ein großes Kaninchen in einem Hut.

Ein paar Minuten nachdem er gegangen war, stand ich auf, reichte der Stewardeß mein Tablett mit dem Essen, das ich nicht angerührt hatte, und ging nach hinten. Die Touristenklasse war voll besetzt, aber sie hatten für ihn einen Platz zwischen zwei Arabern ausfindig gemacht. Er las eine Computerzeitschrift und sah nicht auf.

»Wer hat Sie geschickt? Cthulu?«

Er ignorierte mich. Die Araber gafften.

»Rabbit Hat, ich habe Ihnen eine Frage gestellt. Wer hat Sie geschickt? Was sollen Sie mir antun?«

Das Flugzeug machte einen ziemlichen Satz, und ich hätte fast das Gleichgewicht verloren. Mein Spezi schob die Brille hoch und rieb sich das Gesicht. »Ich glaube, Sie gehen besser zurück auf Ihren Platz, Harry. Sieht so aus, als seien wir in Turbulenzen geraten.«

»Erst beantworten Sie meine Frage.« Das Flugzeug hopste wieder und schaukelte von einer Seite zur anderen.

Er legte die Brille hin und sah mich kalt an. »Ihre Frage beantworten? Ich bin nicht da, um zu tun, was Sie wollen, Freund. Ich war schon entgegenkommend genug, als ich Sie wissen ließ, daß ich in Ihrer Nähe bin. Das hätte ich nicht tun brauchen. Ich hätte einfach anfangen können, Reißzwecken auf Ihren Weg zu streuen, und dann zuschauen können, wie Sie ihn barfuß hinuntertänzeln. Aber jetzt wissen Sie es. Sehen Sie, Sie haben doch als Kind die Märchen gelesen. Man reibt die Lampe, und heraus kommt ein Geist, aber etliche andere Sachen auch! Das Beste, was im Leben passieren kann, ist, daß Ihr Wunsch erfüllt wird. Oder das *Schlimmste*, das passiert, ist, daß Ihr Wunsch erfüllt wird. Ich bin die andere Seite des Wunsches, Süßer. Die dunkle Seite des Mondes. Ich bin der, der auf Ihrer Stimme gehen kann.«

Ich kehrte auf meinen Platz zurück und sah einen Film, an den ich mich überhaupt nicht erinnern kann, weil in meinem Kopfhörer ein Programm mit klassischer Musik lief und ich nicht umgeschaltet habe.

Der Flughafen von Wien ist ein recht gelungener Bau. Er ist gut durchdacht und so klein, daß man nicht ewig braucht, um herauszukommen, wenn das Flugzeug gelandet ist. Ich war einer der ersten, die das Flugzeug verließen, aber ich trödelte und blieb zurück, um meinen neuen Rächer besser von oben bis unten in Augenschein nehmen zu können. Er wogte in der Menge mit den anderen an mir vorbei und schritt schnell in Richtung Paßkontrolle. Ein Beamter warf einen oberflächlichen Blick auf ihn und winkte ihn durch, aber ich wurde angehalten, und sie kontrollierten meinen Paß sehr sorgfältig, drehten ihn sogar auf den Kopf und hielten ihn einmal gegen das Licht.

Deswegen brauchte ich einige Zeit, bis ich Hasenhütl am Gepäckband wieder einholte. Obwohl ich meinen Koffer schon sah, blieb ich ungefähr zwei Meter hinter ihm stehen und wartete, bis er seinen hatte, bevor ich meinen vom Band schnappte. Als wir auf den Ausgang mit der Aufschrift ›Nichts zu verzollen‹ zusteuerten, behielt ich den Abstand von zwei Metern bei. Er passierte den letzten Zollbeamten, und die elektronischen Türen glitten auseinander.

Botschafter »Inoffiziell« Awwad stand auf der anderen Seite, und einen Augenblick lang dachte ich, er sei meinetwegen gekommen, aber er lächelte, als er Hasenhütl sah, trat auf ihn zu und ergriff dessen Koffer. Im selben Moment legte mir ein Zollbeamter die Hand auf den Arm und signalisierte mir durch Zeichen, stehenzubleiben und meinen Koffer zu öffnen. Meine beiden Freunde draußen drehten sich um und gingen. Die Türen schlossen sich.

»Shit!«

»*Bitte*?«

»Ich sagte *shit*! Sie wollen meinen Koffer inspizieren? Bitte!«

Ich mußte mit jemandem darüber sprechen, und der Beste dafür wäre Venasque, wenn er nur noch lebte. Ich hatte im Taxi ungefähr den halben Weg in die Stadt zurückgelegt, als mir wieder einfiel, was mir bei meinem letzten Aufenthalt in Wien mit Walker Easterlings kleinem Sohn passiert war: Nicholas' Zauberei am Mittagstisch, die Art und Weise, wie seine Eltern uns seelenruhig allein auf den Flohmarkt gehen ließen, wie wir dann auf das Dach dort geklettert waren, wie der Junge auf den Zug gesprungen war und mir gesagt hatte, ich solle lauschen auf … Gottes Stimme? Was genau hatte er gesagt? Dieser Teil meiner Erinnerung war undeutlich. Am lebhaftesten und wichtigsten war meine Überzeugung, daß Venasque an diesem Tag von den Toten zurückgekehrt war und in die Gestalt dieses Kindes geschlüpft war, um mich zu ermuntern und mir den Weg in eine bestimmte, bedeutsame Richtung zu weisen.

Ob ich meinen Mentor durch dieses Kind noch einmal erreichen könnte? Ich brauchte nur ein Gespräch von zehn, fünfzehn Minuten, um alles darzulegen und zu fragen: »Was soll ich machen? Und wenn du mir das nicht sagen willst, sag jedenfalls warm oder kalt. Zeigt mein Kompaß in die richtige Richtung?« Venasque. Ich wußte, daß er mir helfen würde, wenn ich Verbindung mit ihm aufnehmen könnte. Ich war überzeugt, er würde helfen wollen. Nicholas Easterling. Ich mußte dieses Kind aufsuchen, mit ihm sprechen, *es versuchen*.

Als ich im Hotel angekommen war, war es zu spät anzurufen, aber ich war so hellwach und so aufgewühlt von dieser neuen Möglichkeit, daß ich meinen Koffer fallen ließ und mich zu einem Spaziergang auf der Ringstraße aufmachte. Ich kam an einem Mann in einer Telefonzelle vorbei und beobachtete, wie er seinen Hut abnahm, bevor er Münzen in den Schlitz warf. Ich fragte mich, ob er immer den Hut abnahm, bevor er telefonierte. Mein Vater hat immer Verdis »Maskenball« gehört, wenn er seine Einkommensteuererklärung machte. Venasque hatte einen besonderen Kochlöffel, mit dem er ausschließlich Suppe kochte. Gewohnheiten. Durch sie bleiben wir so beruhigt im Leben verwurzelt. Schlagartig fiel mir auf, daß ich die meisten der Angewohnheiten, die ich während meines Erwachsenenlebens angehäuft hatte, entweder völlig abgelegt hatte oder daß sie sich während der letzten Monate merklich verändert hatten. Ich ging durch die kalte Wiener Luft und überprüfte diesen Gedanken, indem ich rekapitulierte, wie ich die Zähne putzte – jetzt auf und ab, wohingegen vorher jahrelang von rechts nach links. Ich schreckte ein Pärchen in der Nähe auf, als ich verkündete: »Ich war immer mal oben und mal unten!« Davon ausgehend ließ ich in Gedanken das ganze Gewohnheiten-Bündel und auch andere persönliche Bagatellen vorbeiziehen, und es wurde erschreckend offensichtlich, daß große Teile und viele Elemente dessen, was ich gewesen war, ganz verschwunden waren oder sich im letzten Jahr dramatisch verändert hatten, ohne daß ich es eigentlich gemerkt hatte.

Was hatte das zu bedeuten? War das gut oder schlecht? Diese Frage hatte ich Venasque zigmal gestellt – »Ist das gut oder schlecht?« Anfänglich hat er geantwortet, weil ich so durcheinander war und übermäßig auf seine Hilfe angewiesen. Aber als ich auf dem Wege der Besserung war und belastbarer wurde, gab er die Frage zurück. »Was meinst *du*, Harry?« Oder einmal, als er übler Laune war: »Großer Gott, das ist doch das einzig Interessante *am* Leben – zu versuchen herauszufinden, ob etwas gut oder schlecht ist. Du bist wie dieser blöde Kerl, der noch nie Sex gehabt hatte. Er sucht sich jemanden und fragt ihn: ›Wie ist denn Sex?‹ Dieser andere sagt ihm: ›Schön, bringt mich aber immer in Schwierigkeiten.‹ Darauf antwortet der erste: ›Das ist alles, was ich wissen wollte. Davon halte ich mich fern!‹«

Ich stand vor einem McDonald's, sah durch die glänzende, glitzernde Scheibe und überlegte, ob ich vielleicht verschwand, mich auflöste. Erst stehlen sich meine Gewohnheiten davon, und ich merke es gar nicht – erst *jetzt* –, dann folgt ein Nervenzusammenbruch, der die verbliebenen Reste fast völlig von meiner Tafel wischt ... Mit diesen Gedanken betrat ich das gelb-rote glückliche Land des immerwährenden Cheeseburgers. Hinter der Theke versuchte ein müde wirkendes orientalisches Mädchen ein Lächeln, als sie mich nach meinen Wünschen fragte. Ich bestellte einen Big Mac und eine Cola und ging damit an den nächstgelegenen Tisch. Man kann sagen, was man will, bei MacDonald's zu essen, ganz egal, wo er ist, hat etwas Wohliges, wie im Mutterleib. Eine Zeitlang war ich der Meinung, der Umstand, daß sie so nach aufwendigem amerikanischen Mittelwesten aussahen, ließe diese Restaurants so absurd und deplaziert wie fliegende Untertassen erscheinen, besonders, wenn man sie in den Straßen Berlins oder Bangkoks sah, wo sie hingeplumpst waren und ihr Licht aussandten. Aber auch diese Meinung änderte sich eines Abends in Aachen, als das einzige, was ich auf der Welt wollte, ein Burger mit Pommes war und ich das goldene ›M‹

fand; das war super. Ganz egal, wer man ist, wenn man an einem dieser vertrauten Tische sitzt und vertrautes warmes Essen mampft und weiß, alle um einen herum essen dasselbe, ist es wie eine religiöse Handlung – nun lasset uns alle unsere Hamburger auswickeln und essen.

Als ich die letzten Bissen meines späten Abendessens in Wien kaute, wurde mir bewußt, daß Verschwinden und McDonald's viel gemeinsam hatten. Die westliche Kultur sendet so viele widersprüchliche Botschaften, daß es verwunderlich ist, daß nicht noch mehr Irre frei herumlaufen. Einerseits bringt man uns bei, alles in unserer Macht Stehende zu tun, um zu demonstrieren, daß wir Individuen sind. Was denn – was, abgesehen vom Sterben, könnte schlimmer sein, als für jemand anderes gehalten zu werden? Ein weiterer Nutzen ist: Je individueller man ist, desto größer sind die Chancen, eine Art Unsterblichkeit zu erlangen. Denken Sie an Gandhi. Denken Sie an Mao. Denken Sie an Elvis.

Andererseits erwartet man von uns, daß wir Republikaner sind oder Demokraten, Beatles-Fans, Mitglieder des Lions Club oder Kiwanis, stolze Bürger der Vereinigten Staaten von Amerika, Frankreich ... Trinidad.

Welche vernünftige Gesellschaft proklamiert, man müsse anders sein, um Erfolg zu haben, um dann im selben Atemzug zu behaupten, wer keine Hamburger mag, sei ein »Sonderling«? Bleib dir treu, aber wenn du dir zu treu bleibst, wirst du alleine dastehen. Oder du »verschwindest«, weil es – so wie die Dinge liegen – für einen echten komischen Kauz keine Verwendung gibt. Ich nahm einen Stift heraus und schrieb auf eine verkrumpelte Serviette: »Zwei Arten, unsichtbar zu sein – immer bei McDonald's essen oder so absonderlich sein, daß die Leute alle Anstrengungen unternehmen, dich *nicht* zu sehen – wie bei Pennern, echten Genies etc.«

Am nächsten Morgen klingelte das Telefon, als ich gerade das Badewasser einlaufen ließ. Telefone machen mich nervös und regen mich auf. Wenn in der Nähe eins klingelt, ist eine Überreaktion bei mir unvermeidlich. Ich sprintete nackt zurück ins Schlafzimmer und nahm den Hörer ab, auf alles gefaßt.

Es war Awwad beziehungsweise sein Privatsekretär, der wissen wollte, ob der Botschafter oder das Botschaftspersonal irgend etwas für mich tun könnten, solange ich in der Stadt sei. Ich hätte gern gesagt, ja, beantworten Sie diese drei Fragen; die Reihenfolge können Sie bestimmen: 1. Wer ist Hasenhütl? 2. In welcher Beziehung steht Awwad zu ihm? 3. Was will er von mir? Statt dessen bedankte ich mich für die Fürsorglichkeit und sagte, ich sei nur ein oder zwei Tage in Wien und nähme nicht an, daß ich ihre Hilfe brauchte.

Ich ging zurück ins Badezimmer, wo mich eine Wolke heißen Wasserdampfs willkommen hieß. Als ich den Hahn abdrehte, hörte ich wieder das Telefon klingeln. Diesmal war es Fanny.

»Du hast zu Hassan gesagt, ich könnte einen ganz schön piesacken.«

»Kannst du auch. Wie geht's dir, Fanny? Wie geht es deiner Mutter?«

»Bei euch ist jetzt neun Uhr, nicht? Hast du dein morgendliches Bad schon genommen?«

»Ich habe gerade das Wasser einlaufen lassen, als das Telefon klingelte.«

»Dann hast du gleich was, worüber du nachdenken kannst, wenn du hineinsteigst: Ich habe beschlossen, Hassan zu heiraten.«

Auf der anderen Zimmerseite hing ein Spiegel. Ich sah hinein und zog die Augenbrauen hoch, um auszudrücken: »Was sollte ich wohl dagegen machen können?«

»Willst du etwa gar nichts dazu sagen? Du willst mir nicht nahelegen, es nicht zu tun?«

»Nein, Fanny. Wenn du den Typ heiraten willst, tu es. Aber dafür, daß du mich anrufst und es mir am Scheiß-*Telefon* sagst, verdienst du keine menschliche Reaktion von mir! Nein, ich werde dich nicht aufhalten. Aber ich sage dir, du bist feige, weil du nicht den Mumm gehabt hast, es mir ins Gesicht zu sagen.«

»Du bist wirklich ein ganz furchtbarer Kerl.«

»Lieber furchtbar als kein Rückgrat, Schätzchen. Ich hätte dir so etwas nie auf die Art gesagt. Niemals.«

»Dazu wirst du auch nie Gelegenheit kriegen, Arschgesicht.« Sie legte auf.

Ich ging zurück zur Badewanne und stieg hinein, obwohl das Wassser immer noch viel zu heiß war. Als ich zwanzig Minuten später wieder herauskam, sah mein Körper aus wie Räucherlachs. Während ich einweichte, dachte ich mir drei- oder vierhundert ungeheuer geistreiche und brutale Erwiderungen aus und probte sie; ich wünschte, ich wäre darauf gekommen, als ich mit ihr sprach. Die Franzosen haben sogar einen Ausdruck dafür: »ésprit d'escalier« – man hätte es gern einen Augenblick eher gesagt, hat es aber nicht. In meinem Fall, was ich gern einen Augenblick eher gesagt hätte, aber nicht gesagt habe, weil ich zu gelähmt war und zu verletzt, um etwas zu entgegnen. Das Telefon war der Schwinger, mit dem sie mich k. o. schlug. Wie ein Arzt, der einem am Telefon sagt, man sei unheilbar krebskrank.

»Gottverdammtes Telefon!« jaulte ich, rieb mir den Nacken mit einem Handtuch und starrte hinüber in das andere Zimmer auf das schwarze Ding, das an allem schuld war. Es schob einem so viele Worte so vieler Stimmen ins Ohr und machte soviel Ärger. Stimmen. Worte. Volumen. »Vielleicht ist Gott Volumen. Wundere dich nicht, daß alle Wörter Gott sind.« *Das* hatte der kleine Nicholas Easterling mir zugerufen, als er auf dem Dach des U-Bahnzuges stand, der aus dem Bahnhof ausfuhr. Worte. Geheimnisvolle Worte eines Kindes. Schockierende Worte einer Geliebten. Und was hatte der unergründliche Hasenhütl gestern abend zu mir gesagt? »Ich bin der, der auf Ihrer Stimme gehen kann.«

Es dauerte Stunden, bis ich bei den Easterlings durchkam. Als es mir gelungen war, sagte Maris, ihr Mann sei verreist und sie habe eine Erkältung. Was offensichtlich heißen sollte, daß ich mich zu einem anderen, passenderen Zeitpunkt wieder melden sollte. Ich überzeugte sie davon, daß es wichtig sei und ich nicht lange bleiben würde, und ohne daß ich den Jungen direkt erwähnte, sagte ich, es gehe in erster Linie um ihren »Nachwuchs«. Sie gickelte und lud mich ein.

Die Wohnung war nur einen Katzensprung vom Hotel entfernt. Ich war in Null Komma nichts da, und obwohl sie wußte, daß ich kam, schien Maris noch sehr verblüfft zu klingen, als sie meine Stimme durch die Gegensprechanlage hörte.

»Wie sind Sie so *schnell* hierher gekommen? Haben Sie sich hergebeamt?«

Der Türöffner surrte, und mit hämmerndem Herzen stieß ich die Tür auf.

Ich stand unten im Treppenhaus, sah hoch und begriff die unerbittliche Tatsache, daß ich mehr als fünf Treppen hochsteigen mußte, um zur Wohnung der Easterlings zu gelangen. Amerikaner sind es nicht mehr gewöhnt, Treppen zu steigen. Oder jedenfalls nicht mehr als ein Stockwerk. Es ist anstrengend und altmodisch, außerdem bedeutet ein langwieriger Aufstieg eine sichere Depression, weil einem nach zwei Minuten klar wird, wie beträchtlich man aus der Form ist. Als ich den dritten Stock erreicht hatte, fing ich an schwer zu atmen, und als ich das Geländer zum fünften umrundete, klang ich wie ein obszöner Anrufer. Auf dem Treppenabsatz stand eine dünne Katze mit einem süßen Gesicht und bog den Schwanz.

»Hallo, Kätzchen.« Ich beugte mich hinunter und streichelte ihren Kopf. Sie schob ihn in meine Hand und schnurrte. Sehr lieb. Das sind die Katzen, die ich mag. Jede Katze, die sich wie ein Hund benimmt, ist in meinem Universum willkommen. Andere nicht. Ich behaupte, daß ein Tier, das sich überlegen dünkt und trotzdem damit zufrieden ist, drei Stunden lang mit einem Faden zu spielen, im Hinblick auf wichtige geistige Angelegenheiten Defizite aufweist.

»Er heißt Orlando.«

Noch in gebückter Haltung, um die Katze zu tätscheln, drehte ich mich um, sah hoch und erblickte einen riesigen runden Bauch. Darüber linste das schöne Gesicht von Maris Easterling hervor. Obwohl sie nicht geschminkt war und ihre Gesichtsfarbe zu blaß, sah sie trotzdem gut aus. Monumental schwanger, aber gut. Maris Easterling war nicht schwanger gewesen, als ich sie vor nicht einmal einer Woche gesehen hatte!

Meine innere Stimme sagte »äh, oh«, bevor mein bewußter Verstand auch mitkam und langsam verstand, was vor sich ging.

»Hi. Sind Sie all die Treppen heil hochgekommen?«

Ich starrte auf ihren Bauch. Sie war so sehr, *sehr* schwanger unter dem blauen Sweatshirt und der elastischen Hose. Diese Frau *war nicht schwanger* gewesen, als wir uns hundert Stunden vorher kennengelernt hatten.

Anstatt auf sie zuzugehen, setzte ich mich ungehörig auf die

Stufe neben die Katze und massierte mir mit einer Hand den Scheitel.

»Geht es Ihnen gut, Harry? Diese Treppen können einen wirklich umbringen. Möchten Sie einen Schluck Wasser?«

»Danke, nein. Der Junge ist wohl nicht da?« Aber ich wußte schon, daß es kein Kind der Easterlings gab. Noch nicht. Kein Nicholas. Es *war* Venasque gewesen, der mich an dem Tag zum Flohmarkt geführt hatte, und nur an dem Tag hatte er sich als ein Kind, das noch nicht geboren war, verkleidet. Wieder einmal hatte mein Schamane einen seiner Auftritte für mich inszeniert.

Maris sah mich weiter freundlich an und zuckte dann die Achseln. »Sie meinen Walker? Nein, ich habe Ihnen ja gesagt, daß er bis morgen verreist ist.«

»Nein, nicht Ihr Mann, Ihr *Sohn*, Nicholas.«

»Gott, wie können Sie das wissen?«

Die Katze schnurrte lauter und stupste mich in die Seite. Ich drückte sie an mich, als ginge es um mein Leben. »*Was* wissen? Was meinen Sie?«

»Dieser Name, ›Nicholas‹! Wir haben uns erst gestern abend entschieden, und jetzt stehen Sie da und wissen es schon! ›Nicholas‹, wenn es ein Junge wird, und ›Lydia‹, wenn es ein Mädchen wird.« Sie betrachtete ihren Bauch. »Gefallen Ihnen die Namen?«

»Es *gibt* noch keinen Jungen, oder?« Unfähig zu denken, blickte ich auf ihre Tür und hoffte immer noch, das Kind, das ich getroffen hatte, würde auftauchen. Aber ein zaubernder Sohn Nicholas existierte noch nicht. Nicht in den nächsten Monaten. Nicht bis er geboren worden war.

»Wir wissen noch nicht, ob es ein Junge ist. Ich war im Krankenhaus, und sie haben diese Untersuchung vorgenommen, bei der man das Geschlecht des Kindes bestimmen kann. Aber ich habe ihnen gesagt, daß ich es nicht wissen will. Walker war einverstanden. Es ist unser vielleicht einziges Kind. Es soll eine Überraschung sein.«

Venasque kam einen Tag lang als der Junge, um mir diese Dinge über Gott, Volumen, Wörter zu sagen. Einen Tag, nicht länger. Nun war ich allein. Sollte das bedeuten, daß er der Meinung war, ich könne allein damit fertig werden, oder war ihm nur ein einziger Besuch gestattet, dieser einmalige Auftritt?

Stand er auf einer Wolke im Himmel, aß Kartoffelchips und schüttelte den Kopf darüber, wie schlecht ich mein Leben bewältigte?

Maris und ich unterhielten uns noch eine halbe Stunde. Glücklicherweise war sie von meiner Arbeit völlig begeistert und stellte ziemlich technische Fragen, wie ich auf dieses und jenes in meinen Entwürfen gekommen sei, wie ich dieses oder jenes bewerkstelligt hätte. So ausgepumpt ich auch war, entzündete das Sprechen über meine Arbeit, der ich so lange teilnahmslos gegenübergestanden hatte, ein kleines Flämmchen in meinem Innern.

Bevor ich ging, fragte sie schüchtern, ob ich Lust hätte, mir ein paar von ihren »Sachen«, wie sie sie nannte, anzusehen. Diese Sachen erwiesen sich als wundersame Miniaturstädte aus vielen verschiedenen Materialien und zeigten eine echte Begabung für das stilvoll Absurde und Phantastische. Bei dem wenigen, das ich aus der Zeit noch wußte, erinnerten sie mich auch an die Stadt, die ich gebaut hatte, als ich verrückt gewesen war. Insbesondere eine, und ich fragte, ob sie sich überlegen wolle, sie zu verkaufen.

»Harry Radcliffe eine *meiner* Städte verkaufen? Wenn ich Sie fragen darf, warum diese?«

»Weil sie mich an eine Verrücktheit erinnert, die ich mal hatte und in gewisser Weise vermisse.«

»Sie vermissen das *Verrücktsein*?«

»Ich vermisse die Besessenheit. Das Wetter dort gefiel mir.«

Sie berührte mich an der Schulter. »Sie klingen so traurig, wie Sie das sagen. Ich glaube nicht, daß Verrückte besessen sind. Sie wirbeln, aber sie wissen es nicht. Das Schöne an Besessenheit ist, daß man immer wieder mal auf Abstand gehen kann, Luft holen und sich angucken, was man während seines Tornados gemacht hat. Verrückte können nicht auf Abstand gehen. Sie kreiseln nur, bis sie sich in Rauch auflösen.«

Ein leichter weißer, nebliger Dunst, der über Wien gelegen hatte, verdichtete sich nach einer Stunde Fahrt aus der Stadt allmählich zu Schnee. Der Tag hatte wie einer dieser einzigartigen Edelsteine des Winters begonnen, an denen die Klarheit des Himmels und der Sonne einem das Gefühl gibt, daß das Leben großherzig ist. Es hielt ein paar Stunden an, bis mit einem garstigen Lüftchen, das einen zwang, den obersten Knopf zu schließen, von Westen her Wolken heraneilten. Zu diesem Zeitpunkt war ich schon auf dem Bahnhof und hatte richtig Lust, durch einen steingrauen Tag zu reisen. Die Zugfahrt von Wien nach Zell am See sollte vier Stunden dauern. Da ich früh losgefahren war, hoffte ich, mittags anzukommen. Ein paar Tage, um die Landschaft in Augenschein zu nehmen und die Gegend ordentlich zu beschnuppern, waren mein unabdingbarer erster Schritt, bevor ich nach Los Angeles zurückkehrte und mit den Vorzeichnungen anfing. Ein Profi-Rennfahrer, den ich kenne, hatte mir einmal erzählt, daß es für ihn zum festen Ablauf gehört, vor einem Rennen – selbst wenn er die Bahn schon hundertmal gefahren ist – die Strecke langsam abzugehen, bevor er auch nur in den Wagen steigt. Ich mache das auch so. Ohne daß hundert Leute um mich herumstehen und mir sagen oder mich fragen, was zu tun sei, besichtige ich einen neuen Baugrund mehrmals, allein, bevor ich einen Winkelmesser aufs Papier setze oder einen Taschenrechner malträtiere.

Ich sah kurz von meiner Landkarte hoch, als wir am gewaltigen barocken Dom von Melk, der oberhalb der Donau steht, vorbeisausten. Ich schaue gern auf eine Karte der Strecke, die ich fahre. Zuerst suche ich darauf nach irgendwelchen Städten, von denen ich schon gehört oder mein ganzes Leben lang geträumt habe, die Namen so romantisch und aufregend wie Filmstars: Salzburg, Venedig, Prag. Dann begebe ich mich auf die Suche nach Orten mit besonders ausgefallenen Namen, die ich nie sehen werde. Trotzdem freue ich mich, sie einmal gelesen zu haben und danach immer zu wissen, daß es sie gibt – Ybbs, Znojmo in der Tschechoslowakei, Winklmoos Alm. Diese Gabe habe ich von Bronze Sydney. Sie meinte, das sei, wie jemanden, der einen nicht sieht, aus einem Wagenfenster zu beobachten. Auf diese Weise ist man ihnen immer eins voraus, obwohl es unwahrscheinlich ist, daß man sie jemals wiedersieht. Znojmo, ich kenne dich, aber du miiich nicht...

Die Zugfahrt war himmlisch. Der draußen waagerecht vorbeiwirbelnde Schnee verstärkte nur das Gefühl von behaglichem Luxus und Ruhe, das ich verspürte, als wir rat-tat-tat über die Ebenen im Osten flogen und später allmählich bergan fuhren und, nachdem wir Linz hinter uns gelassen hatten, in der Ferne

Berge sichtbar wurden. Ich hatte eine Geschichte Sarus in der Tasche, aber Wüsten, brennender Sand und Kamele paßten nicht zur Stimmung dieser Reise. Ebensowenig wie eine englische Ausgabe von Otto Wagners *Moderne Architektur*, die ich in Wien gekauft, aber seitdem nicht aufgeschlagen hatte. Obwohl ich zufrieden war, dort allein zu sein, wurde ich nach ein paar Stunden ein wenig unruhig und stand auf, um mir auf dem Gang die Beine zu vertreten. Ich schob die Abteiltür zur Seite und sah prüfend nach rechts und links, ob jemand sich auf dem Korridor aufhielt. Kein Mensch. Ich trat hinaus, beugte mich ein wenig hinunter, um aus dem Fenster zu sehen, und wünschte mir sehnlichst eine Zigarette. Auf jenem leeren Gang – das Geräusch des Zuges lauter, den Kopf gegen das eisige Glas gelehnt – zu rauchen wäre vollkommen gewesen. Draußen standen zwei weiße Kühe auf einem weißen Feld, die einander unbeteiligt ansahen, während ihnen Schnee auf den Rücken und die schwarzen Nasen fiel. Ein Bauer steuerte langsam einen Traktor über eine Landstraße, die parallel zu den Gleisen verlief. Neben ihm auf dem Sitz saß eine Frau, die Hände im Schoß gefaltet. Beide trugen grüne Wolljacken zum Schutz gegen den Schnee. Ihre Gesichter waren ganz rot und ihre Hände bloß. Ich sah rundum kein einziges irgendwie geartetes Gebäude und fragte mich, wohin diese Leute wollten und wie lange sie wohl noch unterwegs sein müßten.

Da ich so beschäftigt damit war, mir Sorgen über erfrierende Bauern zu machen, brauchte ich einige Zeit, bis mir auffiel, daß ganz in der Nähe jemand Englisch sprach. Wenn ich in einem nichtenglischsprachigen Land reise und plötzlich Englisch höre, ist es gleichermaßen ein Genuß und eine Beleidigung nach soviel verbaler Empfangsstörung. Ein Genuß, weil ich diese Wörter kenne! Ich kann wieder etwas verstehen! Lob sei dem Herrn! Eine Beleidigung, weil es, wenn man einmal horcht, erschrekkend ist zu hören, was Menschen in der eigenen Sprache sagen. Alles ist eine Klage, alles ist ein Vergleich. »Ich habe seit Beginn der Reise Verstopfung.« »Da hast du aber Glück – ich habe genau das umgekehrte Problem. Ich verpasse die Hälfte der Ausflüge!« »Wieviel ist das in richtigem Geld?« Etc. Ozzie und Harriet verreisen ins Ausland. *Hoppla, Lucy*, ohne den Witz.

Bereit, mir fünf Minuten lang Murren und Jammern übers

Essen, die Preise, die Unterkünfte … anzuhören, richtete ich meine lauschenden Ohren auf das nächste Abteil aus, dessen Tür offenstand und aus dem die englischen Worte drangen.

Ein Mann mit voller Stimme und einem leichten Akzent sprach. Neugierig ging ich ein paar Schritte den Gang hinunter, als brauchte ich Bewegung. Ich kehrte wieder um und warf auf dem Rückweg im letzten Moment einen Blick hinein. Ein ziemlich hübscher Jugendlicher saß einem grauhaarigen Mann gegenüber, der einen schwarzen Pullover und schwarze Hosen trug. Auf den ersten Blick dachte ich, er sei ein Priester. Beide nickten mit dem Kopf. Keiner der beiden sah mich an.

»Wo ich gekämpft habe? Ich habe in Wien gegen die Russen gekämpft! Gegen Kriegsende haben die Nazis jeden Jungen rausgeschickt, der atmen und ein Gewehr tragen konnte. Mein Bruder Klaus, siebzehn, ist umgekommen und mein bester Freund auch. Viele haben zu der Zeit ihre Söhne vor den Nazis versteckt, später haben sie ihre Töchter vor den Russen versteckt, aus genau demselben Grund – um die Vergewaltigungen zu verhindern. Die Nazis haben uns Jungen vergewaltigt, indem sie uns Helme aufsetzten und uns in den Kampf schickten. Die Russen haben die Mädchen auf die … hm … herkömmlichere Weise vergewaltigt. Aber was macht das schon für einen Unterschied? In jedem Fall heißt es, laß die Hosen runter und tu, was ich dir sage, oder du stirbst.

Mit fünfzehn hielt ich mich für ein hohes Tier. Mit fünfzehn hat jeder Junge nur Mist im Kopf. Also sagt das hohe Tier mit Mist im Kopf, okay, ich gehe und kämpfe. Wir Jungen, *Kinder*, gegen die russische Armee. Von unserer Armee war nichts mehr übrig! Keine Munition, keine Verpflegung, alle Offiziere waren zurückgeholt worden, um Deutschland zu verteidigen … Ha! Es war Selbstmord, aber wir hohen Tiere gingen, um zu kämpfen. Kannst du dir vorstellen, wie dumm wir gewesen sind? Es war schon fast wieder schön.«

»War es spannend?«

»Zuerst war es *langweilig*, weil nichts passierte, dann eines Nachts habe ich mich gefürchtet wie in meinem ganzen Leben noch nicht. In der Nacht weckten sie uns durch Rufe: ›Lauft! Die Russen kommen, es sind Millionen, und sie sind nicht aufzuhalten. Lauft! Versucht wegzukommen.‹«

Der alte Mann brach ab. Um jedes Wort mitzubekommen, hatte ich mich so weit vornübergelehnt, daß mein Rücken schmerzte. Man hörte, wie ein Streichholz angerissen wurde, eine Zigarette angesteckt, einen tiefen Zug, das Ausblasen des Rauchs. Ich hätte nicht nur gern bequem in einem warmen Abteil sitzend das Ende dieser Geschichte gehört, ich hätte von dem Menschen auch gern eine Zigarette geschnorrt.

»Also rannten wir. Mein Gott, sind wir gerannt! Aber wo soll man nachts hin? Der Feind konnte überall sein. Besonders, wenn man eine Gegend nicht kennt. Oben in der Nähe von Gmünd waren wir, an der Grenze. Es war so dunkel, und wir hatten solche Angst. Wir rannten und fielen hin und rannten wieder. Was für eine Nacht! Endlich ging, Gott sei Dank, allmählich die Sonne auf. Es war sehr still. Wir hielten immer wieder an und horchten auf Geschütze oder Gewehre, aber nichts. Es war ein schöner Tag. Eine Bäuerin sagte uns, daß wir uns südlich von Wien befänden, sie weinte. ›Was sollen wir tun? Sie werden uns umbringen. Sie werden kommen und uns alle umbringen!‹ Da hatten wir unsere Gewehre und unser Gepäck schon irgendwo abgeworfen, weil sie zu schwer waren. Die Russen waren uns auf den Fersen, was interessierten uns unsere *Rucksäcke*? Allerdings interessierten sie uns am Mittag des Tages, als wir so einen verfluchten Hunger hatten und nichts zu essen! Denk dran, daß es damals überall nur sehr wenig Nahrungsmittel gab. Hab ich dir das schon erzählt? Wenn Essen zu haben war, war es für die Armee, das hieß, wenn *wir* keins hatten, konnten wir nicht einfach an eine Tür klopfen und jemanden um ein Brot oder Kartoffeln bitten. Es gab keine. Keine! Das ganze Land hungerte. Die Russen kamen, die Amerikaner kamen, alle kamen, und wir verhungerten.

Jetzt erzähle ich dir den unglaublichsten Teil der Geschichte. Ich erinnere mich an diesen Anblick deutlicher, muß ich sagen, als an vieles andere, das vor vierzig Jahren oder im Krieg passiert ist. Ich weiß nicht, warum. Vielleicht weil es so absurd und unwirklich war.

Wir waren zwanzig Stunden gerannt, und keiner von uns hatte etwas gegessen. Nichts. Wasser konnten wir bekommen, aber etwas zu essen gab es nirgends. Am Abend des Tages schliefen wir wieder in den Wäldern. Du weißt, wie dunkel diese Wälder im Waldviertel sind, nicht? Aber irgendwo mußten wir schlafen, also gingen wir weit in die Wälder hinein und legten uns wieder in der Dunkelheit und Kälte schlafen. Jedes Geräusch schreckte uns auf. Einer der Jungen weinte. Und dann, früh, frühmorgens hörten wir irgendwo schwere Geschütze feuern, und wir wußten, jetzt kommen sie. Da saßen wir drei zusammen in den schwarzen Wäldern und warteten darauf, daß das erste Licht, irgendein Licht käme, damit wir wieder Richtung Wien loslaufen könnten.

Aber jetzt hör zu, als es hell wurde und wir vielleicht zwei Stunden gegangen waren, kamen wir an das Wunder, eine Vision, die ich in diesem Augenblick so deutlich sehe wie vor vierzig Jahren. Auf der Hauptstraße bei Eggenburg erreichten wir einen Bauernhof, auf dem es überall Brot gab. Im Hof waren Laster voll mit Brot, die Scheunentore standen offen, und *sie* war voll mit Brot. Ich kann dir nicht beschreiben, wie das war. Über-all war Brot. Wir konnten es von der Straße aus riechen, Markus. Kannst du dir das vorstellen? Ein Haus aus Brot! Und wir so verflucht hungrig. Wir sahen uns an und dachten, Gott spielt uns einen Streich. Oder der Teufel. Das konnte nicht sein – nie war das Leben so gnädig. Wir vergaßen die Russen und rannten wie Wilde quer über die Straße. Du hast in deinem Leben noch nie soviel Brot gesehen. Für wen war es? Mein Freund Tilo lief zu einem Laster und kletterte hinauf. Er kam da rauf und fing an, uns über die Schulter Brot zuzuwerfen. So – pfff-pfff-pfff. Große, runde, braune Brote. Gott! Sie kullerten überall auf dem Boden herum, und wir lachten und rannten, um sie zu greifen. Wir waren verrückt vor Hunger, aber in einer Minute würden wir frisches Brot essen, soviel wir wollten. Als wir flitzten, um sie aufzuheben, ging – BÄNG! ein Gewehr los. In einer Sekunde vom Himmel in die Hölle. Beim Anblick des ganzen tollen Brotes hatten wir den Krieg und die Russen vergessen. Dann schrie einer: ›Hände weg von dem Brot! Geht da weg, oder ich schieße!‹ Wir sehen uns um, ich mit zwei dicken Dingern in den Händen, und da steht ein Junge, nicht älter als wir, und richtet ein Gewehr auf uns.

›Bist du bescheuert?‹ brüllte Tilo ihn an. ›Was regst du dich auf, wenn wir ein paar nehmen? Es sind doch Hunderte da, Tausende!‹

›Ich weiß, aber ich darf es nicht zulassen. Ich habe Befehl, jeden zu töten, der auch nur eins nimmt. Es ist Brot für die Armee.‹

›Aber wir *sind* die Armee! Guck dir unsere verfluchten Uniformen an, du Trottel!‹

›Ich kann es trotzdem nicht machen. Ich hab Anweisung, ohne Befehl darf ich nichts weggeben. Ich muß euch erschießen, wenn ihr welches nehmt, also legt es hin.‹

›Also gut, du hast deine Befehle, aber ein Brot – für jeden eins. Du hast Tausende. Keiner wird eins vermissen!‹

Der Hundesohn wollte nicht darauf eingehen. Als ich eins unter meinem Hemd verstecken wollte, merkte er es und richtete sein Gewehr auf mich. Sein Gesichtsausdruck sagte, er würde mich erschießen, bestimmt. Ich ließ das Ding zu Boden fallen. Es war so weich. Noch nie in meinem ganzen Leben hatte ich etwas so unbedingt haben wollen wie dieses Brot zu meinen Füßen. Ich konnte nicht aufhören, es anzustarren. Als sei ich hypnotisiert.

Tilo sagte: ›Dreckskerl, gib uns eins! Nur eins, wem fällt es schon auf, wenn's fehlt?‹

›Aber sie erschießen mich, wenn ich das mache. Woher soll ich wissen, ob ihr nicht sie seid?‹

Wir versuchten, ihn zu überzeugen, aber es hatte keinen Zweck. Kein Brot für uns. Ach Gott, ich kann diesen Duft auf dem Hof immer noch zurückholen. Immer, wenn ich an einer Bäckerei vorbeigehe und schnuppere, erinnere ich mich an den Tag am Brot-Haus. Na ja, wir machten kehrt und gingen wieder. Wir debattierten, ob wir zurückgehen sollten und diesen Typen umbringen, aber dazu war noch keiner von uns fähig. Wir waren Kinder!

Wir Glückspilze trafen einige Soldaten, die etwas zu essen hatten. Sie waren unterwegs in Richtung Wien, sie teilten mit uns, und wir gingen alle zusammen weiter. Später an dem Tag hörten wir wieder die Geschütze, und gleich darauf kamen wir an den nächsten komischen Ort, genauso komisch wie das Brot-Haus. Nur daß auf diesem Bauernhof ein Soldat Hunderte von Fahrrädern bewachte. Mit ihnen wären wir schnell nach Hause gekommen, aber dieser Hosenscheißer hatte noch beklopptere Order als der erste: Er wollte uns keine Fahrräder geben, weil er sie vor den Russen beschützte! Die Russen waren so nah, daß wir hören konnten, wie sie ihre Geschütze luden und lachten. Wir alle wußten, wie sehr sie uns haßten für das, was unsere Armee ihnen angetan hatte, außerdem waren sie sowieso Wilde, Alptraumgestalten – Tataren und Kosaken und Urtypen aus der Mongolei. Wir schrien auf diesen Mann ein, daß wir alle fliehen sollten, jetzt, solange wir noch eine kleine Chance hatten. Aber nein – er blieb und kämpfte, und wir konnten sehen, wo wir bleiben, und uns in die Hose machen. Häuser voller Brot und Fahrräder, aber wir bekamen gar nichts.«

»Ich hör mich an wie Donald Pobiner.« Ich hob den Koffer, faßte den Griff fester und trat vom Zug zurück. Als ich zehn Jahre alt war, war Donald Pobiner mein bester Freund. Er war ein verklemmtes kleines Ekel, völlig unkomisch, das sogar damals schon die aufreizende Angewohnheit hatte, Statements von sich zu geben, die meistens blöde, aber, was ihn anging, immer unwiderlegbar waren, wie »von Ketchup kriegst du Krebs«, um eins der denkwürdigeren anzuführen.

Als der Zug vor Zell am See das Tempo verlangsamte, sah ich aus dem Fenster und fragte mich: »Was ist denn so besonders an dieser Stadt?« Es gab einen hübschen See, umschlossen von mittelgroßen Bergen, deren Spitzen mit Schnee bedeckt waren. »Die Schweiz ist schöner«, lautete mein nächstes Pobiner-Dekret, als ich die Stahlstufen hinunterstieg.

Draußen schneite es leicht, was der Atmosphäre etwas Heimeliges und Gedämpftes verlieh, wie Schnee es manchmal mit sich bringt. Eine der erfreulichen Begleiterscheinungen bei Bahnreisen in Europa ist, daß der Weg zum Bahnhofsgebäude oft quer über die Gleise führt, sogar wenn es ein großer Bahnhof ist. Da waren wir, eine kleine Gruppe, die über den Schnee knirschte, während der Schnellzug nach Innsbruck losglitt und mit dem kreischenden Geräusch von Metall auf Metall hinter uns ausfuhr. Ich wandte mich unwillkürlich um, wollte den alten Mann und seinen jungen Zuhörer noch einmal sehen.

»Harry!« Morton Palm stand unter dem Bahnhofsvordach, die bloßen Hände in die Achselhöhlen gebohrt, und er grinste übers ganze Gesicht.

»Morton, du bist tatsächlich gekommen!« Ich ging auf ihn zu, ließ meine Tasche fallen und klopfte ihm auf den Arm. Ich war zutiefst froh, den Mann zu sehen. Er war der erste, und nach langen Überlegungen auch der einzige, den ich aus Saru angerufen hatte, nachdem ich mich entschieden hatte, den Auftrag anzunehmen. Natürlich hat Hassan es Fanny erzählt, aber ich habe nicht einmal meine Partnerin angerufen, um sie zu unterrichten. Ich wandte mich an Palm, weil ich in Zell am See jemanden bei mir haben wollte; jemanden, der gut Deutsch sprach, etwas von meinem Fach verstand und den ich gern um mich hatte. Die Tatsache, daß er ein ehemaliger Soldat war, war auch nicht abträglich. Bei der langen Unterhaltung, die wir geführt hatten, bevor ich Bazz'af verließ, hatte ich ihn gebeten, sich in der Gebirgsstadt mit mir zu treffen und, unter anderem, ein Gewehr mitzubringen. Als ich anfing, ihm die jüngste Situation in Saru zu schildern (das Attentat, Cthulu ...), sagte er nur: »Ich weiß, Harry. Ich habe es verfolgt. Das mit dem Gewehr ist eine gute Idee.«

Wir durchquerten einen Wartesaal voller Menschen in bunter Skibekleidung und mit jenem Ausdruck blasierter Erschöpfung, der daher rührt, daß man für den Gebrauch seiner Muskeln jede Menge zahlt. Draußen vor dem Bahnhof standen Taxis und pusteten blaue Auspuffgase in die friedliche Luft. Die Fahrer musterten uns ohne Neugierde, bevor sie sich wieder ihren Zeitungen widmeten.

»Wo steht der Wagen?«

»Am Hotel. Es ist ein Fußweg von fünf Minuten.«

»In welchem Hotel wohnen wir?«

»Du hast gesagt, du wolltest in das schönste Haus am Platze, Harry. Ich habe uns im Grand Hotel eingemietet. Es wird dir gefallen – es ist direkt am See.«

»Die Germanen schrumpfen diese Landschaften zu Postkartenmotiven zusammen, damit sie darin herumstolzieren können. Sieh dir das an – es stammt direkt aus dem *Zauberberg* oder einem Bild von Caspar David Friedrich. Wunderschön, eindrucksvoll und völlig falsch.«

»Wieso falsch?« Er holte eine Packung Zigaretten heraus, ein Grund, mich noch mehr zu freuen, daß er da war.

»Kann ich eine Zigarette haben? So falsch wie getrimmte Bäume oder Buddelschiffe. Schiffe gehören nicht in Flaschen – sie gehören hinaus aufs endlose Meer, wo sie gegen Stürme und

Seeungeheuer kämpfen. Solche Szenerien sollten dramatisch und spektakulär sein – nicht geschönt und brav, wie auf angenehme Formen zurechtgestutzte Hecken. Das sind die *Alpen*, Mensch! Schneestürme! Lawinen! Hundertfünfzig Kilometer weit sehen können! Aber was haben sie aus diesem Flecken gemacht, außer, daß sie ihn domestiziert haben? Schnuckelige Bootsstege und Großterrassen-Restaurants auf dem Gipfel, wo man Remy trinken kann und etwas Sonne tanken, bevor man mit der Seilbahn wieder herunterfährt...

Hör zu, in der Renaissance hatten die Menschen so eine Scheiß*angst* vor Bergen, daß sie bei Kutschfahrten durchs Gebirge Augenbinden angelegt haben, damit deren gefährliche Macht sie nicht in den Wahnsinn treibt! Die Menschen haben wirklich geglaubt, das könne passieren. Davon rede ich. Wo sind diese Empfindungen heute, Morton? Ich bin überzeugt, das einzige, was uns heute hier in den Wahnsinn treiben wird, ist der Preis für das Hotelzimmer oder für einen Drink an der Bar.«

»Harry, warum bist du eigentlich dauernd grantig? Du bist ein Sonntagskind. Du hast alles, was du willst, deine Firma ist erfolgreich, und eine Zeitlang warst du sogar verrückt, ohne dabei allzu viel einzubüßen. Aber du bist immer im Streß, immer grantig. Es fällt mir schwer, das zu verstehen.«

Das war alles, was Palm sagte, während wir auf das Hotel zugingen, das jetzt in Sichtweite war. Aber weil *er* es gesagt hatte, ein Mann, der so gelassen und zufrieden mit seinem Lebensverlauf war, rissen mich die Worte in zwei Hälften. War ich wirklich so misanthropisch und launisch?

Das »Grandhotel am See« war sorgfältig restaurierter Zuckerbäckerstil aus dem neunzehnten Jahrhundert. Unsere nebeneinander liegenden Zimmer mit Balkon gingen auf den See und die Berge. So domestiziert es auch war, ich wünschte, eine geliebte Person wäre bei mir, mit der ich es teilen könnte. Fanny fiel mir ein und unser letztes Gespräch. Liebte ich sie? Hatte ich sie jemals geliebt? Schon konzentrierten sich viele meiner Erinnerungen an sie eher auf unsere Streitereien als auf die guten Zeiten, die wir zusammen verlebt hatten. War das gerechtfertigt, oder dachte ich das nur, weil ich »dauernd grantig« war?

Morton öffnete meine Balkontür und trat hinaus, während ich Sachen in den Schrank hängte.

»Komm her, Harry. Ich möchte dir etwas zeigen.«

Albernerweise hatte ich Angst, in seine Nähe zu kommen. Ich hatte Angst, er könne noch etwas Wahres sagen, das mich in die andere Richtung zerreißen würde.

»Mein Gott, es *ist* schön.« Ich sagte es etwas zu inbrünstig und mit geheucheltem Entzücken. Morton, der genau wußte, was ich tat, schmunzelte mit nur einer Lippe.

»Auf der rechten Seite, hinter uns, ist die Schmittenhöhe. Da steigen wir morgen rauf, oder wann immer du willst. Ich bin da und am Kitzsteinhorn mal Ski gelaufen, vor Jahren. Beide haben eine schöne Aussicht vom Gipfel und herrliche lange Abfahrten. Läufst du Ski?«

»Ich hab's mal versucht.«

Sein Lächeln wurde breiter. »Es hat dir nicht gefallen?«

»Das hab ich nicht gesagt! Ich hab nur gesagt, ich hab's mal versucht. Es war ganz in Ordnung. Sehr, äh, gesund.«

»Aha. Also, auf der anderen Seeseite, dahinten, ist Thumersbach und daneben Maishofen. Beide sind viel kleiner und ruhiger als Zell am See. Was ich dir zeigen will, liegt rechts von Thumersbach. Folge meinem Finger. Dieser kleinere Berg da heißt Hundsstein. Siehst du, wohin ich zeige? Da liegt der Besitz des Sultans.

Der Sultan hat die ideale Stelle für sein Museum gefunden – auf einem Berg, der ›Hundsstein‹ heißt.«

»Du machst Witze.«

»Nein, es stimmt. Ich habe mich hier in der Stadt im Verkehrsbüro mit einem Herrn unterhalten. Er hat mir die ganze Geschichte erzählt. Der Sultan von Saru war vor vier Jahren einmal zum Skilaufen in Kaprun und hörte, daß es hier einen Berg mit Namen Hundsstein gibt. Seitdem hat er seine Leute damit beschäftigt, soviel wie möglich von dem Berg aufzukaufen.«

Ich bat Palm, ihn mir noch mal zu zeigen. Statt dessen ging er in sein Zimmer und kam mit einer Karte der Gegend zurück. Donnerwetter, da stand der Name schwarz auf weiß: Hundsstein. Nachdem wir auf die Karte und dann in die Ferne auf die andere Seite des Sees gesehen hatten, fanden wir ihn und betrachteten ihn schweigend.

»Kannst du dir vorstellen, einen Berg zu kaufen, weil dir der Name gefällt?«

»Nach allem, was du mir erzählt hast, wußte er schon lange, daß er dieses Museum bauen würde.«

»Ja, aber in Saru! Soweit ich weiß, hatte der Sultan zu seinen Lebzeiten keine Pläne, aus dem Hundeberg den Museumsberg zu machen. Deshalb hat er mich nach Saru eingeladen – damit ich das Land und den Baugrund sehe. Es war sein Sohn Hassan, der entschieden hat, es hier zu bauen, weil er befürchtet, daß Cthulu es in die Luft sprengt, wenn sie es dort bauen.«

»Wenn man die Geschichte dieses Mannes kennt, eine naheliegende Vermutung. Ich habe einiges über Cthulu gelesen, seitdem du mich engagiert hast. Mein Zimmer ist voller Bücher über Saru. Komm, laß uns erst etwas essen. Wir können uns noch tagelang unterhalten.«

Ich weiß nicht, wie es Morton ging, aber die zehn Tage, die wir zusammen in Zell am See verbrachten, waren einige der besten meines Lebens. Als Erwachsener hatte ich nie eine richtige Männerfreundschaft, und ich verwende diesen Begriff genauso, wie er gemeint ist, mit allem, was er umfaßt: hart und rücksichtslos, wir Kumpel, die Nacht durchzechen, über Frauen reden, männliches Innenleben breittreten. Freundschaften mit Frauen sind mir wesentlich wichtiger als mit Männern. Frauenhirne sind komplizierter und verschlungener, ihre Wahrnehmung ist tiefer, und was sie einem erzählen, ist meistens neu. Männerfreundschaften sind Mahlzeiten, die aus Rührei mit Schinken, Toast und Kaffee bestehen. Frauen haben ein exotisches, fremdartiges Aroma – seltsam delikat, wie rohe Paprika, wie Fenchel.

Aber jene Tage mit Palm zeigten mir, daß Rührei mit Schinken eine sehr befriedigende Mahlzeit sein kann, sättigend und erquicklich in ihrer Schlichtheit. Wir machten lange Spaziergänge um den See, tranken Bier in dem Restaurant, das wir am Bahnhof ausfindig gemacht hatten – wie sich herausstellte, gab es dort das beste Essen in der Stadt; wir sind mit jeder Seilbahn hochgefahren, um die unverfälschte Pracht jener Berge im Winter zu bewundern. Ich mußte unwillkürlich lächeln, wenn ich daran dachte, wie ich mir am ersten Tag gewünscht hatte, daß ich mit einer Frau da wäre. Ich machte die Erfahrung, daß ein Freund gleichen Geschlechts nicht so romantisch und erregend war, aber die Leichtigkeit und selbstverständliche Sympathie dieser besonderen Beziehung kennenzulernen war ein Geschenk.

»Harry? Bist du das?«

Ohne genau zu wissen, was ich tat, hatte ich den Hörer abgehoben. Wie spät war es? Vier Uhr morgens. »Hallo? Ja? Hallo?«

»Harry, bist du es? Hier ist Claire. Ich rufe aus Kalifornien an.«

»Claire! Hallo, Claire! Wie geht es dir?« Ich setzte mich im Bett auf und versuchte, meine Augen scharfzustellen. Vier Uhr morgens.

»Ich weiß, daß es sehr spät ist bei euch, tut mir leid, aber ich mußte sichergehen, daß ich dich erreiche. Es ist so wichtig, und du bist der einzige, der mir helfen kann.«

»Natürlich, es ist schon in Ordnung. Was ist passiert?«

»Harry, ich muß mir fünfundzwanzigtausend Dollar borgen. Du bist der einzige, den ich bitten könnte.« Sie begann zu weinen. »Ich hätte nie gefragt, aber du bist meine letzte Hoffnung, und es ist so wichtig. Es bedeutet mein Leben.«

»Überhaupt kein Problem, Claire. Ich rufe morgen im Büro an, und bis Ende der Woche haben sie einen Scheck für dich ausgestellt. Okay? Liebes, geht's dir gut? Willst du darüber reden? Hör zu, *das Geld gehört dir*. Verschwende keinen Gedanken daran. Hast du Schwierigkeiten?«

»O Harry, vielen Dank. Nein, so ist es nicht. Ich wußte nicht, was ich tun sollte. Man kann nicht einfach auf die Bank gehen und sagen: ›Ich möchte fünfundzwanzigtausend Dollar für eine Hand aufnehmen.‹ Sie würden denken, man spinnt. O *danke*! Ich kann dir gar nicht sagen –«

»Warte mal! Was soll das heißen, eine Hand?«

»Die Sterling Klinik in Portland hat eine Handprothese entwickelt, die die derzeit beste auf der Welt sein soll. Aber sie ist so ausgeklügelt und aufwendig, daß sie nur wenige hergestellt haben, und sie kostet … Das Ganze kostet fünfundzwanzigtausend, Harry. Und wenn ich bald eine haben will, muß ich nachweisen können, daß ich das Geld dafür habe. Ich weiß das erst seit ein paar Tagen und bin fast irre geworden beim Grübeln, wie ich eine kriegen kann, ohne das Geschäft zu verkaufen. Du warst meine letzte Hoffnung. Du hast mich gerettet, Harry.«

»Der Sultan ist nicht zu sprechen, Mr. Radcliffe. Er schläft noch. Es ist hier erst sieben Uhr morgens.«

»Es interessiert mich nicht, wie spät es bei Ihnen ist. Sagen Sie ihm, wenn er nicht augenblicklich ans Telefon kommt, *kann er mich mit seinem Scheiß-Museum am Arsch lecken*! Er hat mich gelinkt!«

»Es ist nicht möglich, Mr. Radcliffe. Rufen Sie später wieder an, und vielleicht spricht er mit Ihnen. Wenn Sie nicht so ungehobelt sind.« Klick.

Am nächsten Morgen war ich um sieben der einzige im Frühstücksraum. Ich war eine halbe Stunde wutschnaubend in der Lobby auf und ab gelaufen, als die Türen geöffnet wurden. Nicht daß ich Hunger gehabt hätte. Ich wollte nur etwas tun, bevor ich wieder in Saru anrief und einen Höllenspektakel machte. Ich bestellte Kaffee.

»Ihr Tee, Sir.«

»Ich habe k–« Ich sah auf und wurde vom feisten Gesicht des mysteriösen Mr. Hasenhütl aus dem Flugzeug geblendet. »Was zum Teufel machen Sie hier?«

»Gestatten Sie?« Er zog einen Stuhl vor und setzte sich. Er trug einen leuchtend orangeroten Jogginganzug, in dem er wie ein Rettungsboot aussah.

»Was wollen Sie? Ich habe Sie und Awwad in Wien zusammen gesehen. Warum schnüffeln Sie um mich herum? Ich führe den Auftrag aus!«

»Ich schnüffle nicht, Radcliffe. Ich bin der Aufsichtsführende. Ich bin hier, um sicherzustellen, daß Sie sich an die Spielregeln halten.«

»An die Spielregeln *halten*? Und was ist mit Claires Hand? Werden Wünsche so erfüllt? Sie bekommt ein Ding mit Drähten und Kunststoff, das mich fünfundzwanzig Riesen kostet, aber Hassan hat trotzdem seinen Teil der Abmachung erfüllt?«

»Sie haben Ihren Wunsch nicht näher ausgeführt. Nebenbei, auch wenn Sie es getan hätten, hätte es keinen Unterschied gemacht. Ein Wunsch ist ein Traum, der Wirklichkeit wird. Aber da Träume nie deutlich sind, sind wir von der Wirklichkeit immer enttäuscht. Denken Sie an das, was dem alten Mann mit seinem Brot-Haus passiert ist. Claire Stansfields Hand ist zweifelsohne das Nonplusultra auf dem Gebiet. Durch sie wird sie wieder ein vollständiger Mensch sein können.«

»Aber es ist keine richtige Hand!« Zwei Kellner in der Nähe hielten beim Tischdecken inne und sahen uns an. Hasenhütl winkte ab und sagte etwas auf deutsch, das mir »Alles in Ordnung« zu heißen schien.

»Werden die Dinge in Saru auf die Art gehandhabt?«

»Ich bin nicht aus Saru, Radcliffe.«

»Oh, die *Götter* senden einen Typen in Orange, um sicherzustellen, daß ich mich an die Spielregeln halte?«

»Sie haben geglaubt, das Kind der Easterlings sei Venasque. Sagen Sie mir, woher weiß ich das wohl? Warum sollte ein Dicker in orangefarbener Baumwolle nicht von den Göttern kommen können?«

»Weil Sie im Flugzeug nichts anderes getan haben, als mir zu drohen. ›Ich bin hier, um *Ihnen den Arsch aufzureißen.*‹ Sie sprechen nicht die Sprache eines himmlischen Sendboten. Woher kennen Sie Awwad?«

»Sobald Sie diesem Geschäft zugestimmt hatten, haben alle, die damit zu tun haben, mich wahrgenommen. So funktioniert es.«

»Wird Palm Sie kennen?«

»Ja, er wird denken, er kenne mich aus seiner Zeit bei den Vereinten Nationen im Sinai. Die Wahrheit ist, daß ich nie im Sinai war. Ich war einmal in Eilat, aber nicht im Sinai.«

»Warum haben Sie mich im Flugzeug bedroht? Sie haben sich angehört wie ein Mafia-Killer!«

»Entschuldigung. Ich hatte schlechte Laune.« Er zuckte die Achseln. »Vielleicht habe ich was Falsches gegessen. Finden Sie dieses Essen in Flugzeugen nicht auch gräßlich?«

Wann kann man sagen, daß man wieder zu Hause ist? Wenn das Flugzeug aufsetzt? Wenn die Haustür aufgeht, man ein Gesicht zum erstenmal wiedersieht? Oder ist es ein allmählicher Prozeß, wie das Auftauchen aus großer Tiefe? Als ich allein lebte, mußte ich zuerst die Post sichten, um mich zu vergewissern, daß nicht irgendwelche schauderhaften, schon in Verwesung übergehende

Überraschungen im Postkasten gesteckt hatten. Wenn ich das erledigt hatte, war ich zu Hause. Als ich verheiratet war, war es das Zubettgehen am ersten Abend, geduscht, die Koffer ausgepackt, und endlich Zeit für einen urgemütlichen Plausch zu haben.

Diesmal hatte ich darauf geachtet, niemandem zu verraten, daß ich nach Los Angeles kam. Am Flughafen mietete ich einen Wagen und fuhr quer durch die Stadt zum Coast Highway und weiter nach Santa Barbara. Die Aussicht auf den Ozean war einer der Gründe gewesen, warum ich unser Haus dort gebaut hatte. Ich war nicht mehr besonders traurig, daß es das Haus nicht mehr gab, aber das Flugzeug hatte kaum in Frankfurt abgehoben, als ich mich wie ein Süchtiger danach sehnte, auf unserem Hügel zu sitzen und einfach eine Weile auf dem Fleckchen Erde zu *sein*. Es lag an der Sinnlichkeit und dem üppigen kalifornischen Licht dort. Es war eine Heimat, die nicht mehr meine war, und dennoch fühlte ich mich so von ihr angezogen, daß ich dagegen im Augenblick machtlos war.

Es herrschte nur wenig Verkehr, und ich war früher da, als ich gedacht hatte. Als ich den letzten vertrauten Hügel zu der Stelle hinauffuhr, machte mein Herz einen freudigen Hüpfer, und ich hatte Gewißheit, mein Entschluß, hierherzukommen, war richtig gewesen. Für die Dauer von zwei, drei Herzschlägen sah ich auch unser Haus, meine Augen gaukelten mir vor, es stehe immer noch da und warte geduldig darauf, daß jemand zurückkehrte und es wieder zum Leben erweckte: Licht machte, ein Radio einschaltete, die Fenster öffnete und die laue, frische Luft hineinließ, auf dem schwarzen Telefon eine Nummer wählte. Aber alles war unverändert, und der süße Augenblick irrationaler Hoffnung war vorüber, als ich den eingefallenen Schornstein wie einen verlassenen, ausgedienten Soldaten Wache stehen sah. Irgendein künstlerisch angehauchter Eindringling hatte ein recht ansehnliches Bildchen eines bumsenden Pärchens auf eine Seite des Schornsteins gesprüht, sein Schwanz wand sich hoch und umschlang die Frau wie die Schlangen Laokoon.

»Willkommen zu Hause, Harry«, sagte ich, als ich darauf zuging und mit einer Hand über den vertrauten groben Stein strich.

Ich vermute, daß Sie, nachdem Sie meine Geschichte bis hierhin gelesen haben, schon auf das gewartet haben, was als nächstes passierte, aber ich schwöre Ihnen, ich nicht. Es war eine völlige Überraschung. Venasque hat gesagt, wir sind in der Regel die letzten, die das eigene Schicksal und was es beeinflußt hat, begreifen. Wir sind schlicht zu beschäftigt, um uns noch damit zu beschäftigen, nach oben zu schauen und zuzusehen, wie unsere Wolken um uns herum feste Gestalt annehmen.

Sie lagen am Fuße des Schornsteins, wo vorher ein Kamin aus Marmor und Stahl gewesen war, mein postmoderner Gag inmitten eines schlichten, aber äußerst ansprechenden Wohnzimmers. Nach dem Erdbeben hatte sich ein wagemutiger Dieb mit dem Marmor, den Stahlverkleidungen und -stützen davongemacht. Übriggeblieben war eine Lücke von einszwanzig mal einszwanzig. Wo einmal ein gemütliches Feuer gebrannt hatte, lagen vier Steine. Jeder ungefähr handgroß, lehnten sie aneinander, als seien sie von irgendwo heruntergefallen und hier nur rein zufällig genau so gelandet. Von der Form her waren sie nichts Besonderes oder Einzigartiges. Sie waren braun und weiß, einer war etwas rötlich. Beim Steinesuchen am Strand hätte man sie nicht bemerkt, geschweige denn mitgenommen. Sie glühten weder, noch summten sie, sie surrten nicht wie Neon und schrien nicht wie Sirenen. Es waren Steine. Aber ich starrte sie an, wie man eine Frau anstarren würde, die so überwältigend schön ist, daß diese Schönheit alles andere um sie herum absorbiert wie ein schwarzes Loch. Ein Gesicht, das gebietet, daß man nur es ansieht. Wenn man auf ihrer Umlaufbahn bleibt, ist man gezwungen, diese Frau für den Rest seines Lebens anzusehen.

Vier doofe Steine, die auf einem rauchgeschwärzten Boden aneinanderlehnen. Sie bildeten einen kleinen Stapel – wie Kinder sie bauen. Ich sah sie, und eine Stimme in mir sagte, nein, da ist nichts. Die andere Stimme sagte, da ist alles, nicht in den Steinen allein, aber in dem, was sich hier zusammengefunden hat – die Steine, ihre Farben und Formen, wie sie sich berühren, daß sie jetzt hier liegen, was ich durchgemacht hatte, um hierherzukommen, was ich jetzt tun müßte. Alles. Das war das Wort, das meine Gedanken beherrschte, während ich starrte – Alles. Der Junge der Easterlings hatte gesagt: »Wundere dich nicht, daß alle Wörter Gott sind.« Hatte er dies gemeint? »Wundere dich nicht, daß alles Gott ist – alle Wörter, Formen, Dinge ...?« Ich glaubte nicht an das Tao oder die »Einheit allen Seins«. Wenn dies eine

Erleuchtung oder ein religiöses Erlebnis war, war es witzig, denn als nächstes kam mir ein alter Witz in den Sinn – ein Schwachkopf will sein Haus verkaufen, deshalb nimmt er einen Backstein mit, als Muster für das, was er verkaufen will. Die genaue Form des Hundemuseums, das ich in Österreich bauen würde, war in der Art und Weise, wie diese vier Steine im Kamin lagen, enthalten. Ich könnte sie mitnehmen, und einerlei, wie ich sie wieder hinlegte, jene Form würde mir im Gedächtnis bleiben.

»Sie sind so *geschäftig*, Radcliffe. Ich dachte, für einen Tag sei es genug, nach Kalifornien zu fliegen. Aber Sie müssen die halbe Küste hochfahren, um eine Ruine zu besichtigen.«

Ich blickte von den Steinen auf und sah, wie Hasenhütl näher kam. Diesmal trug er eine Safarijacke und Khakihosen. Sinnlos, ihn zu fragen, wie und warum er hergekommen war.

»Ich habe eine Frage. Kommen Sie her.«

In seiner Nähe atmete ich eine Wolke aus Rasierwasser und Schweiß. Unter den Achseln hatte seine Jacke dunkle Flecken.

»Sehen Sie diese Steine im Kamin? Wie sehen sie für Sie aus?«

»Gar nicht. Steine. Sollte ich noch etwas anderes sehen?«

Weder seine Stimme noch sein Gesichtsausdruck ließen darauf schließen, daß er Witze machte oder mich auf die Probe stellte.

Ich nahm einen Block und einen Drehbleistift aus der Tasche und warf eine schnelle Zeichnung hin. Strich Strich Strich, schraffieren, Diagonale, Bogen, fertig. »Wie sieht das aus?«

Er beugte sich herunter, nahm die Brille ab und stierte. »Es sieht aus wie … Es sieht aus wie die vier Steine da mit Draht umwickelt. Und ein Bogen.« Die Brille wieder am Platz, kreiste er mit dem Kopf. »Mein Nacken ist nach einer Reise immer so verspannt und steif. Was ist los, Harry, habe ich die falsche Antwort gegeben?«

»Sehen Sie ehrlich nichts anderes als das? Bitte, sagen Sie die Wahrheit.«

»Nein. Nichts.«

»Haben Sie etwas damit zu tun, daß ich heute hierhergekommen bin?«

»Nein, ich habe geglaubt, Sie würden direkt nach Hause fahren. Was ist es denn?«

Ich schlug das Blatt um und begann eine neue Zeichnung. Für

diese brauchte ich gut zehn Minuten, bis sie fertig war. Es war so einfach, weil ich eine klare und komplette Vorstellung davon hatte. Das einzige, was mir Sorgen machte, war sein Einfluß. Sagte er die Wahrheit? War es meine Entscheidung gewesen, nach Santa Barbara zu kommen, oder dirigierten Hasenhütl oder seine Hintermänner meinen Körper und meinen Geist wie eine Marionette? Ich wollte, daß dies mir gehörte! Ich konnte das Geheimnisvolle, so wie es erschienen war, annehmen, aber nur, wenn es irgendwo aus meinem Innern gekommen war, und nicht aus ihrem.

Wir saßen zusammen in der friedlichen, üppig duftenden Dämmerung. Von Zeit zu Zeit wurden von der anderen Seite des Hügels leise Stimmen und Gelächter hörbar – Bill Rosenberg und seine Freundin Vicky grillten. Ich zeichnete weiter und erinnerte mich an das letzte Mal, als ich mit Bill und Bronze Sydney da gewesen war.

»Werden Sie mir auf den Fersen bleiben, bis ich den Auftrag ausgeführt habe?«

»Nur wenn Sie wollen. Ich *kann* anderes für Sie tun, wissen Sie.«

Ich sah von der Zeichnung auf. »Wirklich? Was?«

»Das Wichtigste, Fragen beantworten. Innerhalb bestimmter Grenzen.«

»Ich dachte, Sie seien als mein Wachhund hier.«

»Nicht nur. Ich *kann* Ihnen helfen. Glauben Sie mir, es wird Situationen geben, in denen Sie meine Hilfe brauchen.«

»Das klingt ja verheißungsvoll. Ich dachte, es sei meine Aufgabe, dieses Gebäude zu errichten.«

»Ist es auch, aber Sie haben Feinde. Hassan hat nicht die Wahrheit gesagt, als er behauptete, wenn das Museum außerhalb Sarus gebaut werde, würde es Cthulu nicht stören. Es stört ihn ungemein.«

»Klasse. Sehen Sie sich das an.« Ich reichte ihm den Block. Er nahm wieder die Brille ab und hielt sich das Papier dicht vors Gesicht. Mein weitsichtiger Aufsichtsführender.

»Ich verstehe es nicht.«

»Was meinen Sie damit?«

»Ich meine, ja, ich weiß, es ist ein Gebäude, aber ich verstehe es nicht.«

»Her damit!« Ich entriß es ihm. »Das ist das Hundemuseum.«

»Das dachte ich mir. Aber was soll ich sagen? Ich verstehe es nicht.«

Claire verstand es. Auf der Rückfahrt nach Los Angeles (ich habe Hasenhütl nicht angeboten, ihn mitzunehmen) rief ich erst bei ihr zu Hause an und dann in ihrem Geschäft, sagte ihr, ich sei zurück, und fragte sie, was sie von Abendessen hielte. Sie war einverstanden, und wir verabredeten uns für den Abend. So etwas wie Stoßzeiten gibt es in Los Angeles nicht, da der Begriff impliziert, daß es bestimmte Tageszeiten gibt, zu denen es schwierig ist, mit dem Auto von Punkt A nach Punkt B zu kommen. In der Innenstadt von Los Angeles ist, unterbrochen von wenigen Flauten, *immer* Stoßzeit.

Als ich meine Wohnung erreichte, war es dunkel. Sie machte den gleichen verlorenen Eindruck wie immer, und das einzig Lebendige, das mich begrüßte, war das blinkende rote Lichtlein des Anrufbeantworters, der lautlos darauf bestand, daß ich die Anrufe abhörte. Stellen Sie sich meine Überraschung vor, als ich den Knopf drückte und als erstes zu hören bekam: »Du bist ein Arschloch, Harry. Ein egoistisches, gefühlloses Arschloch.« Klick. Fanny Nevilles Stimme. Als nächstes kam ein geschäftlicher Anruf, gefolgt von: »Und noch eins: Ruf mich nicht an, kapiert? Du kannst dir sogar den Versuch schenken.« Dann ein geschäftlicher Anruf, dann: »Mir ist gerade eingefallen, daß du wahrscheinlich über meine anderen Anrufe baß erstaunt bist. Das beweist doch, was ich gesagt habe, oder?«

Der Apparat signalisierte Ende, und ich stand mit hochgezogenen Augenbrauen da. Mein Blick fiel auf die Stereo-Anlage im Zimmer, ich dachte, Musik sei eine gute Methode, Fannys Rauch zu vertreiben.

Big Top hatte an Hundespielzeug nichts finden können, aber er war begierig nach Beißknochen gewesen, und einige dieser Knochen lagen an strategischen Punkten auf dem Fußboden. Wenn er sich langweilte, trabte er immer von einem zum andern und biß auf jedem ein bißchen herum. Traurig sammelte ich sie ein und warf sie in den Abfalleimer. Keine Fanny mehr. Kein Big Top mehr. Geliebte, Haustiere und Gewohnheiten verschwanden alle. Der Bau des Hundemuseums würde sehr lange dauern, aber was würde ich danach tun? Ich wollte jetzt unbedingt zurück an die Arbeit gehen; Magie und Inspiration lagen in der Luft, und ich war gespannt auf das, was als nächstes passieren würde, auch wenn es vielleicht bedeutete, in den österreichischen Alpen mit wilden Cthulu-Kriegern aneinanderzurasseln; aber angenommen, ich würde es lebend überstehen, was käme dann?

»Hör auf, mit dem Kopf gegen die Wand zu schlagen, und geh mit Claire schön essen.« Das war der beste Rat, den ich mir seit Tagen gegeben hatte. Roy Orbison kam auf den Plattenteller, und Radcliffe ging unter die Dusche.

Die göttliche Ms. Stansfield hat nicht nur den Appetit eines vierhundertpfündigen Sumo-Ringers, sie verfügt außerdem über eine Zunge, die jede Art von Sauce und Gericht übersteht und genüßlich auskostet. Ich habe erlebt, wie sie indische Köche, mexikanische Kellner und koreanische Küchenhilfen mit ihrer Freude an scharfem Essen verblüffte und sie mit ihrem Ansinnen, es so scharf und feurig wie möglich zu machen, in Erstaunen versetzte. Ab und an habe ich einen Happen von ihrer Gabel riskiert und es sofort bereut, weil ich fast an den Feuern gestorben wäre, die sie verschlingt, ohne dabei etwas anderes als wohlige Seufzer von sich zu geben. Ich habe sie sogar gebeten, mir ihre Zunge ansehen zu dürfen, um mich zu überzeugen, daß sie nicht von einem anderen Planeten stammt. Es sieht nicht so aus; also ist der einzig mögliche Schluß, daß bestimmte sanfte Gemüter Lava essen können und es mögen. Vielleicht löscht die Sanftheit das Feuer. Vielleicht tarnt ein sanftes Gemüt andere innere Feuerstürme und Höllen. Vielleicht stecke ich voller Mist, und ihr Magen ist einfach aus Gußeisen.

Wir trafen uns jedenfalls im Gunga Din's. Wir waren so oft da gewesen, daß das Personal wußte, die Lady war erstens aus Asbest und zweitens ein Faß ohne Boden, der »Suh« hingegen eine alte Jungfer, die in langweiligem Hühnchen Tandoori oder Rindfleisch Curry herumstocherte.

Claire saß an der Bar, als ich eintraf. Ihr Arm steckte in einem Verband und wurde von einer Schlinge vor dem Oberkörper gehalten. Die Schlinge und der Verband und die hohen Turnschuhe waren weiß. Der Rest an ihr war schwarz. Bevor sie mich entdeckte, blieb ich abseits stehen, um sie mir einmal genau anzusehen, ehe ich sie ansprach. Wenn sie wissen, daß sie gesehen werden, können Menschen gut kaschieren – Gesichter, Stimmen, Gesten, alles schaltet in den schönfärbenden höchsten Gang, und wo sie wirklich sind, wissen nur sie selbst.

Sie sah älter und hübscher aus. Was sie anhatte, sah neu aus, und ich konnte mir gut vorstellen, wie sie das Krankenhaus verläßt, geradewegs in das nächste Geschäft geht und einen neuen Aufzug ersteht. Normalerweise liebte sie Farben – gelbe Schuhe, leuchtende Röcke. Da war sie in Schwarz, und man hätte es leicht für Trauer halten können; aber wenn man Claire kannte, konnte es das nicht sein. Sie glaubte an das Leben und daran, daß es ihr Freund war. Sie ist der optimistischste Mensch, den ich kenne. Wenn sie schwarz trug, war das nur ihre Art zu sagen: »Im Augenblick fühle ich mich ausgehöhlt. Gib mir Zeit, und ich komm wieder auf den Damm.« Die ulkigen weißen Turnschuhe waren ein heller Fleck am Fuße ihres schwarzen Vorhangs, ein müdes Lächeln im letzten Moment. Sie drehte sich um und sah mich. Unwillkürlich wollte sie mit der verbundenen Hand winken, sah auf sie hinunter, dann wieder auf mich. Ich eilte auf sie zu, nahm sie in die Arme und drückte sie.

»Ich weiß, es sieht albern aus, aber ich werde ihn noch lange tragen müssen.«

»Tut es gar nicht. Damit siehst du aus wie ein harter Bursche. Ich würde mich nicht mit dir anlegen wollen. Ich freu mich, dich zu sehen, Kumpel.«

»Ich mich auch, mich auch, mich auch!«

»Hast du Hunger?«

»Nach dir. Ich möchte mich die nächsten drei Wochen mit dir unterhalten. Das mit Fanny und Big Top tut mir leid. Aber ich freue mich so, daß du zurück bist, Harry.« Sie umfaßte mich noch mal und drückte mich mit aller Kraft. Ich hätte das auch gern gemacht, hatte aber zuviel Angst, dabei ihrer Hand weh zu tun.

Später im Bett erzählte sie mir eine Geschichte. Nach dreißig Jahren war es ihr immer noch peinlich, und sie hatte es nie jemandem erzählt. Als sie in die vierte Klasse ging, schrieben sie eines Tages eine Arbeit, und mitten in der Stunde mußte sie ganz dringend zur Toilette. Sie war eine sehr artige Schülerin und machte nie Scherereien. Aber als sie nach vorn ging und fragte, ob sie gehen dürfe, sagte der Lehrer, der sonst zu ihr hielt, nein, sie müsse warten, bis die Arbeit abgegeben sei. Sie versuchte, verschämt, wie Kinder sind, den Mann wissen zu lassen, daß es unbedingt nötig sei, aber die Antwort blieb nein. Also ging die liebe kleine Claire Stansfield zurück an ihr Pult, legte den Kopf auf die Arme und pinkelte auf den Fußboden. Sie sagte, sie werde das Geräusch des hinunterpitschernden Wassers bis an ihr Lebensende nicht vergessen. Ich wußte nicht, was ich sagen sollte, aber sie unterbrach mich, ehe ich den Mund aufmachte.

»Es ist lächerlich, aber ich habe mir geschworen, die Geschichte keinem Menschen zu erzählen, es sei denn, ich wüßte, daß er mein allerbester Freund ist. Ich habe sie dir nicht nur erzählt, weil du mir dieses Geld gibst, Harry. Auch weil –, als ich allein im Krankenhaus lag und mich selbst bedauerte, wurde mir klar, daß du der einzige Mensch in meinem Leben bist, dem ich es jemals erzählen wollte.«

Vor ihrem Lieblingsrestaurant in der Stadt sah ich ein letztes Mal etwas von Fanny, bevor sie aus meinem Leben verschwand. Ich war dort, um mit Pup Longwood beim Frühstück über die Bautrupps für das Museum zu sprechen. Hassan und seinen Troß hatte ich eine Woche vorher getroffen, und er hatte mich mit der ersten aus einer Kette von Überraschungen beglückt, die diesen Bau zu einer Quälerei größeren Ausmaßes machten. Der erste Hammer war die Entscheidung des Sultans, mindestens ein Drittel des Bautrupps sollten Arbeiter aus Saru sein, obwohl das Museum in Österreich errichtet werden sollte. Dann könnte er, wenn es fertig war, sagen, es sei von seinen Landsleuten und für sie erbaut worden. Ihm zu erklären, wieviel zusätzliche Kopfschmerzen das verursachen würde, war zwecklos; nur ich wußte, ein weiteres Drittel müßten Österreicher sein, und ich wollte viele Amerikaner herholen, weil wir an die Zusammenarbeit mit ihnen gewöhnt waren. Zum Abschluß des Abends fragte ich, ob seine Majestät im stillen hoffe, den Friedensnobelpreis für Internationale Zusammenarbeit zu gewinnen. Er ließ mich abblitzen und sagte, Saru übernähme alle Kosten für eventuell auftretende Komplikationen.

Als ich Pup das erzählte, erstickte er fast an seinen Pfannkuchen und meinte, das sei das Schärfste, was er seit langem gehört habe. Araber in Österreich? Es sei schon schlimm genug, mit Österreichern zu arbeiten, denen von Rechts wegen gestattet sei, während der Arbeit Bier zu trinken. Ich stimmte zu. Als wir das Restaurant verließen, wiederholte er gerade, daß es das Schärfste sei ... Wenige Schritte vor dem Bordstein schaute ich über die Straße, und da stand mit Hergé-Frisur und dem »Bleib mir vom Leib«-Blick, wer sonst, niemand anderes als die Sultanin in spe. Wahrscheinlich hätte ich uns in großem Bogen um sie herumsteuern können, aber es reizte mich, ihre Reaktion zu sehen, wenn wir uns begegneten.

Es wurde grün, und wir gingen los. Ich wußte, daß sie mich gesehen hatte, denn ihre Gesichtszüge waren erstarrt wie Zement, aber als wir herankamen, sah sie über meinen Kopf hinweg. Ich lächelte, weil ich dachte, sie zeigt mir die kalte Schulter, und das war's. Ich wollte unbedingt etwas brillant Gemeines sagen, aber es kam nichts. Gleichzeitig wußte ich, daß mir eine halbe Stunde später fünf Wortschönheiten einfallen würden. Folglich sagte ich keinen Ton und fixierte ihre Augen, vielleicht sähe sie mich kurz an. Kein Glück. Ich ging weiter und dachte gerade: »Immerhin hatte ich den Mumm, zu gucken«, als mein Fuß gebremst wurde und ich wie ein gefällter Baum hinschlug.

»Dieses Biest hat dir ein Bein gestellt, Harry! He, Sie!«

Auf allen vieren tippte ich Pup an den Knöchel und sagte lachend, er solle es gut sein lassen. Das Biest drehte sich nicht einmal um, um zu gucken, was sie angerichtet hatte, sie segelte geradeaus über die Straße und um die Ecke und sah dabei die ganze Zeit gut aus.

Dritter Teil

Quidnunc

Dann begann ich, mir die Seele vorzustellen wie ein Schloß, das aus einem einzigen Diamanten geschliffen ist.

Teresa von Avila

Als in Saru der totale Bürgerkrieg ausbrach, schienen sogar die Experten davon überrascht. Anfangs hatte man ihm in den Medien nur wenig Sendezeit eingeräumt. Für sie war es nur noch ein weiterer der schätzungsweise fünfzig Kriege, die in einem anderen, finsteren und entlegenen Teil der Erde tobten, und sie neigten dazu, sie deshalb entweder als »Aufstand« oder »Revolte« zu betrachten – ihre arrogante Art auszudrücken, es sei keine große Sache.

Nichts bringt einen so sicher auf die Titelseite wie das Grauen. Als Cthulus Armee die 747 der Lance Airlines mit dreihundert Passagieren abgeschossen hatte und Leichen, Gepäck und elektrische Gitarren (die Rockgruppe Vitamin D war an Bord gewesen) im Umkreis von fünfundsechzig Kilometern in der Wüste von Saru versprengt lagen, brüllten die Schlagzeilen, und es wurden Experten konsultiert. Dubiose Gelehrte von vergessenen Colleges und Universitäten, die ihr wohlgeordnetes Leben damit verbracht hatten, die Geschichte und die Bräuche dieses kleinen Landes zu studieren, wurden plötzlich zitiert, als sei jedes ihrer Worte Gold und Evangelium gleichermaßen. Professor Gernet von der Staatlichen Universität Muskrat war über ein Land, das vordem höchstens wegen seiner Mitgliedschaft in der OPEC bekannt gewesen war, nicht der gleichen Ansicht wie Professor Herring vom Aloha College. Doktor Kufferle von der Sorbonne äußerte, es sei alles eine Frage der Wirtschaft und vorübergehend, Professor Oppenheimer von der Shirley Universität sagte, es sei eine Familienfehde und dauerhaft. Während diese Leutchen sich in ihrem fünfzehn Minuten währenden Ruhm affektiert und salbungsvoll äußerten, tauschte Cthulu mit Libyen und dem Iran einen Händedruck und ermöglichte seinen Freiheitskämpfern, ihre Spielzeuggewehre gegen Kalaschnikows und tragbare Raketenwerfer einzutauschen.

Aber eins mußte man Hassan lassen. Mit weiter nichts als einem ersten Abschluß in Wirtschaftswissenschaften in Purdue und nur wenig echter Regierungserfahrung und noch weniger

Erfahrung damit, ein Land im Krieg zu befehligen, hielt er sich wacker und wehrte sich tapfer. Beamte seiner Regierung flogen in Zell am See aus und ein, um unser Projekt zu überwachen, und mit ihnen Nachrichten, Gerüchte und Lügen über das, was sich in Saru abspielte. Am häufigsten hörten wir, daß der junge Herr die Sache richtig mache, und obwohl er den Feind nicht in die Flucht geschlagen hatte, behauptete er seine Stellung erfolgreich. Morton Palm, Ex-Berufssoldat und ein kluger Fragensteller, verbrachte reichlich Zeit damit, sich mit diesen Würdenträgern zu unterhalten, und hörte eine andere Version.

»Die Amerikaner wünschen Cthulu nicht an der Macht, weil er den Typus des Fundamentalisten repräsentiert, den der Westen so fürchtet. Sie haben militärische Berater abgesandt, die Hassans Armee, die weder stark noch gut organisiert ist, unterstützen sollen. Es wäre schon schwierig gewesen, mit ihnen in den Kampf zu ziehen und erfolgreich zu sein, wenn man sie ein Jahr lang gründlich ausgebildet hätte, aber da niemand damit gerechnet hat, daß Cthulus Armee so schnell und so brutal zuschlägt, sind sie besonders verunsichert und in schlechter Verfassung. Außerdem haben die Amerikaner, wie du weißt, in Guerillakämpfen keine gute Figur gemacht. Sie hatten sogar bei der Invasion Panamas Probleme, obwohl sie das Gebiet größtenteils kannten und viele Unterstützer hatten. Mehr noch, man kann nicht amerikanische Militärtaktik in den Mittleren Osten exportieren und dann erwarten, daß sie funktioniert. Das gleiche gilt für das, was den Russen in Afghanistan passiert ist. Man muß die landschaftlichen Gegebenheiten bedenken, die Mentalität der Menschen und, vor allem, den Fanatismus der Soldaten. Die russischen und die amerikanischen Soldaten sind Profis, aber sie sind keine Fanatiker. Sie machen ihre Arbeit und wollen nach Hause. Deshalb haben unsere Supermächte in diesen Regionalkämpfen so schlecht abgeschnitten. Die Feinde leben nicht nur in dem Land, auf dessen Boden der Krieg ausgetragen wird, sie sind im Normalfall auch arme Menschen, die nur an ihren Gott glauben und an das Land, das er ihnen geschenkt hat, damit sie es bewohnen und beschützen. Ich werde nie die Fernsehbilder von Ayatollah Khomeinis Beerdigung vergessen. Erinnerst du dich? Über eine Million Menschen waren gekommen, Harry, und viele, viele von ihnen waren wahnsinnig vor Schmerz und

Erschütterung über den Verlust ihres spirituellen Führers. Das ist sehr wichtig – *spiritueller* Führer. So was gibt es im Westen nicht. Wir verstehen die Bedeutung dieses Wortes gar nicht. Die Iraner kreischten und rissen sich die Kleider vom Leib und warfen sich auf den Leichnam. Wir im Westen sehen uns das an und schütteln den Kopf, als seien sie völlig blöd. Aber sie sind nicht verrückt – sie sind Gläubige, im wahrsten Sinne dieses Wortes. Cthulu hat eine Armee von mutigen Gläubigen, die ihn über alle Maßen verehren. Hassan hat die Fachmänner, die westlichen Berater, eine besser ausgerüstete Armee. Aber sieh dir mal genau an, was in den letzten Jahren in jener Welt passiert ist: So zusammengestellte Armeen erzielen dort keine Erfolge mehr. Jetzt siegt der Fanatismus – Iran, Afghanistan, der Aufstand der PLO auf der West Bank. Wir führen wieder Kriege für die großen Ideen: Gott, Heimat ... es geht nicht mehr um mehr Geld. Ich finde das höchst interessant. Der Westen bekommt ein sehr ungutes Gefühl. Arme Bauern erheben sich gegen die Herrscher in den Palästen. Einfache Menschen, die an Gott und ihr Land glauben. Und es ist so blamabel! Das habe ich immer wieder in den Augen der israelischen Soldaten gelesen, als ich da war. Gegen die Steine der Palästinenser hatten sie die Gewehre, aber sie waren gleich stark, keine Seite war der anderen überlegen. Diese Soldaten konnten es fühlen – man sah es in ihren Gesichtern. Es ist wie ein Kampf mit einem Kind, aber dessen kleine Arme und Beine sind genauso kräftig wie deine, so wie es sie einsetzt.«

»Glaubst du, Hassan verliert?«

»Noch nicht. Es ist zu früh, um etwas sagen zu können. Er ist immer noch stärker, weil er die Waffen und die Strategie hat, aber wenn der Kampf lange dauert, lernt die andere Seite dazu. Dann wird es gefährlich – dann haben sie ihren Gott, ihren Fanatismus *und* eine Strategie.«

Die Kämpfe dauerten lange. Der Krieg, zu einem angenehmen Dauerzustand abgeflaut, wurde wieder auf die hinteren Seiten der Zeitungen und in den Fernsehspätnachrichten an die sechste Stelle verwiesen. Nachrichtensprecher hatten Schwierigkeiten mit der Aussprache der Ortsnamen und den Namen der Kämpfer beider Seiten. Es gab Berichte über Depots mit russischen Waffen, nach größeren Angriffen Aufnahmen von Leichen, wie Spielzeug und Strandgut verstreut. In den Filmberichten über das

Leben in Bazz'af hüpften fröhliche Kinder auf und ab und winkten in die Kameras. Ein Teenager, der angeblich über den Verlust seiner Familienangehörigen interviewt wurde, war mehr daran interessiert, seine Breakdance-Künste vorzuführen. Wie konnte denn Krieg sein, wenn diese Leute vor Glück sprudelten? Auf Fotografien machte Hassan den Eindruck eines starken und fähigen jungen Mannes. Er hatte in Purdue studiert, bewegte sich gekonnt auf dem Parkett der westlichen Welt und würde sogar bald eine amerikanische Journalistin heiraten. Es klang wie das Drehbuch für einen Hollywood-Film. Wer würde nicht darauf tippen, daß er am Schluß gewinnt?

Seine kommende Braut tauchte immer öfter in den Nachrichten auf, sie lächelte nicht mehr soviel und klang schrecklich ernsthaft und eindringlich. Eines Tages war ihr kurzer blonder Neville-Schopf verschwunden und gegen ein unaufdringlicheres Schwarz ausgewechselt, weil das ihrer zukünftigen Stellung besser anstand, nehme ich an.

Im Gegensatz zu dieser Traumbesetzung sah Cthulu aus wie einer dieser paranoiden Alten mit fiesem Blick, die den ganzen Tag in der Stadtbibliothek sitzen und sich die guten Zeitschriften unter den Nagel reißen. Auch war das, was er von sich gab, nur das übliche »Die-Verdammten-dieser-Erde«-Gesülze. Das war noch eine verwirrende Komponente im Spiel: Warum sollte sich jemand aufregen über dieses stinklangweilige Zeugs, das der alte Schwachkopf ausspie? Wie konnte er eine Armee aufgestellt und hinter sich gebracht haben, Tausende von übereifrigen Knallköpfen, die anscheinend nichts weiter im Leben wollten, als es für dieses alte Schielauge hinzugeben?

Als die Stadt Sa'Hiq Cthulus Rebellen in die Hände fiel, wurden die Schwierigkeiten der Regierung offensichtlich. Seltsamerweise tauchte Hassan vier Tage nach dem Gefecht in Zell am See auf. Er war völlig verändert. Was er in den letzten Monaten durchgemacht hatte, hatte einen anderen Menschen aus ihm gemacht. Ruhig und würdevoll ging er über die Baustelle und stellte die Art von Fragen, die einen nachdenklich machten und bei denen man sogar etwas ins Schwitzen kam. Er hatte seine Hausaufgaben gemacht und wußte einfach, wovon er redete. Als wir allein waren, fragte ich ihn, wie er in so kurzer Zeit soviel über das Fachgebiet gelernt hatte. Er lächelte wie ein Staatsmann – amüsiert und der Welt überdrüssig – und antwortete, daß er das Studium der Architektur zu seinem Hobby gemacht habe. Es lenke ihn von seiner Arbeit ab und gebe ihm die Möglichkeit, an die Zukunft zu denken anstatt an das schwierige Hier und Jetzt. »Manche Männer nehmen sich Mätressen. Weil ich Fanny habe, habe ich das nicht nötig. Sie hat mir gesagt, welche Bücher ich lesen sollte.«

Ich war ermutigt durch die Tatsache, daß er gern über unsere gemeinsame Freundin sprach. Trotz allem, was in Saru passierte, nutzte er jede Gelegenheit, um die Sprache wieder auf sie zu bringen. Jetzt, wo sie sich für ihn entschieden hatte, war er mit seinem Lob und seiner Verehrung noch verschwenderischer. Mit ihr an seiner Seite konnte er alles erreichen. Seit »der Ärger« angefangen hatte, war sie seine Vertraute und beste Ratgeberin. Die Fähigkeiten dieser Frau waren grenzenlos. Warum war ich gegenüber dieser Kombination aus Diana, von Clausewitz, Marilyn Monroe und Jehan Sadat so blind gewesen? Wie hatte ich sie entkommen lassen können? Hassan wußte, daß er ein toter Mann war, wenn er den Krieg gegen Cthulu verlor, aber alles würde sich zum Besten wenden, weil er die beste Frau an seiner Seite hatte. Ich erinnere mich, gedacht zu haben, es könne so schlimm nicht stehen, wenn er soviel Zeit und Neigung hatte, sich ekstatisch über seine nicht so spröde Geliebte zu verbreiten.

Wie dem auch sei, wir hatten unsere eigenen Probleme, die mich vollauf beschäftigten. Jeder Architekt wird mir beipflichten, daß es Bauten gibt, die wie im Traum in die Höhe wachsen. Man hebt das erste Loch aus, und wenn alles fertig ist, kommt es einem vor, als seien nur fünf Minuten vergangen. Der Boden gibt nicht nach, die Kehlung paßt nahtlos, es gibt weder lähmende Streiks, noch muß man obskure Ersatzteile für Maschinen, die im großen und ganzen zuverlässig laufen, herbeischaffen. Es ist genauso, wie mit einem Menschen das erstemal ins Bett zu gehen und zu entdecken, daß alles, was man tut, jede Gebärde, jeder Laut, jede Bewegung, genau das ist, was er mag. Und umgekehrt. Wenn man hinterher verknäult und glücklich daliegt und zurückdenkt und das einzige Wort, das dem gerecht wird, »Wow« ist. Manchmal kommt es vor, daß auch Erde und Stahl, Stein und Kunststoff auf so gleiche Weise fühlen und in dem Entwurf, den man für sie geschaffen hat ... nacheinander schmachten, als seien sie dein Gegenstück, und was man miteinander tut, ist die Erfüllung. Wenn es vollendet ist, wow.

Bei all den Kräften, die an der Planung des Hundemuseums beteiligt waren, war meine Vorstellung nicht abwegig, daß die Errichtung ein ziemlicher Aufstand, wenn nicht sogar richtiggehend unheimlich werden würde. Falsch. Den einzigen Aufstand veranstalteten hundert verschiedene Leute und Gesellschaften, die versuchten, uns übers Ohr zu hauen. Wenn es um die üblichen Schmiergelder, frisierten Rechnungen und Betrügereien im internationalen Baugeschäft ging, waren wir keine Unschuldslämmer, aber ich bekam bald den Eindruck, daß jeder habgierige und krumme Hund in Europa und im Mittleren Osten das Projekt ins Herz geschlossen hatte und versuchte, soviel wie möglich herauszuholen, bevor die Polizei auf den Plan trat und sie alle wegen Geldschneiderei ins Gefängnis warf. Niemand schien von Schamgefühlen geplagt zu sein oder zeigte welche, wenn er für Material oder Arbeitsstunden das Fünfzehnfache des tatsächlichen Preises verlangte. Bronze Sydney erstellte auf der Basis dieser neuen inflationären Preise eine vorläufige Kostenberechnung pro Quadratmeter und nannte Pup und mir die Zahl. Auf unseren Gesichtern erschien exakt der gleiche Ausdruck: »Du willst mich wohl verarschen.« Dann fuhr Pup am Sonntag mit dem Skilift auf den Gipfel der Schmittenhöhe, kam aber mit dem Hubschrauber wieder herunter, eine Infusion im Arm und ein Blutgerinnsel im Kopf. Beides passierte, als der Vorspann lief; der eigentliche Film stand uns erst noch bevor.

Die ärgerlichsten Schwierigkeiten hingen mit Sprache und Kultur zusammen. Die Saruaner sprachen arabisch, die Österreicher deutsch, die Amerikaner englisch. Einige sprachen eine der anderen Sprachen. Einige wenige sprachen etwas von jeder Sprache. Die meisten sprachen nur ihre eigene und wurden immer frustrierter, je komplizierter die Dinge wurden und je weniger man sie verstand. Jedes Gebäude bildet in seiner Bauzeit und nach der Fertigstellung in seiner Verwendung einen Mikrokosmos ab, der zeigt, wie eine Gesellschaft arbeitet. Weil das Bestreben, in Gruppen zu leben und zu arbeiten, in der Natur des Menschen liegt, wußte ich immer, daß es ein wichtiger Teil meiner Arbeit ist, Strukturen zu entwerfen, die es den Menschen erlauben, befriedigende und produktive Gruppen zu bilden. Ich wußte von Anfang an, daß die verschiedenen Nationalitäten bei der Arbeit am Museum und in der Freizeit natürlich unter sich bleiben würden, aber wir hatten uns keine Vorstellung davon gemacht, daß Fremdenfeindlichkeit und Rassismus im Verborgenen gelauert hatten und den rechten Moment abwarteten, um herauszuspringen und ihre Zähne ins Fleisch unseres Vorhabens zu bohren.

In der österreichischen Küche wird überwiegend Schweinefleisch verwandt. Die Österreicher essen Schweinefleisch wie die Araber Lamm und die Amerikaner Rindfleisch. Am Tag ihrer Ankunft in Zell am See wurden die Saruaner abends zu einem Begrüßungsessen mit neuem Wein und köstlichem Wiener Schweineschnitzel eingeladen. Unglücklicherweise trinken Moslems keinen Wein und essen kein Schweinefleisch. Das Resultat war eine schmerzliche Erkenntnis auf beiden Seiten und ein hoher Salatverzehr. Am Ende des Abends hörte ich das österreichische Wort »Tschuschen« zum erstenmal. Ich hörte es mehr als einmal aus vor Ärger und Enttäuschung verzerrten Mündern. Ich fragte Palm, was es bedeute. »Es ist ungefähr dasselbe wie euer Wort ›Nigger‹, Harry.«

Die Saruaner mochten die Österreicher nicht, weil diese Schweinefleisch essende Ungläubige waren, die ein Museum bekamen, das von Rechts wegen nach Saru gehörte. Und sie mochten die Amerikaner auch nicht – wegen der jüngsten aggressiven amerikanischen Außenpolitik im Mittleren Osten.

Die Österreicher wiederum konnten die Saruaner nicht ausstehen, weil diese undankbare »Tschuschen« waren, die in ihrem Land sowieso nichts zu suchen hatten, ungeachtet der Tatsache, daß diese »Nigger« dem Land ein gigantisches Bauprojekt gebracht hatten, das jede Menge neuer Arbeitsplätze für die Einheimischen schuf. Die Österreicher konnten die Amerikaner nicht leiden, weil diese zu selbstbewußt, herablassend und ungeduldig waren.

Um diesen fröhlichen Kreis zu schließen, mochten die Amerikaner ihrerseits die Saruaner nicht, weil diese alles »anders« machten, was heißen sollte, sie arbeiteten wie Araber, langsam, willig, aber nicht immer effektiv, was verhinderte, daß der Bau in raschem amerikanischen Tempo vorankam. In ihren Augen waren Österreicher schwerfällige, übellaunige Nazis, die meckerten und während der Arbeit soffen. Willkommen auf der Insel der Seligen.

An einem Wochenende mußte ich nach Wien fahren, um mit einer unserer österreichischen Baufirmen zu verhandeln. Ich war zutiefst deprimiert, fühlte mich ausgehöhlt und wollte nur im Hotelzimmer sitzen und Trübsal blasen. Da das meine Stimmung kaum hob, machte ich einen Spaziergang, landete schließlich im Kunsthistorischen Museum und sah mir Bilder an. Ich blieb mir treu, indem ich die Breughels umging, denn die sehen sich alle, die in dieses Museum kommen, zuerst an, genauso wie sie im Louvre schnurstracks auf die Mona Lisa zusteuern.

Malerei hat meine Bauten immer schon beeinflußt, besonders jene grandiosen, riesigen Bilder von Schlachten oder den großen Prozessionen, bei denen sich anscheinend die ganze Welt versammelt hat, um Christus, einen König oder einen Papst zu begrüßen. Mir gefällt die Vorstellung, daß der Künstler, dicht vor der drei mal drei Meter großen Leinwand hockend, monatelang einzelne Gesichter, Uniformen für die Soldaten, Blut auf die Pferdenüstern und aufreißende Himmel, mit ausdrucksvollen Wolken und dramatischstem Licht, malt. Diese Gemälde versuchen, das gesamte Leben und menschliche Dasein mit einem Blick zu erfassen. Es ist die Totalität solcher Augenblicke, die Essenz aus Licht und Gefühl, Leben und Tod, Gott und des Möglichen, die das Ziel eines jeden Künstlers sein sollte.

Ich setzte mich vor ein Bild von Jens Juel. Es stellte die Errichtung der Kathedrale von Maastricht dar. Hunderte kleine Arbeiter wimmelten überall am Gebäude wie Ameisen über einen angebissenen Schokoriegel. Ziegelträger, Steinmetze, dicke Priester, Frauen, die aus Körben Essen verkauften, herumhampelnde Kinder und bellende Hunde bedeckten die Leinwand und erhoben die Szene zum Mittelpunkt des Universums oder zeigten zumindest, daß der Bau dieser Kathedrale das wichtigste und bedeutungsvollste Ereignis in der Geschichte der Menschheit war. Die Ordnung und Fröhlichkeit des Chaos beeindruckten mich am meisten. Auf den ersten Blick schien es, als liefen die Menschen fruchtlos kreuz und quer. Aber wenn man genauer hinsieht – konsultieren die Steinmetze sorgfältig ihre Pläne, verkaufen die Frauen schöne braune Brote an Arbeiter mit hungrigen, dankbaren Augen. Die Kinder und Hunde spielen unter den aufmerksamen, zärtlichen Blicken der Erwachsenen. Dies *ist* ein großes Ereignis, weil es ihr Leben ist. Die Kinder werden heranwachsen und an die Stelle ihrer Eltern treten, so wie es sein soll. Die Männer würden arbeiten, bis sie zu alt wären, das Werkzeug zu halten. Dann würden sie auf der Grasnarbe sitzen wie jene Opas da, auf der kleinen Anhöhe, und bis zu ihrem Tod den langsamen Fortschritten, die das Gebäude machte, zuschauen.

Verglichen mit dem, was ein paar hundert Kilometer weiter westlich vor sich ging, war die Errichtung der Kathedrale von Maastricht geradezu paradiesisch, auch wenn es bis zur Vollendung Jahrhunderte gedauert hatte.

Ich fing an mit mir selbst zu reden. »Es ist die Sprache. Das ist der Unterschied, sie verstehen einander.« Ein alter Orientale, der neben mir saß, sah mich an und nickte. Ich fragte ihn, ob er Englisch verstehe. Er schüttelte den Kopf und deutete auf seine Ohren. Was immer das heißen sollte – daß er taub war oder nicht sprechen konnte –, war nicht wichtig. Ich redete weiter. »Sie arbeiten so gut zusammen, weil sie ein gemeinsames Ziel haben. Sie *wollen*, daß diese Kirche gebaut wird, deshalb trägt jeder seinen Teil dazu bei. In diesem beschissenen Zell am See ...« Ich sah meinen Nachbarn an, ob er zuhörte. Seine Augen waren geschlossen. Das schien mir eine gute Idee, deshalb machte ich meine auch zu.

Als ich in das beschissene Zell am See zurückkam, wartete dort niemand anderes als Claire auf mich. Sie hätte sich keinen besseren Zeitpunkt aussuchen können. Gott segne die Frauen. Knüpferinnen unzähliger Netze, die besten Gefährten der Welt, die einzigen aus dem Zylinder hervorgezauberten Kaninchen, die einzigen auf direktem Wege fleischgewordenen Wünsche, denen die meisten von uns in diesem Leben je begegnen werden.

Wie an den ersten Tagen, die ich mit Palm in der Stadt verbracht hatte, machten Claire und ich Spaziergänge, wir gingen essen und unterhielten uns. Im Gegensatz zu mir war sie voller Energie und Zuversicht. Ihr Geschäft ging gut, ihre Hand war ein kleines Wunder und funktionierte prima, es machte ihr nichts aus, sie zu zeigen. Ihre Begeisterung war nicht ansteckend, aber ihre Gegenwart war es, und das war wichtiger. Am dritten Tag nach ihrer Ankunft wurde mir bewußt, daß ich so niedergedrückt gewesen war und mich so in die Arbeit verrannt hatte, daß ich dabei das Gute um mich herum vergessen hatte, die Kleinigkeiten, die ausgleichen, den Dingen die Spitze nehmen und die Wogen glätten. Sie brachte mich zum Lachen. Sie lachte über mich. Sie stellte mir abwegige, aufschlußreiche Fragen, die mich nachdenklich machten, und ich wurde munter, wenn ich die Antworten gefunden hatte. Alle Beteiligten mochten sie und hielten Ausschau nach ihr. Sie wollten sich mit ihr unterhalten und in ihrer Nähe sein.

Eines Abends, es war windig und kalt, machten wir einen Spaziergang am See. Der Gedanke daran, bald in ein warmes Bett zu hüpfen und sich aneinander zu kuscheln, hielt uns, solange es eben ging, draußen, nur um das Vergnügen etwas aufzuschieben und die Vorfreude noch ein bißchen zu verlängern. Ich erzählte ihr von den Gemälden in Wien.

Sie schwieg eine Zeitlang und fragte dann: »Hast du dir die Breughels angesehen? Nein? Ich dachte, das würdest du. Ich war sicher, du würdest seinen Turmbau zu Babel ansehen. Er ist genauso wie das andere Bild, das du beschrieben hast. Die ganze Welt ist in Bewegung, alle sind fleißig und machen ihre Arbeit. Im Krankenhaus habe ich das gesamte Alte Testament gelesen, weil ich das schon immer machen wollte und nie getan hatte. Kennst du die Geschichte vom Turmbau zu Babel? Ich war erstaunt, wie kurz sie ist. Nur ein paar Absätze.«

»Den Turmbau zu Babel? Klar. ›Wohlan, laßt uns eine Stadt bauen und einen Turm, dessen Spitze bis in den Himmel reicht; so wollen wir uns einen großen Namen schaffen, damit wir uns nicht über die ganze Erde zerstreuen.‹«

»Wieso kannst du das wortwörtlich auswendig?«

»Beeindruckt? Als ich ein kleiner Junge war, hat mein Vater mir jeden Abend aus der Bibel vorgelesen. Das war eine der wenigen Gelegenheiten, bei denen ich ihn für mich alleine hatte, deshalb tat ich fasziniert. Eigentlich bin ich bei all den ›gebars‹ immer gleich eingeschlafen. Ärzte müssen den Hippokratischen Eid ablegen, bevor sie praktizieren dürfen. Architekten sollten ›Wohlan, laßt uns eine Stadt bauen ...‹ zu ihrem Eid machen.«

Es war nicht sehr hell, aber hell genug, um den Ausdruck tiefer Mißbilligung auf ihrem Gesicht erkennen zu können.

»Was ist los?«

»Ich finde das nicht komisch. Es scheint in der Geschichte nur darum zu gehen, daß der Mensch größenwahnsinnig geworden ist und beschlossen hat, Gott mit diesem Turm herauszufordern. Er wollte sehen, ob er etwas erschaffen könnte, das genauso großartig wäre wie ein Werk Gottes. Der Hippokratische Eid besagt, daß ein Arzt der Menschheit dienen soll. Ich finde, Architekten sollten nicht geloben, Gott mit ihrer Arbeit Konkurrenz zu machen.«

»Stimmt schon, aber das Interessante an der Geschichte ist für mich, daß Gott ihnen Einhalt gebot, weil sie gebrauchten, was Gott ihnen gegeben hatte, damit sie es gebrauchen, so gut sie können! Er sagte: ›Siehe, sie sind ein Volk ... und dies ist erst der Anfang ihres Tuns; nunmehr wird ihnen nichts unmöglich sein, was immer sie sich vornehmen.‹ Und er fuhr hernieder und zerstreute sie. Wenn ich dir einen Ferrari schenken würde, mit dem du zweihundertfünfzig Stundenkilometer fahren könntest, und ich würde sauer auf dich werden, weil du Bleifuß fährst, und ich würde daran drehen, damit er nicht mehr fährt, wäre es das gleiche. Das ist doch unlogisch. Diese Menschen sprachen ein und dieselbe Sprache und haben einander völlig verstanden. Gott hat ihnen dieses Geschenk gegeben. Sie konnten sich doch überhaupt nur deshalb etwas wie diesen Turm ausmalen. So weit, so gut. Aber dann kam einer logischerweise auf die durchaus legitime Idee, diese Gabe zu benutzen, um etwas ganz Besonderes zu bauen –«

»Um damit anzugeben, wie toll sie sind. Hochmut kommt vor dem Fall.«

Frustriert schlug ich mir die Hand vor die Stirn. »Aber warum hat Gott uns denn dann einen Ferrari gegeben, wenn er gar nicht will, daß wir ihn ganz ausfahren?«

»Vielleicht sollen Ferraris gar nicht mit tausend Stundenkilometern gefahren werden. Wyatt Leonard hat mir was Interessantes erzählt, als wir essen waren. Er kannte einen Karatelehrer, der den schwarzen Gürtel hatte. Der Mann war ein richtiger Meister. Einer seiner Schüler hat ihn gefragt, was er tun würde, wenn ihm auf der Straße eine Schlägerbande entgegenkäme, die Streit sucht. Weißt du, was er gesagt hat, Harry? ›Ich würde weglaufen.‹ Ist das nicht toll? Das ist das Entscheidende an diesem

Selbstverteidigungskram, wenn du einmal eine bestimmte Stufe erreicht hast und weißt, du könntest jeden mit einem Schlag töten, hast du so viel Selbstbewußtsein und Selbstachtung, daß du das nicht nötig hast. Du läufst einfach weg.«

»Was hat das damit zu tun?«

»Sieh dich an. Alle wissen, daß du der Beste bist. Du hast alle Preise gewonnen. Du hast großartige Gebäude gebaut.«

»Das fand Venasque aber nicht.«

»Venasque ist dein Karatelehrer. Er wollte dir wohl zu verstehen geben, was dein nächster Schritt sein sollte. Du solltest nicht mehr versuchen, dir einen Namen zu machen. Deswegen hattest du doch den Zusammenbruch – weil du irgendwo im Innern wußtest, daß er recht hatte, du es aber nicht akzeptieren konntest. Erinnerst du dich, wie du gesagt hast, einer der Gründe, warum du mit dem Entwerfen aufgehört hast, war, daß du dir in deinen Gebäuden keine Menschen mehr vorstellen konntest? Weil du an einem Punkt angelangt warst, an dem du nur noch für dich gearbeitet hast? Nur du, deine Gebäude und dein Ego? Ich weiß, warum du keine Menschen mehr in ihnen sehen konntest. Weil du jeden Raum mit dir ausgefüllt hattest.«

»Du hörst dich an wie ein New-Age-Guru.«

»Ach, laß das, Harry. Du nimmst es mir übel, daß ich im Grunde mit meinem Leben zufrieden bin. Das heißt aber nicht, daß ich keine Wünsche hätte oder ... ich weiß nicht ... nicht lieber eine bessere Hand hätte, wenn es sie gäbe. Aber trotzdem, ja, mein Leben gefällt mir und ... Du sagst, du bist am glücklichsten, wenn du arbeitest. Aber das stimmt nicht – du bist der kribbeligste Mensch, den ich kenne. Auch wenn du arbeitest, kannst du keinen Augenblick stillsitzen. Das soll Glück sein? Und Zufriedenheit? Was hast du davon, wenn du jeden Tag deines Lebens verbringst, als stündest du barfuß auf einem glühenden Fußboden? Sind wir nicht hier, um etwas Frieden zu finden?«

»Nein, wir sind hier, um uns abzumühen. Wenn du Frieden gefunden hast, hast du wohl Glück gehabt, aber ich hätte mit *deinem* Frieden keinen Frieden. Wenn ich eine Hand verloren hätte, würde ich alles daransetzen, um eine neue, das Beste vom Besten, zu konstruieren. Ist das schlecht? Ist es verkehrt, um das Beste zu ringen?«

»Es ist dann verkehrt, wenn man es nie erreicht, mein Schatz. Du hebst immer irgendwas auf und rufst: ›Ich glaub, ich hab's!‹ Du bist ganz aufgeregt, aber wenn du es gegens Licht hältst, merkst du, daß es dasselbe ist wie beim letzten Mal. Das ist so deprimierend. Du hast gesagt, dieses Mal hättest du zum ersten Mal während deiner Laufbahn eine echte Inspiration für ein Gebäude gehabt. Es sei Magie gewesen. Völliger Quatsch, Harry. Du nimmst diese Magie und arbeitest mit ihr genauso, wie du immer gearbeitet hast. Und du bist genauso angespannt und frustriert wie bei deinen anderen Arbeiten. Sollten wir Magie nicht anders einsetzen? Denk an die Menschen, die den Turm zu Babel gebaut haben und wie sie ihre Magie mißbrauchten: Wenn sie ihn Gott zu Ehren gebaut hätten oder einfach, weil es Spaß machte, etwas zu bauen, aus Freude an Zusammenarbeit mit Menschen, mit denen man sich vollkommen versteht, *hätte* er sie vielleicht *nicht* aufgehalten. Sprache ist eine Verständigungshilfe, nicht ein Mittel des Konkurrenzkampfs.«

Der erste Todesfall brachte das erste Wunder mit sich, obwohl ich das erst viel später merken sollte. Ein Schweißer aus Saru, der Mahmud hieß, schraubte eine defekte Acetylenflasche auf. Sie explodierte wie eine Bombe und schleuderte ihn drei Meter weit. Als ich an den Ort des Geschehens kam, kniete Hasenhütl, den ich lange nicht mehr gesehen hatte, über der Leiche und betastete sie irgendwie. Leute standen drum herum wie bei einem Autounfall – regungslos, stumm, mit sonderbaren Mienen. Palm kam von hinten heran und legte mir die Hand auf die Schulter.

»Tot?«

»So wie es aussieht, ist von ihm nichts übrig, womit er leben könnte.«

»Was macht Hasenhütl denn da?«

»Keine Ahnung.«

»Ich wußte gar nicht, daß er Arzt ist.«

Ich drehte mich zu Morton um, um mich dahingehend zu äußern, daß ich nicht wußte, was Hasenhütl überhaupt war, *Punkt*, aber ich hielt den Mund. Es kamen immer mehr Leute, die sehen wollten, was passiert war, und nach einer Weile wich die Stille, die auf einen plötzlichen, gewaltsamen Tod folgt, und sie fingen an sich leise untereinander zu unterhalten. Drei Sprachen gleichzeitig, und ich merkte erst Sekunden nachdem ich es gehört hatte, daß jemand mit unverwechselbarem heiseren Baß das englische Wort »quidnunc« gesagt hatte. Ich hatte dieses Angeberwort für »Gschaftlhuber« mehr als einmal verwandt, um Leute aus meinem Bekanntenkreis zu charakterisieren. Der Satz, in dem es diesmal gefallen war, hatte etwa gelautet: »Wen interessiert's? Er war sowieso ein Quidnunc.« Akzentfreies Englisch. Gebürtiger Amerikaner.

Ich nahm an, daß wer immer das gesagt hatte, damit den gesprengten Toten vor uns meinte, und drehte mich um, weil ich sehen wollte, welches gefühllose Ungeheuer über ein so hübsches Vokabular verfügte. Da, wo der Satz hergekommen war, stand eines der berüchtigteren Mitglieder der saruanischen Mannschaft – Sharam. Berüchtigter deshalb, weil er schätzungsweise drei Zentner wog und wie Popeyes Nemesis Bluto aussah. Außerdem sprach diese Karikatur von einem Monster kein Englisch, und nach allem, was ich gehört hatte, machte er auch in arabisch selten den Mund auf. Aber ich kannte seine Stimme, weil wir mal aneinander geraten waren – mit Dolmetscher. Es war hundertprozentig diese Stimme gewesen, die »quidnunc« gesagt hatte.

»Haben Sie gerade Englisch gesprochen?«

Er sah mich an, als wäre ich ein toter Fisch, und erwiderte etwas in seiner Sprache, woraufhin seine Kumpane ein Kichern unterdrückten und ihre Blicke abwandten. Palm übersetzte meine Frage ins Arabische, und Bluto schüttelte den Kopf.

»Warum fragst du ihn das, Harry?«

»Weil er das Wort ›quidnunc‹ gesagt hat. Es bedeutet ›Gschaftlhuber‹. Ich weiß, daß er es war.«

»Das glaube ich nicht. Der Mann spricht nicht viel. Ich möchte bezweifeln, daß er Englisch gelernt hat. Wenn er nicht arbeitet, schläft er.«

Der Hubschrauber der Gesellschaft flatterte herbei, und der Augenblick verging, aber er blieb mir im Gedächtnis, und ich habe später oft darüber nachgedacht.

Der Leichnam wurde auf eine Tragbahre gelegt und in den Hubschrauber geladen. Wir sahen zu, wie er wieder abhob. Palm klopfte mir auf den Rücken und ging. Hasenhütl kam herüber und machte einen sichtlich verzweifelten Eindruck.

»Das hätte nicht passieren dürfen. Ich verstehe das nicht.«

»Was meinen Sie?«

»Die Vereinbarung. Als Sie die Vereinbarung getroffen haben, waren diese Dinge nicht vorgesehen.«

»Was haben Sie da drüben mit ihm gemacht?«

»Das kann ich Ihnen nicht sagen, nur, daß ich nach irgendwelchen Hinweisen gesucht habe, warum das passiert ist. Es gab keine. Ich bin ziemlich durcheinander.«

Seine Worte jagten mir einen größeren Schrecken ein als der Tod des Mannes. Wenn dieser Gesandte/Richter/Aufsichtsführende für Sondereinsätze nicht wußte, was vor sich ging, wie stand dann der Rest von uns da?

»Wollen Sie damit sagen, daß das Projekt gesegnet war oder so was?«

»Ja, aber das durfte ich Ihnen nicht sagen. Und jetzt kann man gar nichts mehr sagen.« Er leckte sich nervös die Lippen. »Jetzt sind die Karten neu gemischt, Radcliffe.«

»Ich dachte, Sie seien zu meiner Unterstützung geschickt worden!«

»War ich auch, als ich die Regeln kannte. Jetzt kenne ich sie nicht mehr.«

»Es kann sonstwas passieren?«

»Ich tappe genauso im dunkeln wie Sie.«

Sehen Sie es mir nach, aber ich liebe Gruselfilme. Es sind einige meiner schönsten Kindheitserinnerungen, wie ich mit einem überdimensionalen Becher Popcorn in einem schmuddeligen Kino sitze und mir abwechselnd diese fettigen Bröckchen ins Gesicht stopfe oder mit herabhängender Kinnlade dasitze, die Augen zu Schlitzen zusammengekniffen, wenn das Mädchen gerade im Begriff ist, die falsche Tür zu öffnen, oder schreeeeckliche Geräusche aus dem Laboratorium (Friedhof, Berggipfel etc.) dringen. Mein Vater schwärmte für Ringkämpfe. Ich für Schreie und Kreaturen mit Schuppenpanzern.

Der neueste *Mitternacht*-Film kam am Ende einer erfolgreichen Woche in das Kino von Zell am See. Entgegen Hasenhütls Befürchtungen markierte der Tod des Schweißers den Beginn einer ruhigen, produktiven Phase, die uns ermöglichte, in überraschend gutem Tempo voranzukommen. Es gab Probleme, aber keine, die nicht schnell und wirksam beseitigt werden konnten. Die verschiedenen Nationalitäten kamen besser miteinander aus und schienen sich langsam auf die jeweiligen Arbeitsgewohnheiten einzustellen, wenn nicht sogar auf die kulturellen Unterschiede. Hatte ein österreichischer Stahlarbeiter Geburtstag, veranstalteten seine amerikanischen und saruanischen Kollegen eine Überraschungsparty für ihn.

Das Wetter war freundlich, und die Sonne legte leuchtendes toskanisches Licht über die Berge, den See und den Frühlingsschnee, als wolle sie ihre Anerkennung für unser Tun aussprechen. Sie trug zu jener Art Wetter bei, das einen mehrmals am Tag bei der Arbeit innehalten und den Kopf heben läßt, lächeln, die Gegend betrachten. Dankbar macht man sich gestärkt und erfrischt wieder an die Arbeit.

Claires Predigt beeinflußte meine Seh- und Handlungsweise. Je mehr ich über das, was sie gesagt hatte, nachdachte, desto klarer wurde mir, daß sie recht hatte. Sich selbst zu sagen, geh zum Teufel und/oder leg dir einen anderen Lebensstil zu, ist einfach, aber die Umsetzung ist eine andere Art von Hölle. Wie Vorsätze fürs neue Jahr; die klingen auch gut und ernst gemeint, bis man anfangen muß, sie zu leben. Wer weiß, wo man anfangen soll? Ich wählte den allmählichen Weg – das Temperament im Zaum halten, freundlicher und geduldiger sein, daran denken, daß andere nicht die gleichen Ansprüche und Hoffnungen hatten wie ich. Das funktionierte nur die Hälfte der Zeit, aber ich war stolz auf diese Hälfte; es ließ mich hoffen, das Verhältnis zu meinen Gunsten ändern zu können, wenn ich dranblieb. Ich wurde unerwartet belohnt, als eines Tages einer der Vertragspartner hereinkam und mir mitteilte, etwas, das ich für das Erscheinungsbild des Gebäudes für entscheidend hielt, sei nicht machbar. Anstatt einen Anfall hoch fünf zu kriegen, schloß ich die Augen, brachte ein Lächeln zustande und fragte, was er vorschlage. Sein Vorschlag war genial und, schluck, eine wesentliche Verbesserung meines Entwurfs. Ich gratulierte ihm, und von dem Tage an waren auch andere viel eher bereit, mich an ihren Ideen und auch Vorbehalten teilhaben zu lassen, und danach lief alles besser. Palm war bei dem Gespräch dabeigewesen. Hinterher sagte er, er sei stolz auf mich. Normalerweise hätte ich dazu nur geknurrt, aber Morton erwies sich als unbezahlbar, und das Kompliment ließ mich stolz das Gefieder spreizen. Wenn man sich festgefahren hatte, war er der ideale Ansprechpartner. Obwohl er vom Bauen nicht viel verstand, waren seine Ansichten so vernünftig und offen, daß seine klugen und anteilnehmenden Ideen immer ein Körnchen Wahrheit enthielten, das half, den Schnee von der geistigen Rollbahn zu pflügen. Nachdem ich Claire endlos von ihm erzählt hatte, machte ich die beiden miteinander bekannt, und wir drei verbrachten einen angenehmen Abend. Später äußerte sie, er sei aufgeschlossen und nachsichtig. In meinem Kopf schlug eine Glocke an, und ich sprach die Erkenntnis laut aus: »Ich mag ihn, weil er so ist wie du!«

Es war eine produktive, interessante Arbeitswoche gewesen, in ein paar Tagen würde Claire wieder zu einem Besuch herüberkommen, und Morton und ich hatten ein gutes Essen vertilgt, bevor wir in den Film gingen. Auf dem Weg zum Kino erzählte ich ihm, daß ich Philip Strayhorn, den Autor und Darsteller des Bösewichts der *Mitternacht*-Serie, kannte. Ich war überrascht, als Palm viele Fragen über Strayhorn stellte. Abgesehen davon, daß er wissen wollte, was Strayhorn für ein Mensch war, schien er am meisten an der Frage interessiert, warum ein intelligenter Mensch soviel Zeit damit verbringen sollte, etwas zu dem einzigen Zweck zu produzieren, Leute zu erschrecken. Ich offerierte die Radcliffe-Theorie, nach der die Gesellschaft so abgestumpft ist, daß man Leute mit etwas Normalem nicht mehr unterhalten kann, weshalb wir eine Stufe tiefer gestiegen sind, was bedeutet: Erwürgen, Verstümmeln und elektrischer Stuhl.

»Meinst du, das ist die beste Art, Menschen zu unterhalten?«

Ich rammte die Hände in die Taschen und verkündete großkotzig: »Jage fünftausend Volt durch eine hübsche Blondine, und du hast ein garantiert aufmerksames Publikum. Auf meinem Gebiet ist es dasselbe. In der Architektur baut alles auf drei Prinzipien auf – Ordnung, Logik und Schönheit. Es interessiert mich nicht, wie viele Eierköpfe das bestreiten, aber es ist wirklich die Quintessenz dessen, was wir in jedem Entwurf anstreben sollten. Scheiß auf die Theoretiker. Aber jetzt gibt es Architekten, die sehr erfolgreich so was machen wie ein Loch buddeln und das Haus da reinpflanzen. Die Rede ist hier nicht von Luftschutzbunkern, die Rede ist vom gemütlichen Zuhause. Das ist wie eine dieser findigen und oberschlauen Ideen, Intellektuellen-Scherze, die man sich im ersten Jahr auf der Fachhochschule ausdenkt, aber weil es neu ist und so was noch nie gebaut worden ist, rennen jetzt tatsächlich die Leute in Scharen zu diesen Idioten, damit diese ihr Zuhause entwerfen. Zuhause, Morton. ›Hallo, willkommen in meinem Zuhause. Du mußt nur die Leiter runterklettern und diese Grubenlampe aufsetzen.‹ Für *mich* sind diese Scharlatane das Pendant zu den *Mitternacht*-Filmen. Ein ganz bewußter Versuch, alles Häßliche, Unfreundliche und Unordentliche im Leben aufzustöbern und es zu propagieren. Einer bezeichnet es sogar als ›das Sichtbarmachen dessen, was zwischen Stabilität und Instabilität existiert.‹ Alles Mist. Es ist das Metier der Klugscheißer und der Zyniker und der Tod der Seele.«

Palm schwieg, und ich merkte, daß mein Gesicht glühte. »Hör ich mich an wie ein Vollidiot?«

»Nein, so, als glaubtest du an das, was du tust. Aber vielleicht bin ich kein guter Richter, Harry, weil ich Türen und Leitern mache. Ich glaube an Dinge, die ihren Zweck gut erfüllen und die man immer wieder vertrauensvoll benutzen kann. Ich habe von einem Künstler gelesen, der Leitern baut, die man nicht hochsteigen kann – die Stufen sind völlig chaotisch. Es ist eine ausgefallene Idee, sie stellt Anforderungen an die Sinne, aber nur für einen Augenblick. Dann ist es auch schon das, was du meintest – die Arbeit eines Klugscheißers. Was ich nach wie vor nicht verstehe, ist, warum jemand überhaupt soviel Zeit und Phantasie dafür investieren sollte, so was jeden Tag zu machen. Eine Leiter bauen, die nirgendwo hinführt, ist dasselbe wie Filme drehen über Menschen, die sich gegenseitig Wunden beibringen.«

Ich beugte mich zu ihm und knuffte seinen Arm. »Warum kommst du denn dann heute abend mit mir?«

»Ich bin gern mit dir zusammen. Ich höre gern, was du zu sagen hast. Wahrscheinlich wirst du sogar während eines idiotischen Films etwas sagen, was mir später zu denken gibt.«

Seitdem die Hundemuseums-Mannschaft in die Stadt gekommen war, war das Kino von Zell am See samstags abends ein Irrenhaus. Bis zur Halskrause vollgestopft mit österreichischen, amerikanischen und saruanischen Bauarbeitern und gutgelaunten Bürgern, die wußten, was sie erwartete; die Filme waren alle deutsch synchronisiert, das hieß, nur ungefähr ein Drittel der Zuschauer konnte den Text verstehen. Dieser Umstand sorgte immer für ein interessantes Tohuwabohu. Auf der Leinwand sagte einer was Wichtiges. Dann fragte ein Saruaner laut und in gebrochenem Englisch: »Was hat der Typ gesagt?« Daraufhin würde entweder ein Österreicher in ebensolchem gebrochenen Englisch antworten: »Er hat ihm gesagt, er wird seine Familie abschießen, also paß auf.« Oder ein Amerikaner würde anmerken: »Keine Ahnung, Salim, willste mir das nicht mal übersetzen?« Dann würde alles in zwei weitere Sprachen übersetzt werden, und Sekunden später folgten Gelächter oder die Konter-Kalauer. Von dem, was in den Filmen gesagt wurde, bekam man nicht allzuviel mit, aber es machte Spaß dabeizusein, und meiner Meinung nach trug es dazu bei, die Menschen einander näherzubringen. Wenn es vorbei war, gingen wir oft raus und lachten über den Kommentar, den der und der abgegeben hatte, oder darüber, daß die Repliken viel besser gewesen waren als der eigentliche Film.

Die erste Einstellung von *Es wird immer Mitternacht* zeigt ein Pärchen, das auf einem Friedhof mächtig in Fahrt kommt. Das Licht ist blauschwarz, die Musik klassischer Bernard Herrmann – schaurig. Noch keine Besetzungsliste, nur die beiden stöhnenden Teenies, die sich gegenseitig die Kleider vom Leib zerren. Normalerweise flogen die ersten Sprüche nach Ablauf von drei oder vier Minuten durchs Publikum, aber diesmal blieb alles still, weil entweder Sex oder Gewalt drohten. Strayhorn ist nämlich clever und weiß, daß man mit dem Schlimmsten rechnet. Also bekommt man es nicht, obwohl die Musik immer drängender wird und dräuende Schatten auftauchen und die beiden immer mal wieder von ihrem Ringkampf aufsehen und fragen: »Hast du grad auch was gehört?« Tatsächlich passiert in dieser ersten Szene gar nichts, bis die beiden Kleinen, selbstgefällig und verliebt, Hand in verschwitzter Hand, den Friedhof verlassen. Dann schwenkt die Kamera auf einen Grabstein einen Meter neben der Stelle, wo sie die unanständige Tat verrichtet hatten und, Volltreffer – da sitzt Bloodstone beim Abendbrot. Es sieht aus, als äße er Rippchen, aber als die Kamera dichter heranfährt, sieht man, das sind keine Rippchen. Eigentlich schon ungeheuerlich genug, aber um es noch schlimmer zu machen, ißt er betont vornehm und hat sogar eine große weiße Serviette, um sich den Mund abzuwischen. Seufzend steht er auf und geht die paar Schritte dahin, wo die Teenies gelegen hatten. Auf dem Boden liegt ein benutztes Kondom. Lächelnd hebt er es auf und steckt das graue Ding in die Tasche.

»Vielleicht macht er in Wiederverwertung!«

»*Was hat er gesagt?*«

»*Eine saubere Umwelt!*«

Die Saruaner bekamen ihre Übersetzungsversion, und der Stein war losgetreten und rollte.

Monate vorher hatte Palm festgestellt, je schlechter es auf der Baustelle lief, desto mehr sagten die Männer und desto lauter waren sie während dieser Filmvorstellungen. Man konnte eine Arbeitswoche an der Anzahl und Lautstärke ihrer Kommentare beurteilen. Im Verlauf des Abends dachte ich darüber nach, weil es ruhiger war als in den Wochen vorher, und wenn jemand eine Bemerkung machte, war sie witziger und weniger beißend als sonst.

Diese relative Ruhe führte mich auf die nächste Stufe. Gegen Ende des ersten Drittels des Films steht Bloodstone in einer Telefonzelle und ruft die Heldin an. Sie ist in ihrem Schlafzimmer und nimmt zögernd den Hörer ab.

»Hallo?«

»Hallo, Heather. Ich wollte dir sagen, daß du heute sehr schön aussiehst. Ich habe dich beobachtet. Ich habe dich den ganzen Tag beobachtet. Wie man deinen blauen Slip unter dem Rock sehen konnte, hat mir gefallen. Der Duft deines gelben Kaugummis hat mir gefallen. Dein Duft hat mir gefallen.«

Das ging so lange weiter, bis das Mädchen solche Angst hatte, daß es den Hörer fallen ließ und aus dem Zimmer rannte. Aber was mir einen Schock versetzte, war die Tatsache, daß ich nach der ersten Hälfte jedes Wort des Monologs, den das Ekel hielt, verstand. Ich spreche kein Deutsch. In der Schule habe ich nur so viel gelernt, wie ich mußte, und es gleich nach den Prüfungen vergessen, weil es mich nicht interessierte. Ich sah Bloodstones unbewegtes silbriges Gesicht, hörte, was er in einer mir unbekannten Sprache sagte, und von einer Sekunde zur nächsten wußte ich haargenau, was jedes Wort, jeder Satz bedeutete. Darüber hinaus saß hinter mir eine Gruppe Saruaner, und was sie sagten, verstand ich ebenfalls. Ich spreche auch kein Arabisch.

Ich fuhr erstaunt herum und starrte sie an, als wollte ich mich vergewissern, daß sie arabisch sprechende Araber seien und ich sie verstünde. Waren sie. Ich verstand's.

Palm lachte über irgend etwas im Film und murmelte einen schwedischen Satz. Ich verstand ihn. Ich mußte nicht nachdenken, über Vokabeln, Satzbau oder Feinheiten grübeln. Ich verstand einfach alles, was um mich herum gesagt wurde, in jeder Sprache.

Ich wandte mich Palm zu. »Sag das noch mal.«

»Was?«

»Sag noch mal das, was du gerade gesagt hast.«

»Das war Schwedisch. Ich hab gesagt –«

Ich stand auf. »Ich weiß, was du gesagt hast. Ich muß gehen. Nein, bleib hier, ich muß einfach gehen. Wir sehen uns später. Es ist alles in Ordnung. Mir geht's gut, ich muß nur gehen.«

Nachdem ich seitwärts aus der Reihe getaumelt war, rannte ich fast zum Ausgang. Ich mußte da raus und ein wenig frische Luft schnappen und einen klaren Kopf kriegen und es zu verstehen versuchen – einfach nur raus da. Als ich vorbeistürmte, sah ich erstaunte Gesichter aufblicken, aber das war mir egal.

Die eisige Nachtluft draußen tat gut, aber das reichte noch nicht. Ich lief die Hauptstraße hinunter, wußte zwar nicht wohin, aber ich mußte mich unbedingt bewegen und eine Weile mein Hirn leeren, bis ich wieder etwas zu Verstand gekommen war und über das, was passiert war, nachdenken konnte. Ich kam an einem alten Mann und einer Frau vorbei, die sich lautstark unterhielten. Er sagte auf deutsch zu ihr, er sei es verdammt leid, Verstopfung zu haben. Ich verstand es. Etwas weiter die Straße runter ging ein saruanischer Bauarbeiter mit einem kleinen Kofferradio unterm Arm, das arabische Musik spielte. Eine Frau sang sehr hoch und mit den typischen Modulationen, an denen man Musik aus dem Mittleren Osten sofort erkennen kann. Ich verstand, was sie sang.

Ohne es zu wissen, war ich auf das Hotel zugesteuert, und als ich auf dem Parkplatz ankam, sah ich als erstes mein Auto. Ich hatte den Schlüssel in der Tasche und innerhalb einer Minute hatte ich es angelassen und fuhr die Uferstraße hinunter.

Als Venasque mir geholfen hatte, aus meinem Wahnsinn aufzutauchen, hatte er mir einen Trick beigebracht. »Wenn du merkst, die schlechten Wellen schlagen wieder über dir zusammen, Harry, halt dich an ein Wort, irgendein Wort, das mit dem zu tun hat, wie du dich fühlst, und sag es dir immer und immer wieder vor, bis dir davon schlecht wird. Konzentriere dich so lange darauf, bis du alles andere vergessen hast. Es kann jedes Wort sein, du mußt nur aufpassen, daß es etwas mit deiner Verrücktheit zu tun hat. Bei dieser Methode wird dein Geist nicht denken, du wolltest ablenken. Er wird annehmen, du versuchst, dir über einen kleinen Teil des Problems klar zu werden.«

Der Trick hatte gut funktioniert, nachdem ich ihn anwenden konnte, deshalb konzentrierte ich mich, während ich durch jene unvergleichliche Nacht dahinfuhr, auf das Wort »Langenscheidt«. Der Verlag stellt kleine Taschencomputer her, die sofort von einer Sprache in eine andere übersetzen. Man tippt *amour* ein, und heraus kommt *love*. Wie auch immer, aus meinem Wort wurde: »Ich bin ein Langenscheidt. Ich bin ein Langenscheidt«. Wie ein bizarres Mantra wiederholte ich es immer und immer wieder, als ich mich durch die österreichische Landschaft schlängelte, die Berge ihr eigener, dunklerer Schatten, die Gedanken über das, was im Kino geschehen war, dröhnten in meinem Hirn wie ein Preßlufthammer. Ich *war* ein Langenscheidt. Ich konnte jedes Wort der Welt verstehen. Ich war überzeugt, ich könnte eine Anleitung in Suaheli, ein japanisches Telefonbuch oder ein Rezept auf portugiesisch verstehen. Ich bin ein Langenscheidt.

Ich sah immerzu auf die grüne Digitaluhr im Amaturenbrett, sah, wie spät es war, und fragte mich dann, wie spät es war. Mein Kopf konnte nichts aufnehmen, er war zu voll, zu angsterfüllt, zu beschäftigt damit, zu sortieren und abzulegen, zu verstehen, darauf zu bestehen, daß er verstehen *würde*, wenn ich ihm nur ein, zwei Minuten mehr Zeit gäbe.

In der Nähe von Kaprun hielt ich an und öffnete die Tür, damit sich die Innenbeleuchtung einschaltete. Immer wenn ich lese, merke ich mir die Worte, die ich nicht kenne, ich schreibe sie auf, um sie das nächste Mal nachzusehen, wenn ein Wörterbuch in Reichweite ist. Nur selten habe ich keine dieser Listen in meiner Brieftasche oder im Jackett. Die Liste, die ich an jenem Abend bei mir hatte, steckte innen in einem Streichholzbriefchen. »Palliativ.« »Epigone.« »Exedra.« Ich schloß die Augen und rezitierte.

»Palliativ – Linderungsmittel, lindernd. Epigone – unschöpferischer Nachahmer großer Vorbilder. Exedra – Nische, Halbrund, griechischer Versammlungsort. Jesus Maria, ich kenne sie. Ich kenne diese Wörter.«

Wie hat es wohl für einen Vorbeifahrenden ausgesehen, der am Straßenrand geparkte Wagen, der in schwaches gelbes Licht getauchte Mann, der mit geschlossenen Augen auf ein Stückchen Papier schaut und mit sich selbst redet? Hatte er sich verfahren und sah auf die Wegbeschreibung? Hatte er etwas vergessen und versuchte sich zu erinnern? Oder ruhte er sich nach langer Fahrt aus? Wie oft hat sich uns im Vorbeifahren so ein Anblick geboten, und wir haben nicht zweimal darüber nachgedacht oder hingesehen? Ich kann Ihnen allerdings aus erster Hand berichten, daß es manchmal noch wesentlich schlimmer ist. Manchmal ist die Straße das einzig Feste unter den Füßen des Mannes, und er hat angehalten, weil er sie ansehen muß, auf der Stelle, und sich vergewissern muß, daß es sie gibt. Weil es außer ihr nichts gibt.

Stunden später fuhr ich auf die Baustelle und stieg aus dem Wagen. Das Fahren hatte mich schließlich beruhigt, aber ich wußte, ich könnte nicht zum Hotel zurückfahren, bis ich völlig erschöpft wäre und unfähig, noch zu denken. Ich war zum Museum gefahren, weil ich jetzt alles verstanden hatte und es mit diesem Wissen betrachten mußte, ganz gleich, wie spät es war.

Hinter dem Maschendrahtzaun, von allen Seiten im Flutlicht, sah das Skelett des Rohbaus einer Rakete auf der Abschußrampe ziemlich ähnlich. Das Licht, hart und gleißend, verleugnete die Dunkelheit hinter sich, außerhalb seiner Reichweite. Aber die Strahlen verschwanden abrupt, sobald sie über das Museum in die alpine Nacht fluteten. Man sollte annehmen, soviel Kilowatt könnten hoch in den Himmel scheinen, aber sie können die Nacht nicht weit zurückdrängen, nur ein kleines Stück.

Ich öffnete das Tor mit meinem Schlüssel und trottete langsam den Hügel hinauf. Hatte Venasque es gewußt, als er mich behandelte? Er muß es gewußt haben. Was wußte der Alte denn *nicht*? Während ich ging, versuchte ich, mir unsere Gespräche ins Gedächtnis zu rufen, und suchte in seinen Äußerungen nach Hinweisen und Anhaltspunkten für meine jetzige Überzeugung, für das, was ich für das Ziel meines Tuns hielt. Anhaltspunkte. Es hatte so viele gegeben! Der Traum von Robert Layne-Dyer und seinem eßbaren Haus. – »Jeder hat ein Haus in sich. Es bestimmt, wer man ist … Darüber denkt man sein ganzes Leben lang nach … Aber nur einmal hat man die Gelegenheit, es tatsächlich zu sehen. Wenn man die Gelegenheit verpaßt oder sie umgeht, weil es einem angst macht, verschwindet es, und man sieht es nie wieder.« Venasque, der mir meine Musik unter dem Wasser des Swimmingpools in Kalifornien gezeigt hatte, die Noten richtig angeordnet. Big Top, der in Saru sein Leben geopfert hatte, meine Unterhaltung mit Claire über Breughels »Turmbau zu Babel« in Wien. Hell wie das Flutlicht auf das Gebäude schienen mein Wissen und meine Erkenntnis vor dem Hintergrund meines Lebensgerüsts auf, aber wenn es vorbeizog, war alles verloren. Ich wußte, es war vielen Menschen so ergangen, aber das tröstete mich in dem Augenblick nicht. Ich bin nicht bescheiden, weil ich nicht glaube, daß Bescheidenheit der Schlüssel zum Himmelreich ist. Wenn man seine Arbeit gut macht, darf man es auch sagen, dem positiven Urteil der anderen zustimmen. In uns springen genug Dämonen herum, die uns verletzen, verführen und uns dabei behilflich sind, das Falsche zu tun, warum sollten wir nicht auch den wenigen Engeln in uns applaudieren (und uns über sie freuen)? Bis zu jener Nacht war ich mit dieser Haltung zufrieden gewesen.

Denn kein menschliches Wesen hätte das tun können, was ich getan hatte. Das sollte heißen: Was vor mir auf dem Hügel stand, *mein* Gebäude, war nicht mein Werk, nicht mein geistiges Kind, sondern das von Mächten, die mich hierhin und dorthin bewegt hatten, mich dieses und jenes machen, dieses und jenes zeichnen ließen, und die ganze Zeit hatte ich geglaubt, es sei meine Schöpfung. Mein wundervolles Ureigenes. So, als wenn ich einen Zweig vor eine Ameise lege und zuschaue, wie sie an dem Holzstückchen hochkriecht, als sei das schon immer ihr Plan gewesen, und nicht mein momentaner dummer Zeitvertreib. Hatte ich eigentlich mehr Wut, daß ich manipuliert worden war, oder eher Angst, nachdem mir klar geworden war, zu welchem Zweck man mich manipuliert hatte?

Als ich den Rohbau sah, hätte ich Luftsprünge machen können. Wenn er fertiggestellt sein würde, wäre er eine verdammt schöne Arbeit. Ich hatte mir oft gewünscht, der Sultan hätte lange genug gelebt, um seinen Traum verwirklicht zu sehen. Ich lag sogar eines Abends im Bett und stellte mir vor, wie ich ihn durch das fertige Hundemuseum führte. Ich zeigte ihm, wie bestimmte Materialien zusammenwirken, wie die subtilen Details und Ideen sich zusammengefunden haben, um aus dem Gebäude ein Ganzes zu machen, und dennoch etwas, im besten Sinne, Exzentrisches.

Die wichtigste Frage und die, die ich mir immer wieder gestellt habe, ist, ob es das beste Gebäude war, das ich jemals entworfen hatte. Das war es nicht. Es hat auch nichts mit sauren Trauben zu tun; ich sage das nicht, weil das Konzept im Grunde nicht von mir stammte. Wenn man so etwas jahrelang gemacht hat, entwickelt man ein gutes, gerechtes Gespür für die Arbeit und weiß (ob man es zugibt oder nicht), was gut ist und was nicht. Das Hundemuseum war originär und wesentlich, es hatte etwas Heiteres, das meine Arbeiten sonst nicht hatten, aber es war nicht Radcliffes *pièce de résistance*. Auf keinen Fall. Bei der Fülle der Inspirationen, magischen und anderen, die darin eingeflossen waren, hatte ich anfangs gedacht, es würde alles andere überragen, aber das tat es nicht. Es war preisträchtig, die Art von Gebäude, nach denen die Menschen sich umdrehen, die sie betrachten und vielleicht sogar nachfragen, was es ist oder wer es entworfen hat. Aber es war nicht das Werk, das ich mit sterbender Hand fest umklammert mit ins Grab nehmen würde, weil es mich am besten bestimmte. Man würde darüber sprechen, weil der Raum, den es schuf, und die Art und Weise, wie es jedem einfallenden Lichtstrahl schmeichelte und ihn akzentuierte, den Leuten gefallen würde, aber es war nicht mein letztes Wort. Das war es nicht. Claire sagte, das sei es. Palm sagte, das sei es. Sogar Dickerchen Hasenhütl sagte es, aber wer ist hier der Experte? Ich.

Als ich mich den Lampen näherte, glitt ein großer Schatten von einem Holzstoß und kam langsam auf mich zu. Hasenhütl.

»Sie sind noch spät unterwegs, Harry.«

Ich hätte ihn verfluchen können, aber ich war nicht wütend. Ich hätte ihn anbrüllen können, weil er mir wesentliche Informationen vorenthalten hatte, aber welchen Sinn hätte das gehabt? Er hätte es mir vielleicht gesagt, wenn ich eher gefragt hätte. Er hatte doch gesagt, er würde gewisse Fragen beantworten? Ich hatte nur nicht die richtigen Fragen stellen können. Jetzt konnte ich es. Jetzt hätte ich ihn umarmen können, meinen persönlichen Privat-Engel, und sagen: »Laß uns was trinken, ich hab es verstanden, wir wollen feiern.« Statt dessen tat ich etwas ziemlich Abwegiges. Als er nah genug herangekommen war, nahm ich seine Hand, wie ein Kind die Hand seiner Eltern nimmt. Er schien es in Ordnung zu finden, denn er lächelte und überließ mir die Hand.

»Ich weiß jetzt, was hier vor sich geht.«

Er nickte, schwieg aber.

»Es *ist* doch das, was ich denke?«

»Sagen Sie mir, was Sie denken.« Obwohl es für meine lange Skijacke kalt genug war, trug er nur einen dunklen Anzug, ein weißes Hemd und eine dunkle Krawatte. Unser Atem kam als graue Wölkchen heraus, die so schnell verschwanden, wie sie gekommen waren.

Ich betrachtete ihn in seinem Anzug und über seine Schulter hinweg das Museum. Bevor ich wieder etwas sagte, verging eine Verlegenheitssekunde, als sei ich im Begriff, etwas Gefährliches oder Peinliches auszusprechen.

»Das ist der Turm zu Babel, nicht wahr?«

»Ja, das ist er. Es ist ein Versuch.«

»Wir bauen hier den Turm zu Babel.«

»Ja, das tun wir.«

»Gut.« Ich ließ seine Hand los und blickte auf unsere Füße. »Ich bin nicht mal entsetzt. Warum bin ich nicht entsetzt?«

»Seit wann wissen Sie es?«

»Seit heute abend, im Kino. Ich war mit Palm dort, den neuen *Mitternacht*-Film sehen. Nach zwanzig Minuten verstand ich auf einmal jedes Wort, das auf der Leinwand gesprochen wurde. Dann jede Sprache um mich herum.«

»Das tun Sie, Harry. Ich rede gerade arabisch mit Ihnen. Erzählen Sie mir, was danach passierte.«

Ich bemerkte nicht, daß er anders sprach. Die Wörter klangen wie immer, die Betonung und Flexion auch. Im Verlauf des weiteren Abends unterbrach er unsere Unterhaltung immer wieder, um mir zu sagen, welche Sprache er in den letzten fünf oder zehn Minuten gesprochen hatte. Es waren viele. Ich habe nicht ein einziges Mal einen Unterschied bemerkt. Es klang nie, als wechselte er aus Gründen des Nachdrucks oder der Wortwahl von einer zur anderen. Er sprach und ich verstand es. Ich kenne eine Simultandolmetscherin. Französisch fließend. Sie sagt, trotz der Perfektion gibt es immer eine kleine Verzögerung, bevor sie das in einer Sprache Gesagte in die andere übersetzt. Es muß sie geben, weil der Verstand Zeit braucht, sich durch die Puzzles von Inversion und Deklination zu arbeiten, um den »Sprung« nicht nur richtig zu machen, sondern auch so nah wie möglich am Original zu bleiben. »Sprung« war das Wort, das sie gebrauchte, und das trifft es gut. Sie verglich es mit Sprüngen von einem Dachgiebel zum andern. Aber an jenem Abend mit Hasenhütl mußte ich nicht springen. Es gab einen Weg, einen geraden Sprachweg, dem man mühelos folgen konnte.

Ich erzählte ihm, wie ich das Kino verlassen hatte, durch die Gegend gefahren war und versucht hatte, nicht den Verstand zu verlieren und gleichzeitig herauszufinden, was vor sich ging. Als er fragte, wie ich die »Punkte verbunden« und es verstanden hätte, antwortete ich, ich mußte nichts verbinden, nachdem ich wieder normal atmen und das Ganze durchdenken konnte, war es einfach zweifelsfrei offensichtlich, was *war*.

»Aber warum ich? Weil ich gut bin oder weil ich ein Schüler von Venasque war?«

»Keins von beidem. Sondern weil Sie die richtige Mischung aus Glauben, Begabung und Überheblichkeit hatten.«

»Aber was habe ich denn gemacht? Wie ich es sehe, habe ich null dazu beigetragen. Alles ist mir eingegeben worden. Die Inspiration kam von außen. Das ist nicht mein Gebäude, mein Entwurf; es ist von Ihnen oder von Ihrem Boß.«

»Nein, Radcliffe, es *ist* Ihres. Es muß Ihres sein, oder es könnte gar nicht sein. Es war Ihre Inspiration, Ihr Konzept, Ihr Entwurf. Der Traum von Layne-Dyer war auch von Ihnen.«

»Komm schon, Mann, Sie haben mich seit Monaten herumgeschubst. Jede Minute, seitdem wir uns auf dem Rückflug von Saru kennengelernt haben. Was ist mit dieser Unterhaltung mit Claire? Wir haben ganz zufällig über den Turm von Babel gesprochen, und Sie erzählen mir, das war nicht inszeniert? *So* ein Idiot bin ich nicht, Hasenhütl!«

»Sie können es glauben oder nicht, mit dieser Unterhaltung

hatten wir nichts zu tun. Wir haben uns nur sehr wenig in Ihr Leben eingemischt.«

»Dann erzählen Sie doch mal, wie ihr euch eingemischt *habt*. An dem Punkt fangen wir an. Warum begeben Sie sich nicht mal eine Weile auf die Erde und geben mir ein paar der Antworten, die Sie mir *versprochen* haben, jetzt, wo ich die richtige Antwort auf die große Frage erraten habe. Wie wär's mit einem Wink dazu in Form eines kleinen Jungen? Dies ist meine Nacht, Kumpel! Heute nacht habe ich erfahren, daß ich nicht nur jede Sprache der Welt sprechen kann, sondern daß ich auch, *ich*, wie Sie sagten, ohne fremde Hilfe für den toten Sultan den Turm von Babel geschaffen habe ... als ein Hundemuseum! Für mich klingt das total vernünftig. Klingt das für Sie vernünftig?«

»Was wollen Sie wissen?«

»*Warum*. Warum ich? Warum das? Warum den Turm? *Warum*?«

Statt gleich zu antworten, legte er den Kopf in den Nacken und schaute in den Himmel. Voller Mißtrauen, ein Wesen mit einem Heiligenschein oder einer Mistgabel könnte zur Landung ansetzen, sah ich auch hoch. Außer den blinkenden Positionslichtern eines Flugzeugs, das nach Norden flog, war nichts zu sehen. Ohne den Kopf zu senken, sprach er. »Als ich auf Sie gewartet habe, habe ich zwei Hunde beobachtet, die sich unterhielten. Sie reden miteinander durchs Pinkeln, wissen Sie. Einer pinkelt seine Botschaft an eine Wand. Der andere geht zur Wand, riecht den ersten und pinkelt dann die Antwort. Die beiden haben viermal füreinander das Bein gehoben.

Kommunikation, Harry. Alles spricht mit allem, versucht, gehört zu werden, aber ohne großen Erfolg. Erinnern Sie sich an die Siebziger, als das Buch über die Pflanzen herauskam, daß sie auch Gefühle haben und wie sie schreien, wenn man ihnen ein Blatt abreißt? Eine einzige große sprechende Welt. Hunde pinkeln an Wände, Pflanzen schreien, Delphine singen ... Jedes spricht zu jedem, aber keins versteht. Wir können nicht einmal unsere eigene Art verstehen! Bedenken Sie, wie viele Sprachen es gibt und wie wenige wir sprechen. Oder wie wenige Menschen ihre eigene gut und verständlich sprechen. Erst jetzt wird der Menschheit die große Vielfalt von fremden Sprachen bewußt, und das macht ihr furchtbare Angst. Denken Sie mal daran, mit welchem Hohn sie die Vorstellungen von schreienden Pflanzen oder Botschaften aus dem Weltall quittiert.

›Es hatte aber alle Welt einerlei Sprache und einerlei Worte. Als sie nun im Osten aufbrachen, fanden sie eine Ebene im Lande Sinear und sie ließen sich dort nieder.‹ Erinnern Sie sich an diesen Abschnitt der Geschichte, Harry? ›Und sie sprachen untereinander: Wohlan, laßt uns Ziegel streichen und hart brennen! Und es diente ihnen der Ziegel als Stein und der Asphalt diente ihnen als Mörtel. Und sie sprachen: Wohlan, laßt uns eine Stadt bauen und einen Turm, dessen Spitze bis in den Himmel reicht; so wollen wir uns einen großen Namen schaffen, damit wir uns nicht über die ganze Erde zerstreuen.‹« Der Dicke drehte sich um und wies auf das Museum. »Seltsamerweise bilden Maler den Turm immer als Stufenturm ab oder als emporstrebende Spirale. Das einzige, was sich damals nach oben wand, war die Sprache. Direkt in den Himmel. Der größte Fehlschlag des Menschen war der Versuch, etwas so Vollkommenes und genial Umgesetztes zu schaffen wie die Sprache, die er schon besaß. Eine Sprache, die von allen Menschen und allen *Dingen* verstanden wird, Radcliffe. Man kann es sich jetzt fast nicht mehr vorstellen, aber Sie haben heute abend einen Geschmack davon bekommen, als Ihre Ohren sich jedem Wort öffneten, das um Sie herum gesagt wurde, gleich, in welcher Sprache. Stellen Sie sich *das* vor, mal tausend, mal eine Million. Diese Menschen haben nicht nur die menschliche Sprache verstanden, sondern auch die des Wassers, des Blutes, des Sandes, der Bienen und der Farben ... Alles sprach dieselbe Sprache. So war es in der Zeit vor dem Turmbau. Die Harmonie, die herrschte, war so groß, daß die Menschheit etwas aus ›Ziegel und Asphalt‹ bauen wollte, das genausogut war. Sie wollten es nicht errichten, um Gott für die himmlische Gabe des Verstehens zu danken. Nein, sie wollten es bauen, weil der Reichtum der Sprache Gottes sie verwirrte und sie unzufrieden machte und sie ihre eigene schaffen wollten – eine Objektsprache. Der Turm sollte der Anfang sein. Das ›A‹ ihres Alphabets. Diese Dummheit! Wie konnten sie auch nur annehmen, daß sie es vermöchten; die *Dreistigkeit*, sich vorzustellen, das mit Steinen zu erreichen ...«

»Was ist eine ›Objektsprache‹? Ich dachte, Gott sei allmächtig!

Warum wußte er bei der Erschaffung des Menschen denn nicht, was geschehen würde?«

»Gott ist ein Vater, kein Diktator. Er ist sehr stolz auf seine Kinder und sehr optimistisch. In diesem Fall sah er ein, daß sein Optimismus unbegründet gewesen war, und er nahm seinen Kindern das Geschenk zu Recht wieder weg. Er tat dies nicht, weil sie ihn herausgefordert hatten, sondern weil er sich um sie sorgte. Sie nahmen sein Geschenk, dies unbegrenzte Wissen, und wollten sich mit dessen Hilfe vom Rest der Welt absondern. Können Sie sich vorstellen, welche Katastrophe es gewesen wäre, wenn es ihnen gelungen wäre? Eine unendliche Verschwendung von Kraft und Energie. Warum etwas *bauen*, wenn sie ihr Wissen soviel besser hätten anwenden können?«

»Zum Beispiel?« Ich war ihm mit meiner Frage ins Wort gefallen. Er klappte einmal den Mund auf und zu und starrte mich an, als hätte ich in einer unverständlichen Sprache gesprochen.

»Was meinen Sie?«

»Wie hätte der Mensch das ›Verstehen‹ besser anwenden können, als damit das Beste, was er sich vorstellen konnte, zu erschaffen?«

»Radcliffe, es geht nicht darum, etwas zu erschaffen, sondern zu verstehen. Der Mensch ist nur auf der Welt, um von Gott zu erfahren und dann mit diesem Wissen umzugehen. Am Anfang hatte Gott so viel Vertrauen in unsere Kräfte, daß er uns völliges Verstehen schenkte. ›Es hatte aber alle Welt einerlei Sprache und einerlei Worte‹. Die Menschheit konnte *alles* begreifen: ihre eigene Gattung, den Wind, eine Ziege, die Berge ... Es war Gottes Art zu sagen: ›Lauscht der Welt, studiert sie genau, und sie wird euch sagen, wie ihr mich findet.‹ Doch was tat der Mensch statt hören und studieren? Er machte sich daran, sich abzusondern. Er baute einen Turm, mit dem er sich von der Erde entfernte, den ersten Teil einer Objektsprache, die nur er begreifen und verstehen könnte. Wer versteht, muß nicht bauen.«

»Herzlichen Dank, Has, freut mich sehr zu hören, daß mein ganzes Leben null Sinn hatte. Ich denke *nicht*, also baue ich. Daß ich ein paar verdammt anerkannte Gebäude geschaffen habe, bedeutet natürlich nichts.«

»Seien Sie still und hören Sie mir zu. Ich beantworte Ihre Frage. Gott hat dem Menschen das Geschenk der Sprache wieder genommen und ihn seinen eigenen Mitteln überlassen. Die darauf folgende Verwirrung führte dazu, daß die Menschen zerstreut wurden. Aber nicht ›über die ganze Erde zerstreut‹, wie es in der Genesis heißt. Alles blieb, wo es war, aber als es kein gegenseitiges Verstehen mehr gab, war es, als *seien* die Menschen zerstreut worden.« Seine Stimme wurde schwächer und eine Oktave tiefer. »Langweile ich Sie?«

»Ich langweile mich nicht, ich bin durcheinander. Ich komme mir vor wie ein Kind in der Sonntagsschule, das zum erstenmal Geschichten aus der Bibel hört.« Ich schlug mir zur Bekräftigung auf die Stirn.

»Keine Sorge, ich bin fast fertig. Wenn Sie durcheinander sind, sehen Sie es einmal so: Die Eltern wollen, daß ihr Kind Geige spielen lernt, deshalb kaufen sie das Beste, was es gibt, eine Stradivari. Aber weil es ihren Wert nicht zu schätzen weiß, behandelt das Kind sie schrecklich. Schleudert sie durch die Gegend, läßt sie auf dem Fußboden liegen und was noch alles. Die Eltern wissen, das Kind könnte wundervoll spielen, und müssen feststellen, daß es mit der Geige Dreck schaufelt. Das ist das Ende. Sie nehmen sie ihm weg und sagen ihm, wenn es Geige spielen will, muß es sich entweder selbst eine kaufen oder eine bauen.

Jetzt kommt das Beste, Reizendste an der Geschichte. Sie verkaufen die Geige nicht, sondern verstecken sie. Irgendwann später fehlt dem Kind das Instrument so sehr, daß es tatsächlich selber eins baut. Ein ziemlich schlechtes, grobes Ding, aber man kann darauf spielen. Es übt immer mehr, bis es eines Tages die große Geige auf dem Tisch findet. Als es fragt, wo sie herkommt, sagen die Eltern, sie hätten sie für den Abend ausgeliehen. Es ist schon so lange her, seit es sie das letztemal gesehen hat, deshalb glaubt es die Lüge. Es nimmt das schöne Stück, spielt und bemerkt den großen Unterschied zwischen ihr und der, die es gebaut hat.«

»Also gibt Daddy ihm die Stradi wieder, und danach lebten sie glücklich bis an ihr Ende?«

»Falsch. Radcliffe. Völlig falsch. Daddy erlaubt ihm, sie einen Abend lang zu spielen, und nimmt sie ihm am nächsten Tag wieder weg. Als das Kind Fortschritte macht, wird die Erinnerung an die wunderschöne Geige immer stärker, bis es mit seiner unzufrieden ist und sich nicht nur eine bessere wünscht, sondern sie auch braucht. Von Zeit zu Zeit wird die Stradivari hervorgeholt, und es bekommt sie leihweise, danach wird sie immer wieder weggenommen. Das steigert nur sein Verlangen, ein besseres Instrument zu spielen und zu besitzen.

Jahrzehnte später war das Kind ein hervorragender Geigenspieler *und* Instrumentenbauer.«

»Der Vater hat ihm die großartige Geige nie zurückgegeben?«

»Nein, er weiß, das Kind hat die Fähigkeit entwickelt, eine zweite Stradivari zu bauen.«

Ich nahm ein Taschentuch heraus und schneuzte mich. »Sie meinen, *Gott* hat nichts dagegen, daß wir den Turm noch einmal bauen?«

»Ja, aber bis jetzt hat es niemand getan. Einige haben es fast geschafft, aber eben nicht ganz.«

»Wo? Wo hat man versucht, den Turm noch einmal zu bauen?«

»Sie wußten es nicht, aber sie haben es versucht. Die Pyramiden, die Kathedrale von Chartres, die Hong Kong Bank –«

»Die Hong Kong *Bank*? Sie meinen, Norman Foster hätte fast den Turm von Babel wieder aufgebaut in Form seines Milliarden-Dollar-Heizungsrohrs? Das soll wohl ein Witz sein. Was ist mit meinen Arbeiten? Habe ich es jemals fast geschafft?«

»Nein, aber diesmal ist es möglich. Die Chancen stehen ausgezeichnet, daß Sie es geschafft haben werden, wenn es fertig ist. Die Zeichen sprechen dafür.«

»Was ist eine Objektsprache?«

»Das kann ich Ihnen nicht sagen.«

Wir standen da und horchten auf die Stille. Sie war nicht ohrenbetäubend, aber sie war echt geladen.

»Ich versteh immer noch nicht, warum *ich*. Es gibt doch Dutzende unausstehliche, begabte Architekten.«

»Im wesentlichen aus zwei Gründen. Sie sind ein Nachkomme Nimrods, des Königs von Sinear, wo der erste Turm gebaut wurde, ›dieser war der erste gewaltige Herrscher auf Erden‹. Ninive in Assyrien hat er auch gebaut. Nur seine Nachkommen dürfen versuchen, den Turm zu bauen.«

Obwohl von der Eröffnung, der Ururur... König Nimrods zu sein, gebührend beeindruckt, mußte ich ihn unbedingt nach dem zweiten Grund fragen. Die Antwort meines Aufsichtsführenden verschlug mir die Sprache.

»Der zweite Grund ist, daß Sie Gott lieben, Radcliffe. Ihr ganzes chaotisches Leben lang sind Sie auf ihn zugestolpert.«

Der zweite, dritte und vierte Tod ergab für niemanden, außer für Hasenhütl und mich, einen Sinn. Sinn oder nicht, die Todesfälle verursachten ein ständig wachsendes Tohuwabohu, nachdem ein ansässiger Tierarzt/Zoologe eine tote Ratte entdeckt hatte, die keine Ratte, sondern ein Silvina war, ein Nagetier, das seit fünfzigtausend Jahren ausgestorben war. Zeitungsreporter, Leute von Greenpeace, von naturhistorischen Museen, vom *National Geographic* ... schwärmten bei uns ein wie Heuschrecken mit Klemmblocks und Nickelbrillen. Warum soviel Aufhebens um ein fünfundzwanzig Zentimeter langes totes Tier? Weil es noch lebte, als sie es fanden, obwohl diese Lebewesen angeblich zu Zeiten des versunkenen Kontinents Atlantis von der Erde verschwunden sein sollten. Für mich sah es aus wie eine Kreuzung zwischen einer Ratte und einem von der Sonne ausgebleichten Schuh, als ein Arbeiter es in mein Büro brachte und berichtete, er habe es bei dem Holzstoß gefunden, neben dem Hasenhütl und ich Wochen vorher über den Turm von Babel gesprochen hatten. Ich ging gar nicht weiter darauf ein; fragte den Mann nur, warum er eine kranke Ratte behalten wolle. Er antwortete, kranke Tiere wieder gesund zu pflegen sei sein Hobby. Weil ich zu sehr mit anderen Dingen beschäftigt war, erwähnte ich die Sache weder Hasenhütl noch Palm gegenüber. Aber es war Morton, der vier Tage später aufgeregt zu mir kam, um von der Entdeckung des Tierarztes zu berichten. Da ich kein großer Anhänger von Flora und Fauna bin, fand ich es zwar interessant, hielt es aber nicht für die Entdeckung des Jahrzehnts. Ich hatte Morton noch nie so aufgedreht gesehen, das schien mir faszinierender als ›Die Ratte aus einer anderen Zeit‹. Mein normalerweise besonnener Freund kam einfach nicht darüber hinweg, daß man das Ding lebend gefunden hatte. Danach war es zwar gestorben, aber es hatte noch im zwanzigsten Jahrhundert gelebt.

»Warum ist das so besonders? Werden nicht öfter ausgestorbene Arten an abgelegenen Orten der Erde gefunden?«

»Aber tot, Harry. Teile von Skeletten und Fossilien, aber nichts

Lebendes. Wenn dieses Tier bis in unsere Zeit überlebt hat, dann überleg mal, wie viele andere Wesen immer noch existieren, die wir für ausgestorben hielten!«

Sein Wunsch war irgend jemandes Befehl – während der nächsten Tage wurden zwei weitere vermeintlich ausgestorbene Lebewesen halbtot auf bzw. in der Nähe der Baustelle gefunden: die Dornschlange und eine Art Zwergeule, die man als Tarkio bezeichnete. Nach der Eule kriegte sogar ich Zustände und machte mich auf die Suche nach Hasenhütl, um etwas über den Zusammenhang herauszubekommen. Anders als die Schutzengel anderer Leute war meiner nicht immer verfügbar. Als ich ihm vorschlug, einen Piepser zu tragen, damit ich ihn, wenn nötig, erreichen könnte, bedachte er mich mit einem Blick, den ich bei Venasque mehr als einmal gesehen hatte (wohl wissend, ablehnend), und sagte: »Sie werden mich finden, wenn ich es für nötig halte.«

Glücklicherweise hielt er sich diesmal an einem seiner Lieblingsorte auf – auf der Eisbahn neben dem See beim Eisstockschießen. Die übliche Schar Rentner aus Zell am See und die vereinten Kiebitze verfolgten mit ihren roten Ruhestandsgesichtern und stinkenden Zigaretten in den Fingern den langsamen Fortgang des Spiels. Hasenhütl hatte es sich zur Gewohnheit gemacht, da herumzulungern, obwohl ich ihn nie spielen sah. »Alte Männer können gute Geschichten erzählen, Radcliffe. Niemand liebt Gespräche mehr als sie, und sie warten gern, bis sie an der Reihe sind.«

Als ich ihn an dem Tag gefunden hatte, stand er etwas abseits, er achtete nicht auf das Spiel, sondern blickte auf den See.

Ohne sich umzudrehen, sagte er: »Sie kommen wegen der Tiere?«

»Ja. Was haben sie zu bedeuten?«

Er hielt eine Flasche österreichischen Rum in der Hand. Sie war halbleer. Zehn Uhr morgens. Er setzte sie an die Lippen und nahm einen langen Zug, beim Schlucken kniff er die Augen zusammen. »Ich weiß nicht, was sie bedeuten. Ich meine, ich weiß bei keinem der Todesfälle, was er bedeutet. Dieser Schweißer, diese Tiere. Ich weiß es nicht. Ist ja auch so eine schöne Vorstellung – die Rückkehr der Tiere.« Er nahm noch einen kräftigen Schluck. »Das Silvana war das erste, aber es hätte nicht sterben sollen. Niemand! Jetzt sterben sie überall. Im Flug, im Boden ... Die drei, die sie hier gefunden haben, waren die einzigen, die es geschafft haben. Man wird noch jahrelang auf der ganzen Erde seltene Lebewesen finden und nicht wissen, daß sie alle auf dem Weg hierher waren.« Er sah die Flasche an, als wäre sie eine Beleidigung, und stellte sie vorsichtig zu seinen Füßen ab. »Dies hier ist im Augenblick ein sehr interessanter Ort.«

»Kommen Sie, Hasenhütl, Sie wissen alles. Was *glauben* Sie, was passiert hier?«

»Ganz offensichtlich weiß ich *nicht* alles. Was ich glaube? Ich glaube, kurz und bündig: alles hat Mist gebaut.«

»Wer hat Mist gebaut?«

»Ich weiß nicht. Das ist doch das Problem. Sie vielleicht, vielleicht Ihr Bau, ich weiß es nicht.«

»Was sollen wir tun?«

Er langte wieder nach seiner Flasche, diesmal schien ihm der Anblick besser zu gefallen. »Was machen *Sie*? Weiter, nehme ich an. Weitermachen, immer weitermachen ... Machen Sie weiter wie bisher und hoffen Sie, daß es gut ausgeht. Ich, für meinen Teil, fühle mich sehr krank. Ich dachte, dieser Rum würde helfen, tut er aber nicht. Kein Stück. Haben Sie schon einmal von einem kranken Geist gehört, Harry? Das klingt widersprüchlich. Aber da haben wir in letzter Zeit Unheimlicheres erlebt, oder?«

Es folgte noch Unheimlicheres. Vor den Augen der Besitzer verschwanden Werkzeuge. Der Nachtwächter schwor, es habe an zwei aufeinanderfolgenden Nächten im Gebäude geregnet. Wie Hamlets Kumpane mit ihm auf den Geist warteten, saßen wir in der folgenden Nacht und warteten auf die Rückkehr dieses Geisterregens, aber er kam nicht. Dann behauptete ein Saruaner, die Blätter in seinem Salat würden lebendig. Als ein Witzbold ihn fragte, was sie gemacht hätten, erhielt er die Antwort: »Sie haben geatmet.«

Es passierte noch anderes, aber ich erreichte meinen gespenstischen Gipfel an dem Tag, als ich Big Top wiedersah. Das Leben in den Bergen hatte keinen Kletterer oder Skifahrer aus mir gemacht, aber an freien Tagen und bei gutem Wetter unternahm ich schöne Zweistundenmärsche, denn dabei kam ich mir redlich und *sportif* vor, ganz davon zu schweigen, daß sie ein späteres königliches Mahl voller Cholesterin, Salz und Zucker rechtfertigten. Rülps! Der Frühling stand vor der Tür, am Tag meines Spaziergangs war es sonnig und relativ warm, obwohl erst Mitte Februar. In jenem Winter hatte es nur wenig Schnee gegeben, was die österreichische Skisaison wirkungsvoll ausgeknockt, uns aber auch erlaubt hatte, in schnellem Tempo voranzukommen. Die örtlichen Baufirmen hatten die Tendenz, während der kalten Jahreszeit in Winterschlaf zu verfallen, aber nachdem wir den Bauherren in Saru Mitteilung gemacht hatten, wurden gewisse Rädchen geölt, und wir kamen weiter mühsam voran.

Also machte sich Wandersmann Harry in seiner österreichischen krachledernen Kniebundhose und Wanderschuhen allein auf in die Höhe auf einem der vielen Pfade, die gleich oberhalb der Stadt ihren Anfang nehmen. Die Sonne scheint nicht überall in den Bergen, aber wenn, gibt sie ihr Bestes. Wenn nicht, herrschen auch am hellichten Tag die kältesten und ausgeprägtesten Schatten, die ich jemals erlebt habe. Als ich den Hügel hinanging, überquerte ich immer wieder die Grenzlinie zwischen Sonne und Schatten, und der Temperaturunterschied war beträchtlich. Einmal mußte ich lachen, weil ich spürte, wie der Schweiß, der mir gerade noch über das Gesicht geronnen war, auf dem Nasenrücken gefror, nachdem ich mich eine Minute im Schatten befand. Vögel jagten einander in großen Bögen ins Helle, ins Dunkle, ins Helle. Die Luft roch nach feuchtem Gestein, würzigen Kiefern und dem schmierigen penetranten Gestank frischen Asphalts, der irgendwo verlegt wurde. In meinem Rucksack hatte ich einen gelben Apfel, frisches Brot und eine grüne Flasche prickelndes Mineralwasser. Wenn ich mich umdrehte, konnte ich den Rohbau des Museums auf der anderen Seite des Sees sehen. Hier und dort traf ein Sonnenstrahl auf und sandte weiße Lichtstecknadeln zurück, reflektiert vom Glas oder dem polierten Stein. Ich hätte dort stehenbleiben können und es aus dieser neuen, distanzierten Perspektive angucken können, aber ich verbrachte jeden Tag zuviel Zeit damit, es anzusehen. Diese Bergwanderungen waren Teil meiner Besinnungskur. Andere Teile waren Zweistundentelefonate mit Claire, Essen mit Morton oder anderen aus der Mannschaft, den Koran lesen oder die Bibel wiederlesen. Als ich Claire davon erzählte, fing sie ebenfalls an, den Koran zu lesen, und viele unserer späteren Gespräche drehten sich um die Längen- und Breitengrade von Tugend und Sünde, den zwei Wegen zu Gott. Von meinem Plausch mit Hasenhütl über den Turm zu Babel hatte ich ihr nichts gesagt, damit wollte ich bis zu ihrer Rückkehr warten, um es ihr von Angesicht zu Angesicht zu erzählen.

Die Österreicher haben einen hübschen Brauch beim Errichten eines Gebäudes. Wenn man die geplante Höhe erreicht hat, findet das Richtfest statt, die *Dachgleiche*, bei der der obere Teil eines mit roten und weißen Girlanden geschmückten Nadelbaums mit großer Feierlichkeit auf dem höchsten Balken befestigt wird. Das soll bedeuten: Das war's, Kinder – jetzt brauchen wir nur noch ein Dach, und es ist fertig. Nicht, daß es tatsächlich fertig *ist*, aber es ist eine gute Halbzeitpause und ein Vorwand für die *Dachgleichen*feier, bei der alle Beteiligten zusammenkommen, um zu essen und zu trinken und sich gegenseitig auf die Schulter zu klopfen. Gute Arbeit, Jungs. Claire würde anreisen, und post*dachgleiche* wollten wir eine Woche lang gemächlich durchs Land fahren, uns an der Gegenwart des anderen und den Sehenswürdigkeiten erfreuen, nachdem wir zu lange getrennt gewesen waren. Ich wollte ihr die ganze Geschichte erzählen, von vorn bis hinten, und hören, was sie dazu zu sagen hatte. Danach wollte ich sie fragen, ob sie nach meiner Rückkehr nach Kalifornien mit mir leben wolle. Durch die Trennung war die Liebe nicht größer geworden, aber mein Herz hatte den Wert einer Frau schätzen gelernt, die tapferer und einzigartiger war, als ich sie mir ursprünglich vorgestellt hatte. Ich dachte immerzu an sie; manchmal sprach ich mit ihr, wenn ich jemanden brauchte, der mir zuhörte. In alten Zeiten hatte ich normalerweise mit mir selbst geredet, aber ich gewöhnte mich so an ihre Sicht der Dinge, daß es meistens besser und fruchtbarer war, sich mit einer fiktiven Claire zu unterhalten als mit einem allzu mitfühlenden und nachsichtigen Ich. Claire war sanft, aber es war die Sanftheit eines Pantherfells.

Wo war ich? Ich kletterte zur Sonnalm, überquerte eine Wiese und bewegte mich auf einen schattigen Wald zu. Eine wacklige Gerätehütte stand zwischen Wiese und Wald. Er stand daneben. Ich sah ihn hauptsächlich deshalb, weil er das einzig Weiße in jener ansteigenden Landschaft aus Braun- und Grüntönen war. Aus so weiter Entfernung konnte ich noch nicht sehen, daß er es war, aber ich blieb stehen und beobachtete, wie dieses Tier sich umdrehte und im Wald verschwand. Seine Helligkeit in jener Dunkelheit hätte mich sowieso innehalten lassen, aber als ich den leuchtenden Fleck sah, schoß es mir durch den Kopf: »Wäre es nicht komisch, wenn das Big Top wäre?« Der Augenblick und der Gedanke verflogen, und ich ging weiter.

In der Dämmerung kehrte ich müde und erschöpft auf demselben Weg zurück; die Sonne schied mit einem letzten Salut Licht und Schatten dramatisch und grandios voneinander. Unten am Rand der Wiese blieb ich stehen und genoß die Aussicht und das Licht. Den Apfel hatte ich mir aufgehoben, ich wollte ihn essen, wenn ich völlig erschöpft wäre und einen bitteren Geschmack im Mund hätte. Ich nahm den Rucksack ab, um den Apfel herauszuholen, und mir lief schon das Wasser im Mund zusammen bei dem Gedanken an das Kratschen, Knirschen und süße Bersten beim Hineinbeißen. Mit dem Apfel in der Hand drehte ich mich um und blickte zurück auf den Hang; da sah ich keine hundertfünfzig Meter entfernt den Hund. Er stand stocksteif da und sah mich an. Es gab keinen Zweifel: Es war Big Top. Die drei großen schwarzen Sprenkel auf der Schnauze, als hätte ihm jemand Tinte aufs Gesicht gespritzt. Ich spürte, er hatte darauf gewartet, daß ich ihn wahrnahm. Als ich ihn gesehen hatte, drehte *er* sich um und wollte zurück in den Wald.

»Big!«

Er trottete los.

»Big Top! Warte!« Ich rührte mich nicht. »Big! Bleib stehn!« Als er nicht stehenblieb, warf ich von unten mit dem Apfel nach ihm, ich wollte ihn nicht treffen, aber er sollte wenigstens noch einmal zurückschauen. Vielleicht war er durch den Tod taub geworden. Oder vielleicht wollte der Tod auch nicht, daß wir uns noch näher kamen, also blieb ich da stehen. Er trottete weiter. Ich schrie, aber ohne Erfolg. Ich hatte ihn gesehen; er war aus einer anderen Welt in diese gekommen, um mir etwas zu zeigen, das ich nun selbst entziffern müßte. Er lief über die dunkler werdende Wiese davon, strahlend weiß wie eine rollende Schneekugel auf grünem Untergrund. Ich konnte ihn sogar noch eine Weile sehen, nachdem er die Bäume erreicht hatte. Ein fliegender weißer Faden zwischen den schwarzen Senkrechten. Flüchtiger Anblick, Schimmer, Aufblitzen von Weiß, da und da und da. Ich strengte mich an und konnte ihn sogar noch weiter im Dunkel ausmachen. Ich wußte, es gab Mysterien auf Erden, Rätsel wie diesen weißen toten Hund, große Wunder wie, daß ich eine Nacht lang jede Sprache der Welt sprechen konnte. Es war leicht, davon überwältigt zu sein und es dabei zu belassen. Das war falsch. Venasque hat gesagt, die meisten Menschen machen folgendes, wenn sie einen Geist sehen: 1. Schreien; 2. Zittern; 3. Danach erzählen sie die Geschichte hundertmal, ohne auch nur einmal darüber nachzudenken, warum er ihnen erschienen ist. Was wollte er ihnen mitteilen? »Magie und Geister gibt es nicht einfach so. So was passiert nicht in menschenleeren Wüsten, Geister erscheinen nicht irgendwelchen Fischen, die zufällig mitten im Pazifik schwimmen. Sie brauchen ein Publikum. Alle Wunder brauchen ein Publikum. Eins, das sie zu würdigen weiß. Vor tauben Leuten taugt Frank Sinatra auch nicht viel. Wenn Wunder geschehen, müssen *wir* herausfinden, welche Verbindung zwischen ihnen und uns besteht. Finde das heraus, mein Junge, und du bist auf dem richtigen Weg.«

Als mir klar wurde, daß Big Top nicht mehr da war und unsere Begegnung zu Ende, fiel mir nichts Besseres ein, als ihm mit erhobenem Arm zu winken, obwohl er längst fort war. Das tröstete mich, aber es war noch nicht genug. »Ich liebe dich! Ich liebe dich, Big!« schrie ich über die Wiese, in die kühler werdende Luft, über Zeit und Tod und all die anderen Hindernisse zwischen mir und meinem Freund hinweg. »Ich liebe dich!«

»Der Typ ist so ein Widerling, daß nicht mal seine Klamotten ihn tragen wollen!« Ich sprach über einen amerikanischen Vorarbeiter, der immer mehr zum Problem wurde. Palm guckte an die Decke, aber sein Schweigen bedeutete Zustimmung. Die Tür ging langsam auf, jemand steckte den Kopf herein, und ich brauchte ein paar Sekunden, bis ich erkannte, wer es war. Hasenhütl, er sah aus, als wäre er zweitausend Jahre alt.

»Jesus, Mann, kommen Sie rein!«

Morton sprang auf und bot seinen Stuhl an. Hasenhütl lächelte zum Dank, aber das Lächeln verschwand augenblicklich wieder, und die Art und Weise, wie er sich in den Sitz fallen ließ, verriet, daß der Junge wirklich am Ende war.

»Soll ich euch allein lassen?« Palm machte Anstalten zu gehen.

Hasenhütl sah ihn an und nickte. »Danke, Morton. Ich bleibe nicht lange.«

So wie er aussah und sich anhörte, klang das wie die Untertreibung des Tages.

Als Palm gegangen und die Tür ins Schloß gefallen war, sahen Hasenhütl und ich uns über die Breite meines Schreibtisches hinweg an.

»Ich sterbe.«

»Engel sterben nicht.«

»Ich bin kein richtiger Engel. Erst muß man Aufsichtsführender gewesen sein. Der Werdegang ist sehr kompliziert.«

»Glaub ich gern. Man muß von der Pike auf lernen, was?«

»Warum sind Sie immer so ein Arschloch, Radcliffe? Ich komme hier rein, um Ihnen zu sagen, ich sterbe, vor Ihren Augen stirbt eine Art Engel, und Sie reißen Witze.«

Ich hob abwehrend die Hand. »Weil ich es kaum glauben kann. Sie haben mich einer Prüfung nach der anderen unterzogen, seit wir uns kennen. Woher soll ich wissen, ob das nicht wieder eine ist? Von Anfang an konnte ich Ihnen kaum glauben, aber ich habe mich an die Vorstellung gewöhnt. Jetzt kommen Sie hier rein, sehen aus wie Lon Chaney und erzählen mir, Sie sterben? Wären Sie an meiner Stelle etwa nicht skeptisch? Ich dachte, wo Sie herkommen, sei Unsterblichkeit selbstverständlich.«

Er nahm meine Heftmaschine hoch und klickte damit. »Dachte ich auch. Da sieht man, wieviel ich weiß. Hören Sie zu, ich weiß, Sie haben den Hund wiedergesehen. Das ist ein gutes Zeichen. Ich kann Ihnen nicht sagen, warum, nur daß es ein gutes Zeichen ist. Ich bin auch gekommen, um Ihnen zu sagen, daß ich nicht mehr da sein werde. Ich weiß nicht, was mit mir geschieht, und es ist auch kein richtiger Tod, aber es ist so ähnlich. Jetzt müssen Sie allein zurechtkommen.«

Wir sahen uns an. Er klickte mit der Heftmaschine. Ich wollte sie ihm wegnehmen und wegstellen. Ich nahm ihm das Ding weg und stellte es hin. Er nahm es wieder auf.

»Wenn das wahr ist, weiß ich nicht, was ich sagen soll. Haben Sie Schmerzen? Tut Ihnen etwas weh?«

»Danke der Nachfrage, nein. Ich sehe aus wie eine Schriftrolle vom Toten Meer, nicht wahr?«

»Nein, Sie sehen, äh, sehr distinguiert aus. Wie ein alter Indianerhäuptling.«

»Quatsch, aber herzlichen Dank fürs Lügen. Wenn Sie nicht aufpassen, Harry, werden Sie, ohne es zu merken, noch ein richtig netter Kerl.«

»Gott bewahre! He, war's das wirklich? Ich werde Sie nie wiedersehen?«

Er preßte die Hände aufs Gesicht, als wolle er es kühlen. Seine Lippen waren trocken und runzlig. »Heute ist hier mein letzter Tag.«

»Wohin gehen Sie jetzt, Has?«

Er sah starr geradeaus, ein schwaches Lächeln zeigte sich in den Mundwinkeln. »Wenn ich das wüßte, hätte ich nicht solche Angst.«

»Warum haben wir immer Angst? Sogar Sie, sogar Engel haben Angst.«

»Sie haben keine Angst mehr, Harry.«

»Fast keine. Seitdem wir uns unterhalten haben und ich Big Top auf dem Berg gesehen habe, habe ich keine Angst mehr. Ich möchte nur wissen, was als nächstes passiert.«

»Sie haben Glück.« Er wollte aufstehen, aber die Kräfte verließen ihn, und er setzte sich wieder hin. »Macht es Ihnen etwas aus, wenn ich eine Weile hierbleibe? Sobald ich kann, gehe ich.«

»Klar, bleiben Sie. Möchten Sie was trinken?«

Er schüttelte den Kopf. »Nein. Ich möchte nur bei jemandem sein, der keine Angst hat. Vielleicht färbt es ab.«

»Hasenhütl, ich ... es tut mir leid. Ich möchte Ihnen noch dafür danken, daß Sie mir gesagt haben, worum es hier geht. Sie wissen gar nicht, wie aufregend es für mich ist.«

Man konnte keine Veränderung an ihm wahrnehmen; er schrumpfte nicht wie die böse Hexe von Oz, dennoch, je länger wir da saßen, desto mehr schien er dahinzuschwinden oder zu entweichen oder weniger zu werden. Es war, als verfeuere er vor meinen Augen seinen letzten Treibstoff oder Atem.

»Hören Sie, ein Letztes möchte ich Ihnen noch sagen. Meine Sprache löst sich auf, alles löst sich auf, aber hören Sie. Ich werde mir Mühe geben, es Ihnen verständlich zu machen. Die Menschheit hat den Tod immer viel zu wichtig genommen. Er war ein wesentlicher Bestandteil des Lebens. Tun Sie das nicht, Harry. Vergessen Sie die Toten. Vergessen Sie das Sterben. Der Tod war niemals Teil von Gottes Plan. Der Mensch hat den Tod erfunden, und solange der Mensch vom Tod fasziniert ist, läßt Gott ihn bestehen.« Beim nächsten Versuch gelang es dem riesigen Mann, aufzustehen und bis zur Tür zu kommen. »Drohen Sie den Toten. Machen Sie ihnen mit Ihren Schöpfungen angst. Jeder Mensch, der seine Arbeit liebt, vergißt die Toten, auch seine eigenen. Jede vollendete menschliche Arbeit zeigt IHNEN, wie unvollkommen SIE sind.«

Die Besprechung mit den Leuten von der Credit Bank dauerte schon zu lange, und die Mehrheit der Anwesenden begann langsam auf den Stühlen nach unten zu rutschen, wie Fünftkläßler in der Mathestunde. Zum Glück wurde ich ans Telefon geholt, von einer Sekretärin, die vom Anrufer tief beeindruckt schien. Es war der Sprecher des Sultans von Saru. Wir sollten uns glücklich schätzen, daß Seine Hoheit und seine Verlobte beschlossen hatten, uns zur *Dachgleiche* mit ihrem Besuch zu beehren, zum Zeichen ihrer Unterstützung des österreichischen Volkes und des Museums. Wann dürften wir die Hoheiten erwarten? In einer Woche, so Gott wolle. Ich hörte das gemeine Klicken, das anzeigt, jetzt kommt man in die Warteschlange. Ich dachte, die Sekretärin nimmt ein anderes Gespräch an.

»Harry, bist du's?«

»Meine Güte, wenn das nicht Francis Neville persönlich ist. Wie geht's dir, kleine Königin?«

»Bring mich nicht auf die Palme. Ich wollte mich nur vergewissern, ob du bei dieser Feier da bist, weil ich mit dir reden muß. Und bilde dir ja nichts ein; du würdest sowieso total danebenliegen. Wirst du da sein oder nicht?«

»Hey, Schätzken, es ist mein Bau. Natürlich bin ich da.«

»Wie geht es Claire?«

»Es geht ihr gut. Sie wird auch dabei sein.«

Langandauernde Stille.

»Worüber willst du mit mir reden, Fanny? Als wir uns das letztemal gesehen haben, hast du mir ein Bein gestellt. Ich hatte den Eindruck, das war dein letztes Wort.«

»Das war es auch, jedenfalls damals, aber wir haben noch

etwas anderes zu besprechen. Ich muß auflegen. Wir müssen hier weg. Ich bin Bombenhagel vor der Haustür nicht gewöhnt.«

Das späte zwanzigste Jahrhundert war die Ära der Underdogs. Ein Musterbeispiel folgte dem anderen, in denen die Davids – Nordvietnamesen, Ajatollah Khomeini, sogar die New York Jets – die Goliaths (die Streitkräfte der Vereinigten Staaten, den Schah von Persien, die Baltimore Colts ...) besiegten, von rechts oder links, bis es wirklich keine selbstverständlichen »Gegebenheiten« mehr gab.

Sechs Monate lang machte die saruanische Armee Cthulus Widerstandskämpfer in jedem wichtigen Gefecht platt. Das war das. Zeit für Cthulu, seinen Arsch in den Bergverstecken in Sicherheit zu bringen und finster auf die Gewinner runterzuschmollen. Das war logisch. Aber wie von Geisterhand, wie ein Phönix, stiegen die Rebellen immer wieder aus ihrer eigenen Asche und kämpften weiter. Zunächst hatte man natürlich damit gerechnet – der typische revolutionäre Hochdruck und Enthusiasmus, für den »sterben« kein Wort ist. Dann wurde es nervig – wann würden diese Burschen endlich aufgeben? Wir haben die Schlacht doch gewonnen, oder nicht? Schließlich verwandelte der Phönix sich in das Monster aus dem Horrorfilm, das immer wieder und jedesmal rasender zurückschlägt, egal, wie oft man es anschießt, mit Messern verwundet oder verbrennt. Sie nahmen Wadi Zehid ein und schlachteten alle dort gemachten Gefangenen ab. In Cheddia war es noch schlimmer. Ihre Vorgehensweisen und Überzeugungen wurden mit denen der australischen Murngin verglichen, die glauben, der Geist des Opfers gehe in den Körper des Mörders über, der dann wachse und doppelte Kraft habe. Als ein französischer Journalist die Entdeckung gemacht hatte, daß viele enge Anhänger Cthulus sich ihm zu Ehren selbst kastriert hatten, kamen die Skopzen oder »Silbernen Tauben« Rußlands ins Gespräch. Eine reizende kleine Sekte, in der die Männer sich die »Wasserleitung« abschneiden und die Frauen die Brüste; die Tauben behaupteten, es sei Gottes Befehl. Bevor er unter äußerst fragwürdigen Umständen für immer verschwand, als er bei einem Auftrag mit Cthulu und seinen Monstern zusammentraf, hatte ebendieser Journalist den Boß gefragt, warum seine Soldaten so barbarisch seien. »Es gibt nur Helden oder Tote, Mister. Wenn Sie wissen, daß der

Mann, mit dem Sie kämpfen werden, Sie vertilgen wird, nachdem er Sie getötet hat, vermindert das Ihren Kampfwillen. Davon abgesehen, sind unsere Feinde keine menschlichen Wesen. Sie sind der Satan; der Samen des Todes, der ins Leben dringt.« Hätte dieser alte Knallkopf an einer New Yorker Straßenecke gestanden und das Zeug abgelassen, das er in dem Interview von sich gegeben hatte, hätten die Leute nur einmal kurz aufgesehen und wären dann flugs um ihn herumgesteuert. Aber hier war Cthulu Anführer einer erfolgreichen Revolte gegen die Regierung von Saru.

Wenn weit weg in Zell am See die Rede darauf kam, was dieser Kannibale anstellen würde, sollte er jemals an die Macht kommen, neigten die Menschen dazu, die Augen niederzuschlagen oder wegzusehen, als hätte jemand einen Furz gelassen. Wir *wußten*, was er bei einem Sieg tun würde, aber wer wollte schon darüber sprechen? Insbesondere in Anbetracht der Tatsache, daß wir diejenigen waren, die einen großen Bau hochzogen für die andere Seite, auch bekannt als der Samen des Todes. Als der saruanische Botschafter in Katar und seine Familie vor der dortigen Botschaft in Maschinengewehrsalven starben, reiste Palm nach Wien und kehrte mit sieben weiteren Sicherheitsbeamten zurück, die angeblich eine Spezialausbildung in Unterwanderungstechniken hatten. Durch ihre Anwesenheit fühlten wir uns sicherer und zugleich angreifbarer. Eine Woche nachdem sie die Arbeit angetreten hatten, sah man sie hier und da; sie sprachen nicht viel. Palm erzählte mir, sie seien die Besten auf ihrem Gebiet, er strahlte aber auch aus, daß er keine Fragen über sie beantworten würde, deshalb hielt ich den Mund und arbeitete.

Hasenhütl tauchte nie wieder auf. Am Abend vor Claires Ankunft ging ich zu dem Holzstoß, wo wir uns unterhalten hatten, und plauderte mit Hasenhütl, wo immer er war. Ich erzählte ihm, daß ich von Tag zu Tag zuversichtlicher wurde, was das Museum betraf. Ich gab Einfälle und Fragen weiter, die beim Lesen des Korans entstanden waren, und erzählte ihm von meiner Absicht, Claire zu fragen, ob sie mit mir zusammenleben wollte. Eine wilde Mischung aus Gedanken, die mir durch den Kopf gingen, Aufwallungen, Hoffnungen, Ängsten. Als ich geendet hatte und mir albern vorkam, weil ich zum Geist eines Engels gesprochen hatte, fiel mir auf, wie wenig von alldem ich Morton Palm erzählt hatte. Nicht, daß ich es nicht wollte oder ihm irgend etwas vorenthalten wollte. Ich hatte es ihm einfach nicht erzählt. Ich erhob mich von dem Stoß, wischte mir die Hände ab und sagte zu meinem unsichtbaren Aufsichtsführenden: »Jetzt, wo Sie nicht mehr da sind, sind Sie mein bester Freund geworden!«

Wenn ich mich nicht geduckt hätte, hätte sie mir mitten ins Gesicht geschlagen. Die perfekte Filmszene – Clark Gable wartet mit einem Strauß Rosen auf dem Flughafen. Carole Lombard taucht am Ausgang auf, als sie ihn sieht, lächelt sie breit. Liebling! Sie gehen aufeinander zu, auf den Kuß aller Küsse. Nur, daß Carole seinen Mund nicht küßt, sondern draufhaut.

Claire erschien lächelnd (dachte ich) und sah fabelhaft aus. Ihr Haar war kürzer, sie trug Jeans und eine Baseball-Jacke, die ihre Beine und ihre breiten Schultern betonte. Mehr Schminke als sonst. Ich stellte mir vor, wie sie in der winzigen Flugzeugtoilette mit einer Hand die Wimperntusche aufträgt und sich mit der anderen gegen die Wand stützt. Ich stellte mir ihren Sitz im Flugzeug vor; ohne in die Sitztasche gestopfte zerdrückte und unappetitliche Styroportassen, keine zerknüllte Decke auf dem Boden. Ihre Zeitschrift oder ihr Buch lägen ohne einen Knick an einem sicheren Platz. Das war Claire. Gefühlvoll, aber ordentlich. Sie wählte lebhafte Farben und Muster, wußte aber, wie man sie zusammenstellen mußte, damit sie am besten zur Geltung kämen.

»Hallöchen, meine Süße!« Ich präsentierte den Blumenstrauß in dem Augenblick, als sie ausholte. Ich duckte mich. Wenn ich außer Kontrolle geriet, hat meine Mutter mir manchmal eine gelangt, und die Antennen, die man als Kind entwickelt hat, bleiben einem. Claire schlug daneben, aber der Luftzug war heftig. Ich dachte, das sei ein Witz, aber ein Blick in ihr Gesicht, und es war klar, daß der Schwinger kein Witz war.

»Ich weiß nicht mal, warum ich hier bin! Ich weiß nicht mal, warum ich in L. A. abgeflogen bin, du Ekel! Warum muß ich dich lieben? Es wäre so viel einfacher, wenn ich es nicht täte!«

»Claire –«

Mit einer Rückhand schlug sie mir die Blumen aus der Hand. Rot und Grün wirbelte durch die Luft. Wir sahen beide hinterher. Alle übrigen Umstehenden auch.

»Claire –«

Sie steuerte die nächstgelegenen Blumen an und stampfte mit dem Fuß drauf. »Du bist ein Arsch, Harry, und die *meiste* Zeit ist es verdammt sauschwer, dich und dein Ego zu ertragen. Aber ich tue es, weil ich dich liebe und weil ich denke, daß du Größe hast. Aber davon völlig abgesehen, hast du mich betrogen, du Scheißkerl!«

»Was? Wie?«

Ein Polizist kam auf uns zu und fragte in gebrochenem Englisch, was los sei. Ich faßte Claire am Arm und sagte über die Schulter zu dem Polypen, meine Frau habe einen anstrengenden Flug hinter sich und fühle sich nicht wohl. Sie riß ihren Arm los und sagte: »Ich fühle mich sehr wohl. Nimm deine Finger von mir.« Sie schritt davon. Ich schenkte dem Polypen ein Achselzukken, das soviel wie »na toll« heißen sollte, und rannte hinterher.

Bei der Gepäckausgabe sagte sie kein Wort. Als ich etwas sagen wollte, stampfte sie wütend mit dem Fuß auf und sagte: »Ich höre dich nicht. Du brauchst es nicht mal versuchen. Ich höre dich nicht.« Also hielt ich den Mund. Ich weiß nicht, was ich gemacht hätte, wenn sie sich geweigert hätte, mit mir zu kommen, nachdem sie ihre Tasche hatte. Ihr eins über den Schädel gezogen und sie in den Kofferraum meines Wagens gezerrt? Gott sei Dank kam sie mit, aber die erste halbe Stunde der Fahrt schwieg sie. Ich fragte, ob sie Musik hören wolle. Schweigen. Hatte sie Hunger? Schweigen. Wollte sie mich umbringen? Ein Blick, der die Sonne hätte gefrieren lassen. Vielleicht wäre es besser gewesen, wenn ich auf einen Rastplatz gefahren wäre und mich auf eine direkte Auseinandersetzung eingelassen hätte. Aber ich hoffte, die hypnotische Wirkung einer schnellen Fahrt würde sie nach und nach beruhigen. Ich freute mich so, sie zu sehen. Ich wollte sie umarmen und küssen und ihr soviel sagen, aber ich blieb still.

Nach ungefähr einer Dreiviertelstunde nahm ich im Augenwinkel eine Bewegung wahr und wußte, sie sah mich an. »Fanny hat mich angerufen, weißt du.«

Ich nickte. Wenn ich etwas sagte und es das Falsche wäre, würde sie vielleicht sofort wieder verstummen.

»Sie hat mich angerufen und wollte sich mit mir über dich

unterhalten. Wo sie jetzt heiratet und es aus ist mit euch beiden, wollte sie mir einige Sachen sagen.«

Ich sah ein Hinweisschild, Raststätte in zwei Kilometern. Ich setzte den Blinker und fuhr auf die rechte Spur. Wenn ich das zu hören bekäme, von dem ich *annahm*, daß ich es gleich zu hören bekommen würde, wollte ich von der Straße runter sein und Claire ansehen können. Fanny hatte etliche Fähigkeiten, beispielsweise konnte sie so fies sein wie Reißzähne. Wenn sie verletzt war, hörte sie sich den Standpunkt der anderen Seite meistens nicht einmal an. *Sie* war verletzt, und nun würde einer dafür bezahlen müssen. Bedauern Sie den Ärmsten, auf den sie es abgesehen hatte. Nachdem wir Schluß gemacht hatten (obwohl es ihre Entscheidung gewesen war), konnte ich das Gefühl nicht loswerden, daß sie irgendwas Unangenehmes tun würde. Als die Wochen vergingen, löste sich die Befürchtung in Rauch auf, und ich war der Meinung, sie habe die Tatsache, daß sie verletzt worden war, genügend herausgestellt dadurch, daß sie diejenige gewesen war, die unsere Beziehung für beendet erklärt hatte. Das war ein Irrtum. Mir den Laufpaß zu geben *war* ihr nicht genug. Deshalb hatte sie bei unserem Telefonat nach Claire gefragt. Sie wußte etwas, das ich nicht wußte, und wartete darauf, daß es wie eine Zeitbombe hochging. Gibt es nicht irgendeine Tier- oder Schlangenart, die jahrelang im Boden schlummert und dann aufwacht, nur um den Kopf rauszustrecken und das nächstbeste Wesen zu beißen? Wenn nicht, sollte es das aber geben, die Wissenschaft könnte es die Neville-Viper nennen.

»Weißt du, wovon ich spreche?«

Da war die Raststätte. Ich fuhr noch langsamer und lenkte hinüber. »Ich weiß nicht. Sag mir, was du meinst.«

»Was ich *meine*, Harry? Ich meine den Abend, als du und ich bei Lowry's zu Abend gegessen haben. Wohin bist du hinterher gegangen? Weißt du noch, wie du gesagt hast, du müßtest arbeiten, und ich habe es geglaubt? Ich vertrauensvolles Dummerchen. Ich brauchte dich an dem Abend. Und was war mit der tollen Handtasche, die du mir gekauft hast? Du bist noch mal hingefahren und hast für *sie* auch eine gekauft? Du bist den ganzen Weg zu dem Geschäft zurückgefahren, um ihr dieselbe Tasche zu kaufen? Du hast nicht mal eine andere Farbe genommen. Dabei fand ich die Farbe das Beste an der Tasche. Dieses tolle erotische Blau! Bist du jemals in ein Geschäft, in dem du mit ihr warst, zurückgefahren, um was für *mich* zu kaufen?«

Die Antwort darauf war ja, aber das hätte ich in *dem* Moment nie zugegeben. Sie setzte ihre Liste fort. Lügen, Geschenke, Verabredungen, Sachen, die ich gesagt oder nicht gesagt hatte. Fanny hatte beschlossen, mit Claire Stansfield »ins reine zu kommen«; nachdem sie mich zur Hölle gschickt hatte, wollte sie, daß die andere Frau in meinem Leben genau wußte, was zwischen uns gewesen war, damit Claire (ohne Scheuklappen) entscheiden könne, ob sie sich mit einem üblen, größenwahnsinnigen, lügenden Schurken einlassen wolle. Ihr Bericht war so vollständig wie der eines Steuerfahnders. Claire zählte mindestens zwanzig miese Sachen auf, die ich hinter ihrem Rücken, zwischen den Zeilen, bei hellem Tageslicht etc. verbrochen hätte.

»Stimmt das, Harry? Hast du das wirklich alles gemacht?«

»Im großen und ganzen ja.«

»Was soll das heißen, ›im großen und ganzen‹? Keine Wortspielchen.«

»Ich meine, ja, ich hab das gemacht, aber einiges war doch ein bißchen anders. Ich nehme an, dir ist bewußt, daß Fanny dir das alles so erzählt hat, daß sie dabei ein *kleines* bißchen besser dastand.«

»Davon bin ich ausgegangen. So blöd bin ich auch nicht. Und ich erzähle dir auch gleich, was ich gesagt habe, als sie fertig war. Ich habe gesagt: ›Danke, Fanny. Jetzt weiß ich, warum er mich genommen hat und nicht dich.‹ Und ich habe eingehängt. Meinetwegen kann sie tot umfallen. Aber das hat nichts mit *uns* zu tun. Was du gemacht hast, war Betrug, Harry, du hast mein Vertrauen mißbraucht. Es war link und falsch und egoistisch, und Menschen, die sich lieben, *machen so was einfach nicht*. Das ist alles. So einfach ist das. Deshalb will ich wissen, warum. Und warum du es so oft getan hast. Euer Verhältnis ist mir egal.«

Auf der Autobahn brauste ein Lkw vorbei. Ein Auto mit polnischem Kennzeichen fuhr auf die Raststätte, zwei kleine Leute sprangen heraus und sprinteten zur Toilette. Als sie nach langer Zeit wieder herauskamen, lächelten beide das Lächeln der Gerechten. Ich hatte immer noch nichts gesagt. Mein Gehirncomputer hatte alle Programme ins RAM geschoben und suchte jedes auf mögliche Antworten durch. In denselben Nanosekunden verwarf ich jede einzelne, weil sie entweder zu schlau oder ausweichend war, oder einfach unwahr.

»Ich wünschte, ich könnte dir die Antwort geben, die du hören willst. Ich bin sicher, es gibt eine, die dich besänftigt oder nach der es dir besser geht. Aber weißt du, was das einzige Wort ist, das ich im Kopf habe, Claire? Kampf. Ich versuche nicht, dich auszutricksen oder drum herum zu reden. Ich spreche von dem wirklich schwierigen, täglichen Kampf, das Richtige zu tun. Du bist ein durch und durch guter Mensch, und wegen dieser ... Gabe, glaube ich, weißt du nicht, wie es ist, wenn man *hart* arbeiten muß, nur um sich richtig zu verhalten, besonders den Menschen gegenüber, die einem etwas bedeuten. Dir ist das angeboren, und manchmal bin ich deswegen richtig eifersüchtig. Es wäre auch einfach zu sagen: ›Der Blitz schlägt immer an der höchsten Stelle ein‹, will heißen, wenn du mich lieben willst, mußt du das ganze Bündel nehmen und mich so akzeptieren, wie ich bin. Aber du hast jedes Recht, auch das zurückzuweisen. Vielleicht steckt in mir ja tatsächlich Größe, und ich kann wirklich sagen, daß ich in den letzten Monaten wie nie zuvor daran gearbeitet habe, es richtig zu machen, nicht nur für den Moment, sondern im Hinblick auf alles. Habe ich vorher linke Sachen gemacht? Ja. Würde ich es wieder tun? Ich hoffe nicht. Ich hoffe nicht. Ich hoffe nicht. Jetzt will ich dich. Ich möchte dich so gut behandeln, wie du es verdienst, ich möchte dich behandeln, wie du mich die ganze Zeit behandelt hast. Und ich *versuche* es. Du sollst wissen, daß ich es versuche. Aber ich bin keine Figur aus einem Roman oder einer Fernsehserie. Da geht immer alles gut auf, und wir bilden uns langsam ein, das Leben sollte so sein wie im Fernsehen oder in einem Roman von Dickens. Der Schlechte hat ein schreckliches Erlebnis, wird vom Leben stiefmütterlich behandelt und bum – wird er ein völlig anderer und eine gute Seele. Ich wäre gerne eine gute Seele. *Deinetwegen* wäre ich gerne eine gute Seele, und ich versuche es. Das ist das einzige, was ich mit Sicherheit sagen kann: Ich *versuche* es.«

»Das klingt gut, Harry, aber du *hast* mein Vertrauen mißbraucht.«

»Ich habe dein Vertrauen mißbraucht. Hundert Prozent.«

»Das bedeutet, daß man dir nicht trauen darf.«

»Ich bezweifle, daß mir jemals jemand getraut hat.«

Sie rammte mir ihren Ellbogen in den Arm. »Du verfluchter Kerl, Harry, *ich* habe dir vertraut! Ich kannte deine Unzulänglichkeiten und wußte, wie eng deine Beziehung zu Fanny war, aber ich habe dir vertraut. Das ist ja das, was so weh tut – ich habe dich an der langen Leine laufen lassen, weil ich wußte, du brauchst das, aber du hast die Leine genommen und sie mir um den Hals gewickelt, nicht dir! Ich bin die, die jetzt erstickt, nicht du!«

Ich legte den Kopf aufs Lenkrad. »Ich werde es versuchen. Ich werde kämpfen, ich-werde-es-versuchen. Mehr kann ich nicht versprechen.«

»Du bist in keiner Position, Versprechungen machen zu können.«

Autos fuhren vorbei. Dünne graue Wolken, die wie rennende Windhunde aussahen, wehten heran und wieder fort.

»Selbst wenn ich glaube, du versuchst es, *hasse* ich den Gedanken, daß ich dir nicht trauen kann. Das ist wie Sex, bei dem man aber immer kurz vorm Orgasmus abbricht.«

»Hä?«

»Weil man vorm Orgasmus, vor einem guten Orgasmus, alles andere ausschaltet und sich einfach fallen läßt. Weil man weiß, die Liebe wird einen auffangen. Wenn es vorbei ist, ist man wieder auf sicherem Boden. Wie soll ich mit dir dahin zurückkommen?«

Die wenigen Tage, die wir vor der Ankunft des Sultans zusammen in Zell am See verbrachten, waren empfindlich und traurig. Wie bei einem Menschen mit einer frischen Narbe; immer, wenn wir gerade angefangen hatten, uns normal zu verhalten, sagte oder tat einer etwas, das unsere »Haut« überdehnte, und sofort schrie das dünne Gewebe auf. Wir waren unpersönlich, ich redete zuviel und übertrieb meine Versuche, sie gut zu unterhalten. Eines Nachmittags fütterten wir die Enten am See, und sie begann zu weinen. Ich fragte, ob ich etwas tun könne. Sie streckte die Prothesenhand aus, mit der Handfläche nach oben, und ohne etwas zu sagen, öffnete und schloß sie sie immer wieder. Die Geste war so sonderbar zu dem Zeitpunkt, und ich fühlte mich zu unbehaglich, um sie zu fragen, was sie meine.

Ein anderes Mal, in keinem besonderen Zusammenhang, erzählte sie mir die liebste »Als Claire klein war«-Geschichte ihrer

Eltern. Als sie vier war, hatte ihre Mutter sie gefragt, was sie am liebsten möge. »Liebe, Zebras und meinen Mann.«

Wir bumsten zuviel und meistens mit derselben Variationsbreite: unbändig aggressiv, hitzig, ohne Nähe; wenn man im falschen Augenblick aufsah, hatte man gute Chancen, in ein kaltes beobachtendes Augenpaar zu blicken. Ich war sehr froh über Mortons Gegenwart, er hatte die Spannung zwischen uns bald erfühlt und tat, was er konnte, um sie abzubauen. Bei gemeinsamen Essen unterhielt er uns mit wilden Geschichten aus seinen Tagen als Soldat bei den Vereinten Nationen. Er und Claire machten einen Tag Langlauf, einen Nachmittag verbrachten sie in Salzburg. Als er fragte, was denn los sei, erzählte ich es und gab mir viel Mühe, es so fair und neutral wie möglich darzustellen. Er schien mitfühlend, aber distanziert. Zum erstenmal fragte ich ihn, ob seine Frau und er sich wegen solcher Probleme getrennt hatten. »Nein, Harry, ich habe sie nicht betrogen. Ich habe andere Dinge falsch gemacht, aber ich war immer der Meinung, ein einziger Mensch genüge fürs Leben.«

Am Tag vor der geplanten Landung des Trosses aus Saru fuhr Claire ab, ohne mir etwas zu sagen. Ich kam nach einer morgendlichen Besprechung aufs Zimmer zurück und fand einen Zettel auf dem Tisch, gegen eine Vase gelehnt, in der eine einzelne rote Rose steckte:

»Ich schulde Dir noch mehr von denen, weil ich Deine neulich geliefert habe. Es tut mir leid, daß ich kneife, aber ich kann jetzt nicht hier bei Dir sein, Lieber. Ich fahre nach Wien und werde dort bleiben, bis Fanny wieder abgereist ist. Dann können wir sehen, wie es uns geht, und darüber reden, wie es weitergeht. Ich sage mir immer wieder: ›Verzeih ihm‹, aber dann merke ich, ich möchte Dir nicht verzeihen, ich möchte Dich lieben. Weil ich weder das eine noch das andere kann, gehe ich und bleibe allein in einer schönen Stadt und werde hoffentlich meinen vollgestopften Kopf ausräumen. Ich rufe Dich an, wenn ich angekommen bin, und nenne Dir das Hotel.«

Obwohl ich einerseits überrascht und verletzt war, war ich froh über ihren Entschluß. Sie hatte meine volle Aufmerksamkeit verdient, aber ich konnte sie ihr nicht schenken, bis die furchterregende Neville kam, und ich mit *diesem* Miststück ein Hühnchen gerupft hatte. Jetzt, da ich wußte, was zwischen ihr und

Claire gewesen war, hielt ich Fanny eigentlich eher für eine ... als für ein Miststück. Nein, sie war doch ein Miststück. Ein Miststück mit Giftzähnen, das so tat, als sei es besser als andere, und einem in den Rücken fiel; Fanny war mit mir sicherlich nicht gut gefahren, zugegeben, aber sie hatte *nicht* das Recht, es mir heimzuzahlen, indem sie Schlangengift in meine Lebensadern pumpte. Sie war ein echtes Miststück und würde ihr Fett abbekommen. Ich hatte natürlich einen Plan.

Ich war nicht am kleinen Flughafen in der Nähe von Schüttdorf, um das königliche Paar zu begrüßen, das mit einem Hubschrauber einflog. Ich lag schlafend im Hotelzimmer und träumte recht unterhaltsam, daß ich Mormonen-Literatur kaufte. Palm meinte, meine Abwesenheit hätte Menschen in Verlegenheit gebracht, die es nicht verdienten, daß man sie in Verlegenheit bringt.

Auf dem Empfang, den der Sultan an diesem Abend auf seinem Schloß gab, schien halb West-Österreich versammelt zu sein, deshalb war ich schon eine Stunde herumgestrolcht, bevor ich einen der beiden zu Gesicht bekam und mit ihnen sprechen konnte.

Sie trugen beide schwarz. Ganz hinten auf der anderen Seite des Saales stand Hassan und unterhielt sich mit ein paar aufmerksamen Politmenschen. Er trug einen seidenen Zweireiher, in dem er größer und älter wirkte. Fanny stand nicht so weit weg und trug eine wallende Seidenbluse, enge Hosen und einen granatroten Gürtel. Durften die Frauen in Saru so aufreizende Gewänder tragen? Was passierte, wenn es gewöhnliche Sterbliche nach der Frau des Sultans gelüstete? Wütend wie ich war, machte es mir Spaß, sie im Geiste auszuziehen und mich zu erinnern, wie sie in der Koje aussah. Ich hatte sie schlafend gesehen. Sie pinkeln gehört. Sie beobachtet, wenn sie vor dem Spiegel stand und das Gesicht nach Makeln absuchte. Sie war gemein, aber verwundbar. Ich wußte, was sie getan hatte, hatte sie deshalb gemacht, weil ich ihr sehr viel bedeutete und sie nicht das zurückbekommen hatte, was sie erwartet hatte. Jetzt würde sie genau das bekommen, was sie gewollt hatte, aber zu spät. Ich war für sie jetzt unerreichbar. Als unsere Blicke sich trafen, war ich derjenige, der auf sie zuging.

»Hallo.«

»Hallo, Harry.« Ihre Augen boten eine komplette meteorologische Station, mit Skalen und Barometern und Luftsäcken, die mein Wetter und das zwischen uns beiden anzeigten. Ich gab ihr genügend Zeit für eine erste Messung: 1. Er ist zuerst gekommen; 2. Er guckt freundlich; 3. Er hat nicht versucht, mich umzubringen.

Ich wußte, was sie von mir erwartete – eine Hundert-Megatonnen-Radcliffe-Detonation oder zumindest Winde von Sturmstärke, die sie zurück nach Saru blasen würden. Was sie stattdessen bekam, war Harry Radcliffes unbestreitbar bestes Benehmen. Wie ein Gentleman, geistreich, wie nur ich geistreich sein konnte, aber das Wichtigste – *freundlich*. Ich freund-lichte sie direkt aus dem Saal. Ich könnte ins Detail gehen und wiedergeben, was ich sagte/sie sagte/ich sagte, um zu illustrieren, was ich meine, aber es sollte reichen, wenn ich sage, Fanny Neville hat mich noch nie so verdammt wahnsinnig nett erlebt. Ich konnte sehen, wie es sie vom ersten Augenblick an auf die Palme brachte. Als sie fragte, ob Claire eingetroffen sei, antwortete ich ja, und welch wichtiges Gespräch wir geführt hatten im Hinblick auf ihre jüngste Unterhaltung mit Claire. Als sie mich ausquetschte, wer was gesagt hätte, log ich wie ein Autoverkäufer und stellte es äußerst geschickt so dar, daß Claire und ich und unsere Liebe all die Erleuchtungen, Einsichten und Durchbrüche in rauhen Mengen nur aufgrund des kleinen Plauschs der beiden Frauen gehabt hatten. Ich machte es so zurückhaltend und gewieft, daß selbst die hypersensible bzw. mißtrauische Fanny nicht merkte, wie sie hinters Licht geführt wurde. Der Trick war, es nicht zu beschönigen. Natürlich, Fannys Eröffnungen über meine Schlechtigkeit hatten eine Krise bewirkt, Gezeter und Tränen. Natürlich, wir hätten uns fast getrennt. Dies natürlich, das natürlich, aber schließlich hatten wir festgestellt, daß wir durch ein enges, festes Band verbunden sind, und obwohl heftig daran gezerrt worden war, hatte es sich als wesentlich stärker erwiesen, als wir beide angenommen hatten. Unsere Zuneigung war zu tief!

Was Fanny geboten bekam, war der Radcliffe, den sie sich immer gewünscht hatte – als direkte Folge ihres Versuchs, ihn niederzumachen. Im Grunde war er derselbe, nur besser, infolge ihrer niederträchtigen und überflüssigen Tat. Dadurch, daß sie sich wie eine miese alte Klatschbase aufgeführt hatte, hatte sie

Claire und mir geholfen, die Hauptader in unserer Beziehung zu finden.

In meinem Racheplan hatte ich einen Teil 2 vorgesehen, aber ich setzte ihn aus, nachdem ich an dem Abend das Ergebnis von Teil 1 gesehen hatte. Nach fünfzehn Minuten intensiven Gesprächs, die ganze Zeit umrundet von lugenden, feixenden, schaulustigen und lauschenden Empfangsgästen, konnte ich sehen, wie das Gefühl der Niederlage Fanny langsam durchdrang. Als sie schließlich fragte, warum Claire nicht da sei, sah ich ihr in die Augen und antwortete: »Sie ist nach Wien gefahren. Sie ist abgereist, weil sie Zeit für sich allein braucht, um darüber nachzudenken, ob sie bei mir bleiben will oder nicht. Es ist ziemlich wahrscheinlich, daß sie nicht will, Fanny.«

»Sogar nach allem, was ihr durchgestanden habt? Ich dachte, alles sei in Ordnung.«

»Alles ist *klar*. Aber es ist nicht alles in Ordnung.« Ich holte Luft, um noch etwas zu sagen, und stellte fest, es ging nicht. Weil ich die reine Wahrheit gesagt und schreckliche Angst hatte, daß ich Claire jetzt verlieren würde, wegen eines Ichs, das ich selbst nicht mehr ertragen konnte. Dieses *Ich* hatte ihr all das angetan. Jener Radcliffe, der gerade Fanny verarschte und sie glauben machte, ihr übles Verhalten sei uns eine solche Hilfe gewesen. Vielleicht siehst du sie nie wieder! Auf dem Zettel hatte sie geschrieben, wir reden darüber, wenn Fanny abgereist ist, nicht, wir sehen uns! Ich wollte losstürzen und Claire anrufen, sie anflehen, mich nicht zu verlassen. Mir auch nur die kleinste Chance zu geben, es richtig zu machen. Ich war froh, daß ich mit meinem saruanischen Wunsch eine Hand für sie gewünscht hatte, aber wenn ich den Wunsch jetzt noch mal frei hätte, gäbe es nichts Wichtigeres als eine neue Chance mit ihr. Irgendeine Chance.

Ich sah Fanny an, und mir war schwindlig. Ich hielt mir den Kopf, um es anzuhalten. Ich hyperventilierte heftig und konnte nicht aufhören. Sei ganz ruhig. Nein. Ich entschuldigte mich und suchte eilig nach dem nächsten Waschraum, wo ich das Waschbecken vollaufen ließ und den Kopf eintauchte, so tief es ging. Vielleicht würde ich Claire verlieren! Ich hatte es vielleicht schon. Ruf sie sofort an. Nein, laß sie in Ruhe und laß sie selbst zu einer Entscheidung kommen. Flehe sie an. Behellige sie nicht. Wirf dich ihr zu Füßen. Wirf dich ihr nicht zu Füßen.

Ich zog den Kopf aus dem Wasser, schnappte nach Luft und tauchte ihn wieder ein. Ruf Wien an. Wage es ja nicht.

Ich zog den Kopf wieder raus und sah in den Spiegel über dem Waschbecken. Mein Gesicht tropfte und glänzte. Ich atmete schwer. »Du gewinnst, Fanny. Du gewinnst.«

Noch eine letzte Geschichte, bevor ich zum Ende komme. Philip Strayhorn und ich waren eines Abends bei Venasque zum Essen eingeladen. Wie von selbst und ganz zwanglos war die Unterhaltung auf die vielen verschiedenen Arten zu sterben gekommen. Die Zeit meiner Verrücktheit lag noch nicht so lange zurück, und ich wurde normalerweise flatterig, wenn vom Tod die Rede war. Aber bei diesen beiden Männern, besonders wenn sie zusammen waren, wurde das Land ohne Wiederkehr zu einem faszinierenden Ort. Strayhorn, der über alles irgend etwas wußte, erzählte, daß Hinrichtungen im Mittelalter recht feierliche und fesselnde Ereignisse waren. Oft erklomm der Verurteilte den Galgen, sein letztes Podium, und hielt eine aufrüttelnde Ansprache an das Volk. Er sprach davon, daß er sich um ihrer aller Seelenheil sorge, und wie er selbst in diese bedauernswerte Lage gekommen war. Nehmt euch in acht, Leute, macht es nicht wie ich, oder ihr werdet hier enden. Die Menge lauschte gern diesen Autobiographien in letzter Minute, während der Verdammte seinen letzten irdischen Augenblick der Kameradschaft mit denen erlebte, die gekommen waren, um ihn sterben zu sehen: Wir sitzen alle in einem Boot, und das einzig Gescheite, was ich gelernt habe, Brüder und Schwestern, macht es nicht so wie ich.

Venasque sprach, während er den letzten scharfgewürzten Kartoffelsalat aß. »Harry hat das einmal gemacht.«

Weil ich Pastrami auf Roggenbrot einschob, verpaßte ich fast mein Stichwort. »Was hab ich gemacht?«

»Das warst du. Du bist einmal aufgestanden und hast eine tolle Rede gehalten, und dann haben sie dich geköpft. Eins der wenigen Male in deiner gesamten Geschichte, daß du einen Fehler zugegeben hast.«

Ich sah Strayhorn an. »Wann war das, Venasque?«

»Ooch, in Frankreich, vor der Revolution. Sie haben dich drangekriegt, weil du einem Priester ein Schwein gestohlen hattest.«

»Ein Priester-Schwein?«

»Genau. Wer möchte noch eine saure Gurke?«

»Wie lange ›vor‹ der Revolution?«

»Vergiß es, Harry. Hör lieber auf das, was ich zwischen den Zeilen gesagt habe und was du überhört hast. Ich sagte, es war eins der wenigen Male in deiner Geschichte, daß du einen Fehler zugegeben hast. Kleiner Wink, mein Bester.«

Ich verabscheue Wummtata-Kapellen. Fette Kerle, die in Tirolerhüten mit neckisch wippenden Fasanenfedern pompös einhermarschieren. Quasi-faschistische, paramilitärische Lodenanzüge, die wie Uniformen aussehen, und die *Musik*, die sie spielen! Welcher Sadist konnte solche Musik erdenken? Welchem Kreis der Hölle hatte er sich verschrieben?

An dem Tag müssen fünf Wummtata-Kapellen anwesend gewesen sein. Und wenn sie eine Verschnaufpause machten, sprangen österreichische Volksmusikgruppen aus einem anderen Teil der Hölle hervor und jodelten, vollführten Schuh- und HinternPlattler, kreischten und hüpften durch einen traditionellen österreichischen Volkstanz. Dazwischen agierte eine Fernsehberühmtheit als Zeremonienmeister, immerzu Witzchen und Kommentare herunterrasselnd, und eine Parade hübscher Mädchen in so kurzen Dirndln, daß man den Bauchnabel sehen konnte. Herzlich willkommen zur Hundemuseums-*Dachgleiche*. Es war zwar schrecklich, aber auch nicht so schlecht. Wenn man sich erst mal damit angefreundet hatte, daß der Zweck des Ganzen war, sich zu betrinken und jedem Umstehenden zu gratulieren, war es ganz nett, etwa wie eine Zeichnung von George Grosz. Abgesehen davon, daß ich mir sechsmal den Radetzky-Marsch anhören mußte, hatte ich nur ein einziges echtes Problem: Ich sah mir diese Leute an, wie sie ihren Spaß hatten, und mußte zu oft daran denken, daß viele der Älteren damals in den Dreißigern und Vierzigern genauso herumgetollt waren, und auf dem Höhepunkt des Fests war ein Kerl in brauner Uniform aufgestanden und hatte eine stürmische Rede über Herrn Hitler gehalten. Diese Vorstellung verhinderte, daß ich mich zu sehr auf die Feier einließ. Aber es machte Spaß. Die Saruaner tranken Cidre und Orangensaft. Für sie hatte es Lamm gegeben. In der Luft hingen der Duft von gegrilltem Lamm und Würstchen, der fettige Geruch von Pommes frites und der säuerliche von jungem Wein und Bier. Ich vertrage überhaupt keinen Alkohol und wußte, wenn ich nur zwei Bier trinken würde, wäre ich sofort volltrunken, also nahm ich hier ein Glas, nippte, stellte es wieder ab, schlenderte zur nächsten Gruppe, nahm dort ein Glas, nippte ... Auf die Art würde ich den festlichen Akt und das Folgende in einigermaßen guter Verfassung überstehen. Außerdem wußte ich, wenn ich mich betrinke, würde ich wahrscheinlich in Wien anrufen und schließlich zu Claire genau das Falsche sagen. Mein neuester Plan sah so aus, daß ich sie ein paar Tage in Ruhe lassen wollte und dann anrufen, um ihr zu sagen, wie miserabel es mir ging, und sie zu bitten herzukommen, auch wenn sie sich schon gegen mich entschieden hätte. Das war doch fair, oder nicht? Ich klammerte mich an den Plan wie ein Vogel mit einem gebrochenen Flügel: Vielleicht könnte ich ihn mit Liebe und Achtsamkeit retten. Vielleicht würde er heilen und wieder fliegen, wenn ich es richtig machte.

Ich stolperte gerade durch eine Pidgin-Konversation auf deutsch mit dem Bundeshauptmann von Salzburg, als Hassan sich dazu gesellte, gefolgt von einer kleinen Armee Günstlinge.

»Wir sind sehr stolz auf Ihre Leistung, Radcliffe. Ich weiß, daß es meinem Vater gefallen hätte.« Er streckte den Arm aus, und wir schüttelten uns fest die Hände. Ich war derjenige, der den Griff löste. Was würde er denken, wenn ich ihm sagte, daß es nicht nur ein schönes Gebäude war, sondern nach Fertigstellung der Turm von Babel? So wie ich seine Meinung von mir kannte, würde er über meine grenzenlose Arroganz seufzen und mich stehenlassen. Am besten sagte ich nichts und ließ die zukünftigen Ereignisse für sich selbst sprechen. »Vielen Dank. Wie geht es Ihnen sonst?«

»Grauenvoll, danke. Ich bin müde bis in die Zehenspitzen. Aber, wissen Sie, wenn wir Cthulu geschlagen haben, werde ich sehr glücklich sein. Im Moment macht das Leben nicht viel Spaß.«

»Er scheint ziemlich unangenehm zu sein.«

Hassan hob den Kopf und kratzte sich am Hals. Plötzlich dämmerte mir, daß er unrasiert war. »Irgendwann letzte Woche wurde vor meinem Büro ein Aktenkoffer gefunden. Es war genug Plastiksprengstoff drin, um den halben Palast in die Luft zu jagen. Aber kein Zünder und kein Zeitschalter, nur der Sprengstoff. Innen lag eine Botschaft von Cthulu. Handgeschrieben. Wissen Sie, was draufstand? ›Das ist für Deine Kinder, Hassan. Du bist schon tot.‹«

»Da muß Ihnen ja wohlig warm geworden sein.«

»Es hat mir angst gemacht, aber zur Zeit habe ich oft Angst. Mein Vater hat mich gelehrt, daß Angst wie Nahrung ist – man ißt sie und scheißt sie wieder aus. Manchmal habe ich Verstopfung. Manchmal würde ich lieber ein Fußballspiel ansehen als an den Krieg denken. Passen Sie gut auf sich auf. Oh, übrigens, Fanny hat mir gestern nach dem Empfang erzählt, daß Sie beide sich unterhalten haben. Sie hat gesagt, Sie waren sehr nett. Sie schien traurig darüber, daß Sie nett waren. Das fand ich sehr interessant.« Er machte eine königliche Abschiedsgeste und ging, seine Bande im Schlepp.

Mein Bundeshauptmann schoß gleich wieder auf mich zu, um mir vielerlei zu erzählen, zu dem ich nur lächeln und wissend nicken konnte, weil ich nicht ein Wort verstand. Glücklicherweise wurden wir bald zum Festakt gerufen, und ich konnte mit noch mehr Lächeln und einigen Dutzend »Auf Wiedersehen« entkommen. Nur wir hohen Tiere gingen nach oben aufs Gebäude, um tatsächlich unsere Hände auf den Baum zu legen und alle zusammen wie eine große glückliche Familie fotografiert zu werden, Hassan und Fanny in der Mitte. Der richtige Festakt fand statt, nachdem wir alle wieder heruntergeklettert waren und uns auf eine auf die Schnelle errichtete Tribüne vorne auf dem Bauplatz begeben hatten.

Jeder, der da oben saß, mußte eine Rede halten, und als ich an der Reihe war, sagte ich: »Dem verstorbenen Sultan von Saru verdanke ich zwei wundervolle Dinge. Das erste, er hat während eines Erdbebens großherzig mein Leben gerettet. Fast noch wichtiger, er hat mich auch überzeugt, mich an diesem Projekt zu beteiligen. Obwohl ich ihn nicht gut kannte, ist er ein Mensch, den ich bis heute bewundere und vermisse. Soweit ich ihn kennenlernen konnte, verkörperte er den besten menschlichen Widerspruch: ein Visionär, der mit beiden Beinen auf dem Boden der Tatsachen blieb. Ein Pragmatiker, der keine Angst hatte, zu träumen und zu hoffen. Seine Majestät, der neue Sultan, hat mir vorhin gesagt, wie gut seinem Vater dieses Gebäude gefallen hätte. Ich kann nur hoffen, daß unser Hundemuseum nach seiner Fertigstellung alle Anforderungen an ein gutes Museum erfüllt: zu informieren, zu erklären und schließlich zu erfreuen.«

Kurz und knapp, brachte diese Rede mir eine hübsche Runde Beifall ein, obwohl ich mich fragte, wie viele Leute im Publikum genug Englisch sprachen, um mich zu verstehen. Die österreichischen Würdenträger sprachen endlos, was für diejenigen von uns, die nicht aus dem Land der Verbinversion stammten, doppelt langweilig war. Hassan hielt die letzte Ansprache, dankte allen auf deutsch und auf englisch, und beendete dann zu meiner Überraschung seine kurze Rede in perfektem, ungespreiztem Deutsch. Der Bursche hatte Asse im Ärmel. Ich hoffte, genug, um die Bösen in Saru zu besiegen.

Nachdem der Festakt beendet war, wummtataten die Kapellen wieder herein, und es wurde wieder Essen und Trinken aufgefahren. Als ich auf der Tribüne den Reden lauschte, schweifte mein Blick übers Publikum, und ich richtete mich ruckartig auf, als ich eine Frau sah, die ich zuerst irrtümlich für Claire hielt. Auch wenn wir genau *wissen*, sie sind es nicht, beharrt eine bösartige kleine Bestie in uns so lange darauf, daß sie es sind, bis wir völlig irritiert sind. Ich sah die Frau das erstemal, als sie applaudierte, und es war ganz offensichtlich, daß sie zwei gesunde Hände hatte. Aber meine Bestie sagte nein, das ist Claire! Sie ist zurückgekommen! Und für den einen aufregenden Moment glaubte ich es. Als Augenblicke später die Wirklichkeit zurückkehrte, war mein Adrenalinspiegel bedrohlich hoch und mein Herz lief einen Hundertmeter-Sprint. Ich wollte, daß sie es war, und hatte gleichzeitig große Angst. Ich wollte diesen konkreten, wundergleichen Beweis, daß sie zurückgekehrt war. Wenn es jedoch Claire wäre, wüßte ich nicht, was ich sagen sollte. Das war aber auch egal, weil sie es nicht war, wie ich nach zweitem, genauerem Hinsehen erkannte. Ich war noch eine Stunde nach dem falschen Alarm zittrig und deprimiert, und genervt vom Kummer, ergriff ich ein großes Bier, als ein Mädchen mit einem Tablett vorbeikam. Das Bier half überhaupt nicht, statt dessen mußte ich davon dringend pinkeln.

Ich stand mit heraushängender Zunge, die Augen vor Glückseligkeit geschlossen und atmete befreit auf, als ich die ersten

Schüsse hörte. Ich öffnete die Augen und sah an mir herunter, was da vor sich ging. Schüsse? Schreie, noch mehr Schüsse, ein Schnellfeuergewehr. Kurze, stotternde Explosionen, Pause, noch ein Knall, aus einer anderen Richtung. Das Pissoir hatte Fenster zu beiden Seiten, beide offen. Während ich ihn wieder einpackte und den Reißverschluß zumachte, guckte ich aus dem linken Fenster, sah aber nichts. Wieder Schüsse. Ich schaute aus dem rechten Fenster und sah einen Mann vorbeilaufen, einen Araber, den ich nicht kannte, in Jeans und schwarzer Skijacke, der etwas in der Hand hielt. Etwas Dunkles. Eine Waffe.

Mehr Schüsse, und noch bevor ich die Toilette verlassen konnte, zwei sehr laute Explosionen und angsterfüllte Schreie Verwundeter. Ein Frau schrie immer wieder einen Namen: »Ferdl. Ferdl. Ferdl.«

Draußen herrschte Chaos. Menschen lagen auf dem Boden, rannten, waren in Panik. Einige bluteten, einige waren schon tot. Ich konnte mich nicht orientieren. So was hatte ich schon in Vietnam gesehen. Keiner wußte, wie man sich im Kugelhagel verhalten mußte. Auf das Feuer zulaufen. Direkt in die Todeszone hinein. Sich unten halten. Man machte, was man konnte, und betete. Glücklicherweise war diesmal einer von Palms spezieller Sicherheitstruppe da und verband ein Kind. Ich rannte zu ihm und fragte: *wer*?

»Cthulus Männer. Wir hatten so eine Ahnung, daß sie heute kommen könnten. Haben Sie eine Waffe?«

»Nein.«

»Dann besorgen Sie sich eine. Oder rennen Sie. Rennen ist besser.«

Noch mehr Chaos. Was tun? Bevor ich mich zu etwas entschließen konnte, noch mehr Explosionen, eine ganze Serie, ziemlich dicht. Bum bum bum. Die dumpfen Schläge von Mörsern. Sie hatten Scheiß-*Mörser*?! Auf der anderen Seite des Grundstücks stieg eine schwarze Rauchwolke auf, und wütende Flammen schlugen hoch. Ich erinnerte mich, daß das die Stelle war, an der Hassans Hubschrauber gelandet war. Hassan. Fanny.

Guter Gott, Fanny!

Ich rannte, so gebückt ich konnte, wie ein Karnickel, eine Krabbe. Leute schossen, ein österreichischer Polizist lag auf dem Boden, Teile von Hals und Schulter waren weggeschossen. Seine Waffe lag neben ihm. Ich hob sie auf, sah sie aber nicht an. Ich hatte sie einfach. Jedenfalls hatte ich eine Waffe. Sie war leicht. Irgendein Plastikding, wahrscheinlich würde sie nicht viel ausrichten können, aber es war eine Waffe, und ich hatte etwas Tödliches in der Hand. Ich rannte weiter auf den Rauch zu. Fanny.

Meine Füße wußten es eher als mein Kopf. Oder mein Kopf hatte es meinen Füßen gesagt, bevor sie es meinem Bewußtsein mitteilten. Egal, wie es vonstatten ging, ich hielt inne, bevor ich wußte, daß ich es tun würde, und durch die plötzliche Erstarrung verlor ich ziemlich das Gleichgewicht. Ich konnte mich kaum auf den Beinen halten und stolperte vorwärts. Das Museum! Die Arschlöcher wollten das Museum in die Luft sprengen. Erst einen Tumult veranstalten, dann die Sprengsätze anbringen und abhauen. Ich wußte es. Ich war ganz sicher. Der Gedanke war mir während der ganzen Zeit, die wir hier arbeiteten, immer wieder gekommen. Eines Tages wird Cthulu versuchen, diese Schönheit niederzureißen. Es war völlig logisch, aber ich hatte es verdrängt wie den Gedanken an den eigenen Tod. Wozu Zeit verschwenden, um über etwas so Endgültiges und Unausweichliches nachzudenken? Unausweichlich. Es war unausweichlich, daß dies passieren würde, und ich hatte es die ganze Zeit gewußt. Ich stand da, bis ich mein Gleichgewicht wiedergefunden hatte, und drehte mich zum Gebäude hin um. Es war noch da, weit weg, aber noch erreichbar, wenn ich es versuchte. Der Gedanke kam und ging in Sekundenschnelle. Wenn ich es noch bis zu Fanny schaffen würde, könnte ich vielleicht helfen. Wenn es nur den Hauch einer Chance gäbe, war es den Versuch wert. Ich drehte mich um und lief in die andere Richtung, vom Museum weg, auf den Hubschrauber zu.

Beim Laufen fiel mir plötzlich auf, daß man jetzt weniger mechanischen Lärm hörte, weniger Schüsse, mehr menschliche Laute. Hilfeschreie, Rufe, das absonderliche und unverständliche Gebrabbel der Schwerverwundeten. Ich rannte schneller, zu meiner Freundin. Vielleicht könnte ich helfen.

Ich hörte ein Geräusch, und kurz darauf hob der schwarze Hubschrauber des Sultans langsam ab und flog durch den Rauch davon. War Fanny darin? Aus dem Cockpit schoß jemand mit einer Automatik. Piu-piu-piu-piu, Pause, piu-piu-piu. Es sah so aus, als seien mehrere Leute darin. Fanny auch? Weg war er.

Dann von hinten drei gewaltige Explosionen. So stark, daß der Boden bebte und ich hinfiel. Ich wußte, was es war. Ich wußte, jetzt war es passiert. Ich sah die Erde direkt vor meinem Gesicht. So ein kräftiges Braun. So lebendig.

Noch ein Letztes. Später, als es fast vorbei war, beobachtete ich etwas. Sehr weit weg, vor den Trümmern des Museums, jagte einer von Palms Männern einen von Cthulus Männern. Beide hatten Waffen und rannten sehr schnell. Plötzlich veränderte Cthulus Mann völlig seine Form und wurde ein großer Hirsch. Es ist wahr. Ich habe es *gesehen*. Ohne beim Rennen innezuhalten, verwandelte sich Palms Mann in einen Hund. Einen rötlich-braunen Hund. Auf acht fliegenden Beinen waren sie außer Sichtweite, als mir bewußt wurde, was ich gesehen hatte und was passiert war. Ich habe es gesehen.

Als wolle es für die Geschehnisse des Tages entschädigen, war das Wetter in jener Nacht voller Frühling. Warm, die Luft voll duftender Sträuße, ideales Wetter zum Herumspazieren.

Sie können sich vorstellen, wie es nach dem Überfall aussah. Polizei und Ärzte, Martinshörner, das verwirrende Durcheinander und die nicht enden wollenden Schock- oder Schmerzensschreie der Überlebenden. Es war unmöglich, diesem Universum mit Logik irgendeine Ordnung wiederzugeben. Siebzehn Menschen waren tot. Noch mehr verletzt. Das Museum war total zerstört. Die einzig gute Nachricht war, daß Hassan und Fanny entkommen waren. Nicht, wie ich angenommen hatte, im Hubschrauber, sondern in einem geheimen Fluchtwagen, der sich immer in der Nähe des königlichen Paares aufhielt, für jeden Fall. Ich war überglücklich, als ich hörte, daß meine Freundin überlebt hatte.

Ich tat, was ich konnte, um zu helfen, aber das war nicht viel, weil ich weder Arzt noch Geistlicher bin. Ich war nur der Architekt, der ein Gebäude entworfen hatte, das es nicht mehr gab. Vor langer Zeit hatte ich bei dem Gedanken, daß »Der Erbauer des Hundemuseums« ein guter Nachruf für meinen Grabstein wäre, gelächelt. Ich blieb in der Nähe und versuchte zu helfen, versuchte zu trösten, wo ich konnte, aber es war vergeblich. Einmal hat mich eine trauernde Frau, die sich klagend über dem zugedeckten Leichnam ihres Mannes wiegte, mit einem Blick angesehen, den ich niemals vergessen werde: »Das ist Ihre Schuld. Das ist alles Ihre Schuld.«

Danach sprach ich mit der Polizei und sagte ihnen alles, was ich wußte. Meine Geschichte schien sie zu langweilen. Dann ging ich zurück ins Hotel. Zell am See war ein einziges Irrenhaus. Feuerwehrwagen, Krankenwagen, Hubschrauber, Übertragungswagen und Hunderte von Menschen mit geradezu makaberem Enthusiasmus überschwemmten den Ort und verwandelten ihn in eine Ameisenkolonie. Einige waren gekommen, um zu helfen, die meisten, um blöde zu gaffen und Kapital aus der Tragödie zu schlagen. Ich war überrascht, wie schnell sie alle aufgetaucht waren. Wie schnell die Nachricht von Blut sich verbreitet hatte. Es war ein leichtes, sie alle zu hassen.

Als ich zurück auf meinem Zimmer war, klingelte immer wieder das Telefon, ich dachte, es würde mich um den Verstand bringen. Unter den Anrufen hätte einer von Claire oder Fanny sein können, aber ich brachte nicht den Mut auf, abzuheben. Ich sagte an der Rezeption Bescheid, daß ich auf dem Zimmer sei, und für den Fall, daß jemand Wichtiges mich sprechen wolle, möchten sie ihn auf mein Zimmer schicken. Es kam niemand. Nur das Telefon klingelte, bis ich es wirklich nicht mehr aushielt und unten anrief, sie sollten sagen, ich sei außer Haus.

Stunden später lag ich auf dem Bett, als ich an der Tür ein leises Klopfen hörte. Ich rechnete damit, daß es die Polizei war, stand auf und schleppte mich zur Tür. Morton Palm. Ich konnte mich noch weniger leiden, als mir auffiel, daß ich mich nicht ein einziges Mal gefragt hatte, ob er noch lebte. Ich trat auf ihn zu und umarmte ihn. »Gott sei Dank, Morton.«

Es war eine lange Umarmung, und wir hatten sie gebraucht. Er versuchte, sie zu lösen, aber ich wollte nicht. »Noch nicht. Bitte, noch nicht.«

»Harry, bitte komm mit mir.«

»Wohin? Zur Polizei?«

»Nein, ich möchte, daß du mit mir auf das Grundstück kommst.«

»Warum?«

Sein Gesicht sah müde aus. »Weil es sein muß. Du mußt mit mir kommen.«

»Im Ernst, Morton? Jetzt?«

»Ja, wir müssen jetzt gehen.«

»Okay.« Als ich ihn losließ, überfiel mich eine Leere und ein Gefühl von Verlust. Was könnte schon noch da sein? Aber ich war es ihm schuldig, warum auch immer, und ich würde mitkommen.

Vor dem Hotel blieb ich stehen und sah mich um. «Was für eine wunderschöne Nacht. Was für eine elendige, wunderschöne Nacht.«

Auf der Fahrt um den See zum Bauplatz schwiegen wir beide, Morton fuhr langsam, und sein Gesichtsausdruck verriet nichts.

Da ich mit einem Medienzirkus mit Scheinwerfern und Fernsehkameras gerechnet hatte, verschlug es mir die Sprache, weil niemand zu sehen war, als wir ankamen. Nicht ein Mensch. Erklärungsheischend sah ich Palm an, aber er signalisierte mir nur durch ein Handzeichen, ich möge mich gedulden. Was ging hier vor?

Wir stiegen an der Stelle aus dem Wagen, wo ehedem der Zaun gestanden hatte, der jetzt nur noch ein verheddertes Drahtgewirr war. Niemand war in der Nähe.

»Morton –«

»Warte, Harry. Ich erkläre es dir, wenn wir da sind.«

Es gab kein *da* mehr. Cthulu mußte den allerbesten Sprengmeister des Mittleren Ostens abgestellt haben, *alles* schien zerstört. Ich hatte es am Nachmittag gesehen, aber in all dem Chaos und bei meiner reichlich angeschlagenen Verfassung hatte ich das volle Ausmaß der Niederlage nicht erfaßt. Leitungen und Mastbäume, Betonstützen und Stahlträger, alles explodiert, dem Erdboden gleich, eine Ruine. Jemand, der zum erstenmal auf diese Baustelle käme, könnte sich nicht vorstellen, was hier nur Stunden vorher gestanden hatte, inmitten so vieler glücklicher und stolzer Menschen. Zu dem wenigen, was über der Erde noch zu sehen war, gehörten der Rauch und die Flammen kleiner Brände hier und da.

»Harry?«

»Weißt du, was ich heute gesehen habe, Morton? Mitten in all dem hier, weiß du, was ich da gesehen habe? Einen Mann, der sich in einen Hirsch verwandelte, und einen anderen Mann, der ihn jagte und sich in einen Hund verwandelte. Mein Ehrenwort, das habe ich gesehen.«

»Ich weiß.«

Ich drehte mich zu ihm um. »Du *weißt*? Woher weißt du das?«

»Ich habe dich hierher gebracht, um es dir zu sagen. Deshalb ist sonst niemand da. Hast du dich jemals gefragt, warum du vor Monaten in meinen Laden gekommen bist? Oder warum du zufällig jene Straße entlanggegangen bist und vor einem öden Leitern-Geschäft stehengeblieben bist? Weil du es tun solltest. Sieh mich an, Harry. Nicht so – sieh mich richtig an. Jetzt berühre mein Gesicht. Hab keine Angst. Leg deine Hand hier auf mein Gesicht.«

Zögernd, unsicher, weil ich nicht wußte, was geschah, streckte ich die Hand aus und legte meine Fingerspitzen auf seine Wange. Als sie sie berührten, fühlte ich, wie etwas meine Wange an derselben Stelle berührte. Morton hielt beide Arme ruhig am Körper. Erschrocken zog ich die Hand zurück. Die Berührung auf meiner Wange hörte auf.

»Mach es noch mal, Harry. Lege die ganze Hand hierhin.«

Ich legte meine Handfläche auf sein Gesicht und fühlte die gleiche Berührung auf meinem.

»Was ist das?« flüsterte ich.

»Du bist in mein Geschäft gekommen, weil du mich brauchtest. Du hast immer jemanden gebraucht, der dir hilft, die Dinge klarer zu sehen. Manchmal waren es Frauen, und eine Weile hast du geglaubt, es sei Hasenhütl. Du hast geglaubt, es sei deine Entscheidung, aber das war es nicht. Ich habe auf dich gewartet.«

»Und Hasenhütl? Du *weißt* von ihm? Von der Aufsichtsführer-Sache?«

»Hasenhütl warst nur du selbst. Du hast jemanden wie ihn eine Zeitlang gebraucht, deshalb hast du ihn erschaffen, damit er dir da durchhilft. Alle seine Ängste waren deine, aber seine Zuversichtlichkeit auch. Er war nur ein anderer Teil von dir, fleischgeworden. Er ›starb‹, als du ihn nicht mehr brauchtest. Als du intuitiv wußtest, du könntest es allein schaffen.«

Unvorstellbare Gefühle durchliefen mich. Ich fühlte mich, als gebäre ich ein Kind. Oder starb. Als ich wieder sprechen konnte, brachte ich die Frage kaum heraus: »Und *du*?«

»Ich bin etwas anderes. Was er dir über den Turm gesagt hat, war wahr. Du hast es vom Augenblick deiner Zeugung an gewußt, aber du mußtest jemanden wie ihn erfinden, es war dir lieber, daß er es dir sagt, als daß du es selbst in dir findest. Das ist in Ordnung. Du weißt es jetzt, und das ist das Wichtige. Was heute hier passiert ist, hatte nichts mit deiner Arbeit zu tun, aber wie du dich verhalten hast, hat große Auswirkungen auf sie.«

»Was habe ich denn gemacht? Ich habe nicht versucht, es zu verhindern. Vielleicht hätte ich es können, aber ich bin in die andere Richtung gelaufen.«

»Nein, das stimmt nicht. Dir war es wichtiger, das Leben deiner Freundin zu retten, als selbstsüchtig zu sein und dein Gebäude, deine Schöpfung, zu bewahren. Eine Freundin, die dich mies behandelt hat. Das war der Test. Wir hatten keine Ahnung, was du tun würdest.«

»*Test*? Du meinst, das war alles arrangiert? Du hast mich einer *Abschlußprüfung* unterzogen?«

»Nein, wir wußten nicht, daß dieser Angriff stattfinden würde, und wir haben alles versucht, ihn abzuwenden. Gleichzeitig haben wir dich beobachtet. Deine Reaktion war vielleicht wichtiger, als den Turm zu retten. Sie hat gezeigt, daß du würdig bist, ihn noch einmal zu bauen. Jetzt mußt du dich entscheiden, ob du es versuchen und es noch einmal machen willst.«

»*Was* noch einmal machen? *Ich verstehe das nicht!*« Ich legte die Hände aufs Gesicht und versuchte zu atmen. Es war nicht leicht. Palm berührte mich an der Schulter, aber ich trat schnell einen Schritt weg. »Was machst du? Was ist das alles?«

»Es ist der Turm von Babel, und du warst hier, um ihn noch einmal zu bauen, aus den Gründen, die Hasenhütl dir genannt hat. Seit der erste Turm gescheitert ist, hat der Mensch versucht, ihn wiederzuerrichten. Aber es hat immer Leute wie Cthulu gegeben, die das verhindern wollen. Ihnen liegt nichts am Frieden. Hier siehst du das Ergebnis ihrer Arbeit.«

»Warum stoppt ihr denn die Scheiß-Cthulus dieser Welt nicht? Die Hitler und die Stalins? Warum schiebt *ihr* und alle eure Heerscharen von Engeln und Scheiß-Cherubimen diesen Schweinen nicht einen gottverdammten Riegel vor und laßt den Rest von uns armen Irren leben? Hä? Warum macht ihr das nicht?«

»Weil das die Aufgabe des Menschen ist. Du hast alles bekommen, was du brauchst. Wie beim Turmbau – die Menschheit hat alle Mittel, die sie braucht. Intelligenz, Vernunft, Phantasie –«

»Und wenn es geschafft ist?« Ich war so wütend. Es war mir egal, wer er war. Ich haßte ihn für seinen besonnenen freien Willen und seine schulmeisterlichen Aufmunterungen.

»Wenn es geschafft ist, kehrst du zurück ins Paradies. Aber nur, wenn du es *schaffst*. Komm her. Ich möchte dir etwas zeigen.«

»Warte! Was war mit dem Hund und dem Hirsch? Was war das?«

»Komm hierher, Harry. Eins nach dem anderen.« Er wartete nicht auf mich und ging auf die Ruine zu. Ich ging ihm nach. Als wir da waren, beugte er sich hinunter und legte eine Hand auf den Boden. Er bedeutete mir, das gleiche zu tun.

»Fühlst du es?«

»Was?«

»Warte und fühle mit der ganzen Hand.«

Es dauerte eine Weile; dann fühlte ich etwas wie eine leichte Schwingung. Sie wurde nicht stärker, hörte aber auch nicht auf. »Was ist das?«

»Es ist die Erde. Sie fängt an, den Turm wieder aufzubauen. Sie wird es heute nacht machen. Bis morgen früh wird er nur so weit wiedererrichtet sein, wie dein Entwurf gestimmt hat. Ungefähr zu einem Drittel, mehr nicht. Dann wird sie aufhören. Außer dir wird niemand merken, daß es passiert ist. Die Welt wird nur annehmen, daß das, was noch steht, bei dem Angriff erhalten geblieben ist. Das ist ein Geschenk von Gott. Es ist das einzige, was er für dich tun wird. Dann ist es deine Sache, oder die anderer Menschen, weiterzumachen, bis er in der richtigen Form vollendet ist.«

»Ich glaube dir nicht.«

»Fühle die Erde. Bleibe heute nacht so lange hier, wie du willst, und sieh zu, wie es passiert.«

Ich fühlte wieder am Boden. Die Schwingung war stärker. Es war beängstigend und faszinierend. »Was ist, wenn ich es nicht mehr machen will? Wenn keiner es machen will?«

»Dann wird es so stehenbleiben, wie es ist, unbeachtet und vergessen, bis eines Tages jemand anderes merkt, was es ist, und wieder mit der Arbeit beginnt.«

»Warum ich?«

»Du wirst nie müde, diese Frage zu stellen. Weil du ein Kind Nimrods bist und ein begnadeter Künstler. Aber vor allem, weil du dich heute dafür entschieden hast, lieber jemandem zu helfen, als dich selbst zu retten. Deshalb ist es dir erlaubt, weiterzumachen, wenn du willst.

Aber ich muß dir sagen, daß dir nichts geschenkt wird. Cthulu wird jetzt diesen Krieg gegen Hassan gewinnen, und weiterzumachen wird sehr gefährlich und schwierig für dich werden, auch wenn du es willst. Es ist auch sehr gut möglich, daß du den Rest deines Lebens daran arbeitest und es dir trotzdem nicht gelingt. Es gibt keine Garantien. Es gibt nur die Süße der Arbeit und die unsterbliche Hoffnung auf Vollendung.«

Ich erhob mich langsam. Palm auch. Ich streckte die Hand aus, und als ich noch einmal sein Gesicht berührte, fühlte ich die unsichtbare Hand auf meinem. »Was ist mit Claire? Wird sie mich jetzt verlassen?«

»Ich weiß es nicht.« Er grinste und legte seine Hand über meine auf seinem Gesicht. »Sie sagen mir nicht alles.«

»Ist es wahr, Palm? Alles, was du gesagt hast?«

»Ja, Harry. Es ist alles wahr.«

»Wer waren der Hirsch und der Hund?«

»Es gibt noch so viele andere Dinge auf der Welt. Einige sind freundlich, andere nicht.«

»Wie stehen die Chancen, daß ich es schaffe?«

Sein Grinsen wurde breiter, und er zuckte die Achseln. »So wie ich dich kenne, besser als fifty-fifty, glaub ich.«

»Was ist, wenn –«

»Psst. Schau jetzt zu.«